# LES SEIGNEURS DU THÉ

DU MÊME AUTEUR

Un goût d'amandes amères
*roman*
*Actes Sud, 1988*

Le Lac noir
*roman*
*Actes Sud, 1991*

En la forêt de longue attente
le roman de Charles d'Orléans
*Seuil, 1991*
*et « Points Roman », nº R 592*

Le Maître de la descente
*roman*
*Actes Sud, 1994*

Une liaison dangereuse
*roman*
*Seuil, 1995*
*et « Points », nº P 265*

Transit
*roman*
*Actes Sud, 1996*

Hella S. Haasse

# LES SEIGNEURS DU THÉ

ROMAN

*Traduit du néerlandais*
*par Anne-Marie de Both-Diez*

Ouvrage traduit avec le concours
de la Commission européenne

*Éditions du Seuil*

TEXTE INTÉGRAL

TITRE ORIGINAL
*Heren van de Thee*

ÉDITEUR ORIGINAL
Em. Querido's Uitgeverij, Amsterdam

ISBN original : 90-214-6525-6


ISBN 2-02-032122-X
(ISBN 2-02-022155-1, édition brochée)

# PRÉSENTATION
## PAR GÉRARD MEUDAL

Thé ou café ? La question pour une fois est fondamentale puisqu'il s'agit de savoir quelle culture offrira le meilleur rapport et les plus belles perspectives d'enrichissement à des planteurs avides de tenter leur chance. Les colons hollandais de la fin du XIX^e^ siècle que peint Hella Haasse ne sont pas des philanthropes. Ils sont venus à Java pour faire fortune et aussi parce que les limites de leur pays natal leur semblent trop étroites pour la carrière qu'ils ambitionnent. Ils sont tous issus de la grande bourgeoisie et forment un clan assez restreint où tout le monde est plus ou moins apparenté. Les seigneurs du thé de la famille Kerkhoven peuvent ainsi compter dans leurs rangs, par le jeu des alliances, les descendants du « maréchal de fer », Herman Willem Daendels, et Douwes Dekker, auteur de *Max Havelaar* sous le pseudonyme de Multatuli. Difficile d'imaginer deux personnalités plus opposées et deux attitudes plus contradictoires face à la colonisation. Daendels (1762-1818), né en Gueldre mais réfugié en France dès le début de la Révolution, est nommé gouverneur général des Indes orientales par Louis Napoléon quand celui-ci devient, en 1806, roi de Hollande. C'est lui qui instaure dans la colonie la pratique du travail forcé et surtout qui fait tracer d'un bout à l'autre de Java la première route carrossable, chantier gigantesque qui coûta la vie à des milliers de Javanais. A l'inverse Multatuli fit scandale en publiant *Max Havelaar* en 1860, et ce pamphlet contre les abus du colonialisme, sinon contre le système lui-même, contribua, dit-on, à l'évolution des mentalités aussi efficacement que l'avait fait quelques années plus tôt aux Etats Unis *la Case de l'oncle Tom* de Harriet Beecher-Stowe.

A l'époque où se situe le roman, entre 1869 et 1918, la colonisation de Java est une affaire privée et familiale. La création d'une plantation de thé ou de café suppose à la fois des capitaux et des autorisations officielles, toutes choses qui s'obtiennent facilement par les relations à l'intérieur du clan. Mais la conséquence de cette situation est que chacun se retrouve associé, débiteur ou employé d'un oncle, d'un cousin ou de ses propres parents, et que les liens économiques ne font qu'envenimer davantage les vieilles rivalités personnelles.

Le drame de Rudolf Kerkhoven est de se sentir, à tort ou à raison, mal aimé par les siens et de chercher par tous les moyens à forcer leur admiration à défaut de s'assurer leur affection. « Dans la pratique, il avait connu toutes les phases d'alliances et de guerres, de conflits et de paix armée, à l'intérieur du cercle étroit de ses consanguins. Il était prêt à reconnaître humblement que la plus grande ambition de toute sa vie avait été d'occuper une place d'honneur dans ce cercle-là, en étant apprécié, admiré des seuls êtres qu'il considérât comme ses semblables. » Ses efforts pour défricher de nouvelles terres, développer ses plantations de thé, de café ou de quinquina ne visent pas à mettre en valeur un pays inculte ni à apporter les « bienfaits de la civilisation » au peuple javanais. Il ne participe pas du rêve colonial, enfermé qu'il est dans son rêve personnel. Et sa réussite économique est moins motivée par l'appât du gain que par le désir d'apparaître comme un fils modèle. Au demeurant il traite ses employés avec plus de bienveillance que la plupart de ses compatriotes. Moins par souci d'humanité que pour des raisons de saine gestion de son entreprise. La folie de Kerkhoven est de penser qu'on peut gérer sa vie comme une plantation et que des chemins bien droits, des parcelles bien entretenues, des investissements mûrement réfléchis doivent le mettre immanquablement à l'abri des coups du sort. « Un être humain doit avoir une âme bien ordonnée », pense-t-il, ou encore : « Les enfants ont besoin d'ordre, d'amour et de situations claires pour se développer. » Ce discours typique du colon européen ne repose même pas chez lui sur des convictions politiques, pas explicitement du moins. Bon père, bon époux, bon administrateur, il ne cesse d'aspirer à l'excellence d'une conduite exemplaire et paraît même assez convaincant dans le rôle. Le problème est qu'il s'est si bien persuadé lui-même de ses éminentes qualités qu'il est devenu imperméable au regard d'autrui et aveugle à ce qui l'entoure. Il est d'ailleurs remarquable que ce livre, présenté par l'auteur lui-même comme un roman mais non comme une fiction, comme une interprétation personnelle d'archives familiales authentiques, fasse si peu de place aux événements historiques. Les révoltes que connaît la colonie ou son évolution politique sont tout juste évoquées. Et c'est peut-être une des caractéristiques de l'art de Hella Haasse que de soumettre le cadre historique à ses propres exigences romanesques, au lieu d'en faire le moteur de ses intrigues. C'est pourquoi elle peut passer avec un égal bonheur d'une biographie imaginaire de Charles d'Orléans au destin d'une marquise de Merteuil vieillissante, de la Rome du Cinquecento aux aspirations des planteurs de Java. *Les Seigneurs du thé* occupe pourtant une place à part dans sa production romanesque. Ces familles de planteurs, Hella Haasse les connaît bien puisqu'elle est née à Djakarta et y a passé son enfance. Ces ciels mouillés, cette végétation exubérante sont le paysage de son âme et c'est ce qui rend poignant l'attachement qu'éprouve Rudolf Kerkhoven pour ce pays. Il en a fait une fois pour toutes le champ clos de tous ses combats au point de perdre sans s'en apercevoir ceux qui lui sont le plus chers, ses enfants repartis en Hollande faire leurs études, sa femme épuisée par les grossesses et les frustrations au point de sombrer doucement dans la folie. *Les Seigneurs du thé* est au fond l'histoire d'une tragique méprise, celle d'un homme sincère mais écorché qui se coupe de tout le monde par sa rigueur même, alors que ses efforts ne visaient qu'à attirer sur lui le regard des autres pour pouvoir leur poser cette éternelle et lancinante question : « M'aimez-vous bien ? »

*Née en 1918 à Djakarta, romancière, dramaturge, historienne, essayiste de grand talent, Hella S. Haasse n'a jamais cessé d'écrire depuis 1945. Son œuvre qui compte plus de trente ouvrages est traduite dans plus de dix pays et a été couronnée par les prix littéraires les plus prestigieux.*

# *Note préliminaire*

*Les Seigneurs du thé* est un roman, mais n'est pas une fiction. L'interprétation des caractères et des événements repose sur des lettres et autres documents authentiques qui ont été mis à ma disposition par la fondation « Archives familiales des planteurs de thé dans les Indes orientales néerlandaises », descendants et consanguins des personnages du livre.

*Hella S. Haasse*

*A W. H. J. Haasse, mon frère*

Tu dis : ces lettres n'ont aucun intérêt historique. C'est peut-être vrai. Mais n'est-il pas tout aussi vrai que les événements épisodiques, qui donnent une image beaucoup plus claire de la situation et surtout des idées de l'époque, sont souvent plus intéressants pour la postérité que, par exemple, une série de chiffres ? Les affaires sont mortes et ne peuvent ressusciter, mais les êtres peuvent revivre pour nous, si nous sommes informés de ce qu'ils pensaient et ressentaient.

Bertha de Rijck Van der Gracht-Kerkhoven
à son frère Karel Kerkhoven, 1959.

Un ouvrage de fiction mélange à sa guise le vrai et le faux, le vécu, le retranscrit, l'imaginaire, la biographie.

Philippe Labro

# Gamboeng, le premier jour
## 1er janvier 1873

« Ici ! » dit-il tout haut. Sa voix était à peine audible dans l'imposante immensité.

Il était debout au bord du ravin. Le brouillard de l'après-midi voilait les sommets voisins, contreforts du mont Tiloe[1] : de profonds plissements dans la croûte terrestre, une draperie de verdure dense et sauvage sur un gigantesque corps au repos. Les flancs rugueux enfermaient une vallée en forme de combe.

C'est là, dans l'étreinte de la forêt vierge, qu'il souhaitait vivre à jamais. Il avait atteint l'endroit où toute sa réalité encore non vécue l'attendait.

« Ça ne me fait pas peur », avait-il dit à son père, après une première visite qu'ils avaient faite à Gamboeng six mois plus tôt, lorsque ce dernier avait énuméré tous les inconvénients liés à une location éventuelle de ces terres. Le climat semblait trop humide pour permettre une bonne récolte de café, les anciennes plantations gouvernementales étaient à l'abandon, les sentiers envahis par la végétation. Le terrain était capricieux du fait des escarpements qui rendaient la marche difficile, et des prolongements quasi impénétrables de la forêt vierge ; l'isolement du lieu poserait de gros problèmes pour le transport des produits. Restait en outre à savoir s'il serait possible de trouver une main-d'œuvre suffisante sur ces pentes à population clairsemée.

Mais, dès le premier instant – ce panorama ! cet éclat vert sur des myriades de cimes ! –, il s'était mis en tête de s'installer à

1. Les noms propres et autres mots empruntés aux langues malaise et sondanaise ont été transcrits selon l'orthographe néerlandaise en usage à l'époque coloniale. La graphie « oe » correspond au son français « ou ». *(NdT)*

Gamboeng. Il refusait d'envisager d'autres possibilités. Qu'il dût absolument assainir les caféières et même probablement arracher tous les plants pour les remplacer par de nouveaux ne l'effrayait pas. C'était un défi qu'il était prêt à relever. Si le café ne marchait pas, il se lancerait dans la culture du thé qu'il connaissait assez bien pour y avoir consacré une année d'études.

Aussi son père avait-il adressé au gouvernement une demande d'obtention d'un bail à long terme sur ces terres. Il n'avait toujours pas reçu la nouvelle de son inscription dans les registres, car une commission d'enquête devait d'abord se rendre sur les lieux pour examiner le terrain. Il avait compris dans l'intervalle qu'il fallait compter avec les lenteurs de l'administration. Cela ne l'empêcherait pas de préparer déjà le défrichage du sol sur lequel il voulait travailler et habiter. Une terre fertile dont la couche supérieure, profonde de deux ou trois pieds, était meuble, faite d'un mélange d'argile et de résidus volcaniques.

Il descendit de son cheval, se pencha et prit une poignée de cette terre humide, rouge foncé.

Lorsqu'il se retourna, il vit que les habitants de Gamboeng s'étaient rassemblés autour de ses deux domestiques, Moentajas et Djengot, avec leurs chevaux et les porteurs qu'il avait loués au pied de la chaîne de montagnes. Ses bagages étaient entassés près du bois de bambous où se situait l'agglomération indigène, le kampong. Il n'abritait pas plus de sept ou huit familles, derniers survivants de ceux qui, autrefois, avaient quitté les villages environnants pour aller travailler dans les plantations de café de la montagne. Dès qu'ils virent qu'il les regardait, ils s'accroupirent. Le plus vieux des hommes fit le salut traditionnel et adressa la parole au maître en lui donnant le titre de *djoeragan*, seigneur. Rudolf lui répondit en sondanais, langue qu'il maîtrisait raisonnablement. En route, il avait préparé le bref discours que l'on attendait de lui, dans lequel il demandait confiance et coopération. Bien que personne ne le regardât – c'eût été inconvenant –, il interpréta leur silence comme une adhésion.

Les gens de Gamboeng avaient un physique plus grossier et plus dur que celui des personnes qu'il fréquentait habituellement dans les exploitations de la région de Buitenzorg. Ils semblaient aussi plus réservés. Tout dépendait de l'attitude qu'ils adopteraient. S'il s'avérait qu'ils n'étaient pas disposés à travailler sur sa plantation ni à tolérer la présence d'ouvriers venus des environs, il pouvait s'attendre à des problèmes. Leur porte-parole donnait l'impression d'être calme et raisonnable. Cet homme devrait l'aider à trouver le comportement et le ton appropriés.

Mais d'abord, la terre. Il était impatient de s'y rendre. Il confia sa monture, un cheval blanc répondant au nom d'Odalisque, aux soins de Moentajas. Suivi de Djengot, il descendit à pied vers la vallée, dans laquelle il espérait un jour construire sa maison. Les nuages de pluie de la mousson d'ouest s'amoncelaient à nouveau derrière les sommets, l'air était saturé d'humidité. A l'orée du bois, sur le champ déclive, se dressaient quelques arbres en fleur, rouge feu ; les fûts lisses, droits comme des i, de dizaines de *rasamalas* se détachaient, éblouissants, sur la sombre forêt vierge, qu'ils dominaient de leurs cimes.

Ayant emporté son fusil, il osa s'aventurer dans la jungle. Djengot marchait maintenant devant et, à l'aide d'un coupe-coupe, ouvrait un sentier à travers l'épais sous-bois. Le gros gibier ne se montrait pas – ils ne virent pas non plus de traces récentes, en revanche, ils remarquèrent les profondes entailles laissées par des passages antérieurs fréquents – mais dans la masse feuillue loin au-dessus de leurs têtes, ce n'étaient que frémissements et craquements ; des noyaux, des morceaux de pelures tombaient sur eux comme s'il en pleuvait et, à la faveur d'une clairière, ils aperçurent une horde de singes qui, dans un grouillement de corps gris au ventre blanc, bondissant d'une branche à l'autre, toujours plus curieux et poussant des cris toujours plus aigus, les accompagnaient. Rien n'échappait à son regard et finalement il trouva ce qu'il cherchait : la vieille canalisation d'eau longeant le lit de l'un des torrents qui traversaient le terrain. Cachée dans les profondeurs de la forêt, une cascade murmurait. Ils se dirigèrent vers le bruit et tombèrent sur un cours d'eau plus large et plus impétueux que les autres. Il comprit que ce devait être le Tjisondari. La rive abrupte d'en face lui sembla être la frontière naturelle de la plantation, mais Djengot, qui connaissait la région, soutint que ce n'était pas le cas. Ils longèrent le Tjisondari et trouvèrent un endroit où ils purent passer à gué, sautant de pierre en pierre, et atteindre l'autre rive. Il découvrit encore effectivement d'anciennes plantations dont il n'avait pas soupçonné l'existence et quelques endroits plus ou moins dégagés qui semblaient se prêter à de nouvelles cultures.

Il aurait aimé grimper immédiatement jusqu'au sommet du mont Tiloe pour évaluer de là-haut l'étendue de son domaine, car il n'avait pas encore la moindre idée de la manière dont il devrait dresser la carte et marquer les limites des plantations de café éparpillées ici et là sur le flanc de la montagne. Sa première tâche serait de s'occuper de l'arpentage. Mais il lui faudrait pour cela l'assistance d'un professionnel. Les innombrables ravins impropres à la culture constituaient des enclaves difficiles à chiffrer.

Djengot entendit avant lui le grondement du tonnerre au loin. Bien qu'il ne fût pas encore trois heures de l'après-midi, la nuit tombait dans la forêt. Le ciel, parfois encore visible un instant par une ouverture dans le dôme de verdure, était noir comme de l'encre. Sautant et glissant, ils redescendirent à travers la jungle – il entendit son veston se déchirer – et, une fois arrivés en terrain découvert, ils se mirent à courir, mais ils furent rattrapés par la pluie battante. Des éclairs aveuglants fendirent les nuées dans un bruit étourdissant.

A son intention, son père avait fait construire une *pondok*, modeste maison en bois et bambou, normalement destinée à loger des hôtes : deux petites chambres et un étroit séjour sur le devant ; un plancher supporté par des lambourdes, des murs en bambou tressé, un toit en fibres de palmier. Elle ne contenait rien d'autre que le strict nécessaire : un lit, une table, des chaises, un placard à provisions. C'est là qu'il camperait aussi longtemps que dureraient les préparatifs du défrichage.

Une fois l'orage passé, il alla s'asseoir sur les marches qui menaient à l'entrée. Le ciel était maintenant parfaitement limpide ; dans la lumière de l'après-midi finissant, les innombrables nuances de vert sur le mont Tiloe semblaient avoir été étalées au pinceau.

Il se déchaussa, enleva ses chaussettes et vit ce qu'il avait redouté pendant la dernière partie de l'expédition : des sangsues s'étaient infiltrées sous les guêtres de feutre et suçaient allégrement le sang de ses mollets. Dans son euphorie, il n'y avait pas prêté attention.

« Petits monstres ! » murmura-t-il, tout en les détachant avec précaution. Des filets de sang coulaient le long de ses jambes. Il pria Djengot qui était en train de défaire les bagages de lui apporter la trousse de secours. Il avait des pansements ouatés en quantité.

Il se rendit compte alors qu'à part un peu de pain et les quelques fruits qu'il avait mangés en se rendant à Gamboeng, il n'avait encore rien pris depuis le petit matin. Dans ce qui servait de cuisine, il entendit aller et venir Moentajas, qui n'était pas cuisinier mais s'était déclaré disposé à remplir cette fonction.

« *Sedia ?* cria-t-il par-dessus son épaule. Le repas est prêt ?

– *Mangkè*, tout de suite », répondit la voix nasale, traînante de Moentajas.

Le repas consistait en une soupe préparée avec un poulet qu'ils avaient apporté. Des odeurs plus épicées laissaient deviner que, derrière la maisonnette, Moentajas et Djengot étaient en train de se régaler de l'un de ces mets auxquels il ne parvenait pas à s'habituer.

La lune brillait à travers les fentes et les interstices de la paroi en bambou et jetait sur le sol et la couverture un patron diffus, luisant. Allongé sur le dos, il écoutait les bruits nocturnes, les bourdonnements et les frémissements au-dehors, les cris lointains de la forêt. Il espérait que les chevaux étaient en sécurité dans leur écurie de fortune ; après la tombée du jour, avait-il entendu dire, des panthères s'aventuraient souvent jusqu'à l'intérieur de l'enceinte du kampong. La nuit, les gens enfermaient leurs chiens, poulets et chèvres, et verrouillaient les portes. Il se promit de s'occuper sérieusement des fauves dès que les autres travaux lui en laisseraient le temps.

Ne pouvant trouver le sommeil, il passa en revue, une fois de plus, ce qu'il lui faudrait faire dans les jours à venir. C'était – il l'avait bien compris – une tâche incroyablement lourde, qui exigerait le maximum de ses forces et de son endurance. Aucun des autres planteurs de sa famille ne s'était jamais trouvé placé devant la nécessité de rendre cultivables des terres abandonnées depuis si longtemps.

Préparer les terres n'était pas la seule priorité : il fallait jeter un pont sur le Tjisondari car le gué était trop loin ; en même temps que le défrichage des anciennes plantations de café, il voulait installer un champ d'expérimentation pour la culture du thé. Il lui faudrait recruter de la main-d'œuvre pour dégager au coupe-coupe les sentiers et les terres meubles envahis par les herbes. Il voulait aussi faire plâtrer et blanchir à la chaux les murs « poreux » de sa maisonnette et organiser un service quotidien de livraison et de communication entre Gamboeng et l'exploitation de ses parents, située à plusieurs heures de voyage, afin d'avoir des nouvelles, de se procurer des outils et de la nourriture. Cette dernière était rare dans le kampong ; il avait déjà compris que les gens ne vendaient pas volontiers leur volaille.

Il finit cependant par s'endormir et fut réveillé par le chant des coqs. Le jour commençait à poindre. Il emporta une chaise au-dehors et regarda, le souffle coupé, le soleil qui se levait à l'horizon, enflammant les bancs de nuages au loin. Les sommets se dessinaient sur le ciel, comme entourés de traits d'encre. Des raies de brume étincelantes couraient à travers la vallée et entre les fûts des *rasamalas*. La forêt retentissait des sifflements de milliers d'oiseaux. Auprès de l'eau clapotante du lavoir, des voix résonnaient, claires dans l'air matinal ; on respirait l'odeur de feux de bois.

Djengot, qui avait rabattu son *kain saroeng* autour de ses épaules contre la fraîcheur du vent, sortit du bois de bambous, suivi d'un garçonnet de six ou sept ans qui menait par une corde le cheval blanc, étonnamment docile.

Djengot désigna l'enfant : « Il s'appelle Si Djapan. Il s'en occupera très bien. Il n'a pas peur. *Djoeragan* peut s'en rendre compte lui-même. »

Surpris et aussi un peu inquiet, il regarda comment sa jument, d'habitude si fougueuse, se laissait flatter les flancs par un étranger – un enfant, de surcroît – qui lui arrivait à peine au jarret. Il trouvait que Djengot avait agi inconsidérément en engageant déjà un garçon d'écurie, mais c'était en tout cas utile. Djengot était, pour le moment, indispensable pour arpenter les terres et Moentajas lui aussi avait bien d'autres choses à faire que de mener paître les chevaux.

« C'est bon, dit-il, en grattant les joues d'Odalisque. Sois sage, ma fille. Ne mords pas ! Ne te sauve pas ! »

Il but lentement le café que lui avait apporté Moentajas. Le soleil montait, mais la température restait fraîche. Au bord du ravin, des arbrisseaux étaient couverts de fleurs aux grands calices blancs, pareilles à des lys, comme il n'en avait encore jamais vu. Le paysage devant lui, la journée, sa vie baignaient dans la lumière matinale.

Il avait vingt-quatre ans, et devait pour la première fois agir sans l'aide d'autrui ; enfin son propre maître ! Tout ce qu'il avait vécu jusqu'ici avait été une préparation à cet instant. Il s'étira, les bras largement tendus. Un Eldorado !

# Scènes de préparation
## 1869-1873

Après avoir déballé et classé ses livres, puis rapproché la table de la fenêtre, il trouva la nouvelle pièce à son goût. Le mobilier était simple, bien entretenu quoique ayant servi à toute une série d'étudiants, et formait, avec ce qu'il avait apporté lui-même, un ensemble agréable à l'œil. Il avait très bien dormi dans l'alcôve surannée, bien qu'il eût préféré un lit normal. Le logeur et sa femme lui semblaient serviables et attentifs à ses besoins ; ils lui avaient apporté à l'heure exacte de l'eau chaude pour sa toilette et son rasage.

Tout en s'habillant, il regardait autour de lui afin de voir quels changements il pourrait apporter pour aménager la pièce à sa convenance. Au-dessus de la commode était suspendu un miroir. Il le décrocha et, avec le talon de sa chaussure, il enfonça le crochet dix centimètres plus bas. Il pouvait maintenant se regarder sans être obligé de se dresser sur la pointe des pieds. Ce qu'il vit : des yeux clairs sous un front haut et large ; un nez droit, une bouche aux lèvres pleines, encore enfantines. Ses cheveux étaient blond foncé, peu fournis, et commençaient déjà à être clairsemés le long de la raie. Sur son visage se lisait une certaine satisfaction de soi qui le gênait, car elle ne correspondait pas à ce qu'il ressentait.

« Rudolf Eduard Kerkhoven ! » dit-il à son reflet, comme s'il se présentait à un étranger. Il trouvait qu'il avait l'air trop jeune pour un garçon de vingt et un ans, un blanc-bec. Devrait-il se laisser pousser la barbe ? Il passa son étroite cravate sous son col et la noua.

Devant la fenêtre donnant sur le Brabantse Turfmarkt plongé dans la paix dominicale, il lut la lettre envoyée des Indes. Son père écrivait qu'après de nombreuses formalités compliquées il avait pu prendre à bail pour une durée de vingt ans le terrain sur lequel il voulait installer une exploitation de thé. Il couvrait presque trois cents hectares de terres encore en friche, depuis toujours le terrain de chasse des chefs locaux. Les travaux d'aménagement battaient leur plein ; la plantation avait déjà reçu un nom, Ardjasari, ce qui signifiait en sondanais quelque chose comme « Prospérité embaumée ».

Par des lettres précédentes, Rudolf avait été informé des expéditions entreprises pour découvrir des terres appropriées dans le pays montagneux du Priangan, la région qui n'était encore que partiellement désenclavée au sud de Bandoeng. La façon dont son père – entre des comptes rendus de tribulations d'ordre domestique et des communications professionnelles – s'étendait sur l'inconcevable diversité et la grandiose luxuriance de la nature avait éveillé en lui un écho dont il s'étonnait lui-même. Il savait que son propre avenir était aussi là-bas. Dès qu'il aurait terminé ses études à Delft, il ferait ses bagages. L'approche des adieux, la perspective d'une traversée de plusieurs mois le remplissaient déjà d'une sorte d'agitation intérieure due au sentiment de vivre dans le provisoire, dans le « déjà-plus » et le « pas-encore ». Cela ne disparaîtrait que lorsqu'il serait arrivé à destination.

Java était une constante dans la vie de sa famille. Ses parents s'y étaient installés deux ans plus tôt, après que de nombreux membres de la même souche les y avaient précédés au cours de deux décennies. Il se rappelait à quel point chez ses grands-parents Kerkhoven, dans leur Villa Hunderen à l'est du pays, la présence des « colons » semblait toujours tangible. Dans des albums étalés bien en évidence, on les voyait sur des photographies, posant devant une véranda aux colonnes blanches, ou sur un fond d'allées bordées d'arbres exotiques, fixant le spectateur en Hollande du regard figé des gens contraints de rester longtemps immobiles. Des cadeaux d'outre-mer – trophées de chasse : des cornes de buffles sauvages, une peau de panthère – paradaient sur les murs entre des marines de peintres néerlandais et des faïences de Delft. Mais leur présence était surtout sensible par le fait qu'ils partageaient sans cesse en pensée leur bonne ou leur mauvaise fortune. Invisibles, ils occupaient la place qui leur revenait lorsque toute la parenté se réunissait à Hunderen. Ils revivaient pour ainsi dire dans les traits et les silhouettes des messieurs barbus et moustachus Kerkhoven, Van der Hucht, Bosscha, Holle ; et dans ceux des dames avec leurs sages coiffures et leurs amples jupes : Pauline, Cecilia et Octavia, Ida, Caroline, Albertine, Sophie et Cateau, qui portaient, sur leurs cols étroitement boutonnés, des broches en or renfermant les mèches de cheveux, nattées avec art, des absentes. A table, les noms des parents d'Insulinde revenaient régulièrement dans les conversations ; immuablement, on lisait à haute voix des passages de leurs longues lettres, en hiver autour de la cheminée du grand salon, et pendant les mois d'été, par beau temps, sous les arbres derrière la maison. Les enfants de ces familles grandissaient dans la pleine conscience que leur réalité s'étendait bien au-delà de l'équateur.

Depuis sa plus tendre enfance, Rudolf était, comme les autres, familiarisé avec les événements sans précédent qui avaient marqué l'histoire des relations de sa patrie avec les Indes : comment en 1845, pas moins de trente-trois membres de leur famille étaient partis ensemble pour les colonies. Les circonstances atmosphériques avaient d'abord considérablement retardé le départ ; mais au mois de mai, grâce à un vent favorable, les trois-mâts *Anna Paulowna* et *Jacob Roggeveen* avaient – enfin – pu prendre le large. De retour au port, le lameneur rapporta encore à ceux qui étaient restés sur le quai un dernier message : les passagers entreprenaient, pleins d'espoir et d'optimisme, leur long voyage à l'autre bout du monde. En septembre de cette année-là, ils avaient pu mouiller l'ancre dans la rade de Batavia, sains et saufs, Dieu merci !

Dans l'intervalle, bien des êtres chers avaient été enterrés là-bas. Rudolf, lui aussi, pleurait la perte de quelqu'un. Une année plus tôt, sa sœur était morte, la plus jeune des enfants que ses parents avaient emmenés. La petite Pauline, venue au monde avec des mains et des pieds difformes, avait toujours été une source de soucis pour les parents. Selon lui, sa mort était due à des vices de conformation congénitaux et peut-être était-ce une délivrance. C'est ce qu'il avait suggéré aux siens dans l'intention de les consoler. A sa grande surprise, on lui avait reproché d'être sans cœur.

« Rudolf est dur » fut l'opinion générale. Il l'apprit par son frère cadet Julius, interne dans un pensionnat de Deventer, et souvent invité le dimanche par les membres de la famille vivant dans cette ville. Julius lui transmit la critique sur un ton qui trahissait son assentiment. Il avait promis à ses parents d'accepter l'autorité de Rudolf et de suivre ses conseils, mais il estimait que son frère était exagérément sévère et il lui reprochait surtout de s'occuper de ce qui ne le regardait pas. Julius avait seize ans ; il était d'un naturel très influençable et instable. Loin d'être sot, il était toutefois rebelle à l'étude et avait besoin d'être suivi de près. Il ne lui venait pas à l'esprit de se contraindre à faire ce qui le rebutait. Rudolf invoquait sa propre responsabilité. Lorsque Julius avait été une fois de plus trop paresseux, trop mou à ses yeux, il citait, avec le sérieux d'un aîné plus sage, une phrase tirée d'une lettre de son père, qu'il avait recopiée dans son agenda : « C'est pour moi une merveilleuse et réconfortante pensée que de pouvoir compter plus tard sur l'aide de deux énergiques assistants comme vous autres, deux *bons* garçons *non corrompus*, qui ne rechignent pas à la besogne. »

Considérant ces paroles comme une mission à lui confiée, Rudolf attendait de son frère la discipline qu'il s'imposait à lui-même. Il ne savait que trop qu'il n'était pas dur. Il était ulcéré que ses efforts pour parvenir à un comportement d'homme adulte ne fussent pas compris des siens.

On frappa.

« Monsieur, votre petit déjeuner. »

Rudolf ouvrit la porte. Outre le plateau, la logeuse apporta avec elle l'odeur qui flottait dans sa petite mercerie au rez-de-chaussée, une odeur de textile et d'amidon, qu'il connaissait de la lingerie familiale.

De dessous le volant de son bonnet, ses yeux enregistrèrent sur-le-champ la disposition différente des meubles.

« Oh ! Van der Drift aurait dû déplacer le miroir à votre place. Notre monsieur précédent était bien plus grand que vous. »

Elle étendit une serviette sur la table et déposa les sandwichs et le café. Il était déchaussé et le regard de la femme glissa de ses pieds au linge sale qu'il avait jeté en tas par terre dans un coin.

« Van der Drift cirera vos bottes, monsieur. Moi, je me charge du blanchissage. Nous nous occupons de tout sauf des repas chauds. Je peux pas, moi, avec ma boutique. »

Son mari, un homme pâle, toussoteux, l'avait déjà dit à Rudolf, lorsqu'il était venu louer la chambre.

« L'affaire est réglée, je peux prendre mes repas dans la pension d'un de mes amis », dit-il, sèchement. Il trouvait gênant que Mme Van der Drift eût déjà commencé à ramasser ses chemises et ses caleçons. Deux vieilles tantes célibataires qui habitaient La Haye avaient bien accepté qu'il leur apportât de temps à autre son raccommodage, mais, au cours des derniers mois, il n'avait pas fait usage de leur offre. Il était terriblement conscient du risque d'une perte de prestige qu'entraînerait un linge négligé. A la mimique de la logeuse, il put voir qu'elle avait déjà remarqué les boutons manquants et les coutures et plis défaits. Un subtil changement s'opéra dans son attitude. L'empressement du début – essentiellement inspiré par le sens des affaires – prit un tour que Rudolf avait toujours entendu vanter comme typique de la logeuse idéale, mais qu'il ne connaissait pas encore par expérience. Il savait ce que cela signifiait : elle l'avait « pris en charge ».

« Faudrait pas allumer le feu ? On est en octobre, il fait trop froid pour travailler sans chauffage.

– Inutile, je serai absent toute la journée.

– C'est bientôt, vos examens ? Sauf votre respect, comment ça s'appelle, ce que vous étudiez ?

– La technologie. J'aurai terminé en juin de l'année prochaine, dit Rudolf, dans l'intention de lui faire comprendre que, malgré son air jeunot et son mètre soixante-dix peu imposant, il méritait d'être pris au sérieux.

– C'est beau. Et après ?

– Ensuite, je partirai pour les Indes. »

Elle continuait à le considérer en silence. C'était l'instant où il aurait pu, en se livrant davantage, créer avec elle des relations familières. Il n'était pas sûr de le vouloir. Autrefois, dans le cercle familial et à Hunderen, il avait situé depuis son plus jeune âge les domestiques et les jardiniers dans le prolongement de ses parents et grands-parents. Ils faisaient partie d'une structure féodale où les différences sociales étaient naturelles et fonctionnelles, ne constituant nullement un obstacle à une confiance réciproque. La facilité avec laquelle, dans sa famille, les adultes maintenaient ces liens cordiaux sans jamais perdre de vue les rapports hiérarchiques lui servait d'exemple et de norme. Il lui faudrait d'abord trouver le ton juste avant de pouvoir accomplir la tâche qui l'attendait à Java en qualité de bras droit de son père, au milieu de gens avec lesquels – comme on le lui avait sans cesse rappelé – une stricte démarcation du statut social et des devoirs réciproques s'imposait. S'il cédait maintenant à l'envie qu'il avait par nature et dans les circonstances données de manifester une certaine familiarité, il ne serait peut-être pas en mesure, plus tard, d'exercer sur le personnel l'ascendant nécessaire.

Avec ses deux logeurs précédents – l'un stupide et grossier, l'autre d'une servilité embarrassante –, il n'avait eu aucune peine à agir avec assurance. A sa grande surprise, il avait réussi à adopter le ton autoritaire et cassant qu'il avait toujours trouvé déplacé dans la bouche d'autres étudiants ; il avait, tout comme eux, réagi par de fières engueulades aux négligences et au laisser-aller des « larbins » ; bref, il avait calqué son comportement sur celui que ces jeunes gens de sa condition estimaient pouvoir se permettre à l'égard du personnel domestique. La petite femme proprette au regard perçant qui se tenait devant lui ne se laisserait jamais traiter de la sorte. Elle savait mieux que lui ce qui était ou non convenable dans leurs rapports. Il devait maintenant lui faire clairement sentir, par quelques mots aimables, qu'il n'avait plus rien à lui dire ni à lui demander, mais qu'à l'occasion il ne demanderait pas mieux que de tailler une bavette avec elle. Sa gaucherie n'échappa pas à la femme.

« Buvez votre café, monsieur, avant qu'il refroidisse. »

Elle fit un balluchon du linge sale et sortit.

Rudolf se sentit honteux de son manque de savoir-faire. La brève confrontation avec Mme Van der Drift lui laissa le même arrière-goût désagréable que tant d'autres rencontres depuis qu'il devait voler de ses propres ailes. C'était un problème dont il ne pouvait parler à personne. Il aurait aimé être apprécié, et même inspirer de l'amitié, mais il se disait souvent qu'au fond, les gens ne l'aimaient pas. Malgré son ardent besoin de contacts, il donnait l'impression de tenir les autres à distance. Ses relations avec ceux qu'il avait dû affronter après le départ de ses parents avaient fait naître en lui une multitude de sentiments contradictoires. En tant que fils aîné et, dans une certaine mesure, remplaçant de son père, il s'efforçait de se comporter avec plus de pondération et de gravité qu'il n'est d'usage chez un si jeune homme, et comptait sur la compréhension de son entourage. Il faisait de son mieux pour respecter les règles du *maintien*[1] et des convenances qui lui avaient été inculquées depuis sa plus tendre enfance et dont il avait également observé l'application dans les milieux de notables de Deventer auxquels appartenaient ses parents. Devrait-il pour autant se considérer comme un rigide provincial ? Il se sentait vexé et peu sûr de lui lorsque, rendant visite à des amis de la famille à Amsterdam et à La Haye – où l'on était plus mondain que dans sa province d'Overijssel –, il n'était pas présenté à des hôtes inconnus (comme s'il était encore un enfant ou un indésirable !), de sorte que, selon l'étiquette, il ne pouvait prendre part à la conversation et avait l'air d'une quantité négligeable. Y avait-il un fond de vérité quand Julius disait qu'il passait pour être vieillot et suffisant, un freluquet avec des prétentions de maître d'école ?

Le fait est qu'il ne pouvait s'empêcher de donner son avis quand il n'était pas d'accord sur les opinions d'un tiers ou trouvait son comportement déplacé. Il avait fait sa confession de foi, était devenu frère de la communauté mennonite de Deventer, mais cela ne signifiait pas qu'il dût désormais accepter sans broncher les déclarations qui lui semblaient hypocrites ou arrogantes de ses confrères. Lors des fêtes de la Maison royale, il refusait, au grand mécontentement de son entourage, de porter l'insigne de la Maison d'Orange, sous prétexte qu'il considérait Guillaume III comme une non-valeur. Il arborait alors le bleu-

1. En français dans le texte. *(NdT)*

blanc-rouge, à la manière de ses ancêtres, partisans des « patriotes », et acceptait stoïquement les conséquences (remarques blessantes, menaces et violences dans la rue) de son attitude jugée provocatrice.

Dans la maison paternelle, la fréquentation du temple n'était pas obligatoire, elle était laissée au choix personnel de chacun. Aussi protesta-t-il vivement lorsque, à Deventer, Julius fut forcé d'assister chaque dimanche aux offices religieux. Le directeur du pensionnat déclara ne vouloir accepter d'objections que de la part du père de Julius. L'argument de Rudolf selon lequel Julius, qui était un élève lent, emportait maintenant ses manuels au temple parce qu'il n'avait pas le droit de sortir le dimanche avant d'avoir fait ses devoirs et appris ses leçons, eut le résultat inverse de celui qu'il visait. La « trahison » déclencha la colère de Julius : « Mouchard ! Pédant ! Tatillon ! » La famille qualifia Rudolf de faux jeton.

Les femmes que Rudolf considérait comme de vraies dames étaient à ses yeux des êtres d'un ordre supérieur, les protectrices du raffinement et des bonnes mœurs. Il estimait déplacé d'adopter en leur présence les façons estudiantines. Il était souvent amoureux, de loin, d'un joli minois penché sur ses travaux d'aiguille ou d'une silhouette sereine et gracieuse jouant du piano ou versant le thé. Ce que les objets de son adoration pensaient de lui (le plus souvent elles le traitaient plutôt avec indifférence) restait une énigme qui le torturait. S'y prenait-il donc si mal ? Quelles qualités lui manquaient ? Chaque jour, il était assailli par de tels sentiments. Quand ceux dont il recherchait l'amitié ou qu'il respectait se montraient réticents à son égard, le souvenir de ces instants pénibles le déroutait pendant des jours entiers. Et maintenant, de nouveau, il soupçonnait Mme Van der Drift de le trouver ennuyeux et de le mettre définitivement dans le même sac que les goujats qu'il détestait tant lui-même.

Il sortit du tiroir supérieur de la commode une photographie que lui avaient envoyée ses parents : elle avait été prise à Batavia, où ils avaient décidé de séjourner avant leur départ pour Bandoeng, en attendant que leur maison dans la plantation fût prête à les accueillir.

La famille avait pris la pose avec deux servantes sur les marches d'une galerie. Sa mère et ses sœurs portaient, comme ces femmes, le vêtement indigène, une longue blouse blanche par-dessus une pièce de batik à rayures et autres motifs, drapée autour de leurs hanches. Bertha et Cateau avaient les cheveux flottants. Le visage de sa mère avait l'air d'un masque, étrangement tacheté, comme si la peau était partiellement pelée. Son père ne regardait pas le photographe ; depuis la balustrade par-dessus laquelle il se penchait, il avait les yeux baissés vers August, le plus jeune frère de Rudolf, qui se tenait un peu à l'écart du groupe, un garçonnet au visage encore sans caractère. Seul le regard enfantin, candide de Cateau était resté le même. Le cliché avait dû être pris peu de temps après la mort de la petite Pauline. Leurs vêtements et la profondeur nue de la véranda derrière eux donnaient une impression de pauvreté et de négligence. Ce n'étaient plus les gens qu'il avait accompagnés lors de leur départ. Il aurait voulu les arracher au papier pour leur dire des paroles d'encouragement.

Il tentait de se convaincre que cette photographie avait été prise six mois auparavant et que maintenant, sous le climat plus frais de la région montagneuse du Priangan, et tout occupés à se préparer à leur nouvelle vie dans la plantation, ils ressembleraient aux portraits qu'ils avaient distribués avant leur départ en guise de souvenirs. L'un d'eux était dans un cadre posé sur la table, devant Rudolf. Il le saisit.

Comme toujours, l'allure digne, distinguée de son père le frappa ; ce front haut, ce regard ouvert, bienveillant. Maître R. Kerkhoven père était assis, détendu, sur un siège sculpté, le bras droit reposant négligemment sur une table, ses gants en chevreau glacé dans la main gauche. Bien que naturellement blondes, sa barbe et sa moustache fournies semblaient d'un noir profond. Pour Rudolf, il était clair que cette noble personnalité n'aurait jamais pu se contenter d'exercer les fonctions d'avocat à Deventer ou de directeur des Tourbières et Entreprises horticoles de Dedemsvaart, pas plus que celles d'inspecteur de l'enseignement primaire dans la province d'Overijssel – même en qualité de membre des États provinciaux, il n'avait pas obtenu la marge de manœuvre nécessaire pour réaliser ses ambitions de contribuer au progrès social et à la formation de la population. Ces aspirations faisaient partie des traditions familiales dont Rudolf était fier. Son grand-oncle Jan-Pieter Van der Hucht, le chef de file de la compagnie qui s'était embarquée en 1848, n'avait-il pas publié un an avant son départ une brochure intitulée *Discours en faveur d'une colonisation de Java par les Néerlandais* dont le but était de combattre le chômage dans la patrie et de stimuler le bien-être matériel et spirituel des populations d'outre-mer ? Et un cousin par alliance, Maître Engelbertus de Waal, aujourd'hui ministre des Colonies après une carrière aux Indes, ne mettait-il pas tout son zèle à promouvoir des innovations en matière de législation agraire à Java ?

Les « colons » avaient prouvé qu'ils avaient eu raison en se lançant dans une aventure dont l'issue était si hasardeuse. Ce que tout un chacun avait, à l'époque, qualifié d'excentrique et d'irréfléchi était devenu l'objet de louanges, maintenant que leurs efforts semblaient devoir être couronnés de succès. Deux oncles Holle et un oncle Kerkhoven avaient repris à leur compte, dans le district de Buitenzorg, le bail des plantations de thé du grand-oncle Willem Van der Hucht, le seul survivant de la première génération de planteurs, et réussissaient assez joliment à se maintenir. Rudolf ne doutait pas un instant que son père parviendrait lui aussi à faire d'Ardjasari un domaine florissant, le thé étant une boisson consommée dans le monde entier. Il avait la certitude absolue que lui-même et ses frères étaient destinés plus tard à diriger à leur tour l'exploitation.

Réflexion faite, le portrait de sa mère soulevait des questions. Tout en admirant ses beaux yeux, il ne pouvait maintenant s'empêcher de discerner déjà aux commissures des lèvres le sillon triste qui, sur la photographie de Batavia, s'était durci en une ride amère. Les lettres lui avaient appris qu'elle souffrait souvent de maux de tête et de ce que son père appelait « nervosité ». Dans le cercle familial d'Overijssel, le bruit courait que Berthe et Cateau était déjà fiancées ou tout comme ! On suggérait que sous les tropiques on n'était pas très à cheval sur les usages préconisant la nécessité de se connaître à fond avant de s'engager. Les jeunes filles étaient souvent invitées à séjourner chez des amis. Quelle n'avait pas été la surprise de Rudolf lorsqu'il avait lu le compte rendu de l'une de ces visites de plusieurs jours dans une maison amie des environs de Batavia : ses sœurs se promenant nu-pieds à travers les rizières avec les filles de la maison et se baignant dans une rivière, vêtues seulement d'un tissu noué autour du corps ! Comment réagissait sa mère à tous ces usages inconnus, à ces principes moraux peut-être totalement différents ?

« Eldorado » : dès qu'il avait connu ce mot étrange, c'est ainsi qu'il avait appelé la résidence secondaire de ses grands-parents Kerkhoven, la Villa Hunderen, près de Twello dans l'Overijssel. Eldorado : de hauts arbres bruissants, des haies de rhododendrons, des rangées d'épais buissons entourant un gazon, des allées zigzaguant parmi la verdure et depuis lesquelles on avait à tout instant la vue sur des champs et des prairies. Eldorado aussi à l'intérieur de la grande demeure, avec ses mezzanines, ses alcôves, corridors, escaliers et ses placards profonds, et un immense grenier plein de recoins et de cachettes sous les poutres apparentes. Plus encore que pour ses sœurs, cousins et cousines, ses compagnons de jeu durant de longs étés, Hunderen signifiait pour lui la liberté, son monde à lui. Après la mort de ses grands-parents, la propriété avait été vendue. Pour l'enfant de douze ans qu'était alors Rudolf, cela avait signifié une perte irréparable. L'adieu à Hunderen avait aussi été l'adieu à ses années d'enfance. Et pour le collégien de Deventer, la vie prenait un tour sérieux. Jamais plus il n'avait vraiment joué.

Le style de ses grands-parents avait continué à donner le ton dans toute la famille : sérieux mais larges d'esprit, bienveillants et dotés d'un solide sens de l'humour, mais à cheval sur les bonnes manières. Sa grand-mère, toujours vêtue de robes sombres en forme de cloche, ses anglaises grises dépassant d'un bonnet dont les longs rubans pendaient de chaque côté, trônait dans son souvenir comme la personnification du calme. Elle quittait rarement Hunderen, et toujours à contrecœur. A Hunderen, certaines pièces privées avaient sa préférence : un salon, où se trouvait sa table à ouvrage, l'arrière-cuisine avec tout ce qu'il fallait pour faire les conserves et les confitures, et, dans le jardin, une tonnelle semblable à une corbeille verte.

La grand-mère Kerkhoven avait pris l'habitude d'appeler son époux « Kerkje », diminutif de Kerkhoven, ce qui faisait toujours pouffer de rire les enfants qui venaient à Hunderen, parce que l'image d'une « petite église » évoquée par ce mot ne cadrait pas avec la haute taille et la tête marquante, puissante du grand-père. Contrairement à son épouse – et bien que rentier, « à la retraite » –, il avait la bougeotte, était toujours sur les chemins, le plus souvent pour inspecter le polder qu'il possédait au nord-ouest de Groningue ou pour rendre visite à des relations datant de l'époque où il était encore directeur de la firme Kerkhoven & Cie, agents de change à Amsterdam. Lorsqu'il était assis à sa table de travail, à Hunderen, il ne se montrait jamais importuné par les nombreuses allées et venues des autres occupants de la maison (toujours remplie d'hôtes et de visiteurs), ou par des enfants qui jouaient autour de lui. Infatigablement, il faisait visiter son cabinet de curiosités aux personnes intéressées, vidait des boîtes et des tiroirs pour montrer ses collections de coquillages et d'insectes fixés par des épingles. Rudolf voulait sans cesse voir surtout l'atlas du monde entier, rarissime, composé au XVIe siècle par Ortelius, ainsi que le télescope conçu par le grand physicien et ingénieur allemand Fraunhofer. Rien n'exaltait plus son imagination que ces illustrations de continents et d'océans (encore peu fidèles, comme le soulignait son grand-père, mais qui témoignaient néanmoins d'étonnantes facultés de perception) et ces cylindres métalliques, ces lentilles habilement taillées, capables de mettre à portée de l'œil tout ce qui était très loin, jusqu'aux étoiles et aux planètes.

La spécialité de sa grand-mère était de raconter des histoires. Selon Rudolf, ce don était lié à son immobilité et à l'attention de tous les instants qu'elle portait à ses proches. Il se souvenait presque mot pour mot de tous les récits qui avaient enchanté son enfance, plus que la lanterne magique. Par exemple, comment, au XVIIIe siècle, un oncle richissime était mort sans informer ses héritiers qu'il avait caché sous le plancher ou derrière la tapisserie sa fortune en or et bijoux ; après avoir vainement cherché, ils avaient vendu la maison pratiquement démolie, mais ils constatèrent plus tard avec effroi qu'inexplicablement, dans un délai très bref, les nouveaux propriétaires nageaient dans l'opulence.

La morale que grand-maman Kerkhoven ne manquait jamais de formuler en passant était la suivante : il ne servait à rien de spéculer impatiemment sur l'héritage des biens d'autrui ou d'ajouter foi à de vaines promesses. Il fallait travailler dur et vivre sobrement pour assurer à soi-même et aux siens une existence agréable, et gérer sagement les biens dont on avait hérité.

Une autre histoire : comment le grand-père lui avait fait la cour à elle, la ravissante Annie Van der Hucht. Après l'avoir vue pour la première fois dans une loge du théâtre municipal d'Amsterdam, il avait couru derrière sa calèche, dans l'espoir de découvrir où elle demeurait ; mais quand la calèche avait dépassé la porte de la ville, il avait dû renoncer à sa poursuite. Les recherches entreprises par l'amoureux transi avaient fait apparaître que l'homme qu'il prenait pour le père de la jeune fille était un fabricant de fil à dentelle de Haarlem. Afin d'être admis dans les bureaux de ce dernier et dans sa maison, le jeune homme avait lui-même ouvert temporairement un petit commerce dans cette branche, mais en vain. Beaucoup plus tard seulement, le hasard les avait réunis ; elle se trouvait être la sœur de l'un de ses camarades d'études. Toutefois, il ne l'avait jamais rencontrée dans la maison de ce dernier, car elle vivait à Haarlem, chez des parents adoptifs.

Le récit de ces idylles plaisait énormément à Rudolf. C'est ainsi qu'il se représentait le véritable amour : la certitude, au premier regard, d'avoir trouvé la femme de sa vie – et aussi, bien sûr, la volonté et la force d'attendre, au besoin pendant des années, d'avoir effectivement prouvé qu'il était digne de son idole. L'union étroite entre un homme, une femme et leurs enfants lui semblait la seule forme d'attaches qui pût faire contrepoids à toutes les libertés possibles, peut-être même la condition d'une véritable indépendance. Il refusait de penser qu'il était « vieux jeu » parce qu'il croyait encore en ce qui lui apparaissait comme parfaitement naturel. Ainsi se passeraient les choses pour lui ; il l'espérait et y comptait bien. Un jour, il rencontrerait celle qui lui était destinée, comme lui à elle, et c'était pour elle qu'il voulait se montrer patient et maître de lui-même envers et contre tout.

Il réussissait mieux à vaincre les tentations depuis qu'il avait remarqué que, même à cet égard, il devait donner l'exemple à Julius. Il jugeait méprisables les propos obscènes ; la fréquentation des bordels lui inspirait crainte et horreur. Il se tenait si sincèrement à l'écart de ces comportements qu'il pouvait se permettre avec autorité de les déclarer inadmissibles. Cependant, il ne connaissait que trop la tentation à laquelle Julius cédait si facilement, d'après ce qu'il savait. Il ne croyait pas que la masturbation fût un péché qui provoquait d'affreuses maladies, mais, à ses yeux, quelque chose de honteux collait à ces actes secrets et solitaires, qui ne le libéraient pas vraiment. Il ne céda plus à ces pulsions parfois obsédantes, à partir du jour où un incident au pensionnat de Julius lui fit découvrir que cette fâcheuse habitude y était monnaie courante. Cela expliquait partiellement, selon lui, le teint blafard et l'indolence de son frère cadet. Mais comment convaincre Julius de la nécessité de se dominer, si lui-même en était incapable ? Il se rendait bien compte qu'il humiliait et fâchait Julius en intervenant sur ce point, mais il ne pouvait s'empêcher de faire ce qu'il considérait comme son devoir.

Il avait essayé de mettre ses parents au courant (à mots couverts, parce que ses sœurs liraient aussi la lettre). Il lui semblait exclu que Bertha et Cateau eussent connaissance des difficultés auxquelles un jeune homme devait faire face. Il fit allusion, comme en passant, à la *grande* et *bonne* influence que pouvaient exercer les jeunes filles. Il souligna ces mots, dans l'espoir qu'elles comprendraient intuitivement dans quelle intention il les avait choisis.

Aux histoires que les enfants écoutaient autrefois bouche bée à Hunderen, appartenait en tout cas celle qui concernait le grand-oncle Guillaume Van der Hucht (ce prénom datait du temps de la domination française). C'était un personnage aux dimensions presque mythiques. A quatorze ans, pour ne pas être à la charge de sa mère, une aristocrate devenue veuve, appauvrie par les circonstances, il s'était engagé comme mousse sur un navire marchand. En tant que plus jeune membre de l'équipage, il avait la vie dure mais Willem (comme on l'appelait à bord) ne se laissa pas effaroucher. Au contraire ! Pendant ses rares loisirs, il grimpait dans le nid-de-pie avec des ouvrages préparant aux examens de troisième, deuxième et premier timonier, qu'il passa l'un après l'autre avec succès. Des années plus tard, lorsque le capitaine vint à mourir en pleine mer, Willem, qui s'était acquis dans l'intervalle un grand prestige auprès de l'équipage, devint le maître à bord. Il parcourut par la suite tous les océans sur son propre navire marchand, le *Sara Johanna*, et fit de bonnes affaires. Son dernier voyage le conduisit à Java.

A cette époque, l'administration coloniale des Indes orientales néerlandaises, ayant décidé de pratiquer une politique d'expansion de la culture théière, cherchait des contractants. Willem se révéla un entrepreneur compétent. Il plaça son argent dans des terres prises à bail par des membres de sa famille déjà établis à Java, et par des particuliers de ses amis. En lui revivaient les qualités des aïeux aristocratiques de sa mère, née baronne Van Wijnbergen. Ces hommes avaient toujours été militaires de carrière et chasseurs passionnés. Lui qui eût tant voulu avoir des fils pour les élever dans ces traditions n'eut pourtant que trois filles dont deux moururent très jeunes. Devenu veuf, il se remaria avec une Anglaise beaucoup plus jeune, qui ne devint ni une amie ni une éducatrice pour la jeune orpheline de mère. Il ne put rien faire d'autre pour son enfant que de la donner en mariage, en la pourvoyant d'une belle dot. Dès lors, il reporta toute sa sollicitude paternelle sur les fils de son frère et de ses sœurs venus de Hollande. Il était le chef incontesté du clan ; sa parole avait force de loi.

Outre ces chroniques d'autrefois, dans lesquelles le grand-oncle Van der Hucht était présenté comme un héros, Rudolf avait occasionnellement entendu d'autres sons de cloche plus critiques. Depuis qu'il était revenu définitivement aux Pays-Bas, richissime, l'oncle Willem vivait dans un domaine au milieu des dunes de Kennemer et siégeait à la Chambre des députés où il était considéré comme un spécialiste des affaires coloniales : mais il se montrait parfois trop autoritaire au sein de sa famille. Il continuait à surveiller de près les neveux, depuis longtemps adultes et indépendants aux Indes, qu'il avait jadis mis en selle. Rudolf se rappelait combien de fois son père, avant de s'embarquer, s'était rendu à la villa de l'oncle dans les dunes, pour le consulter ; il ignorait le sujet de leurs entretiens, car son père, considérant qu'il n'avait pas encore voix au chapitre, ne l'avait pas mis au courant. Il savait seulement qu'un certain nombre de parents s'étaient déclarés disposés à participer financièrement à la constitution de la nouvelle entreprise. Mais tandis que l'on attendait des précisions de Batavia, une nouvelle parvenue en sous-main avait clairement fait apparaître qu'un terrain avait déjà été choisi et une société d'exploitation fondée. Tout cela, sans que le grand-oncle Willem eût été consulté. Ce dernier avait été ulcéré que l'on eût fait fi de ses conseils et il l'avait dit sans mâcher ses mots, parlant de « ce prétentieux minus de Kerkhoven ».

Rudolf, l'ayant appris, avait saisi cette occasion de se mêler de l'affaire en tant que fils aîné et personne concernée. Il avait prudemment informé son père de la confusion qui régnait au sein de la famille et de la colère de l'oncle Van der Hucht, le « doyen ». Bien qu'il ne comprît pas exactement quelles transactions et manipulations là-bas, à Java, avaient été nécessaires pour monter l'entreprise et quel rôle jouaient ses cousins Holle et Kerkhoven, il avait eu en tout cas l'impression que quelque chose avait changé. Les insultes à l'adresse de son père continuaient à le tarauder. Il était bien décidé à ne pas en rester là et avait demandé une audience à l'oncle Van der Hucht. Dans un message officiel, il fut invité à prendre le déjeuner du dimanche à Duin-en-Berg. Une calèche l'attendrait à la gare de Haarlem.

Un bruit confus annonça que quelqu'un montait. La porte s'ouvrit et son camarade Cox entra en trébuchant dans la chambre.

« Merde alors, Kerkhoven, quel sacré escalier ! J'ai bien failli me casser le cou !

– C'est pour ça que je me trouve bien ici, dit Rudolf en riant. Maintenant, je suis sûr que tu viendras moins souvent me déranger dans mon travail.

– Pourquoi n'es-tu pas venu au club hier ? On s'est amusés comme des fous.

– Tu sais bien que je devais déménager. Quand tout a été fini, je n'avais plus envie de sortir.

– C'est ma foi bien, ici. » Cox fit du regard le tour de la

pièce. « Chapeau ! Mais cet escalier ! Enfin, dans ta dernière piaule, ça puait. Belle chambre. Dis donc, tu viendras tout de même à la grande fête de la société Apollon, samedi prochain ?

– Je n'en suis pas membre.

– Moi non plus. Et Ribbius et Berlage, pas davantage ! On paiera tout bonnement une entrée.

– J'appelle ça parasiter.

– Mon Dieu, c'est fou ce que tu es chicanier ! Après tout, le prix de l'entrée n'est pas tellement bon marché. Cinq florins.

– Trop cher pour moi.

– Je m'en doutais ! » Cox leva les bras au ciel dans un geste théâtral de désespoir. « Je ne connais personne qui soit aussi économe que toi.

– Tu t'exprimes avec plus d'élégance que mon frère Julius, qui dit : "Rudolf tondrait un œuf." C'est vrai, je suis économe. Après tout, c'est l'argent de mon père.

– Tu étais encore en train de bûcher, comme toujours ? » Cox s'approcha de la table ; il se pencha sur la photographie en poussant une exclamation de surprise. « Eh bien, dis donc, la petite Cateau ! Ce feu follet ! Quel âge a-t-elle maintenant, dix-huit, dix-neuf ans ? On dit que là-bas, dans les Indes, les jeunes Européennes peuvent avoir autant d'amoureux qu'elles ont de doigts.

– C'est encore une enfant », répondit Rudolf, sèchement, en soustrayant le portrait de famille au regard indiscret de Cox. Cateau avait toujours été sa préférée. Il lui déplaisait que Cox fixât son attention sur le fait que « Too » avait passé l'âge d'être considérée comme une petite poupée et une camarade.

« Tu viens faire une partie de billard ? Berlage sera là aussi.

– Non, merci, je ne peux pas.

– Tu ne vas tout de même pas me dire que tu dois aller au temple ? » Cox fit un geste de la tête en direction de la fenêtre. Dehors, les cloches sonnaient, ce n'était pas la première fois ce matin-là ; des fidèles sobrement vêtus marchaient à pas mesurés le long de la rangée de maisons, de l'autre côté de la rue.

« Mon grand-oncle de Santpoort m'a invité à déjeuner.

– Aïe, le nabab ! Un oncle millionnaire député, un autre oncle ministre des Colonies. Ça jette du jus ! A ta place, avec un piston pareil, j'aurais d'autres ambitions que de devenir employé dans la plantation de mon père ! Tu fais des études à l'École polytechnique de Delft. Tu te rends compte, mon vieux, tu appartiens à l'élite !

– Mais figure-toi que je veux aller dans les Indes.

– Tu n'es quand même pas un étudiant raté, ni un fruit sec.

– C'est pour ça que je veux aller là-bas.

– Mais, Seigneur Jésus, qu'est-ce que tu veux aller faire dans le thé, toi qui es technologue ?

– Si tu m'accompagnes à la gare, je te le dirai », répondit Rudolf.

Ce n'était pas la première fois qu'il essayait d'expliquer à ce bambocheur de Cox les choses qui comptaient pour lui-même et sa famille. N'en avait-il pas discuté interminablement avec ce garçon ? Ils se connaissaient depuis le collège. On eût dit qu'aux yeux de Cox le monde ne dépassait pas les frontières des Pays-Bas. Il incarnait tout ce que Rudolf ne voulait pas (ne voulait plus) être : le « bourgeois », dont les membres de la famille partis pour les Indes s'étaient définitivement défaits comme d'une peau trop étroite. Il savait fort bien que Deventer et Dedemsvaart lui collaient encore à la peau et que même Delft lui imposait des limites.

« Chez le grand-oncle Van der Hucht, à Duin-en-Berg. Splendide domaine, au moins plusieurs hectares de terres. Beaucoup de pins maritimes, de taillis de chênes. Un parc avec un étang, une orangerie. A l'intérieur, l'opulence. La grand-tante Mary, très élégante mais peu amène, froideur anglaise, formaliste, tout à fait telle que je me l'étais toujours représentée. Accueil d'abord très guindé, plus tard jovial (surtout de la part de l'oncle). Après le repas (sept plats, servis par un domestique en gants blancs !), entretien en aparté avec l'oncle, dans son "study", comme tante Mary appelle son bureau. L'oncle me chapitra sur ma manie de m'occuper de ce qui ne me regarde pas, mais montra plus tard beaucoup d'estime pour ma personne, parce qu'il s'était avéré que Papa, à la suite de mon intervention, avait finalement pris à cœur les conseils de l'oncle. J'ai appris beaucoup de choses que j'ignorais. L'oncle est réaliste, pragmatique. Cela lui a permis de faire son beurre. J'espère pouvoir me retirer un jour des affaires de la même manière. »

Rudolf reposa sa plume. Il était encore tout imprégné de la visite à la villa de Santpoort et de l'ambiance qui y régnait, si totalement différente de celle à laquelle il était habitué dans sa famille pourtant aisée, elle aussi. Il avait tout dévoré des yeux. Les précieuses curiosités collectionnées par l'oncle au cours de ses périples donnaient à l'intérieur de la villa un cachet exotique. Il aurait voulu pouvoir passer des heures entre les porcelaines chinoises et japonaises, les cabinets laqués, les étoffes et les masques bariolés, les meubles en bois admirablement sculptés remontant à l'époque de la Compagnie hollandaise des Indes orientales. Mais, après le repas, l'oncle l'avait amené dans le salon réservé aux messieurs pour y fumer un cigare au coin du feu. Là, c'était le domaine tout-puissant de la chasse ; les murs étaient recouverts du haut en bas de trophées : bois de cerfs, têtes et peaux d'animaux exotiques. Devant la cheminée était étalée une peau de tigre, un crocodile empaillé tenait lieu de tabouret de pieds.

Une fois de plus, Rudolf relut les notes qu'il avait griffonnées à la hâte – partiellement dans son compartiment pendant le voyage de retour – afin de pouvoir faire un rapport circonstancié à son père de ce qui avait été discuté à Duin-en-Berg. La voix puissante, un peu rauque, de grand fumeur et buveur de son oncle retentissait encore à ses oreilles ; il lui semblait avoir dans les narines la fumée de son fin cigare et, sur la langue, le goût de l'excellent cognac. Il revoyait l'oncle assis en face de lui, avec son visage comme tanné par le vent marin et le soleil tropical et son impressionnante moustache, la puissante carrure enveloppée dans la robe de chambre qu'il avait revêtue avant de pénétrer dans son « study » pour ne pas, comme il disait, rapporter plus tard une odeur de tabac dans les salons de sa femme. Au souvenir de la chaleur confortable du feu dans la cheminée, Rudolf prit conscience du froid d'octobre qui régnait dans sa chambre. A son retour, Mme Van der Drift avait apporté les sandwichs du soir et demandé si elle devait allumer le poêle ; il regrettait maintenant – toujours cet esprit d'économie, « pas la peine, pour ces quelques heures ! » – d'avoir dit non. Il se déshabilla et grimpa dans l'alcôve. Il pouvait maintenant revivre toute la conversation, réfléchir tranquillement à ce qu'il avait entendu.

« Mon garçon, tu as naturellement jugé nécessaire de t'occuper d'affaires qui ne te regardent pas. Du moins pas encore. Tâche déjà d'obtenir ton diplôme.

– Mon oncle, vous avez tenu à des tiers des propos sur mon père en des termes qu'en tant que fils qui se respecte, je n'aurais pu tolérer si vous vous étiez adressé à moi. Ç'aurait été pour moi une raison suffisante de refuser à tout jamais de vous serrer la main.

– Cette loyauté t'honore, même si je trouve que tu montes un peu vite sur tes grands chevaux. Et tu es encore ignorant comme une carpe. C'était du reste l'un de mes griefs à l'égard de ton père : agir sans être suffisamment informé. Dans l'intervalle, il a appris qu'en Orient, il ne faut pas se presser et qu'il convient de tenir compte des us et coutumes d'un pays.

– Papa était déçu de ne pouvoir se mettre au travail sur-le-champ. Il en rêvait depuis des années.

– A mon avis, ton père est parti pour les Indes par dépit. Ça t'étonne, hein ? Il n'a jamais pu digérer que le grand-père Kerkhoven ait transmis sa fonction d'agent de change à un fils cadet. La famille sait très bien que ton père n'est pas un homme d'affaires. Il n'a jamais réussi à faire prospérer les tourbières, pas plus que l'entreprise horticole.

– Pourtant, Papa l'a vendue avantageusement.

– C'est juste, ça s'est bien passé. Mais ça ne lui a pas rapporté un gros magot. Et c'est ce qu'il aurait fallu, car, quand ton grand-père est mort, la chère était maigre. Il a engendré trop d'enfants.

– Ce n'est pas avant tout pour l'argent que mon père est parti pour les Indes.

– Je ne doute pas de ses bonnes intentions. Il croit pouvoir réaliser là-bas ses idéaux humanitaires et philanthropiques. N'ayant pas réussi à civiliser les petits paysans d'Overijssel, il veut maintenant apporter sa contribution, en tant que grand propriétaire terrien à Java, aux nouvelles formes de création d'emplois que l'administration coloniale va introduire. Parfait. Encore faut-il savoir dans quoi on se lance. Je lui ai conseillé de ne pas monter lui-même une entreprise, mais de prêter de l'argent à d'autres, qui ont déjà de l'expérience, par exemple à ton oncle Eduard Kerkhoven, pour qu'il puisse étendre sa plantation de Sinagar. Abstraction faite de son manque de connaissances techniques, il est trop vieux.

– Mais il a quand même réussi. C'est lui qui détient maintenant le bail d'Ardjasari.

– Espérons que ça marchera ! Mais il faudra qu'il tienne compte de ce que lui disent nos neveux. Ils savent tout de la culture du thé, surtout Adrien et Albert, et sont mieux au courant que quiconque des démarches à faire auprès de l'administration coloniale. Qui plus est, ils ont des relations dans la population : ils sont amis avec les régents indigènes – c'était aussi mon cas dans le temps, nous allions avec ces messieurs à la chasse et nous respections leur droit coutumier. Quand les Holle sont sur les terres, ils portent le *kain*, une sorte de long pagne en batik, comme les gens du pays et ils ont toujours la tête couverte. Ils connaissent les us et coutumes. Karel Holle va un peu trop loin à mon goût. Il a pour ami intime un sage musulman chargé de l'enseignement religieux, un aristocrate aux manières agréables, mais on ne sait jamais. Dans l'islamisme, religion et politique se confondent, ces gens-là sont souvent fanatiques. Ce *penghoeloe* est très influent dans le Priangan. Karel et lui se dépensent sans compter pour l'édification de la population, ils écrivent des livres dans leur langue, le sondanais ; Karel a fondé une école d'instituteurs indigènes, c'est un bienfaiteur au sens le plus large ! Selon moi, il fait trop de zèle, avec son idéalisme.

– Mon père a beaucoup de respect pour le cousin Karel.

– Il le lui doit bien : c'est Karel qui a aidé ton papa à obtenir l'entreprise, grâce à ses relations dans le district de Bandjaran. Maintenant que le système obligeant la population à cultiver certains produits au profit de l'administration coloniale semble enfin devoir être aboli, ton père va pouvoir introduire le travail salarié à Ardjasari. A Waspada, l'exploitation de Karel, cette réglementation est déjà en vigueur. Il discute aussi tous les problèmes avec ses contremaîtres indigènes et donne des consultations pour les ouvriers. Reste à savoir quels résultats il en tirera. C'est un rêveur. Je vois d'ici le rire sarcastique de Baud.

– Qui est Baud, mon oncle ?

– Notre concurrent ! L'un des fils de l'ancien gouverneur général. Aussitôt qu'il a vu venir les changements, il s'est assuré par contrat la mainmise sur des terres à droite et à gauche, ce qu'il peut faire sans difficulté puisqu'il connaît tous les bureaucrates. Il est aujourd'hui le plus grand producteur de thé de Java. Lorsque nous voulons prendre une terre à bail, où que ce soit, il essaie de nous mettre des bâtons dans les roues. Il nous appelle de "vrais vampires", prétend que nous recherchons uniquement le profit personnel. Mais il ne demanderait pas mieux que d'utiliser nos services en tant qu'administrateurs à des conditions dérisoires, ou d'accepter nos capitaux pour couvrir les risques de ses propres entreprises. J'avais une peur bleue que ton père, lui qui manque d'expérience dans ce domaine, se laisse avoir par Baud. C'est nous, de Parakan

Salak, qui sommes les pionniers. Nous devons nous maintenir.

– Dans le Discours du trône, il est dit que cette année sera importante pour les Indes…

– La loi agraire de notre neveu De Waal est pratiquement adoptée. Je lui ai apporté tout mon appui.

– Dites-moi, mon oncle, cette possibilité de confier des entreprises à des particuliers marque donc un progrès ? Et pourtant, les libéraux s'y sont opposés, je ne comprends pas.

– Ce sont des libéraux légèrement tintés de radicalisme. On ne peut pas dire que leurs opinions en la matière témoignent d'une grande sagacité. Ils se réfèrent aux idées de notre cousin par alliance, ce Douwes Dekker, qui se fait à présent appeler Multatuli. Quand on pense que cet homme est aux antipodes de la pensée libérale !

– Mais il écrit une prose enflammée, j'ai lu son livre, *Max Havelaar*[1].

– Je vais te dire une chose. Dekker a plagié un pasteur qui avait déjà mis le doigt sur la plaie vingt ans plus tôt. Il lui a piqué, *excusez le mot*[2], son thème, ses histoires. Le pasteur, lui, était un vrai martyr de la bonne cause – il a été expulsé des Indes à l'époque – mais il a fait moins de tapage que Dekker. Au fond, est-ce que tu connais Dekker ? Il a souvent rendu visite à la famille, quand il venait en Hollande avec sa femme.

– J'étais encore trop petit, je ne m'en souviens pas. Mais j'ai assisté l'an dernier, à La Haye, à l'une de ses conférences. C'est un orateur qui galvanise son auditoire. J'ai eu l'impression qu'il avait raison à bien des égards.

– Bien entendu, les chefs indigènes exigent que la population soit assujettie à la corvée au profit des seigneurs, ainsi le veut le droit coutumier – et naturellement la manière dont ils s'y prennent ne vaut rien non plus. Mais il faut être frappé de cécité, si l'on s'imagine pouvoir y changer quelque chose en incriminant ces chefs auprès de l'administration, qui est elle-même le plus grand responsable de ces abus. C'est le système tout entier qu'il

1. Le célèbre roman de Multatuli (1820-1887), traduit en français par Philippe Noble, Arles, Actes Sud, 1991. *(NdT)*

2. En français dans le texte – expression courante aux Pays-Bas. *(NdT)*

faut changer, de telle manière que la situation du peuple s'améliore et que le prestige et le porte-monnaie des chefs n'aient pas à en souffrir. Et surtout de telle sorte que ceux-ci ne perdent pas la face. Tout fonctionnaire qui a vécu deux ans à Java sait cela.

– Après la conférence, je suis allé féliciter Dekker, Multatuli. Lorsque je me suis présenté, il s'est exclamé : "Ah ! un Kerkhoven !" Je lui ai expliqué qui j'étais, et il m'a raconté qu'il était lié d'amitié avec vous, autrefois, dans les Indes.

– Avant son mariage avec la cousine Tine Van Wijnbergen[1], il logeait souvent à Parakan Salak pour la voir. Il mourait d'envie d'obtenir un poste chez nous ou dans une autre entreprise par notre intermédiaire, parce qu'il souhaitait quitter la fonction publique. Il espérait obtenir de nous une sorte de brevet de compétence. Il croyait que nous entravions ses initiatives. Or le problème, c'était que nous ne voulions pas l'aider à réaliser des projets sujets à caution. Il n'avait pas la moindre idée de ce qu'étaient la culture, les affaires. Cet homme était absolument inapte à vivre dans une plantation. A l'époque, n'importe quelle aide eût été la bienvenue à Parakan Salak, mais il ne faut pas croire que monsieur aurait mis la main à la pâte ! Il se baladait avec ces dames ou se retirait dans un coin pour lire, il se souciait de l'entreprise comme d'une guigne. Il est vrai que nous avons été plus ou moins amis, jusqu'au jour où j'ai vu comment il traitait notre cousine Tine. Ah ! les beaux discours qu'il faisait ! Tout ce qui l'intéressait, c'était l'argent. Il a cru pendant des années qu'elle pouvait compter sur un héritage. Demande à tes oncles et tes tantes comment il est venu mendier et parasiter la première fois qu'ils étaient en congé, je crois que c'était en 1853.

– Ma grand-mère de Hunderen le trouvait amusant, un conteur passionnant.

– C'est un fabulateur. Un charlatan ! Il descendait comme un grand seigneur dans un hôtel très cher, et, au moment de payer, il prétendait qu'on lui avait volé son portefeuille. Certaines de nos vieilles tantes lui ont prêté une somme considérable qu'elles n'ont jamais revue. Et maintenant ? Tu sais sûrement comment il

1. Everdine Huberta, baronne Van Wijnbergen, la première femme de Douwes Dekker (Multatuli). *(NdT)*

vit. Je ne prêche pas la morale, mais cela dépasse les bornes. Il abandonne sa femme et ses enfants à leur sort, et lui-même voyage avec sa maîtresse, fait des conférences, se pose en héros des Javanais. Je veux bien croire que ce qu'il écrit est brillant, mais avec quels résultats ! Pas même une fraction de ce que Karel Holle a su réaliser… Je me fâche et c'est mauvais pour mon foie.

– Vous appréciez donc tout de même beaucoup le cousin Karel ?

– Ce que je désapprouve, c'est qu'il s'habille et se comporte comme un musulman, et s'identifie complètement à la population. Dans le Priangan, ils l'appellent déjà le Saïd Mohammed Ben Holle. Mais je ne nie pas qu'il puisse jouer un rôle important de médiateur. Un de ces jours, l'administration aura recours à ses services. Il est bon qu'il se rende compte justement de l'utilité de l'entrepreneur privé dans l'évolution de ce peuple qui lui tient tant à cœur. Comment les gens peuvent-ils apprendre ce que sont les cultures, si nous ne le leur enseignons pas ? Pour le riz, ils s'y connaissent depuis toujours, ils n'ont pas leur pareil, mais ils ignorent ce que c'est que la cueillette du thé, il n'y entendent rien ; quant au café, ils le laissent péricliter quand ils n'ont personne pour les guider. Écoute, c'est bien beau que les gens aient la liberté de faire un travail rémunéré. Mais on ne tardera pas à s'apercevoir que les Javanais ont une tout autre idée que les Occidentaux de ce que signifie gagner de l'argent. Des notions comme l'épargne, les placements, ne leur disent rien. Le paysan est content lorsqu'il a assez à manger et peut entretenir quelques chèvres et un buffle.

– Mais, mon oncle, n'est-ce pas parce que, jusqu'ici, ces gens-là ont vécu dans une forme d'esclavage… et parce que le pays est si chaud et fertile ?… Mon père dit que celui qui a son jardinet à lui et quelques poules peut vivre comme en paradis.

– Je crois entendre Dekker : "Habitez une cabane en bambou, habillez-vous et mangez comme les indigènes, aimez-vous les uns les autres et vous serez heureux !" Le temps ne s'arrête pas, même pas au paradis. Ces gens doivent apprendre à comprendre l'utilité de l'argent et comment il est possible de convertir ce que l'on gagne en affaires qui servent l'intérêt commun. La richesse du sous-sol des Indes est illimitée. L'exploiter efficacement… maintenant, c'est une tâche qui, pour le moment, est au-dessus des forces du gouvernement… et dont, en tout cas, les bureaucrates sont bien incapables. Je parle en connaissance de cause. Je pourrais t'en raconter des histoires ! Je t'envie parce que tu es jeune et que tu vas partir pour Java.

– J'ai l'intention de travailler dur, mon oncle.

– Il ne faut surtout pas craindre les difficultés. J'ai connu moi aussi de mauvaises périodes. Mais, crois-moi, je donnerais tout ce que je possède ici pour revivre mes années dans les Indes. Encore une chose : prends contact avec Eduard, de Sinagar. C'est un type très bien. »

L'oncle Van der Hucht avait raccompagné Rudolf jusqu'au perron où l'attendait la calèche. Il aperçut encore un instant sa tante Mary qui, au loin, visible entre les draperies des portières, accueillait des visiteuses.

« Eh bien, adieu ! avait dit l'oncle. Tiens-moi au courant. »

Rudolf pensait à l'oncle Eduard Kerkhoven, le plus jeune frère de son père. Enfant, il avait eu, comme tous ceux de son âge, une véritable adoration pour cet oncle séduisant, aux allures d'adolescent, qui ne semblait pas vraiment faire partie des adultes de la famille. Il savait des tas de choses sur les chevaux et les chiens, était un parfait cavalier, un chasseur enragé, aimait les grands espaces, l'aventure et débordait de vie. Aussi, personne ne s'était étonné qu'il ne se sentît pas dans son élément aux Pays-Bas. Il avait marché sur les traces des « colons » et, après une période d'apprentissage à Parakan Salak, il avait été installé par le grand-oncle Van der Hucht dans l'exploitation théière de Sinagar sur la face ouest du mont Gedeh. Plusieurs années durant, Eduard avait envoyé régulièrement des comptes rendus savoureux de ses expériences, dans de longues lettres qui constituaient les contributions les plus passionnantes et les plus piquantes aux nouvelles que les Kerkhoven se communiquaient les uns aux autres.

Comme Eduard adressait ses épîtres de préférence au père de Rudolf, auquel il avait toujours été étroitement lié, ces histoires étaient d'abord lues et relues dans la famille de ce dernier. Rudolf se souvenait encore presque mot pour mot de certaines d'entre elles : comment Eduard avait été attaqué par un cerf furieux et si grièvement blessé que, comme le formulait la lettre, il « n'avait jamais vu la Faucheuse de si près ». Ou bien : comment, à Sinagar, il avait fait nettoyer un entrepôt où l'on avait découvert des centaines de rats, qui, « plusieurs fois, avaient grimpé sous les jambes de pantalon des indigènes, et étaient ressortis d'un bond par le col de leur chemise ». Ou encore : comment il était allé voir le cratère du volcan Salak, et là, s'était promené en costume d'Adam entre les jets bouillonnants de vapeurs sulfureuses et de boue : « J'ai pensé, à ce moment-là : on ne peut pas dire, mais c'est autre chose que d'aller prendre le thé chez M. et Mme Tartempion à Twello. » Ou bien, comment sa chienne de chasse adorée, Vesta, disparue dans la forêt vierge et considérée comme morte, avait retrouvé le chemin de l'entreprise après de nombreuses semaines.

Au printemps précédent, l'une des tantes de Rudolf lui avait fait lire, sous le sceau du secret, une lettre qu'elle avait reçue de la mère du jeune homme. Elle contenait des choses sur Eduard que personne dans la famille n'eût jamais soupçonnées. Il s'avérait que celui qui était considéré par tous comme « l'éternel célibataire » avait une femme et était le père de deux enfants. Mais cette femme était une Chinoise et leur liaison n'était pas mise sur le même plan qu'un mariage européen.

La mère de Rudolf écrivait qu'Eduard avait reconnu les enfants et que par conséquent, bien que de sang mêlé, à moitié asiatiques, ils devaient être considérés comme des Kerkhoven. Il n'était pas question de les élever dans une maisonnée aussi hors du commun que celle de Sinagar. Le père de Rudolf et elle-même estimaient que la famille aux Pays-Bas devait se charger de la petite Non (qui s'appelait en réalité Pauline) et du petit Adriaan.

La nouvelle avait bouleversé la tante en question, qui ne savait pas comment en informer les autres. Rudolf non plus. Il estimait ne pas pouvoir montrer à ses parents qu'il connaissait le secret avant qu'eux-mêmes le lui en eussent fait part.

Il regrettait maintenant de n'avoir pas soulevé cette question, lorsque le grand-oncle Van der Hucht avait mentionné le nom d'Eduard.

Après la griserie du succès à l'examen, le champagne et un tour en calèche en compagnie de Cox et d'autres amis, le spectacle triomphant du drapeau hissé par le couple Van der Drift à la lucarne du grenier (« Notre monsieur est reçu ! » racontait la brave femme à ses clients tout au long du jour) et la satisfaction de posséder maintenant une carte de visite mentionnant « technologue » sous son nom en lettres élégantes, le choc en retour fut d'autant plus violent. Il s'était attendu à recevoir des Indes une réaction enthousiaste, l'ordre de réserver immédiatement une place sur un navire rapide et de faire ses bagages.

Il attribua la réponse tardive de ses parents en premier lieu au fait que la guerre, qui menaçait depuis un certain temps, venait d'éclater entre la France et l'Allemagne, mais aussi à la seule note médiocre qu'il avait obtenue en génie civil, matière qu'il aimait et pour laquelle il avait bûché ferme. Il ne comprenait rien à cette note. La réaction tiède de ses parents jeta un froid sur son humeur. Ils ne parlaient pas de sa venue. Peut-être son père supposait-il qu'il serait moins utile à Ardjasari maintenant qu'il avait prouvé sa médiocrité en matière de construction de routes, de ponts et d'entrepôts ?

Il se sentait agité, démoralisé, suivait impatiemment les nouvelles de la guerre : qu'on en finisse avec toute cette violence, surtout maintenant que les Français avaient subi une défaite aussi écrasante à Sedan.

« Il est regrettable que les voies tortueuses de la démocratie ne permettent pas que l'on puisse jamais décider qui, en fait, est responsable de cette guerre, écrivit-il dans son agenda. Cependant, certaines révélations me portent à croire que le gouvernement impérial de France, et lui seul, a provoqué ce combat ; et que, ce faisant, il a agi conformément à la volonté du peuple, comme le montrent clairement l'enthousiasme avec lequel les Français ont entamé la guerre et l'acharnement qu'ils mettent à la poursuivre. Je ne suis pas d'accord avec la politique de Bismarck, mais je ne crois pas que cela ait un rapport direct avec cette guerre-là. Elle a été provoquée par les Français uniquement pour disloquer à nouveau la Confédération germanique. Le démantèlement de l'Allemagne n'a-t-il pas toujours été le but des dirigeants politiques français ? La politique de Bismarck est, selon moi, strictement *intérieure*, visant par tous les moyens, bon gré mal gré, à réaliser l'idéal allemand d'unité (et c'est précisément cet aspect que je trouve condamnable, mais en quoi est-ce que cela concerne un pays étranger ?). L'aspiration des Allemands à l'unité me paraît tout à fait légitime, mais la manière dont cet idéal fut partiellement réalisé en 1866 n'était pas la bonne. Un accroissement de puissance ne rendra certainement pas plus agréable le caractère national allemand, mais je ne pense pas que cela représente un danger pour nous. Car, enfin, nous ne sommes pas des Allemands et, du reste, nous n'avons jamais été menacés par eux. En revanche, Napoléon I$^{er}$, lui, nous a annexés et appelés des *Français*. »

Rudolf s'étonnait que son père se montrât si francophile dans ses lettres, et manifestât si peu d'esprit critique à l'égard de l'attitude si souvent adoptée par les Français *pour la gloire*[1]. Il lui semblait lire entre les lignes que son père ne partageait pas, et trouvait même plutôt naïve, sa propre opinion selon laquelle les Allemands étaient des gens certes désagréables mais en tout cas fiables et essentiellement pacifiques.

Dans leur correspondance, ses parents parlaient surtout du fait que son plus jeune frère August allait bientôt partir pour la Hollande afin de pouvoir fréquenter le collège à La Haye et que sa sœur Bertha s'était fiancée avec Jan Joseph Van Santen, de dix-huit ans son aîné, qui travaillait à la Banque commerciale des Indes orientales de Batavia.

En ce qui concernait son propre avenir, son père lui conseillait

1. En français dans le texte. *(NdT)*

de recueillir des informations sur la sériciculture et la préparation d'huiles essentielles à partir de fleurs ; d'après le cousin Karel Holle, c'étaient là des possibilités prometteuses de cultures à Java, et peut-être intéressantes pour quelqu'un qui, comme Rudolf, avait obtenu à son examen de très bonnes notes en chimie appliquée. Rudolf fut très contrarié par l'imprécision de ces directives : devrait-il passer un nouvel hiver en Hollande ? Comment pourrait-il examiner ces nouvelles possibilités ? Ni l'École polytechnique ni les professeurs consultés ne purent éclairer sa lanterne. Pour les huiles essentielles et la sériciculture, il devrait se rendre en France : mais comment voyager dans un pays en guerre ? Quant au financement d'Ardjasari, son père semblait avoir un appui solide en la personne de son futur gendre, Van Santen. Une circulaire rédigée avec l'aide de ce dernier, invitant à participer à l'entreprise, était parvenue à tous les membres de la famille en Hollande. Les réactions favorables d'oncles et de tantes confortèrent Rudolf dans sa conviction qu'il aurait de toute façon des possibilités de travailler à Ardjasari. Que son père eût engagé un assistant en prévision de la récolte de thé lui parut tout à fait normal. La première cueillette avait rapporté environ neuf cents kilos de thé négociable. De l'avis général, le produit atteindrait un bon prix aux enchères d'Amsterdam.

Son père écrivait que les chefs d'entreprise de Java étaient contraints de faire venir d'Europe tous les outils et la machinerie, même la plus simple. Il était donc indispensable d'avoir un collaborateur possédant une connaissance pratique de la fabrication du matériel nécessaire. Rudolf décida de ne pas attendre qu'on lui dise ce qu'il devait faire. Il loua une chambre à Amsterdam et se présenta comme volontaire dans une grande usine de machines à vapeur et autres engins, pour apprendre à souder, à forger et à travailler au tour. Il commanda également le matériel nécessaire à l'installation d'un petit laboratoire de chimie qu'il se proposait d'emporter à Java. Sa décision était prise : il embarquerait au plus tard au printemps de 1871.

« Sapristi, August, comme je suis content de te voir, mon garçon ! Tu as un peu grandi, mais, pour le reste, je ne te trouve pas changé pour un sou. »

Rudolf était venu accueillir son frère August à la descente du bateau au Helder et l'avait conduit à La Haye, chez son oncle et sa tante Bosscha-Kerkhoven, où l'enfant allait passer ses années de scolarité. Après les premiers instants d'émotion lors des retrouvailles sur le quai, les conversations à bâtons rompus dans le train, et l'accueil fougueux dans la famille d'adoption avec ses nombreux enfants, ils étaient maintenant dans la chambre d'August, en train de défaire ses valises. Ce garçon avait la taille normale d'un enfant de douze ans, mais Rudolf le trouvait un peu trop infantile. Il avait pitié d'August qui, visiblement, ne se sentait pas à l'aise dans le costume « européen » qu'un tailleur chinois avait fait pour lui à Bandoeng. D'après le peu de choses qu'avait raconté le garçon, il était déjà clair que même la maison hospitalière, avec ses nombreux camarades de jeu, ne pourrait compenser le regret qu'il éprouvait d'avoir dû laisser derrière lui la vie à laquelle il s'était habitué dans les Indes. Il avait surtout eu beaucoup de mal à se séparer du cheval que l'oncle Eduard lui avait offert à Sinagar pour son dernier anniversaire.

August déposa un à un sur la table les présents soigneusement emballés qu'il avait apportés pour la famille.

« Pour Julius, j'ai des coquillages de l'océan Indien. Tu crois qu'ils lui plairont ? Il les collectionne ? Et ça, c'est pour toi ; c'est un *boedjang* qui fabrique ces choses-là à Ardjasari.

– Qu'est-ce que c'est qu'un *boedjang* ? » Rudolf sortit du papier de soie un morceau de corne de buffle taillé en pointe. « C'est beau ! Je vais pouvoir l'utiliser pour tailler des plumes.

– C'est fait pour ça. Les *boedjangs* sont les garçons qui travaillent dans la plantation. Celui-là s'appelle Si Ramiah. Il est menuisier et sait tout faire.

– Je brûle d'envie de voir Ardjasari.

– Les karbaus sauvages pullulent là-bas. Ils piétinent les jeunes pousses. C'est un fléau. Papa promet des récompenses à ceux qui les attrapent.

– Et la maison ? Elle avance ?

– Ils restent à Bandoeng jusqu'au mariage de Bertha, en octobre.

– Pourquoi n'organisent-ils rien à cette occasion ? demanda

Rudolf. C'est plutôt bizarre. Enfin, je veux dire, Papa et Maman ont tout de même des connaissances à Bandoeng ?

– Ma foi, pas beaucoup. C'est une petite ville. Et Bertha ne veut pas de fête.

– Bertha est-elle heureuse, August ? Ce Van Santen m'a l'air d'un vieux bonhomme. »

August haussa les épaules. Son visage enfantin, plutôt pâlot, se renfrogna.

« Je n'en sais rien, moi. Il parle très calmement, comme un notaire, mais il est gentil. » Après s'être occupé un moment de ses paquets en silence, il ajouta : « Bertha a envie d'habiter à Batavia. C'est là que Van Santen travaille. Il y possède une maison.

– Et Cateau ? Elle est heureuse ?

– Tu m'assommes, à la fin ! Pourquoi voudrais-tu que Too ne soit pas heureuse ? »

Sur Ardjasari, Rudolf n'eut pas besoin d'insister longtemps. Bien qu'August fût allé à peine une demi-douzaine de fois « en balade », comme il disait, à l'exploitation que l'on pouvait atteindre à cheval en trois heures depuis Bandoeng, il avait tant de choses à raconter que Rudolf eut l'impression d'y être allé lui-même. Il *voyait* le terrain découvert, sur un plateau entouré de montagnes ondulantes, les vastes étendues sauvages de l'ancien Tegal Mantri où les chefs de la région allaient chasser le tigre et le cerf ; il *voyait* les quelques jardins déjà défrichés avec leurs jeunes théiers, le petit campement de maisons en bambou. August décrivit la cérémonie d'inauguration d'Ardjasari, qui avait eu lieu deux ans auparavant, le repiquage solennel des premiers plants. « Tu aurais dû voir ça ! Un défilé, musique en tête, et un tas d'indigènes, et Papa avec le cousin Karel Holle, l'oncle Eduard de Sinagar et moi, et les domestiques qui tenaient des parasols, les *pajoengs*, au-dessus de nos têtes, ça fait très distingué, et, derrière nous, tous les gens de la plantation… alors chacun a mis un plant dans la terre… après, on a mangé, non, on a d'abord prié comme les musulmans et le cousin Karel Holle a fait un discours, mais je n'y ai pas compris grand-chose, je ne connais pas assez bien le sondanais.

– Il faudra que je l'apprenne vite, moi aussi, dit Rudolf.

As-tu rapporté les patrons des vêtements que je dois faire faire ? Maman m'a promis de me les envoyer. »

Mais les patrons de vêtements de nuit restèrent introuvables. Sa mère n'y avait pas pensé. La question que Rudolf n'avait pas osé effleurer avec ses parents depuis son examen – Voulez-vous vraiment que je vienne vous rejoindre, ou non ? –, il ne pouvait absolument pas l'aborder avec August.

Il alla vers le jeune garçon, qui se tenait près de la fenêtre et regardait au-dehors entre les rideaux (une paire au crochet, une autre en lourde peluche) l'arrière d'une rangée de maisons que dorait le soleil couchant.

« Du vague à l'âme, August ? »

Rudolf prit l'habitude d'aller à La Haye une fois par semaine pour voir August et lui parler. Par beau temps, les frères se promenaient le soir, après le repas, dans les Bosquets de Scheveningen. Rudolf appréciait qu'August ne s'abandonnât pas à des moments de dépression quand la nostalgie le prenait, mais il s'inquiétait de certains accès de vandalisme auxquels se livrait son frère et qui mettaient toute la famille Bosscha en émoi. August avait une manière étrange – fort peu « hollandaise » – de faire des misères aux servantes et aux animaux domestiques ; dans ses jeux, il était tyrannique et intolérant à l'égard des enfants beaucoup plus jeunes que lui. Rudolf en conclut qu'August (le benjamin depuis la mort de la petite Pauline) avait été affreusement gâté par ses parents et ses sœurs. Pour bien faire entendre qu'il prenait sa tâche d'éducateur suppléant au sérieux, il écrivit à Bandoeng : « J'ai dit à August que, quand il jouait avec ses cousins et cousines, il devait toujours se montrer généreux et céder plutôt que de rester sur ses positions. Après le lui avoir dit et lui avoir donné l'exemple, naturellement, j'ai eu le plaisir de constater qu'il avait beaucoup changé sur ce point et fermait les yeux sur plus d'une petite infraction aux règles du jeu. Il a fini par y prendre plaisir et par encourager à son tour les autres à se montrer généreux mutuellement. »

Rudolf fit faire des photographies d'August et de Julius, format album, pour les envoyer à Java ; intentionnellement, il n'en fit pas faire de lui-même puisqu'il n'allait pas tarder à paraître là-bas en chair et en os !

Quant à Julius, il posait d'autres problèmes. Il était d'une timidité maladive, même en compagnie des jeunes de son âge. Rudolf ne voyait pas d'un bon œil que Julius – qui allait sur ses dix-huit ans – passât depuis quelque temps tous ses loisirs auprès d'un cousin de quatorze ans un peu arriéré, avec lequel il se sentait très à l'aise. Il s'était aussi laissé convaincre par un pasteur de Deventer de faire sa confession de foi, alors qu'en fait cela ne l'intéressait pas. Rudolf tenta de lui faire comprendre l'inanité de cette décision et, pour tout résultat, il s'entendit qualifier, non sans raison, d'hypocrite. N'était-il pas lui-même devenu membre de la communauté mennonite sans en éprouver le besoin, mais purement et simplement pour satisfaire la famille d'Overijssel ? Il sentait encore la honte l'envahir au souvenir de sa confession écrite obligatoire, un texte d'une bonne vingtaine de pages. Où ce garçon est-il allé chercher cela ? avait-il marmonné, perplexe, lorsque plus tard il avait relu ce travail, stupéfait mais aussi choqué par la dose de pharisaïsme dont il était visiblement capable. Il avait juré que cela ne lui arriverait plus jamais.

Julius, lui aussi, devait aller à Delft. Il n'avait pas peur des études mais ne supportait pas les efforts prolongés. Rudolf pensait que son frère, compte tenu de sa nature timide, ferait mieux de renoncer aux examens qui ébranlaient les nerfs, et de suivre en auditeur libre des cours dans les matières qui lui seraient utiles plus tard dans les Indes. Mais Julius ne voulait pas en entendre parler et manifesta soudain une détermination surprenante. Rudolf résolut de le mettre en contact avec de jeunes membres de son propre club, grâce auxquels il ne risquerait pas de s'isoler. Il insista auprès de ses parents pour que les mensualités accordées à Julius pour ses dépenses personnelles ne fussent pas trop maigres. « Julius doit pouvoir aller à un concert ou à l'Opéra, et devenir membre d'une association qui lui soit utile et lui permette de se détendre. N'est-ce pas nécessaire quand on est jeune ? Plus tard, ce ne sera peut-être plus possible. »

Pendant ses propres études, il n'avait pu participer à de tels événements. Que son père se fût montré si parcimonieux envers lui, il l'attribuait aux circonstances préoccupantes dans les

Indes et surtout à son propre refus de demander plus qu'il ne recevait. Bien qu'il eût souhaité pouvoir s'offrir de temps en temps une véritable sortie comme le faisaient les autres de sa connaissance, un bal costumé par exemple, ou une représentation théâtrale, il n'avait pas le sentiment que sa formation eût gravement souffert de ces privations. Mais pour éveiller et raffiner les qualités qui sommeillaient dans la lente nature de « philosophe silencieux » de Julius, il estimait que des mondanités soigneusement choisies étaient une nécessité.

« Mais je n'ai pas besoin de tout cela, s'était écrié Julius consterné, lorsque Rudolf lui avait fait part de son opinion.

– Alors, qu'est-ce que tu veux ? Tous les jours faire la grasse matinée puis un petit tour, suivre les cours, te promener à nouveau, manger, rester seul à lire dans ta chambre ? » Rudolf se fâcha ; qui s'occuperait de Julius, le conseillerait et l'aiderait quand lui ne serait plus là pour le faire ? Car il était bien décidé à partir dès qu'il aurait appris à fond les techniques indispensables.

Lorsque le tournage sur métaux n'eut plus de secrets pour lui, on l'envoya aider l'un des forgerons les plus habiles. Avec un marteau si lourd qu'il fallait le soulever à deux mains, il dut frapper sur un fer chauffé à blanc aux endroits indiqués par le forgeron, un travail difficile et épuisant, qui était en outre très salissant. Il parvenait à peine à décrasser ses mains, ce qui l'obligeait, lorsqu'il allait en visite et retirait ses gants, à répéter chaque fois la même excuse : je travaille comme ouvrier pour une durée de six mois. Ses oncles et tantes et leurs amis auraient ouvert de grands yeux si, outre ces mains aux pores noirs, ces ongles fendus et cassés, il avait amené avec lui le langage et les manières de ses copains de l'usine dans leurs salons.

Il avait l'impression de devoir apprendre aussi beaucoup plus de choses d'un tout autre ordre que le travail du fer. Au début, il avait été choqué à tout bout de champ par les plaisanteries grossières et l'agressivité à fleur de peau des gens à qui il avait affaire quotidiennement, mais, à la longue, il devinait ce qui se cachait sous l'écorce ; il devait même admettre que ce qu'il voyait et entendait apportait un utile contrepoids au code de la morale et des convenances qu'on lui avait enseigné. Il se rendait compte que, de toute façon, ce code était déterminant pour toute sa personne ; il ne s'en libérerait jamais.

Mais il était aussi conscient du fait que les temps où seuls les « gentlemen » avaient voix au chapitre étaient définitivement révolus. Les événements à Paris où, après la défaite des armées impériales, le peuple avait pris les rênes en main et où la Commune faisait la pluie et le beau temps, semblaient contenir un avertissement pour les politiciens libéraux qui voulaient faire à nouveau de la France une république. Il leur faudrait tenir compte de forces qui ne se laissaient plus opprimer. A l'usine, il faisait de son mieux pour s'adapter ; il avait besoin de cette rude école. Mais les autres continuaient à le traiter comme un étranger, le « Mossieu » qui pouvait se permettre de temps à autre d'offrir un cigare aux chefs d'équipe.

Il n'avait jamais connu un hiver aussi rigoureux. Depuis la mi-décembre, tout était couvert de neige, on patinait sur les canaux et sur les pièces d'eau du nouveau Vondelpark, au-delà de la porte de Leyde. Il s'y rendit et fut tout surpris de découvrir parmi les patineurs de nombreuses dames et jeunes filles qui, malgré leurs longues jupes, leurs pelisses et leurs paletots, étaient capables d'exercer sérieusement ce sport et d'évoluer élégamment sur la glace. Le spectacle attirait un grand public : tout le *beau monde*[1] de la ville ! Mais Rudolf trouvait la foule trop dense sur les étangs et leur préféra l'Amstel d'où l'on pouvait pousser jusqu'à Ouderkerk.

Il apprit qu'il y avait dans le dock est un bon bateau, la frégate-clipper *Telanak*, qui cinglait sur Java pour des armateurs et des affréteurs renommés. En automne, il avait déjà visité quelques navires et s'était renseigné sur les prix, la route et la durée du voyage. Ils lui avaient fait mauvaise impression ; les aménagements étaient insuffisants ; des cabines étroites et sans air, trop peu d'espace sur le pont et des prix trop élevés. Le *Telanak* n'était pas rapide. Au dire du capitaine, la traversée durerait environ cent vingt jours, il fallait contourner Le Cap parce que la

1. En français dans le texte. *(NdT)*

ligne passant par le canal de Suez, officiellement inaugurée en 1869, laissait encore beaucoup à désirer. Les armateurs demandaient cinq cents florins pour un billet. Considérant que c'était cinquante florins de moins que ce que ses parents avaient payé autrefois, et que la cabine qu'il pouvait occuper lui plaisait, avec les nombreux placards et rayons où il pouvait ranger ses affaires, il signa le contrat de voyage. On pensait pouvoir appareiller quelques semaines après le dégel, mais certainement pas avant mars.

« Si je devais partir dès ce mois-ci, cela ne m'arrangerait pas du tout, écrivit-il à ses parents. Mon *Telanak* est encore prisonnier des glaces dans le dock. Je ne peux même pas monter à bord. S'il le fallait absolument, je le pourrais peut-être, mais je ne veux pas entreprendre une expédition aussi dangereuse sans nécessité. Il faut d'abord emprunter un escalier délabré, visqueux et d'une saleté repoussante, qui descend du quai ; puis sauter pour atterrir sur la glace où se forment déjà des flaques de dégel. On marche ensuite sur la glace ; il faut alors escalader plusieurs bateaux transportant de la tourbe, puis toujours avancer sur la glace pour arriver enfin à un goulet dégagé à coups de pic, et attendre que l'un ou l'autre marinier secourable place son rafiot en travers de ce chenal, de manière à en faire un pont afin que l'on puisse continuer sa marche et ensuite sauter dans une barque qui vous amène jusqu'au navire au milieu de glaçons flottants. Certains matelots et quelques ouvriers font cela tous les jours, mais je préfère attendre que l'on ait creusé un chenal allant directement du bateau au quai. Quand je l'ai visité, on pouvait encore marcher partout sur la glace, mais maintenant, avec le dégel, cela ne va plus, même si, par endroits, elle a encore un pied et demi d'épaisseur. »

Il alla faire ses visites d'adieu. Dans les salons familiaux (partout de lourds meubles en chêne ou en acajou, recouverts de tapis de velours d'Utrecht ou de peluche aux couleurs sombres), il répéta inlassablement aux dignes oncles et cousins bienveillants et aux tantes et cousines pleines de sollicitude les détails que lui avaient fournis les lettres de ses parents et les comptes rendus oraux d'August sur l'exploitation paternelle. Il ne protesta pas aussi énergiquement qu'il l'eût voulu contre la conviction qui s'était ancrée çà et là – sans doute sous l'influence d'un certain pasteur de Deventer – selon laquelle ses parents s'étaient surtout établis aux Indes dans l'intention de convertir les Javanais au christianisme. Il craignait en effet que la famille se montrât moins disposée à participer au financement d'Ardjasari. Une seule fois, lorsque l'un des oncles déclara, à propos de la confession de foi de Julius, qu'il était important de se faire baptiser « parce que ceux qui ont reçu le baptême obtiennent ou peuvent obtenir certains avantages matériels refusés aux non-croyants », Rudolf ne put se contenir. La consternation qui résulta de son assertion suivante fut encore infiniment plus grande : « J'espère que les principes républicains auront gagné beaucoup plus de terrain sous l'influence de la guerre franco-allemande et que nous verrons le jour où tous les princes et les monarques seront destitués. »

De tels propos accueillis par des hochements de tête et des froncements de sourcils menacèrent, dans certaines familles, de jeter une ombre sur les adieux.

Il fut stupéfait de la réaction que suscitèrent en lui les endroits où il avait vécu, ou qu'il avait connus autrefois lors de visites, et qu'il n'avait plus revus depuis son départ pour Delft en 1867. Deventer surtout, la ville de sa jeunesse, de ses années de collège, le déçut profondément. Il nota dans son agenda : « Tout y était si petit, si rétrograde et vieux jeu à mes yeux que c'était un peu comme si le monde était retourné cinquante ans en arrière. Le dialecte de Deventer, même dans la bouche de gens distingués, me choqua profondément et moi, qui ai un peu perdu l'accent de cette ville, je ne me sentais plus chez moi. Aussi me considérait-on plus ou moins comme une bête sauvage "que l'on exhibe en cette rare occasion" ; et il y en eut plus d'un qui, sur le point de s'exclamer : "Comme tu as grandi !", put se retenir à temps en voyant mon chapeau et mes gants et ne sut plus que dire. Non vraiment, ces gens de Deventer sont peut-être une bonne et solide race, mais, grands dieux, ce qu'ils sont *raides* ! Ils ne savent pas se comporter avec aisance dans le monde. »

De retour dans l'ouest du pays, il fit une dernière longue promenade avec ses frères dans les dunes de Scheveningen. Derrière August qui courait et faisait des galipettes, il choisit le chemin le plus court à travers le sable mou et les oyats. Julius, détestant l'effort comme toujours, avait suivi sagement un sentier régulier et arriva le premier au phare.

August pleura au moment des adieux, mais fut vite consolé quand l'oncle et la tante Bosscha lui firent cadeau d'une montre. Julius accompagna Rudolf au Nieuwe Diep.

Le 28 mars 1871, le *Telanak* leva l'ancre. Rudolf resta sur le pont en agitant son chapeau jusqu'à ce que la silhouette de son frère sur le quai fût devenue indiscernable.

Jamais encore dans sa vie, Rudolf ne s'était senti si soulagé que lorsque le *Telanak* jeta l'ancre dans la rade de Batavia. La longue traversée, qui lui avait semblé une aventure exaltante avant de monter à bord, avait en fait été mortellement ennuyeuse. Il avait dû passer cent sept jours et demi dans les espaces réduits réservés aux passagers sur le pont et au milieu du navire, avec des gens dont il ne pouvait s'imaginer qu'il eût choisi librement leur compagnie. Dans sa cabine, l'air était trop étouffant, surtout une fois l'équateur dépassé, pour permettre d'y séjourner longtemps de jour, et même la nuit il y faisait souvent trop chaud pour qu'il pût dormir.

Outre les membres de l'équipage, il y avait à bord neuf adultes et quatorze enfants, dont six de quatre à six ans. Comme les parents quittaient rarement leurs cabines avant midi et que la seule « bonne » du voyage se levait régulièrement trop tard, Rudolf et un autre célibataire s'étaient chargés de s'occuper chaque jour, avant le petit déjeuner, des enfants de plus en plus insupportables qui erraient partout sur le bateau, sans surveillance. Plusieurs violentes querelles avaient éclaté. Toutefois, une idylle ébauchée sur l'onde salée avait conduit à des fiançailles au dernier moment ; Rudolf espérait ne plus jamais les rencontrer, ni lui ni elle. La tempête avait souvent fait rage autour du Cap, causant un mal de mer généralisé à tous les degrés d'intensité. Des paquets d'eau s'abattaient en bouillonnant sur le navire, expérience angoissante. Le siège pliant qu'avait emporté Rudolf pour pouvoir s'asseoir sur le pont s'était écrasé sur le bastingage. Trois cents poulets embarqués en Hollande (en même temps qu'une vache qui devait fournir le lait destiné aux enfants) avaient trouvé le chemin vers la table des passagers, ainsi que les provisions personnelles de Rudolf : pain d'épice de Deventer, biscottes et bouteilles de vin et de bière.

Il devait garder un meilleur souvenir des heures passées sur le pont, un peu à l'écart de l'endroit surmonté d'une toile de tente où des messieurs jouaient aux cartes et où quelques dames enveloppées dans des capes et des châles bravaient le vent et les gerbes d'écume qu'il apportait en rafales. Toujours fascinant était le spectacle des puissantes voiles gonflées, des marins qui s'affairaient, et, par-dessus tout, de l'océan, des masses d'eau montantes et descendantes, tantôt indigo, tantôt d'un vert translucide, marbrées d'écume, ainsi que des poissons volants, des dauphins folâtres et des bandes de méduses de toutes les couleurs allant du blanc au violet. Vraiment impressionnantes avaient été les soirées où, ayant fui l'atmosphère étouffante de sa « cabine » pour se réfugier dans un coin paisible du pont supérieur, adossé à une caisse ou à un rouleau de cordages, il plongeait son regard dans les profondeurs du ciel étoilé de l'hémisphère Sud.

Les tropiques commençaient dans l'immensité presque infinie de l'océan Indien. Parfois, c'était le calme plat pendant des jours, alors le bateau bougeait à peine ; le goudron fondait dans les jointures, les voyageurs trempés de sueur, haletants, se regroupaient dans les rares coins d'ombre du pont ; à l'intérieur, c'était intenable. A Padang, ils purent pour la première fois mettre pied à terre sous les cocotiers ; quelques jours plus tard, franchissant le détroit de la Sonde, ils découvrirent la côte de Bantam et – sensation indicible – le volcan de l'île de Krakatau émergeant de l'océan.

Ils étaient dans les Indes !

Après avoir attendu longtemps avec armes et bagages, impatient de pouvoir débarquer là-bas, où des entrepôts, des bâtiments bas et les cimes des palmiers semblaient bouger dans une couche d'air tremblant de chaleur, il put enfin se rendre en chaloupe avec le capitaine au Bureau des Douanes. A sa grande surprise, il aperçut des toits de tuile, d'allure très hollandaise, dépassant d'arbres tropicaux aux grandes feuilles allongées, comme de gigantesques plantes d'appartement. Sur le quai régnait une odeur de poisson et de vase. Une vague de chaleur humide s'abattit sur lui.

Du groupe de ceux qui étaient venus attendre les voyageurs se détacha un homme grand et maigre qui vint à lui dans une tenue conventionnelle, avec chapeau et canne, et se présenta comme Joseph Van Santen, son beau-frère. Après les échanges de politesses, non moins conventionnels – Rudolf s'était attendu à quelques paroles personnelles, en tout cas, à un semblant de cordialité –, Van Santen le conduisit vers sa calèche. Les bagages seraient livrés plus tard à domicile.

Rudolf dévorait des yeux ce qui se passait dans la rue : des hommes vêtus d'un pagne noué autour des reins et d'une veste flottant sur le torse nu ployaient sous le fardeau de paniers ou de caissettes suspendus à un joug ; des charrettes à deux roues, tirées par des bœufs, et aussi d'autres véhicules à deux roues auxquels étaient attelés de petits chevaux décharnés qui lui faisaient pitié.

« Quelles curieuses maisons ! dit-il, en se penchant en avant pour mieux voir, sous la capote du landau, la série de façades qu'ils longeaient. Si fermées et si misérables ! Très différentes de ce que je m'étais représenté.

– C'est là qu'habitent les Chinois. On le remarque à la forme des toits. » Du bout de sa canne, Van Santen dessina dans l'air une ligne onduleuse. « Cette pauvreté n'est qu'apparente. Il y a de fort belles choses à voir à l'intérieur. Ces messieurs sont des commerçants très roublards, ils amassent des fortunes. Je vais parfois dans ces maisons pour affaires. Le cercueil en prévision de l'avenir est déjà prêt dans la galerie intérieure, mais, pour le reste, ce ne sont que sculptures dorées, soie rouge et vases de un mètre de haut, des autels pleins d'idoles en porcelaine…

– J'aimerais bien aller jeter un coup d'œil chez ces Chinois. »

Pour la première fois depuis leur rencontre, Van Santen esquissa un sourire. « Tu en auras sûrement l'occasion, Kerkhoven. Surtout si tu vas à Sinagar.

– Chez l'oncle Eduard ? demanda Rudolf, qui croyait deviner derrière les paroles de Van Santen une allusion discrète à ce dont on ne parlait pas dans la famille.

– Certainement, c'est là que tu vas travailler. Tu l'ignorais ? Les Holle estiment que tu dois apprendre le métier chez eux et chez les Kerkhoven de Sinagar.

– Mais mon père m'attend à Ardjasari ! Juste avant mon

départ, j'ai reçu la nouvelle que son assistant allait les quitter.

– Il est déjà remplacé. Un homme qui semble très compétent, m'a-t-on dit.

– Mais pourquoi pas moi ?

– Les Holle veulent que tu apprennes tout de la culture du thé. C'est aussi l'intérêt d'Ardjasari. »

Rudolf en avait le souffle coupé, non seulement de surprise mais aussi d'irritation, car on disposait de lui comme s'il était encore un écolier. Pourtant, il ne se sentait plus du tout un jeunot. Les Holle trouvaient, les Holle voulaient... Et son père se pliait à ces vœux et ces avis ?

Ils roulaient maintenant le long d'un canal où grouillaient des gens en train de se baigner ou de rincer du linge. Des femmes dans l'eau jusqu'à la taille montraient sans la moindre gêne leurs épaules nues et plus que cela lorsqu'elles se lavaient les cheveux. Rudolf avait déjà entendu décrire ces scènes comme illustrant les situations caractéristiques, souvent embarrassantes de la vie indigène, mais il était tout de même si confondu qu'il détourna son regard.

Il tenta de digérer la nouvelle que venait de lui communiquer Van Santen, mais n'eut pas le temps de mettre de l'ordre dans ses idées. Les sommets feuillus de grands arbres de part et d'autre de la route se rejoignaient, répandant une ombre rafraîchissante. Des maisons pareilles à celles que Rudolf se souvenait d'avoir vues en photo dans les albums de Hunderen étaient nichées tout au fond de grands jardins verts. Le landau tourna dans une large allée ; un gravier grossier crissa sous les roues. Avant même qu'il se fût immobilisé, deux silhouettes blanches descendirent les marches de la véranda en faisant claquer leurs babouches et vinrent à lui, les bras tendus : c'étaient Bertha et Cateau, dans de longs *kebajas*. Maintenant qu'il les voyait de si près, bien vivantes dans cette tenue inhabituelle à ses yeux, il les trouvait encore plus étranges que sur le portrait de groupe qu'il avait reçu jadis. Bertha a grossi, se dit-il, déçu ; mais lorsqu'il la serra dans ses bras, il comprit la vraie raison de cette corpulence.

« Mais oui, tu seras bientôt oncle ! s'écria en riant Cateau qui n'était plus la petite Too, mais une jeune femme aux formes pleines et au visage espiègle. Nous t'avons réservé la surprise. »

« Vous habitez un palais, quel espace ! Et quel personnel, je n'en reviens pas ! » dit Rudolf sur la fin de l'après-midi, après des heures entières passées à bavarder, à évoquer des souvenirs, à raconter, à poser des questions – ses sœurs ne s'étaient pas même accordé le temps de changer de vêtements et, même après le thé, elles étaient toujours en *saroeng-kebaja*, les cheveux défaits.

« Mais je veux aller le plus tôt possible à Ardjasari. Je brûle de revoir ceux que j'aime, et je veux aussi savoir à quoi m'en tenir en ce qui concerne le travail à la plantation. »

Bertha échangea un regard avec son mari.

« Un tel voyage au Priangan demande à être organisé longtemps à l'avance, dit Van Santen. Il faut compter trois jours de route, et on doit annoncer sa venue dans les relais de poste si l'on veut obtenir des chevaux frais. A l'intérieur du pays, on perd beaucoup de temps si l'on ne connaît pas la langue. Il est recommandé de voyager en compagnie de quelqu'un d'expérimenté. Hélas, pour l'instant, je ne peux pas quitter mon travail.

– Je me débrouillerai. Je ne suis plus un blanc-bec », dit Rudolf, vexé.

Cateau se leva d'un bond. « Il n'a encore vu de Batavia que la route allant des Douanes à ici. Allons faire un tour ! Mais prenons d'abord un bain.

– Prends la calèche. » Van Santen soupira et essuya son front en sueur. Il avait l'air fatigué, n'ayant pu faire sa sieste habituelle. « Vous voudrez bien m'excuser, j'ai encore pas mal de choses à faire. »

Rudolf était renversé sur son siège dans la voiture décapotée, les jambes enfouies sous les jupes à volants de ses sœurs. Les petits mais vigoureux chevaux bataks trottaient d'un pas égal sous les tamariniers.

« A la brune, la ville est plus belle que jamais, dit Cateau. Regarde, la lune se lève. »

Rudolf était comme envoûté. Le vent tiède apportait des senteurs qu'il ne connaissait pas de fleurs et de fruits, de feux de bois, d'épices inconnues. Sur les bas-côtés de la route, vacillaient les flammes de lampes à huile dans de petits éventaires; il ne pouvait distinguer au passage ce que l'on vendait, les odeurs étaient sans cesse différentes; dans la lueur roussâtre, il voyait s'agiter des silhouettes et de brefs éclairs de couleur.

Ils roulèrent le long de la vaste place de un kilomètre carré au cœur de la ville. Sur sa gauche, il vit de grandes demeures faisant des taches blanches dans le crépuscule. Dans de nombreuses vérandas avant brûlaient des lampes ou des lustres à bougies, vieillots mais impressionnants; un éclat jaune doré se répandait au-dehors devant les maisons et sous la verdure des arbres gigantesques. Bertha et Cateau citaient les noms des habitants, elles connaissaient tout le monde, comme dans un village; mais jamais Rudolf ne s'était trouvé dans un entourage aussi peu villageois.

Calèches, victorias et milords ainsi que de petits véhicules indigènes tournaient autour de la place dans les deux sens en un flot ininterrompu. Les toilettes légères des dames, les bavardages, les rires et les salutations, l'odeur des chevaux, les lanternes à l'avant et à l'arrière des voitures, les porte-flambeaux accompagnant un équipage luxueux, la lune qui s'élevait, couleur de miel, au-dessus des arbres... Rudolf éprouvait une sorte d'ivresse, croyait rêver.

Ils passèrent devant le palais du gouverneur général (« Regarde, il y a une réception ! » s'écrièrent ses sœurs, et il vit en effet sous les lustres un fourmillement d'uniformes et de redingotes noires), devant une église ronde évoquant un temple antique, devant le jardin de la société Concordia, illuminé par des photophores, et où l'on donnait aussi une soirée. Ils longèrent également une autre place au-delà des bureaux de l'administration coloniale, puis enfilèrent à nouveau des avenues sombres et silencieuses pareilles à des tunnels de verdure, au-dessus desquelles s'élevaient les cimes de palmiers géants; leurs grandes feuilles en éventail luisant sous la lune se balançaient sur un ciel bleu nuit, limpide comme du verre.

« C'est divin de se promener ainsi, soupira Cateau. Comprends-tu, Rudolf, pourquoi je préfère être ici auprès de Bertha plutôt que dans les montagnes, à Ardjasari ? Oh, bien sûr, j'aime aller là-haut pour prendre un bol d'air, mais je ne peux pas y vivre. Là-bas, il n'y a absolument rien. Heureusement que Bertha aura encore besoin de moi pendant des mois.

– Tu épouseras peut-être un planteur plus tard », dit Rudolf, taquin. Cateau le frappa sur le genou avec son éventail fermé. « Jamais ! Jamais ! Jamais ! Ça, j'en suis sûre. »

Il mit longtemps à s'endormir dans son lit à moustiquaire, pareil à une grande cage de gaze carrée, mais il plongea ensuite dans un sommeil si profond que le soleil était déjà haut dans le ciel lorsqu'il ouvrit les yeux. Il s'en aperçut à la manière dont les jalousies laissaient filtrer la lumière. Dehors, quelqu'un balayait la cour, il entendait aussi la voix de Bertha donnant des ordres en malais. Ses serviettes sur le bras, il parcourut en vêtements de nuit d'un pas encore mal assuré l'étroite galerie sur laquelle donnait sa chambre et qui conduisait à la salle de bains située dans les dépendances. Il trouva Bertha à l'entrée du cellier. Le panier où elle gardait les clés pendait à son bras ; elle venait juste de distribuer les provisions pour la journée. La cuisinière portait un plateau contenant des bocaux et des bols. Conscient de sa tenue négligée, il n'alla pas vers sa sœur, mais lui lança de loin un « bonjour » matinal et disparut dans la pièce sombre, où un grand récipient rempli d'eau dégageait une vague odeur d'égout. Le bain à la manière indigène, remplir un seau d'eau et le vider sur sa tête, lui plut beaucoup ; il fut aussitôt parfaitement réveillé.

Bertha, restée dans la galerie, s'adressait aux domestiques. Il fut surpris, comme la veille, du ton sec et autoritaire que les Européens adoptaient avec les autochtones. Il était certain qu'un jardinier ou une laveuse de Hunderen, ou un ouvrier des Tourbières de son père à Dedemsvaart, tous gens pourtant habitués à se comporter en subordonnés dans leurs rapports avec leurs employeurs, n'accepteraient pas d'être commandés de la sorte. A son arrivée, il avait bien entendu quelques personnes réprimander grossièrement les coolies portant les bagages, mais il les avait promptement classées dans la catégorie des « colons » méprisés de tous, individus sans éducation qu'en Hollande personne n'aurait pris nulle part au sérieux.

« Ma chère petite sœur, tu parles comme un sergent-major,

dit-il lorsque, sortant de la salle d'eau, il rencontra Bertha dans l'escalier menant à la véranda arrière. Après ta confession de foi à Deventer, tu as donné au pasteur ta parole d'honneur qu'à Java tu mettrais en pratique les principes de clémence et d'amour du prochain que l'on t'avait enseignés. T'en souviens-tu ? »

Bertha rougit. Son beau visage était tendu, elle avait des poches sous les yeux. Maintenant qu'elle était en peignoir, elle pouvait difficilement cacher sa grossesse avancée. Elle n'avait qu'un an de plus que lui, mais on eût dit qu'un monde d'expérience les séparait.

« Van Santen a vécu si longtemps en célibataire ! Les domestiques faisaient ici la pluie et le beau temps. Si je ne sais pas m'imposer, je ne pourrai jamais diriger la maison. Les gens de Batavia sont effrontés et fainéants, je suis bien obligée d'être sévère. Où vas-tu ?

– M'habiller.

– Viens d'abord déjeuner pour que Sidin puisse débarrasser. »

Van Santen était déjà parti à son bureau, mais Cateau attendait à table, vêtue à l'européenne. « Flemmard ! dit-elle en riant, tout en lui versant du café. Dès que Bertha sera prête, nous sortirons.

– Ça ne m'est encore jamais arrivé de faire les courses avec mes deux sœurs. Je vous serai reconnaissant de votre aide et de vos conseils. Conduisez-moi d'abord à ce bureau où je pourrai régler mon transport à Ardjasari.

– Les courses, on les fera après. Nous allons d'abord déjeuner chez la grand-tante Holle. C'est convenu depuis longtemps.

– La vie dans les Indes commence toujours par une visite de politesse au “clan” Holle », dit Bertha, non sans ironie lui sembla-t-il, tout en plaçant devant lui une assiette pleine de fruits tropicaux soigneusement pelés et épépinés.

Rudolf voulut protester ; il s'était fermement promis de consacrer cette journée à régler un certain nombre de problèmes pratiques. Mais ses sœurs restèrent insensibles à tous ses arguments. Le rendez-vous avait été pris avant même qu'il eût mis pied à terre. Il devait absolument faire la connaissance de sa famille de Batavia.

« On peut y aller à pied ? demanda-t-il ? Ça me permettra de voir ce quartier de jour. »

Cateau éclata de rire. « Tu l'entends, Bertha ? Un vrai novice ! Mais, mon cher, après neuf heures du matin personne ne sort plus. Il fait beaucoup trop chaud.

– A vrai dire, je n'ai plus le droit de me montrer à l'extérieur, dit Bertha d'une voix morne. Mais sortir en voiture après la tombée de la nuit, et aller voir la famille, ça, c'est permis. »

La grand-tante Alexandrine Holle, née Van der Hucht, rappela à Rudolf la sœur de celle-ci, sa grand-mère Kerkhoven, et il crut retrouver le grand-oncle Willem Van der Hucht, déguisé en femme. De la première, elle tenait les traits et aussi l'intérêt intense qu'elle portait à ses proches ; et, du second, le comportement autoritaire et le sens réaliste des affaires. Elle habitait une demeure princière sur la grande place. A jours fixes, ses enfants habitant Batavia se réunissaient chez elle pour partager cet impressionnant repas à base de riz aux multiples plats d'accompagnement que l'on appelle « table de riz », et discuter des questions familiales. Vivant depuis si longtemps dans la ville, et connaissant littéralement tout le monde, il lui suffisait d'une courte missive ou d'un mot personnel pour établir des relations pour lesquelles d'autres auraient dû entreprendre des démarches longues et compliquées.

Rudolf commençait à comprendre quelle position clé les Holle occupaient socialement dans les Indes orientales. Herman Holle était le chef de l'entreprise Pryce & Cie, la maison de commerce érigée jadis par l'oncle Willem Van der Hucht et quelques autres ; Karel, Adriaan et Albert géraient de grandes plantations dans le Priangan ; l'une des filles était mariée avec un banquier, une autre avec un membre de la direction d'un comptoir très en vue à Batavia et la troisième avec l'administrateur d'une plantation dans la région de Buitenzorg. Qu'en outre Karel Holle eût récemment été nommé conseiller honoraire pour les colonies au ministère des Affaires intérieures donnait un cachet officiel à la position essentiellement commerciale et agricole des membres de la famille.

La tante Holle portait avec une calme dignité une robe de

soie noire à crinoline à l'ancienne mode, et sa coiffure datait aussi d'une époque révolue. Aussitôt après les salutations, on put constater que, malgré son grand âge, elle était encore très vive d'esprit et au courant jusque dans les moindres détails de ce qui se passait dans le monde. De son fauteuil entre les plantes d'appartement et les cheveux de Vénus, elle dominait, tel un stratège, sa grande maisonnée.

Des voitures s'avançaient et les invités entraient l'un après l'autre, le couple Denninghoff Stelling (Albertine Holle et son époux), les Van den Berg (Caroline Holle et son mari), Herman Holle, et finalement les Van Santen. Rudolf avait la sensation de se trouver parmi les pendants coloniaux des parents de Hunderen. Il pensait que ses cousines étaient de belles femmes entre deux âges, surtout Albertine, vêtue et coiffée comme une Parisienne. Le cousin Herman était un célibataire placide, plutôt corpulent, arborant une moustache d'un roux un peu délavé. De Denninghoff Stelling se dégageait une impression de jovialité ; ses favoris étaient, à leur manière, aussi à la mode que les robes coûteuses de sa femme. Pour la délicieuse Caroline, Rudolf éprouva une sympathie spontanée ; Van den Berg, un peu fluet peut-être, était d'un abord simple et direct, lui aussi, et avait un regard intelligent et pénétrant derrière les verres de son lorgnon.

Un repas somptueux fut servi dans la véranda arrière où des jalousies en lamelles de bambou filtraient le soleil de midi, dont l'éclat tamisé était renvoyé par le sol de marbre. Tante Holle rit de bon cœur en voyant Rudolf se servir avec parcimonie, hésitant devant des mets dont l'odeur et la couleur le dépaysaient.

« Tu t'y feras, mon neveu. Tes sœurs aussi détestaient cela au début, mais regarde-les donc maintenant.

– Des pâtés de *kepiting*, fameux ! Rudolf, c'est du crabe. *Dendeng*, de la viande de bœuf séchée, aux herbes aromatiques, il faut que tu y goûtes. » Cateau fit un choix parmi les nombreux petits plats que faisaient passer les deux boys affectés au service. D'un geste, Rudolf l'empêcha de déposer sur son assiette, par-dessus la table, les morceaux exquis.

« Ta mère fait très bien la gelée et les achards, dit tante Holle, mais, à part cela, ni ton père ni elle n'aiment la cuisine du pays ; c'est bien dommage, et aussi peu pratique, et cela leur coûte cher. En revanche, ils cultivent à Ardjasari des légumes que nous ne trouvons pas ici. »

Van den Berg, qui avait rongé une cuisse de poulet, trempa ses doigts dans un bol rempli d'eau, placé à côté de son assiette. « Une table de riz fameuse, comme toujours, Maman.

– Celles que l'on sert chez vous ne l'est pas moins », dit Denninghoff Stelling.

Albertine expliqua que Caroline et Norbert tenaient tous les dimanches table ouverte. « Quelquefois, il y a bien trente convives.

– Venez donc aussi dimanche prochain, je compte sur vous, ajouta Caroline.

– Mais j'espère être dimanche à Ardjasari, répondit Rudolf. Il y a plus de cinq ans que je n'ai pas vu mes parents, je voudrais les rejoindre.

– Tout est déjà réglé ! » La voix de la tante Holle était amicale mais ferme. « Herman te conduira à Parakan Salak, chez Adriaan, c'est ton premier relais. Tu y trouveras aussi Albert, et naturellement Eduard Kerkhoven, qui t'emmèneront ensuite à Sinagar et Moendjoel. Profite de l'occasion pour faire la connaissance de notre Pauline et de son mari Hoogeveen à Tjisalak, tout près du côté sud de Parakan Salak.

– Si je ne me trompe, tu rencontreras Karel soit à Parakan Salak, soit à Sinagar. Tu penses bien qu'il voudra te faire voir son domaine de Waspada. De là, tu pourras atteindre Ardjasari par un détour », fit remarquer Herman ; et Cateau s'écria : « Ça t'évitera bien du tintouin pour louer des chevaux et des carrioles et pour trouver à te loger en route ; ils s'occupent de tout.

– Mais je préférerais aller d'abord à la maison », répéta Rudolf. Il vit que Bertha le regardait en hochant la tête.

Albertine posa la main sur son bras. « Laisse-nous donc faire. Tes parents sont au courant. Ils ne comptent pas encore sur ta venue. »

Le repas semblait ne pas vouloir finir. De nouveaux plats étaient présentés, riz chaud et accompagnements sans cesse différents. Pour les messieurs, on servait un vin blanc de qualité, bien frais (« nous mettons les bouteilles dans le *mandibak*, le réservoir d'eau de la salle de bains », expliqua tante Holle) ; les dames buvaient du thé froid. La conversation était animée et portait sur une quantité et une diversité kaléidoscopiques de sujets. Il y était question du nouveau navire à vapeur, le *Guillaume III*, qu'un incendie avait détruit dès son premier voyage. Rudolf dit qu'il avait d'abord envisagé de prendre ce bateau pour sa traversée, ce qui suscita de vives émotions. A propos d'accidents de voyage, on évoqua ensuite le cousin Engelbertus de Waal, qui avait démissionné de ses fonctions de ministre des Colonies et aujourd'hui, Dieu soit loué, se remettait de blessures consécutives à une catastrophe ferroviaire dans le sud de la France : un wagon transportant des munitions dans le train qui le menait à Nice avait sauté.

« N'est-il pas scandaleux que les chemins de fer français combinent le transport de matériel de guerre et celui des voyageurs ?

– Et sans en informer le public !

– Le cousin De Waal a reçu des éclats de verre en plein visage. Pourvu qu'il ne devienne pas aveugle !

– Quel coup ce serait, pour lui plus que pour tout autre ! Un homme de plume, toujours dans son cabinet de travail. Il ne pourra peut-être plus achever la rédaction de son livre *Nos finances dans les Indes*. C'est un travail important, qui promet.

– Le cousin De Waal a une force de caractère incroyable, fit remarquer la tante Holle. J'ai pu le constater de près. Quelle puissance de travail lorsqu'il était secrétaire de l'administration coloniale ! Penché sur ses papiers depuis les aurores jusqu'au soir, très tard. Il ne sortait jamais. Et toujours cet asthme, le pauvre !

– Et tout ça, pour un maigre traitement, dit Denninghoff Stelling, à froid.

– Si sa santé laissait moins à désirer, il aurait pu devenir gouverneur général, proféra Van den Berg. A propos de la France : d'après les nouvelles qui nous parviennent ici, Thiers utilise les grands moyens. La Commune appartient au passé.

– Hier, quand nous avons débarqué, un télégramme venait d'arriver, annonçant qu'une partie de Paris n'était plus qu'une ruine. » Rudolf était content de pouvoir contribuer à une conversation dans laquelle il avait jusque-là rempli le rôle d'auditeur. « On a tiré sur la foule. Est-ce raisonnable de la part du gouvernement de Thiers de recourir à des mesures d'une telle violence ? Ne dirait-on pas que la République, qui défend les principes démocratiques, se montre plutôt réactionnaire ? »

Tous les yeux étaient fixés sur lui.

« C'est là le problème, dit Van den Berg. Jusqu'où peut-on aller lorsqu'on veut combattre les radicaux ? Comment peut-on, sans se scléroser, maintenir ce qu'il y a de bon dans les idées conservatrices ? Notre politique actuelle est également confrontée à ce dilemme. Les vrais libéraux ne courent pas les rues.

– Comme le cousin De Waal ! s'écria la tante Holle, qui voulait visiblement que la conversation ne s'égare pas trop. Un homme exceptionnel. Il se remettra, c'est sûr. Je lui serai toujours reconnaissante de la bonne influence qu'il a exercée sur mes garçons, grâce à son zèle et à son bon sens. »

Elle exhuma des souvenirs du temps où, devenue veuve, elle avait habité à Parakan Salak avec ses enfants ; à ce moment-là fut prononcé le nom de Douwes Dekker, l'homme qui faisait sensation et provoquait le scandale. Rudolf saisit l'occasion de poser des questions sur ce parent éloigné qui l'intriguait tant.

« Dekker ? s'écria Albertine. Très spirituel, et aussi très charmant quand il en avait envie, mais si vaniteux ! Il flirtait avec Caroline, Pauline et moi en présence de la cousine Tine. Nous avions beau être des enfants, il voulait que nous soyons toutes à genoux devant lui. Toutes les filles devaient l'idolâtrer.

– Parlons-en, de son charme, dit la tante Holle en hochant la tête. Je me souviens très bien qu'un soir Tine débarqua ici sans crier gare dans une voiture de louage. Ce devait être en 1851, nous habitions cette maison depuis peu. Elle s'était enfuie parce que Dekker lui en faisait voir de toutes les couleurs. Plus tard, il vint lui-même à son tour, pour la chercher. Quelle éloquence il avait, cet homme ! J'étais bouche bée devant la servilité de Tine, devant la manière dont elle lui sauta au cou. Elle supportait tout sans broncher. Certains, surtout les jeunes, étaient en adoration devant lui. Heureusement, mes enfants n'étaient pas comme eux.

– Mais si, Maman, Karel pendant un bout de temps, dit Caroline. Je m'en souviens très bien. Quand Dekker venait nous voir à Parakan Salak, il parlait souvent d'un roman français qu'il trouvait magnifique, dont le héros[1] était un vrai philanthrope et bienfaiteur… un protecteur des pauvres et des opprimés. Dekker avait pris ce personnage en exemple. Et du même coup, Karel aussi. »

Albertine confirma ses dires : « Dekker voulait devenir empereur d'Insulinde ! Et Karel, le Ratoe Adil, le Prince juste[2]. Je les entends encore discuter au clair de lune sur la véranda avant, à propos de la manière qu'il convenait d'adopter pour permettre au peuple de Java de s'affranchir de l'esclavage.

– Karel a tenu parole. Il fait vraiment beaucoup de bien.

– Souvent à ses dépens. L'argent ne l'intéresse pas.

– S'il en a besoin pour ses projets, il sait bien où nous trouver, commenta Van Santen, à froid.

– Quelle chance d'avoir de si brillants financiers dans la famille ! » La tante Holle approuva de la tête en souriant dans la direction de ses gendres. « Jadis, c'était bien différent. Quelles difficultés n'avons-nous pas connues au début ! Et pourtant, nous avons été heureux à Parakan Salak, quand nous étions encore tous ensemble. C'est dommage qu'Adriaan ait fait démolir l'ancienne maison.

– Mais il paraît que la nouvelle est magnifique. Jans en raffole, répliqua Albertine.

– Tu sais, Rudolf, Jans est la femme d'Adriaan. Ils se sont mariés il y a quatre mois. C'était une Van Motman. »

Cateau précisa : « Bertha et moi avons souvent logé chez les Motman. Ce sont des gens simples, très eurasiens, mais si cordiaux et hospitaliers.

– Pas si simples que cela, rétorqua Herman. Cette famille habite à Java depuis le début du siècle dernier. Ce sont de grands propriétaires terriens de la vieille école, des hobereaux de l'archipel, pourrait-on dire.

– Dis-moi, Rudolf, as-tu encore parlé à mon cher frère Willem avant ton départ ? » demanda la tante Holle.

Rudolf décrivit le domaine Duin-en-Berg, où il s'était rendu une seconde fois pour prendre congé, et ajouta : « Au début de

1. Rodolphe, dans *Les Mystères de Paris* (1842-1843) d'Eugène Sue. *(NdT)*
2. Une sorte de Messie. *(NdT)*

l'année, un article très curieux a paru sur l'oncle dans le journal. On parlait de lui comme de "M. Van der Hucht, dont nous savons seulement qu'il a vendu du thé quand il était dans les Indes, qu'il chasse le lapin à Velsen et vote à la Chambre des députés de telle manière que l'on ne sait jamais au fond sur quels principes repose sa politique". L'article laissait entendre que cette attitude équivoque expliquerait pourquoi les partis ne le prennent plus au sérieux. »

Herman s'esclaffa. « Ce sont des principes que nous avons ici. Là-bas, à La Haye, il n'y connaissent rien. »

Que Batavia ne fût pas une ville composée uniquement de palais blancs, Rudolf ne tarda pas à le découvrir au cours des journées passées à attendre qu'Herman Holle fût prêt à partir. Il se promenait beaucoup, presque toujours seul ; Cateau n'était disposée à lui tenir compagnie que tôt le matin, le long des avenues ombreuses à l'ouest de la grande place. Ils allaient alors au cimetière, lisaient les inscriptions sur les tombes et les dalles funéraires et s'arrêtaient devant celle sous laquelle reposait leur petite sœur Pauline.

Quand il n'était pas accompagné, Rudolf, muni d'un chapeau et d'un parasol, explorait à pied (ce qui faisait plutôt sensation) les quartiers extérieurs : la ville basse, où il aurait pu se croire en Chine, entre des maisons devant lesquelles se dressaient des dragons de faïence bariolés, où toutes les façades s'ornaient d'enseignes couvertes de lettres capricieuses, et où il croisait des passants dont les cheveux tressés formaient une longue natte qui leur pendait dans le dos ; il y avait aussi les marchés indigènes où l'on vendait des fruits, du tabac, des poulets vivants liés en grappes par les pattes, des cotonnades et une quantité infinie de produits inconnus ; et où il voyait de près les habitants de la ville dans leur vie quotidienne, colorée et mouvementée, si totalement différente de celle des domestiques marchant à pas feutrés chez les Van Santen et les Holle. Entre les jardins des maisons européennes serpentaient des sentiers qui l'amenaient à de vastes kampongs, labyrinthes de verdure épaisse, de maisonnettes en bambou – parfois de simples abris formés d'un toit soutenu par des piliers –, de lopins de terre cultivés ; ou bien il se trouvait soudain au bord de la rivière qui traversait la ville, et voyait les gens s'y baigner et faire leurs besoins ; les petits enfants nus s'attroupaient pour le regarder.

C'était au mois de juillet, en pleine période de sécheresse. Sous le ciel blanc de chaleur, une langueur paralysante s'étendait vers midi sur le pays. Pas un souffle. Rudolf étouffait. Il commençait seulement à respirer pendant les promenades en voiture après le coucher du soleil. Dans la maison de Bertha, les soirées étaient gâchées par les moustiques qui le poussaient se réfugier plus tôt qu'il ne le voulait derrière le rideau de gaze de son lit.

Bien que chaque jour apportât de nouvelles expériences passionnantes et qu'une lettre d'Ardjasari eût confirmé l'accord et l'approbation de ses parents sur le programme établi par les Holle, il brûlait d'impatience d'être enfin fixé sur l'avenir auquel il s'était préparé pendant les années écoulées. Il était à son aise auprès de ses sœurs dans la maison impeccable de Bertha, mais, au bout d'une semaine, il était las des conversations sur la famille et les connaissances, sur les langes du futur bébé et l'accouchement proche. Il voyait à peine Van Santen. Il avait tenté plusieurs fois d'en savoir davantage sur le financement et autres aspects d'Ardjasari ; son beau-frère se montrait alors réticent, invoquant les codes du système bancaire.

Sur les indications de Cateau, Rudolf compléta son équipement tropical par des vêtements et des objets d'usage courant absolument indispensables dans une plantation, selon les dires des Holle.

Juste au moment où, négligeant les conseils de ses sœurs, il s'apprêtait à insister auprès d'Herman pour qu'il fît diligence, arriva la nouvelle que tout était prêt pour le départ.

Au point du jour, la nuit n'était pas encore tout à fait dissipée, la berline tirée par quatre chevaux s'avança devant le perron. Les bagages furent fixés à l'arrière par des courroies. Bertha et Cateau donnèrent aux voyageurs quelques provisions pour la route.

Dans la lumière vaporeuse de l'aube, tandis que les coqs chantaient dans les kampongs entourant la ville, l'attelage sortit de Batavia au trot, en direction du sud. Herman somnolait, appuyé dans un coin de la voiture, mais Rudolf ne voulait rien perdre de ce voyage vers l'intérieur du pays. Maintenant qu'il faisait encore frais et qu'il n'était pas nécessaire de baisser les rabats de part et d'autre de la voiture pour se protéger du soleil, il pouvait embrasser du regard les rizières et les vergers ; parmi la verdure, il reconnaissait les feuilles oblongues des bananiers et la feuille palmée des papayers qu'il avait déjà vus dans le jardin de sa sœur Bertha. Il était impressionné par la luxuriance de la végétation et les nuances innombrables de vert du paysage, et comprenait maintenant pourquoi son père avait si souvent évoqué dans ses lettres l'impossibilité de décrire la nature tropicale. Au loin, se profilaient les premières montagnes du Priangan, d'un bleu de plus en plus flou, voilé à mesure que le soleil montait et que son éclat se répandait à travers les différentes couches d'air.

« Regarde, le mont Salak ! dit Herman, éveillé. Nous voilà presque à Buitenzorg. »

Rudolf regretta de ne pas pouvoir prendre le temps de faire une visite – même brève – au Jardin botanique qu'il avait toujours entendu vanter comme l'une des merveilles du monde. Mais Herman voulait poursuivre son chemin dès qu'ils se seraient rafraîchis, auraient déjeuné à l'Hôtel Bellevue et que des chevaux frais, habitués à un terrain montagneux, auraient été attelés.

« Adriaan nous attend avant le coucher du soleil. La route menant à Parakan Salak est mauvaise, surtout la dernière partie, à travers la montagne. Il est bon d'avoir de la marge, pour le cas où nous aurions des ennuis. »

Ils firent halte une fois pour permettre aux chevaux de se reposer. Herman et Rudolf en profitèrent pour se dégourdir les jambes dans un endroit ombragé où, entre la végétation, de minces filets d'eau ruisselaient le long de la pente. Rudolf avait l'impression de ne pas avoir assez de ses cinq sens. Il était subjugué par la lumière, les odeurs qu'exhalaient les buissons chauds, la majesté du paysage qui s'étendait à ses pieds et dans le lointain. Dans la plaine scintillaient les rizières inondées ; la ligne de faîte des collines semblait décolorée sous le soleil de midi. Mais par-delà les cimes glissait l'ombre, d'un bleu intense, de nuages surgis comme par enchantement des hautes couches d'air opaques.

A l'entrée de la plantation de thé de Parakan Salak, Adriaan Holle vint à leur rencontre, chevauchant un pur-sang arabe. Rudolf admira le magnifique étalon et la bonne assiette de son cousin qui laissait caracoler le fougueux animal devant la berline. Ce qui frappait dans la personne d'Adriaan, c'était le contraste entre sa silhouette frêle mais musclée et l'expression souffreteuse de son visage. Une moustache et une barbe en pointe noires semblaient avoir été peintes sur sa peau blafarde.

« Adriaan ne va pas bien, dit Herman à mi-voix. Il souffre des intestins et a souvent des migraines. C'est dommage, c'était un garçon très résistant, le plus costaud de nous tous. Jadis, il n'avait peur de rien. Quand nous habitions encore l'ancienne maison, la présence de chiens enragés dans le voisinage nous causait bien des ennuis. Ces bêtes-là se glissaient souvent dans le *kolong*, c'est l'espace situé sous la maison, personne n'osait s'en approcher mais Adriaan allait droit sur eux avec un long bâton, pieds nus, et s'il lui arrivait de se faire mordre, il cautérisait aussitôt la plaie lui-même. Tu aurais dû le voir à la chasse au tigre. C'est fini maintenant, il ne chasse plus, ça le fatigue trop. »

Adriaan se rapprocha de la berline et pointa son index vers la maison devant lui : « Ma *gedoeng* ! »

Au loin, ils purent voir la nouvelle demeure, objet de tant d'éloges, qui se dressait au sommet d'une colline, encadrée de hauts arbres sur un fond de crêtes embrumées. Le terrain vallonné, couvert de rangées parallèles d'arbustes, s'étendait à perte de vue. La première impression qu'eut Rudolf d'une plantation de thé fut celle d'un épais tapis vert, cannelé, où par endroits le mince feuillage d'un arbre d'une espèce inconnue de lui jetait un peu d'ombre ; il savait seulement le nom des palmiers aux gigantesques feuilles pennées et des longues tiges de bambou avec leurs touffes pendantes de feuilles pointues, qui dominaient les boqueteaux le long de la route.

Ils approchèrent de la maison entre une double rangée de majestueux conifères, des *damars* blancs. Elle se dressait à l'endroit même où avait été jadis la résidence modeste de l'administrateur, construite selon le modèle classique dans les Indes, et décrite avec tant de tendresse par la tante Holle. La prospérité croissante de l'exploitation semblait symbolisée dans la villa colossale de deux étages qu'Adriaan avait fait construire avant son mariage avec Jans Van Motman. Une véranda était surmontée au premier étage d'un avant-corps carré au milieu de la façade, qui ressemblait à un pont de navire, depuis lequel on dominait le paysage.

Des palefreniers et des domestiques les attendaient à l'extérieur et la maîtresse de maison à l'intérieur. Rudolf pensa qu'on n'aurait pu trouver de nom moins approprié que « Jans » pour cette personne distinguée, au charme exotique en *saroeng-kebaja*, qui accueillit les deux visiteurs avec une chaleureuse exubérance, puis les entraîna vers les chambres d'amis au rez-de-chaussée, s'excusant en un déluge de paroles de ce que, si peu de temps après les derniers travaux de construction, tout n'était pas encore en état.

Après avoir pris un bain, Rudolf se changea à la fugace lueur pourpre du soleil couchant. Sa fenêtre était orientée vers l'ouest ; les ombres sur les flancs des montagnes environnantes se firent plus profondes, les grillons se mirent à striduler bruyamment dans les arbres.

Les lampes à huile brûlaient déjà quand il grimpa l'escalier menant au second étage. Là, il pénétra dans un monde totalement différent, doublement étranger. Cette pièce avait un haut toit en coupole dont l'intérieur était peint d'un bleu intense agrémenté d'ornements dans des tons plus clairs. On se serait cru dans une villa italienne de la Renaissance. Les murs étaient décorés de tentures comme en Europe et un grand tapis multicolore recouvrait le sol.

Adriaan et Herman buvaient un bitter devant la table dressée. Sur un signe de Jans, l'un des boys qui attendaient devant le buffet versa aussi un verre pour Rudolf, lequel avait déjà appris à connaître cet apéritif corsé chez Van Santen et s'était promis d'en user modérément.

« Assieds-toi, dit Adriaan. Demain, j'attends Eduard et Albert. Ils amèneront Karel, qui est d'abord allé à Sinagar. »

Le lendemain matin, Adriaan fit visiter ses écuries où se trouvaient plus de cinquante chevaux, parmi lesquels ses *racers*, ceux qui, aux concours hippiques annuels de Buitenzorg remportaient de nombreux prix. L'indolence distraite qui avait caractérisé l'attitude d'Adriaan à table (Jans avait animé la conversation avec verve) avait complètement disparu maintenant qu'il se promenait parmi ses chevaux, leur parlait, leur laissait manger du sel ou de jeunes pousses de riz dans sa main et distribuait des ordres aux garçons d'écurie quant aux soins à donner. Les chevaux, avec leur noble tête et leurs grands yeux humides, étaient aussi différents les uns des autres que le sont des personnes, ils portaient des noms mélodieux et étaient traités d'un ton à la fois sévère et affectueux par Adriaan, et avec respect par les valets. Rudolf fut frappé par le nombre de races différentes représentées ici : outre les coûteux arabes, il y avait aussi des chevaux de Batak, de Macassar, de grands australiens et même quelques Sandalwoods.

Ils visitèrent ensuite la fabrique. Dans un entrepôt fait de poteaux et de cloisons en bambou, se trouvaient de longues rangées de corbeilles rondes et plates.

« Ce sont des *tampirs*, expliqua Adriaan. Tout à l'heure, quand les cueilleuses reviendront des jardins et auront pesé leur récolte, elles verseront les feuilles mouillées dans ces corbeilles.

– Mais voyons, il ne pleut pas ! » dit Rudolf.

Adriaan éclata de rire. « Les feuilles mouillées, cela signifie les feuilles qui viennent d'être cueillies avant d'être traitées. Il faut qu'elles perdent au moins la moitié de leur humidité, nous appelons ce procédé “flétrir les feuilles”, et cela se fait sur ces *tampirs*. Au bout de plusieurs heures, selon le temps qu'il fait, le plus souvent après une nuit, il faut rouler les feuilles ; mes employés le font à la main, quelquefois avec les pieds, mais je n'y tiens pas. Viens avec moi, tu pourras voir comment ils travaillent avec les feuilles flétries d'hier. »

Ils entrèrent dans un autre entrepôt. Là, toute la surface du sol était couverte de *tampirs* pleins. Hommes et femmes étaient accroupis entre les paniers plats, y puisaient quelques feuilles et les roulaient sur une planche sous la paume de leurs mains. Une odeur aigrelette de sève libérée, que Rudolf respira avec plaisir, emplissait cette partie de la fabrique. Les feuilles traitées formaient une masse collante d'un brun vert.

« Combien faut-il de temps pour que le thé soit prêt à la consommation ?

– Trois ou quatre jours, là encore cela dépend du temps et de la température. Nous laissons les feuilles de thé roulées fermenter dans des casseroles, au-dessus d'un feu de charbon de bois, cela s'appelle les “faire cuire”, puis nous les faisons sécher. Je cultive du souchong, c'est la récolte que les gens préfèrent. »

Il précéda Rudolf dans un troisième entrepôt. « Ici, on trie le thé pour ensuite l'empaqueter par qualités. Et là derrière, se trouve la scierie où l'on fabrique les caisses. Comme tu vois, rien que dans la fabrique, j'ai au moins une centaine d'hommes à l'œuvre. Il semble qu'il existe aujourd'hui des machines à rouler le thé. Mon assistant est très partisan de l'acquisition d'un tel appareil ; cela économise du temps, bien sûr, et cela signifie aussi une réduction du nombre d'ouvriers.

– C'est donc plus avantageux ?

– Absolument. Mais notre intention est précisément de procurer du travail à la population. Je ne sais pas encore ce que je vais faire, je veux d'abord en parler à Karel. »

Lorsqu'ils furent dehors, Adriaan dit : « Si j'ai bien compris, tu ne montes pas à cheval ? C'est dommage, j'aimerais t'emmener dans les plantations, mais ce n'est donc pas possible. Il faut en tout cas que tu voies l'un de mes kampongs. Il y a quelques années, j'ai tout fait remettre en état. »

A l'ombre d'arbres au feuillage touffu, ils allèrent à pied vers le plus proche des villages ouvriers. La différence avec les kampongs de Batavia était si grande que Rudolf ne put s'empêcher de pousser une exclamation de surprise. Des routes bien entretenues et des allées de traverse partageaient le kampong en parcelles carrées, limitées par des haies de buissons fleuris et divisées à leur tour en plus petites parcelles. Les maisonnettes blanchies à la chaux étaient très ordonnées. A cette heure du jour, il n'y avait dans le kampong que quelques vieillards et enfants qui adressèrent à Adriaan un salut exagérément respectueux aux yeux de Rudolf : ils s'accroupissaient et portaient leurs mains jointes à leur front. Adriaan répondait à chaque salut par quelques mots aimables.

En repartant, ils firent un détour. Adriaan montra une petite bâtisse chaulée au toit en coupole, surmontée d'une tour étroite : « Notre mosquée ! Je l'ai fait construire sur les conseils de Karel. Maintenant, les prêtres musulmans m'ont tous à la bonne. Ils encouragent le peuple à bien travailler et entretenir cet endroit. Les gens rivalisent de zèle – c'est à qui aura la maison la plus soignée et la plus belle haie. »

Rudolf dit en riant : « C'est ainsi que le grand-oncle Jan a dû jadis se représenter la colonie idéale. »

Deux hommes sortant de la grande maison vinrent à eux. Adriaan n'eut pas besoin d'expliquer qui ils étaient. Celui qui ressemblait aussi bien à Adriaan qu'à Herman devait être Albert Holle. Quant à l'autre, Rudolf le reconnut au premier regard, bien que dix années se fussent écoulées depuis la dernière fois qu'il l'avait vu. Maintenant qu'Eduard Kerkhoven portait une moustache, on pouvait le prendre pour un fils du grand-oncle Van der Hucht. Il portait un curieux couvre-chef, un bonnet pareil à ceux que Rudolf avait parfois vus sur la tête d'Écossais, fendu au milieu, à l'arrière duquel pendaient deux rubans à carreaux. Il était grand et robuste, mais dans la manière de se mouvoir et de gesticuler, il avait conservé quelque chose du jeune homme de Hunderen dont Rudolf avait gardé le souvenir.

« Bienvenue ! s'écria Eduard. Où étiez-vous donc ? Karel attend dans la *gedoeng*. »

L'homme qui se leva pour le saluer ressemblait à s'y méprendre au père de Rudolf, à tel point que le jeune homme crut un instant que ce dernier arrivait d'Ardjasari.

Bien que Karel Holle fût un peu plus jeune que le père de Rudolf, il avait à peu près la même stature, une barbe fournie lui aussi, et ses yeux, quoique plus clairs, exprimaient la même bonhomie rayonnante. Cependant, l'attitude et les manières étaient totalement différentes. Karel portait un fez turc orné d'un gland et, à son auriculaire, enchâssé dans le chaton d'une bague, un gros diamant qui jetait des feux à chaque geste ; la coupe de son manteau était curieuse, ses pieds étaient chaussés de mules en cuir. Il effleura ses lèvres de ses deux pouces joints avant de tendre la main à Rudolf.

« Ainsi, mon cousin, tu viens renforcer nos rangs. *Bismillah !* Dieu te bénisse ! »

Dès l'abord se manifesta l'ascendant qu'exerçait Karel sur la compagnie. Il prit la direction des opérations comme si cela allait de soi. Les autres le traitaient comme un maître plus âgé, ce qu'il acceptait avec une digne complaisance. Plus frappante encore était l'autorité dont il jouissait parmi les domestiques sondanais d'Adriaan, qui l'abordaient avec un respect presque superstitieux lorsqu'ils devaient lui offrir des rafraîchissements. Karel Holle était assis sur une banquette basse, la jambe droite repliée et le pied droit glissé sous le genou gauche. Il parlait lentement, d'une voix douce, un peu chantante. On eût dit un monarque qui tenait audience. Rudolf regardait, fasciné, ce membre de sa famille dont il avait tant entendu parler.

« C'est ici, à Parakan Salak, que tout a commencé, c'est le berceau de notre entreprise. Aussi est-il séant que tu consacres ta première visite à cette plantation de thé. Tu as déjà vu quelle étendue recouvrent les cultures. Adriaan t'a raconté aussi, j'espère, de quelle manière cette plantation est exploitée, selon un système que je considère comme le seul approprié. Tous ceux qui vivent ici avec leur famille reçoivent une pièce de terre et sont chargés de l'émondage et de la cueillette des plants de thé qui y poussent. Je souhaiterais que ton père, à Ardjasari, suive l'exemple d'Adriaan.

– Je ne suis pas encore allé à Ardjasari, cousin Karel. Je ne sais ce qui s'y passe, ni quelle méthode mon père applique.

– Il ne s'agit pas seulement d'un traitement correct des cultures. A mon avis, il est d'un intérêt primordial que les gens qui travaillent dans l'exploitation se sentent personnellement concernés. Il faut une communauté de vie et de travail de même nature que celle à laquelle le paysan d'ici est habitué ; de cette manière seulement, ils peuvent s'attacher à la terre. Je suis content qu'Adriaan ait suivi mon conseil et fait construire des maisons convenables pour son personnel. Tu les as vues ? Procure aux gens un bon gîte, de bons outils, et ils travailleront avec joie et entretiendront tout comme il faut. Pas vrai, Adriaan ?

– Les affaires marchent comme je le souhaite », dit Adriaan.

Karel Holle s'adressa de nouveau à Rudolf. « Ne te laisse pas raconter que les Sondanais sont paresseux. En revanche, il est vrai que l'on doit démontrer à ces gens calmement, progressivement, par l'expérience, l'utilité de nouveaux procédés agricoles. Ils ne comprennent pas encore le formidable avantage qu'ils peuvent en tirer. Ils savent maintenant ce qu'ils doivent faire pour éviter l'affouillement de la terre dans les régions montagneuses, en créant des terrasses, comme ils l'ont fait pendant des siècles pour leurs *sawahs*, les rizières inondées. Et je leur ai montré qu'ils doivent espacer davantage les jeunes plants de riz pour améliorer la récolte. Avec le thé, c'est exactement la même chose. Si une plante les intéresse personnellement, je veux dire, s'ils se rendent compte qu'elle est pour eux d'un intérêt vital, il ne fait aucun doute qu'à la longue ils appliqueront de meilleures méthodes de culture. Comme en Chine ou au Japon, les gens d'ici préfèrent pour leur propre consommation ce que l'on appelle le thé vert. »

Rudolf vit le regard de connivence qu'échangeaient Eduard et Albert. Visiblement, il n'avait pas non plus échappé à Karel.

« Je vous ai déjà dit souvent que cela vaudrait la peine de passer à la production de thé vert. Donc, à peine ou pas du tout fermenté. Le type de feuille que vous utilisez est sans importance, ce qui facilite la cueillette et rend le tri superflu.

– Le marché européen ne s'intéresse pas au thé vert », fit remarquer Eduard. Karel resta assis en silence quelques instants. Un courant d'air agita les feuilles des fougères dans leurs pots de faïence vernissés. Une agréable fraîcheur régnait dans la galerie haut perchée.

« Qu'on le veuille ou non, la nouvelle politique agricole de l'administration nous oblige à changer nos rapports avec la population, poursuivit Karel sur un ton moins mesuré et pontifiant qu'auparavant. Il faut le comprendre ! Et agir en conséquence ! Les gens ne sont pas seuls à travailler pour nous, nous travaillons aussi avec eux. Si nous faisons du thé vert, il y aura assez de débouchés pour les feuilles des plantations indigènes. Cela stimule l'ardeur au travail et la prospérité locale, et c'est cela en fin de compte que nous avions en vue quand nous avons commencé. Un immense marché asiatique s'ouvre devant nous pour le thé vert. C'est aussi l'intérêt des planteurs européens d'en prendre conscience. Oui, je n'en démords pas ! » dit-il en élevant le ton. « Au nom du ciel, ne retombons pas dans les erreurs commises par le passé ! Écoute, Rudolf... dès l'instant où je suis venu ici – je n'étais encore qu'un gamin –, j'ai été plus peiné que je ne saurais le dire par le contraste entre la fertilité de ce merveilleux pays et la pauvreté de la population, des petites gens, les paysans, les *tanis*. Les pays de la Sonde forment une région oubliée, délaissée, dominée pendant des siècles par les princes du centre et de l'est de Java. Ils ont perdu leur propre culture. Que leur langue existe encore est même un miracle. Ils constituent un peuple à part entière. Les messieurs de Batavia n'y songent jamais. Quand aux messieurs de La Haye, je n'en parle même pas !

– Mais Karel, dit Adriaan pour l'apaiser, bien des choses ont changé grâce à ton intervention. Tu es à présent conseiller pour les affaires du Priangan. Ils t'ont conféré la croix de chevalier de l'ordre du Lion néerlandais. L'administration coloniale te prête une oreille attentive. Tu as fini par obtenir des subventions pour tes fameuses écoles, c'est tout de même important.

– Oublies-tu le nombre d'insinuations calomnieuses qui ont précédé ? N'est-il pas humiliant que mes amis, le *patih* de Mangoenredja et le *patih* de Galoeh, ainsi que Radèn Hadji Moesa aient dû être interrogés sur mes activités ? J'ai toujours des adversaires dans la presse, qui ont lancé contre moi des accusations ridicules. Récemment encore : en apportant mon soutien à l'Islam, j'inciterais la population à conspirer contre l'administration. Mes écoles, mes petites boutiques et mes ateliers d'artisanat pourraient devenir des foyers d'insurrection ! Est-on aveugle, ne voit-on pas que tout dépend de notre propre comportement ? »

Il se pencha vers Rudolf et posa un instant sur son genou la main où scintillait son anneau. « Les gens d'ici sont très susceptibles quand leur honneur est en jeu. Tu dois les traiter avec une extrême délicatesse et surtout te montrer respectueux des principes indigènes de la bienséance. S'ils te considèrent comme leur supérieur, ils t'obéiront et te seront fidèles. La maîtrise de soi est de la plus haute importance. Ne cède jamais à un mouvement de colère et surtout : ne les frappe jamais ! Une punition injustifiée ou une offense sont intolérables. Je connais des exemples de fonctionnaires et de planteurs qui ont payé de leur vie une insulte ou un coup. Un jugement juste et prononcé avec dignité est toujours accepté dans ce pays. Apprends aussi le sondanais le plus rapidement possible. Sans une connaissance approfondie de cette langue, tu n'as aucune chance de réussir. Il est regrettable que ton père ne puisse se servir d'une autre langue que le malais et qu'il ait besoin d'un interprète dans ses rapports avec les ouvriers.

– Je prendrai à cœur ce que vous avez dit, cousin Karel, répondit Rudolf, très impressionné par ce qu'il avait entendu et par la personnalité de cet homme au regard bleu clair impératif.

– Autre chose, maintenant. Adriaan, l'une des raisons pour lesquelles je suis venu de Waspada jusqu'ici, c'est parce que je veux entendre ton gamelan. »

Adriaan fit un geste de refus et hocha la tête. « Je ne le laisse jouer que pendant la pesée du thé, l'après-midi, dans la fabrique.

– Tu as créé certaines compositions pour le rebab et je ne les connais pas encore.

– Ces temps-ci, il est rare que je joue du rebab, le temps me manque.

– Ne me déçois pas, mon frère », poursuivit Karel, placide. Après s'être fait prier quelques instants, Adriaan finit par céder comme à contrecœur, en faisant quelques remarques narquoises sur son manque d'entraînement et le peu d'envie qu'il avait de jouer, mais Rudolf crut deviner qu'au fond il était heureux et même excité à la perspective de pouvoir faire de la musique. Adriaan donna l'ordre d'avertir les joueurs de gamelan et de préparer les instruments. Puis, il se retira pour revenir une demi-heure plus tard dans la tenue indigène : une longue veste au col montant, aux manches ajustées, par-dessus un *kain* savamment plissé sur le devant. Son couvre-chef contrastait bizarrement avec ce vêtement exotique : il portait maintenant, comme Eduard Kerkhoven, un bonnet écossais orné à l'arrière de deux rubans flottants. Il fit signe aux autres de descendre derrière lui les escaliers conduisant à la galerie inférieure attenante aux chambres des hôtes. On eût dit qu'il n'était plus avec eux. L'impression fut encore plus forte lorsqu'il alla s'asseoir en tailleur parmi les joueurs de gamelan qui avaient déjà pris place derrière leurs instruments. C'étaient des instruments à percussion comme Rudolf n'en avait jamais vus auparavant. Sur des supports bas reposaient des claviers en bois et en métal ; des pots de cuivre ventrus formaient une double rangée allant des plus grands aux plus petits et un gong en bronze était suspendu à une planchette habilement sculptée.

« Je vous salue, Sari Onèng ! » Karel Holle porta de nouveau ses mains jointes à son visage. Il se tourna vers Rudolf : « Pour les Javanais, le gamelan est une femme, elle a un nom, un caractère. Celle-ci, Sari Onèng, a cinquante ans, elle est vénérable, elle a été faite à Soemedang, d'où proviennent les plus beaux gamelans. »

Des sièges furent placés en demi-cercle en face de l'orchestre, dans la longue et étroite galerie. Jans Holle fit une brève apparition dans l'embrasure de la porte, mais ne se joignit pas à l'assistance. Avant qu'elle se retire, Rudolf put apercevoir son visage ; quelque chose dans son regard lui fit supposer que le spectacle et l'attention presque extatique d'Adriaan pour son violon à deux cordes lui déplaisaient.

Adriaan tenant le rebab par le long manche d'ivoire accorda son instrument en tournant précautionneusement les deux chevilles qui dépassaient de part et d'autre du manche, maniant régulièrement l'archet pour contrôler la sonorité.

« Attention, murmura Karel Holle, Adriaan va maintenant interpréter en solo l'introduction, c'est-à-dire le thème musical du morceau, sa propre composition… et celle-ci sera ensuite reprise par les divers instruments à percussion. Taisons-nous, cela commence. »

Adriaan produisit avec son archet une mélodie qui sembla à Rudolf langoureuse, étrange aussi, du fait de l'abondance des demi-tons. Au bout de quelques mesures, les autres instruments enchaînèrent. Rudolf avait entendu décrire la musique du gamelan comme une série de sons heurtés et de ding-ding-dong d'une monotonie endormante ; mais ce qu'il entendait maintenant le frappait au contraire par la diversité des sons et du rythme, dans le jeu combiné du rebab et d'une flûte, et par la polyphonie de la percussion régulièrement ponctuée par le coup profond du gong.

Machinalement, il suivit le rythme d'un balancement de la tête et des épaules. Lorsqu'il remarqua que Karel Holle le regardait du coin de l'œil en souriant, il se força à rester immobile.

Tôt le matin, après le petit déjeuner, Rudolf rencontra son oncle Eduard qui attendait dans l'avant-corps de la véranda supérieure. Il se tenait entre les colonnes aux côtes torsadées qui faisaient penser aux fragiles sucres d'orge vendus dans les fêtes foraines, et admirait le panorama. Entre les théiers, le long des pentes, se mouvaient les petites silhouettes colorées de centaines de cueilleuses. Avec leurs grands chapeaux de soleil ronds, on eût dit, vues d'en haut, des champignons géants.

« Bonjour ! dit Eduard Kerkhoven. On m'a dit que tu ne savais pas monter à cheval.

– Je l'ai fait autrefois à Hunderen. Mais il y a longtemps. Non, mon oncle, je ne sais pas monter à cheval.

– Alors, nous allons y remédier dès aujourd'hui. Tu vas venir avec moi à Sinagar. Adriaan a une bonne petite bête docile, douce comme un agneau. Tu ne peux pas vivre ici, mon garçon, si tu ne sais pas monter convenablement. Rien que pour inspecter les champs de thé, c'est indispensable. J'ai pu procurer à ton père quelques excellents chevaux du Priangan, ce sont des croisements de chevaux arabes et d'une race indigène. Quand tu seras à Ardjasari, il faudra que tu en montes un tous les jours. Arrange-toi pour être bien en selle, et plus que cela, aussi vite que possible. Allons-y ! Karel et Albert nous suivront plus tard dans la journée. »

Rudolf n'était pas d'accord avec Eduard sur ce qu'il faut entendre par la docilité des agneaux. En terrain plat, il réussissait plus ou moins à maîtriser son cheval, qui répondait au nom de Si Fatima, mais sur les sentiers de montagne, étroits, abrupts, tantôt caillouteux, tantôt boueux, lorsque la jument nerveuse glissait sur le bord d'un ravin ou que, prise de peur si une pierre dévalait le long de la pente, elle se cabrait, son sang-froid et son expérience sommaire de cavalier étaient soumis à dure épreuve. De temps à autre, Eduard lui criait des conseils que, dans sa nervosité, il comprenait à moitié. Il était conscient de la magnificence du paysage, mais ne s'aventurait pas à y accorder de l'attention. Après ce qui lui parut un temps interminable – en réalité, ils n'avaient chevauché que deux heures –, ils entrèrent sur les terres de Sinagar.

« C'est un tout autre pays que Parakan Salak », dit Eduard, près de lui, tandis qu'ils poursuivaient maintenant leur route d'une allure tranquille (Rudolf respirait enfin !) ; les deux valets filaient en avant à bride abattue pour annoncer l'arrivée du seigneur. « Mes plantations, et aussi celles d'Albert à Moendjoel, sont trop distantes les unes des autres pour permettre d'appliquer le système de Karel. Il en résulterait une production inégale et irrégulière. Certains *boedjangs* taillent souvent, d'autres attendent trop longtemps pour le faire, beaucoup de femmes cueillent trop grossièrement, chacun travaille de la manière qui lui convient le mieux ou en prenant son temps. Oui, cela surtout ! Un travail collectif, et le contrôle rigoureux de contremaîtres énergiques, voilà ce qui nous a donné jusqu'ici les meilleurs résultats, à Albert et à moi. J'ai pas mal d'assistants chinois, ils accomplissent parfaitement leur tâche. Regarde, voilà ma maison à moi, ma *gedoeng*. Une vieille bicoque, qui date encore des premières cultures gouvernementales, mais je m'y sens chez moi.

– Des azalées ! s'écria Rudolf, surpris. Je ne savais pas qu'elles poussaient ici. »

Devant la maison de l'administrateur, un grand parterre de ces arbustes en fleur brillait au soleil, écarlates, pourpres, et d'un orange vif.

« Elles font ma fierté, dit Eduard. Te souviens-tu des azalées de Hunderen ? J'ai donné des boutures à ta mère. Dis-lui de bien s'occuper de son jardin à Ardjasari, cela vaut vraiment la peine dans notre climat d'altitude. »

A peine débouchaient-ils sur l'esplanade, au sortir de l'allée d'accès ombragée, qu'une bonne quinzaine de chiens, grands et petits, surgirent de derrière la maison dans un concert d'aboiements étourdissants. Eduard mit pied à terre et parla aux animaux qui le renversèrent presque dans leur enthousiasme : « Couché, Mirza ! Bon chien, Gètok ! Va-t'en, Courtois ! Arrête, Pecco ! Du calme, les petits ! *Down*, Beer ! »

« Chez moi, tu ne trouveras pas de babioles destinées à créer l'ambiance », dit Eduard, tandis que, entouré de ses chiens, il précédait Rudolf dans les pièces chichement meublées (mais les murs étaient couverts de bois de cerfs et de peaux de bêtes). « Ici, tout a été conçu en vue d'un usage pratique quotidien. La nouvelle demeure d'Adriaan est trop raffinée à mon goût. Mes chiens, les cerfs préférés de mon parc et au besoin mes poules doivent pouvoir se promener dans toute la maison si l'envie leur en prend ! Que dis-tu de ma décoration murale dans la galerie intérieure ? Ça stimule la digestion, pas vrai ? »

Pendant tout le repas de midi, Rudolf eut le spectacle d'une peau de python de plusieurs mètres de long, tendue sur toute la longueur de l'un des murs, à côté du squelette d'une chevrette que l'énorme serpent avait dévorée juste avant d'être tué.

« J'espère, en tout cas, que tu sais manier un fusil, dit Eduard. Ton père est un chasseur comme je les aime.

– Dans mon enfance, j'ai parfois accompagné Papa à la chasse à la bécasse. J'étais encore étudiant quand il est parti pour les Indes. A Delft, on ne chasse pas.

– Je te conseille de te débrouiller pour devenir au plus vite un bon tireur. C'est une nécessité quand on habite dans les montagnes et que l'on doit aller en forêt. Du reste, il se peut très bien que, dans les plantations ou derrière la maison, tu te trouves soudain nez à nez avec une panthère ou un sanglier. Et ton prestige dépend largement de la manière dont tu sais manipuler ton fusil. Peu de temps après mon arrivée ici, j'ai coupé en deux par accident, d'un coup de fusil, la queue d'un énorme jaque, gros comme un melon, qui pendait tout en haut d'un arbre. Le fruit est tombé exactement à mes pieds. Depuis, mes gens ont toutes les indulgences pour moi.

– Vous avez toujours été un fameux tireur, je ne l'ai pas oublié depuis Hunderen.

– Mon petit gars, la chasse à la perdrix et au lièvre dans la Gueldre, il n'y a rien au-dessus ! Ici, à vrai dire, ça ne me dit pas grand-chose. Bien sûr, je suis allé chasser avec quelques chefs indigènes, amis de Karel, enfin… si l'on peut appeler cela chasser, c'est plutôt du massacre organisé. On fait entrer les cochons sauvages dans un enclos et les messieurs tirent sur eux depuis une tribune. Et quand ces hommes s'enfoncent dans la brousse, le spectacle est parfaitement ridicule. Ils ont toute une escorte de types qui doivent s'occuper des chevaux, de jeunes garçons qui portent des sièges, du tabac, du bétel, des cigares, des armes et de la poudre, et, lorsque le gibier est signalé, ils se lancent à sa poursuite sans concertation, sans système. Certes, il est absolument nécessaire de faire quelque chose contre les bêtes féroces, dans l'intérêt de la population, mais cela ne veut pas dire qu'il faut les exterminer. Je continue à rêver de louer ou d'acheter un grand terrain quelque part sur la côte sud, boisé, montagneux et sauvage, pour en faire une réserve protégée où les vraies règles de la chasse seraient respectées. Mais j'ai bien peur que cela reste un rêve. Je n'ai ni le temps ni l'argent pour le réaliser. »

Les chiens étaient assis autour de la table en un vaste cercle, à une distance respectueuse, et suivaient avec des regards avides chaque geste des deux convives. De temps en temps, Eduard leur tendait un bout de peau ou un os ; on aurait dit alors qu'un choc secouait la rangée de chiens ; ils se redressaient d'un bond mais sans pénétrer dans le cercle considéré comme terrain défendu. Eduard les appelait par leur nom à tour de rôle et jetait le bon morceau à celui qui avait été appelé. Rudolf admirait leur comportement discipliné.

« Je les dresse dès le début, autrement la vie serait intenable. J'ai quelquefois vingt chiens à la maison, outre les miens, ceux de Moendjoel et de Parakan Salak, qui logent ici quand leur maître est en voyage. Quelques-uns sont d'excellents chiens de chasse. Cela te paraîtra peut-être bizarre, mais sais-tu ce que je voudrais ? Pouvoir chasser une fois encore en Hollande, du côté de Beekbergen, parmi les chênes et les pins… Tu connais ce coin-là ?

– La Hollande vous manque, mon oncle ?

– Oh, me manquer, c'est un bien grand mot. C'est un luxe que je ne peux me permettre. Si les circonstances s'y prêtent, je reviendrai un jour dans la mère patrie. Je suis plutôt philosophe. Sais-tu que j'ai étudié quelque temps la philo à Leyde ? Ça te fait rire, hein ! Non, je n'ai pas passé d'examens, j'ai tout planté là et je suis venu ici. La philosophie que m'inspire la contemplation des montagnes environnantes me suffit. »

La fabrique de thé de Sinagar se composait, comme celle de Parakan Salak, de plusieurs entrepôts. Entre les poteaux qui soutenaient le toit, avait été tendu un treillis de bambou, non seulement, comme l'expliqua Eduard, pour permettre le passage de l'air et de la lumière, mais aussi pour protéger les ouvriers contre les chiens enragés qui étaient encore un vrai fléau dans cette région.

Rudolf marchait derrière Eduard entre les gens au travail. Ils saluaient le *djoeragan* et regardaient l'étranger avec curiosité. Bien qu'il ressentît encore douloureusement dans ses os et ses muscles les effets de sa longue chevauchée, Rudolf fit de son mieux pour garder un maintien digne. Eduard parla, dans divers secteurs, avec les contremaîtres chinois qui portaient leur natte enroulée à l'arrière de la tête pendant le travail. Il précisa les différentes formes de traitement du produit.

« Je prépare le thé un peu autrement qu'Adriaan. Il suit tous les conseils de Karel à la lettre. J'aime bien Karel et je l'admire beaucoup. C'est un homme bon et aussi un savant. Il lit les textes en sondanais classique, écrits en caractères javanais anciens, aussi aisément que toi et moi nous lisons un roman de Walter Scott. Mais je me permets de douter parfois de ses méthodes en tant que planteur de thé. Il veut aussi nous faire la loi à Albert et à moi, et Albert lui obéit le plus souvent. Je préfère, quant à moi, agir à mon gré. Je ne suis pas un Holle mais un Kerkhoven !

– Chez vous, les théiers sont moins hauts qu'à Parakan Salak et sont aussi tous taillés, plus que là-bas, sur le même modèle ; c'est du moins ce que j'ai cru voir ce matin, en passant. Ou est-ce seulement une impression ?

– Tout dépend de la manière dont on conçoit l'élagage des arbustes. Nos théiers de Chine peuvent atteindre trois mètres de haut, mais la cueillette deviendrait alors impossible. Naturellement, j'en laisse pousser et fleurir librement quelques-uns, qui fournissent la graine pour de nouveaux plants. Je taille les arbustes destinés à la cueillette de telle manière que les cueilleuses puissent les atteindre facilement. Regarde ! » Eduard se pencha sur un récipient et en sortit une tige. « Nous ne prenons jamais plus de trois à quatre petites feuilles d'un jeune surgeon. Huit à dix jours plus tard, apparaissent de nouvelles feuilles. L'art consiste à régler la cueillette de façon à obtenir le meilleur rendement en qualité et en quantité. J'ai partagé mes terres en autant de champs qu'il y a de jours entre deux cueillettes successives, et aménagé chacun d'eux de telle sorte que la cueillette puisse s'y faire en un jour. Comprends-tu ? De cette manière, il n'y a jamais d'interruption dans le travail. Adriaan fait tailler et cueillir quand bon lui semble. Le plus souvent, la feuille devient alors trop vieille, il en résulte une qualité plus grossière. Le souchong qu'il produit n'est ni beau ni bon. Au fond, c'est du congo, ce qu'il y a de meilleur marché. Je préfère produire du pekoe-souchong, fait de feuilles plus jeunes et plus fines. Voilà pourquoi les cueillettes sont plus fréquentes chez moi. »

Tandis qu'Eduard expliquait sa méthode de travail, ils étaient lentement retournés vers la maison et s'étaient assis sur la véranda avant. Eduard alluma un cigare et en offrit un à Rudolf.

« Je suis absolument convaincu qu'il ne faut pas s'attaquer à la culture du thé à partir de principes idéalistes, pas plus que d'une manière strictement commerciale, mais en tout premier lieu sur des bases scientifiques, si l'on veut obtenir de bons résultats. Selon moi, le thé de Chine que nous plantons ici, dans les Indes, n'est pas la sorte qui convient le mieux au terrain. Il paraît qu'à Ceylan ils ont des arbustes spéciaux. Nous devrions essayer d'en obtenir des graines. C'est aussi l'avis d'Albert. Il faudrait qu'il s'en occupe après son mariage.

– Je ne savais pas qu'Albert allait se marier.

– Tiens, c'est curieux, il y a longtemps que la décision est prise. Il se marie dans trois mois avec une sœur de Jans, une Van Motman, elle aussi. Dans cette région de Buitenzorg, on n'entend parler que des Motman. Ces gens-là possèdent plus d'exploitations que je n'en peux compter sur mes dix doigts. Cela vaut aussi pour les filles à marier de la famille. Adriaan a épousé Jans, son assistant a choisi Suze, un employé de chez Pryce & Cie que nous connaissons est aussi marié à une Van Motman et Albert va maintenant épouser Louise ou Jacoba, je ne sais pas au juste.

– Je trouve la cousine Jans de Parakan Salak très gentille et jolie aussi.

– Pour une *nonna*, une Eurasienne, c'est vrai qu'elle est mignonne. Louise aussi, du reste. Ce sont d'excellentes épouses de planteurs. Elles connaissent la vie dans les montagnes, elles savent s'y prendre avec la population. Elles sont d'admirables cavalières et aussi de très bonnes nageuses.

– Je sais, Cateau me l'avait déjà dit : "De vrais poissons", écrivait-elle.

– Le plus important est qu'elles soient habituées dès le berceau à la manière dont les choses se passent ici. Jans et ses sœurs ne se lamentent pas quand un homme se laisse un peu aller et se met à l'aise dans ses vêtements de nuit en rentrant du travail. Avec les dames de Batavia, il faut toujours être tiré à quatre épingles. Mon Dieu, comme je déteste ces Hollandaises à chiqué ! Je ne parle pas de celles qui sont bien, comme ta mère et ta cousine Pauline de Tjisalak. »

Rudolf s'attendait maintenant à entendre des précisions sur ce qu'il n'osait demander : la compagne chinoise et ses enfants, qui devaient bien être quelque part dans le voisinage.

« Une chose sur laquelle je voudrais insister, poursuivit Eduard. Le prestige de l'Européen exige que tu observes toujours un certain décorum. Les indigènes suivent de très près le comportement et les formes, un rien suffit à provoquer leurs moqueries et leur mépris. Tu dois y faire très attention, sinon tu perdras aussitôt ton ascendant sur ton personnel. C'est exactement le gros problème en ce qui concerne les rustres qui s'enivrent, se livrent à la débauche, et viennent, hélas, de plus en plus nombreux travailler dans les cultures. Les autorités devraient interdire l'entrée dans les Indes de ces individus. Du reste, pour en revenir au fameux discours de Karel, hier : ne va surtout pas t'imaginer, en te fondant sur ses histoires, que les Sondanais sont des chiffes molles qui se laissent opprimer sans broncher. Au cours de l'histoire, il y a eu bien des révoltes contre les grands propriétaires terriens et aussi contre les chefs indigènes. Ici, la mentalité est moins servile que, par exemple, dans les sultanats. Tu ne tarderas pas à t'en apercevoir. »

Battant bruyamment des ailes, une volée de pigeons s'abattit soudainement sur la véranda avant et Rudolf, effrayé, se replia sur lui-même. Ils se posèrent sur les chaises et les tables et sautillèrent sur le sol avec de vifs mouvements saccadés de la tête.

« Mais oui, mes petits, je suis en retard aujourd'hui ! dit Eduard. A quatre heures pile, ils viennent pour manger ; avec eux, tu peux mettre ta montre à l'heure. Allez ! Dehors, les copains, j'arrive ! »

Après avoir nourri les pigeons et les oiseaux de la grande volière proche de la maison, le moment vint d'un autre rituel quotidien. Deux fauteuils furent placés tout au bord de la véranda avant.

« Assieds-toi, Rudolf. Hier, tu as vu les chevaux d'Adriaan. Attends un peu de voir les miens ! »

Une dizaine d'étalons et de juments, presque tous de jeunes bêtes, sortirent précipitamment des écuries. Le sol résonnait sous leurs sabots. S'ébrouant et hennissant, la queue dressée et la crinière au vent, ils filaient comme des flèches autour des parterres de l'esplanade, sans se lasser de jouer et de sauter. Lorsqu'ils se furent calmés, Eduard les fit amener un à un, mentionna leur âge et leur nom (Favorite, Bédouin, Gloriosa, Selim, Odalisque…) et les prix, rosettes et coupes qu'ils avaient remportés sur les champs de courses de Buitenzorg et de Batavia. « Ce sont mes préférés ! Mais j'ai aussi élevé d'excellents chevaux de trait de races indigènes, des bêtes fringantes, fortes et rapides. Dans l'ensemble, les chevaux de montagne ne sont pas grands, ils sont mal bâtis et ont des sabots faibles. Les gens d'ici ne savent à peu près rien des soins à leur donner et de la manière de les traiter, ce qui ne cesse de m'étonner. C'est pourquoi, très souvent, ils sont difficilement maniables et têtus. Dans mon haras, j'enseigne aux garçons d'écurie comment s'y prendre. Le peuple a intérêt à ce que les chevaux de bât soient convenablement entretenus. »

La nuit chassa bientôt le crépuscule, les montagnes n'étaient plus visibles.

« Qu'est-ce qu'ils fabriquent, les cousins Karel et Albert ? demanda Rudolf. Peuvent-ils avancer dans l'obscurité sur ces sentiers de montagne ? »

Eduard haussa les épaules. « S'ils sont accompagnés par assez de coureurs, les porteurs de torches, c'est faisable. Mais je ne serais pas surpris qu'ils restent encore une nuit à Parakan

Salak. Je suis sûr qu'Adriaan a passé toute sa journée à jouer du rebab avec son gamelan. J'ai vu hier à son visage, à son comportement, qu'il était à nouveau sous le charme de la musique – si, du moins, tu peux appeler cela de la musique ! Je la supporte pendant un quart d'heure, pas davantage. Lorsque j'habitais encore chez Adriaan à Parakan Salak, en 1861 et 1862, il avait déjà de ces toquades, s'entraînant toute la sainte journée avec ses musiciens, de quoi vous rendre complètement dingue. Karel et Albert viendront, ne t'inquiète pas, si ce n'est pas demain, ce sera après-demain.

– J'apprécie beaucoup, mon oncle, que vous et les cousins Holle vous souhaitiez me montrer toutes les exploitations familiales, mais j'aimerais avant tout rejoindre ma famille le plus tôt possible. »

A la grande surprise de Rudolf, Eduard répondit aussitôt, comme s'il avait attendu ces paroles : « Je te comprends parfaitement. Il faut que tu partes demain, j'en prends la responsabilité. Je peux te prêter une voiture et des chevaux, et un bon cocher ; et je te donnerai aussi quelqu'un qui pourra t'aider. En route, tu devras louer des chevaux frais aux relais. Le plus souvent, il est nécessaire de régler cela largement à l'avance. Les chevaux de l'administration sont réservés aux fonctionnaires et autres personnages officiels, mais les chefs de districts indigènes peuvent aussi t'en fournir. Tu n'auras qu'à dire mon nom, le *djoeragan sepoeh*, le grand propriétaire de Sinagar, et cela s'arrangera. Il va falloir que tu te lèves avant l'aube, car c'est un sacré bout de chemin. Entre Bandoeng et Ardjasari, tu devras traverser le Tjitaroem en empruntant un bac qui ne fait plus le service après le coucher du soleil. Et le trajet à travers les contreforts du Malabar est infesté de tigres. Il vaut mieux que tu passes la nuit à Tjandjoer où tu trouveras une auberge convenable.

– Je vous suis infiniment reconnaissant de votre aide. Mon cousin Karel était si catégorique…

– Il n'est pas nécessaire que tout se passe comme le veut Karel. A Waspada, c'est lui qui commande, ici, c'est moi le patron.

– Dites-moi, mon oncle, qu'y a-t-il de vrai dans ce qu'on m'a dit : que je serais placé chez vous pour apprendre le métier ? C'est ce que j'ai appris à Batavia. »

Eduard étendit ses jambes sur les tablettes amovibles dont étaient munis les côtés de sa chaise longue et contempla en silence la nuit d'encre devant la véranda.

« Encore une de ces choses…, finit-il par dire. Je ne sais pas, mon garçon, sincèrement, je ne sais pas. J'ai assez de travail pour un employé. Il faudra que nous en parlions un jour. Cela dépend d'un certain nombre de choses… »

Rudolf regardait de biais le visage buriné aux traits accusés, durcis par les ans. Mais la bouche, sous l'épaisse moustache, n'était pas dure, au contraire.

« Écoute, dit soudain Eduard. Tu sais sans doute que j'ai des enfants ?

– Oui, mon oncle, je l'ai entendu dire. Mais je n'en sais pas plus.

– Le nom de la mère est Goey La Nio. Elle vient d'une famille chinoise. Son père possède une rizière au-dessus de Buitenzorg. Je fais des affaires avec cet homme. Naturellement, j'ai reconnu les enfants. Ils s'appellent Pauline et Adriaan et sont mes héritiers. Tu les verras un jour. Je songe à les conduire en Hollande, et, dans ce cas, j'aurai besoin d'un remplaçant. Rien n'est encore décidé. »

Alors qu'à Parakan Salak, Rudolf avait dormi comme un loir, ici, à Sinagar, il ne parvenait pas à trouver le sommeil. Il était couché dans un grand lit carré, sous une moustiquaire qui sentait le camphre. Dans les chambres des domestiques, derrière la maison de l'administrateur et plus loin, du côté des écuries, retentissaient constamment les aboiements de la meute de chiens d'Eduard. La nuit était toute bruissante dans les hauts arbres entourant la propriété. Ce qui s'étendait au-delà, il l'ignorait : des plantations de thé ? la forêt vierge telle qu'il l'avait vue depuis les hauteurs le matin même, en chevauchant avec Eduard ?

Il avait l'impression de s'enfoncer de plus en plus au cœur de ce monde totalement étranger, si éblouissant et vert de jour, et, la nuit, plein de frémissements et de frissonnements qu'il ne pouvait reconnaître. Avant de sombrer enfin dans le sommeil, il lui sembla entendre un autre bruit, les pleurs d'un nourrisson dans ou tout près de l'une des chambres d'hôtes.

Après les ombrages de Parakan Salak, après Sinagar, ses azalées et sa verdure, Ardjasari – situé sur un haut plateau entre des chaînes de collines – apparut à Rudolf d'une nudité décevante. Les sommets du Priangan, côté sud, semblaient très éloignés. Le terrain autour de la maison, avec ses massifs de cannas récemment aménagés et ses alignements de fleurs en pots, était ouvert de tous les côtés. De jeunes arbres avaient été plantés mais ne donnaient pas encore d'ombre. Tout autour, s'étendaient les plantations de thé, rangées ondulantes, parallèles, d'arbustes qui avaient trois ans d'âge.

La maison était construite dans le style ancien, comme la *gedoeng* d'Eduard à Sinagar, mais plus grande. Six grosses colonnes blanches dans les vérandas avant et arrière, et quatre dans chacune des galeries latérales soutenaient le toit de tuile qui descendait en pente de chaque côté. Le panorama était d'une vastitude ineffable. Rudolf n'aurait pu rêver d'une meilleure chambre que celle qui lui était destinée, donnant sur l'est, si bien qu'il pouvait chaque matin admirer le lever du soleil.

Maintenant qu'il revoyait ses parents, il se rendait enfin compte de tous les changements qui s'étaient opérés, non seulement sur leur physique, mais surtout dans leur comportement à son égard. Les cheveux et la barbe de son père étaient devenus gris, le visage de sa mère portait les traces des maladies et du chagrin qu'elle avait endurés. Ils étaient affables et pleins de sollicitude, mais donnaient l'impression de ne pas très bien savoir comment l'aborder maintenant qu'il était adulte.

Il était ému de voir comment ils essayaient de maintenir dans leur foyer l'ambiance et les habitudes de leur vie à Dedemsvaart et à Deventer. De jour, ils étaient dans les Indes, leur comportement et leurs activités se concentraient sur l'exploitation ; mais, dès la nuit tombée, les portes de la galerie intérieure se refermaient et ils s'asseyaient sous la lampe à huile, dans cette pièce décorée le plus possible à l'européenne de draperies fleuries, de portraits, de reproductions artistiques et de bibelots.

Il y avait même un piano. Comme autrefois aux Pays-Bas, ils chantaient à deux voix des *lieder* de Schubert. Tandis que sa mère s'occupait de travaux d'aiguille, son père faisait la lecture à haute voix ; outre les grands classiques et des ouvrages relatifs à l'histoire et à la civilisation, la bibliothèque comprenait un choix de romans modernes presque tous anglais ; leur préférence allait à Dickens et Thackeray.

Rudolf avait du mal à s'habituer à la présence continuelle de l'assistant de son père. Sa mère considérait qu'abandonner à son sort, après une journée de travail, un collaborateur subalterne non marié était une habitude barbare. Il avait parfois l'impression que cet employé était plus naturellement accepté au sein de la famille que lui-même. Micola était un Eurasien entre deux âges qui avait acquis de l'expérience dans l'une des plantations appartenant à ce fameux Baud, dont avait parlé le grand-oncle Van der Hucht. Au temps du prédécesseur de Micola, les premières cultures d'Ardjasari, maintenant parvenues à leur pleine croissance, avaient donné un produit accueilli favorablement à Amsterdam. Si la récolte suivante semblait être vouée à l'échec, ce n'était dû ni à Micola ni aux ouvriers, mais à un fléau inexplicable qui s'était abattu sur le pays : des nuées d'insectes que les Sondanais appelaient *kassirs*, et qui ressemblaient à des criquets pèlerins, avaient tout dévoré, réduisant les arbustes à l'état de squelettes. Des équipes de femmes et d'enfants attrapaient chaque jour des milliers de ces bestioles sans en réduire le nombre de manière significative.

De l'avis de Rudolf, les choses se passaient beaucoup moins systématiquement dans les entrepôts qu'à Parakan Salak et à Sinagar. De nombreuses trieuses portaient sur le dos un nourrisson enveloppé dans une sorte de longue écharpe, le *slendang*, et des bambins allaient et venaient entre les récipients et les rayons contenant les feuilles à divers stades de leur traitement. Micola n'était pas très satisfait des charpentiers et des *boedjangs* chargés de creuser et de bêcher ; Rudolf assistait presque journellement à des divergences d'opinions entre son père et l'assistant sur la manière de traiter le personnel.

« *Ramah-tamah !* Vous êtes trop amical, monsieur ; ils abusent de votre bonté. »

Mais le père de Rudolf estimait que ces gens devaient, tout comme lui, s'habituer à une manière de travailler, de coopérer, qui n'avait encore jamais été pratiquée dans les colonies. Il n'avait aucune peine à leur montrer qu'il s'efforçait, en toute bonne foi, d'être un seigneur nouveau style, comme Karel Holle, mais qu'il était très conscient de son manque de connaissances et d'expérience. Ne parlant pas leur langue – l'apprendrait-il jamais ? –, il faisait bien plus souvent qu'il n'était nécessaire le tour des champs et de la fabrique ; accompagné de son interprète, Djengot, qui avait servi chez Karel à Waspada, il observait attentivement comment les gens travaillaient ; en adoptant une attitude bienveillante, en offrant un visage amical, il espérait inspirer la confiance ; tout comme Karel Holle, il estimait qu'une « présence chaleureuse » était d'une valeur inestimable. Pour cette raison, entre autres, il observait strictement la cérémonie quotidienne de dégustation du thé, qui était plus qu'un simple contrôle du produit récemment préparé et des mélanges de diverses cueillettes. Sur une table, devant la véranda arrière, étaient disposés de petits pots en faïence contenant chacun une cuillerée de thé prêt à la consommation ; l'un après l'autre, on les remplissait d'eau bouillante. Lorsque le thé était infusé, le père, ensuite la mère, Micola et depuis peu aussi Rudolf en avalaient une gorgée (c'était plutôt une manière de siroter le liquide selon les formes prescrites), en même temps qu'ils jugeaient de son parfum. Les *mandoers* et plusieurs cueilleuses et trieuses assistaient toujours à la dégustation. Rudolf s'était d'abord étonné du sérieux avec lequel son père s'acquittait de sa tâche ; peu à peu, il comprenait que la répétition quotidienne de cette opération, toujours à la même heure et selon le même rituel teinté d'une bonhomie quelque peu solennelle, avait sa raison d'être. Cela créait une entente, marquait la fin d'une journée de travail.

Rudolf se vit confier temporairement le rôle d'administrateur lorsque ses parents se rendirent à Batavia pour la naissance du bébé de Bertha. Il tenait à jour le registre des tâches quotidiennes, s'occupait du service administratif, tandis que Micola inspectait les plantations et la fabrique. Travaillant étroitement avec Djengot, il faisait de grands progrès en malais et n'osait pas encore se lancer dans l'étude du sondanais par crainte de confondre les deux langues. Il s'entraînait aussi tous les jours à monter à cheval et à manier le fusil, d'un modèle qu'il jugeait archaïque. Il ne voyait pas très bien comment on pouvait, par exemple, s'aventurer à chasser le tigre avec une arme aussi lourde. Il s'y exerça et constata avec satisfaction qu'il avait acquis une certaine habileté dans la maniement de Si Soempitan, la pétoire, comme on appelait dans l'exploitation cette arme qui exterminait les grands carnassiers.

Les montures de son père lui donnaient plus de mal, surtout Darling, tour à tour paresseuse ou ombrageuse, qui refusa longtemps de lui obéir. Comme c'était précisément le cheval dont l'oncle Eduard avait vanté les qualités, il ne voulait pas relâcher ses efforts, mais prouver au contraire qu'il était capable de gagner sa confiance. Le succès lui procura un sentiment de satisfaction inconnu jusqu'alors.

Il parcourut à cheval les hectares de terrain d'Ardjasari qui n'avaient pas encore été défrichés, et décida de tracer le plan d'un réseau routier, en espérant que son père lui en confierait la construction. Après un long séjour à Batavia, ses parents revinrent à Ardjasari. Ils avaient amené Cateau qui déclara n'avoir renoncé au rôle d'« hôtesse » auprès des visiteuses de Bertha et de son bébé que pour l'amour de Rudolf. Ce dernier lui montra ses dessins et ses calculs. Bien que ses plans eussent été bien accueillis, leur réalisation dut être remise à plus tard. On l'attendait d'urgence à Sinagar, car Eduard Kerkhoven avait décidé de conduire ses enfants en Hollande. Après quelques mois d'initiation, Rudolf pourrait être chargé de gérer l'entreprise sous l'autorité suprême d'Albert Holle.

Comme tout se passait différemment à Sinagar ! Pour commencer, il y avait là un flot pratiquement ininterrompu d'hôtes venus le plus souvent sans s'être annoncés : connaissances d'Eduard demeurant dans les régions chaudes du littoral et désireux de se refaire une santé « là-haut », planteurs et fonctionnaires de passage, accompagnés ou non de leur famille et de leurs serviteurs. Dans la dépendance réservée aux amis, il y avait toujours de la place.

Rudolf avait maintenant sa propre chambre ainsi qu'un jeune boy et un blanchisseur pour lui tout seul. Il était enchanté de pouvoir aller nager tous les jours dans la baignade au fond du ravin, derrière le jardin. La seule chose à laquelle il s'accoutumait difficilement, après la cuisine « hollandaise » préparée par sa mère à Ardjasari, c'étaient les repas irréguliers et fantaisistes. Lorsqu'il y avait des hôtes, on allait à la chasse et l'on présentait à table du gibier – le plus souvent de la volaille et exceptionnellement du cerf ; mais ensuite, durant des semaines, la chère était maigre et le repas se composait principalement de riz avec quelques menus poissons frits et des épis de maïs rôtis. Cela ne gênait nullement Eduard. S'il avait envie d'un repas copieux, il allait tout bonnement à cheval chez Albert Holle et sa jeune femme à Moendjoel. Il trouvait naturel que Rudolf l'accompagnât. Mais ce dernier était encore incapable de profiter spontanément de l'hospitalité dans les Indes. Il se sentait importun et se montrait plus réservé qu'il ne l'eût voulu.

La femme d'Albert, Louise, se montrait à peine ; Rudolf n'entendit jamais d'autres mots sortir de sa bouche que quelques paroles de bienvenue ou d'adieux. S'il y avait des hôtes, elle apparaissait un quart d'heure avant le repas et disparaissait aussitôt le dîner terminé. Eduard et Albert semblaient trouver normale cette attitude exagérément effacée. C'était, disait Eduard, la coutume du pays, où les femmes s'occupaient de la table et se retiraient ensuite pour laisser le maître de maison et ses hôtes masculins « entre eux ».

Lorsque Rudolf vint à Sinagar, Eduard avait déclaré sans autres précisions que Goey La Nio était morte quelques mois plus tôt, à la naissance de son troisième enfant. Il avait aussi reconnu la paternité de la fillette et lui avait donné le prénom, courant dans la famille Kerkhoven, de Caroline. Les enfants habitaient avec leur grand-mère et une tante dans une maison située derrière la dépendance réservée aux amis. Rudolf l'appelait le « Camp chinois ».

Sinagar était une maison d'hommes. Les femmes n'entraient jamais dans les pièces où Eduard séjournait et recevait ses hôtes. Le petit Adriaan, âgé de quatre ans, que tout le monde appelait Tattat, se le permettait ; entre le « Camp chinois » et la grande maison, il laissait les traces de ses espiègleries, traînait ses jouets sur le carrelage, grimpait sur les meubles. Il aimait par-dessus tout faire enrager les chiens, les exciter et les poursuivre comme un chasseur harcèle le gibier ; c'était un miracle qu'il n'eût jamais été mordu. Il ignorait la peur. Eduard s'était entiché de cet enfant. Il l'emmenait partout, devant lui sur son cheval pour aller inspecter les champs, ou dans une chaise à porteurs lorsqu'il allait visiter d'autres exploitations.

Tattat était un petit bonhomme frêle mais coriace, au visage mat, pâlot, aux yeux indéniablement asiatiques ; caressant quand cela l'arrangeait, récalcitrant quand quelque chose ne faisait pas son affaire. Il mangeait et dormait quand il en avait envie, habituellement à contre-courant des volontés et des habitudes des autres occupants de la maison. Il fallait un cortège de domestiques pour s'occuper de lui et le surveiller. Rudolf pensait qu'une bonne fessée de temps à autre ne lui aurait pas fait de mal ; selon lui, l'enfant était foncièrement pourri par l'adoration de son père et la servilité du personnel. Dans le « Camp chinois », il régnait en despote. La fillette, Pauline, que l'on n'appelait jamais autrement que Non Besar, la Grande Demoiselle

– pour la distinguer de sa sœur cadette Non Ketjil, la Petite Demoiselle –, était la seule à ne pas tolérer tous ses caprices. En tant que première-née, elle jouissait aussi d'un statut particulier. Si Eduard la faisait venir pour s'occuper un peu d'elle, on l'affublait d'un assemblage aussi bizarre que coloré de vestes chinoises en soie et de culottes en batik. Elle se trouvait magnifique et paradait comme un petit paon qui fait la roue. Ses minauderies étaient comiques à voir.

Un voile de mystère enveloppait le « Camp chinois ». Personne, pas même les enfants, ne parlait jamais ouvertement de Goey La Nio. Rudolf saisissait au passage des bruits contradictoires. Les serviteurs chuchotaient qu'elle s'était suicidée parce que le *djoeragan sepoeh*, le seigneur, voulait lui enlever les enfants – ne prétendait-on pas que la nuit son esprit venait hanter la baignade et que l'on entendait ses gémissements ? Albert Holle supposait qu'elle était partie de son plein gré pour épouser un riche Chinois appartenant aux relations de son père. Le boy de Rudolf fit un jour une remarque insinuant qu'elle vivait toujours quelque part à Sinagar, mais était trop fière pour se montrer parce que Eduard lui préférait depuis quelque temps une maîtresse sondanaise. Rudolf ne savait ce qu'il devait en penser. Il avait, quant à lui, l'impression que la sœur qui habitait maintenant dans le « Camp chinois » tentait de prendre la place devenue libre. On l'appelait « Njonja Nèng », « Madame la Favorite » ; mais Eduard ne s'occupait pratiquement jamais d'elle. L'on disait que Nèng était tout le portrait de Goey La Nio. Ce visage lisse et rond aux pommettes hautes sous les cheveux bleu-noir tordus en un chignon serré fascinait Rudolf, mais quelque chose d'étrange dans son physique et son comportement lui semblait déplaisant. Il lui venait parfois à l'esprit que Njonja Nèng et Goey La Nio n'étaient qu'une seule et même personne. Elle était là sans y être : il ne parvenait pas à résoudre l'énigme.

La grand-mère, Mama Toea, « Vieille Maman », s'affairait tout le jour dans les pièces du « Camp chinois », pleines de plantes et de volières. Elle donnait des ordres aux serviteurs, entourait d'une attention nerveuse les enfants, surtout Non Ketjil qui commençait à marcher à quatre pattes ; Njonja Nèng, au contraire, se contentait de considérer passivement la scène depuis son fauteuil, les pieds chaussés de mules brodées posés sur un tabouret bas, tandis que de temps à autre elle chassait les mouches en agitant son mouchoir ; ou bien elle se tenait silencieuse dans la cuisine, confectionnant des gourmandises, comme des tamarins confits ou de la gelée de fruits.

Quand Eduard serait parti, Rudolf deviendrait le chef de la maisonnée à Sinagar et devrait collaborer avec ces deux femmes. Il se promit de mettre un terme à l'isolement – qui faisait songer à un harem – du « Camp chinois », l'estimant défavorable au développement de la petite Caroline.

Avec les hommes qu'il rencontrait à Sinagar, la conversation ne pouvait guère porter sur autre chose que le thé, la chasse et les chevaux. Il était déçu qu'Eduard manquât de conversation et n'aimât pas la lecture. Ils jouaient parfois aux échecs et Rudolf se contraignait aussi à jouer aux cartes lorsque des hôtes souhaitaient faire une partie. Pour le reste, ils fréquentaient seulement le couple Hoogeveen-Holle sur les terres limitrophes de Tjisalak. Rudolf aimait aller les voir et regrettait d'autant plus que la distance séparant les deux exploitations fût si grande et la route qui y menait presque impraticable, surtout le soir. Hoogeveen lui semblait un homme énergique et compétent et il trouvait sa cousine Pauline adorable, la plus charmante de tous les Holle. Avec ces deux personnes cultivées, il pouvait « discuter le coup » sur les sujets les plus divers : livres, politique, histoire. Les Hoogeveen n'avaient qu'un enfant, Mariette, une petite futée de onze ans. Sûre d'elle et résolue, elle évoquait pour Rudolf la petite Cateau de jadis et promettait de devenir une jolie fille.

« J'ai acquis une solide expérience en matière de thé, dont j'espère profiter plus tard », écrivit-il à ses parents. Il ne laissait passer aucune occasion de leur faire parvenir des lettres, des fruits et des boutures pour l'aménagement de leur jardin d'agrément par l'intermédiaire de l'un des coolies qui faisaient régulièrement pour lui l'aller et retour à Ardjasari. Il décrivait minutieusement tout ce qu'il estimait digne d'être adopté pour la production du thé.

« Je crois que notre thé est mal sélectionné. Pourriez-vous me faire parvenir par retour de coolie un petit échantillon de souchong aussi bien que de thé grossier ? Je veux les comparer au produit de Sinagar. Ici, on emballe le thé froid. Si on le met chaud dans les caisses, comme à Ardjasari, il acquiert, dit l'oncle Eduard, un goût de savon. Aussitôt après l'emballage, la caisse en plomb est soudée pour empêcher la pénétration de l'humidité. »

Il commençait à comprendre que l'on pouvait produire du thé de nombreuses manières et que les seigneurs des diverses exploitations plantaient, taillaient et cueillaient tous selon leurs propres méthodes. Albert Holle suivait dans les grandes lignes le système préconisé par Karel, mais Eduard et Hoogeveen se permettaient quelques écarts qui étaient source de discussions toujours très animées au cours des visites qu'ils échangeaient. Hoogeveen avait remplacé le principe de la culture en terrasses, considérée par Karel Holle comme idéale dans les montagnes, par un réseau de tuyaux d'écoulement qui zigzaguaient presque horizontalement le long des pentes ; une solution pratique aux yeux de Rudolf, parce qu'elle économisait du temps et de l'espace. Eduard ne pratiquait pas la production de thé vert que recommandait Karel ; le souchong et le pekoe atteignaient des prix plus élevés sur le marché d'Amsterdam. En revanche, il faisait préparer des feuilles selon la méthode applicable au thé vert, essentiellement pour rechercher les propriétés encore inconnues de l'acide tannique.

Karel Holle veillait partout et toujours dans l'ombre sur l'exploitation, telle une éminence grise. D'après Eduard, il avait des espions parmi les *mandoers* de Sinagar, de Moendjoel, de Tjisalak et d'Ardjasari, qui le tenaient au courant des affaires concernant le thé et le personnel. Il lui arrivait de venir loger à Moendjoel, la plupart du temps accompagné d'un ami, le *wedana*, le chef de district, de Tjitjoeroeg, chargé de contrôler la participation des indigènes dans les cultures ; c'était l'occasion de discuter de problèmes urgents tels que le fléau appelé *boedoeg*, une sorte de rouille des feuilles qui dévastait toute une plantation, sans que l'on pût en connaître la cause ; ou la rareté inquiétante du riz paddy, consécutive à une mauvaise récolte, et le problème subséquent – comment se procurer assez de riz pour nourrir la main-d'œuvre ? – ; enfin, la nécessité de trouver du personnel pour la cueillette et la fabrique, maintenant que les gens s'en allaient en masse vers des régions que ne menaçait pas la famine.

L'influence de Karel continuait aussi à se faire sentir à Ardjasari. Pour les parents de Rudolf qui s'efforçaient de suivre ses conseils en tout point, c'était une grande déception de l'entendre émettre uniquement des critiques sur la situation dans leur jeune entreprise : il fulminait contre les routes, trouvait les caisses à thé affreuses, le thé trop grossier. Aussi Rudolf leur envoya-t-il une recette de vernis : « Ici, à Sinagar, nous faisons bouillir un mélange d'huile et de minium jusqu'à épaississement, ensuite nous y mélangeons, en touillant, trois bouteilles de sang, et un peu de résine pour accélérer le séchage. Essayez donc d'appliquer cette méthode à vos caisses. »

Rudolf inspectait journellement le travail à la place d'Eduard. Il aimait chevaucher à travers les vastes espaces, d'une plantation à l'autre, sur le cheval blanc qu'Eduard lui avait prêté, la jeune et fière jument Odalisque. Dans les entrepôts, il se sentait moins à l'aise. Il était constamment conscient de ne pas maîtriser la langue sondanaise. Ses erreurs suscitaient des rires étouffés parmi les trieuses et, plus tard dans la journée, une gaieté exubérante parmi les jeunes cueilleuses, quand elles s'avançaient en une longue file avec leurs paniers pleins de feuilles devant la plate-forme de pesage. Il n'était pas vexé de ces moqueries, mais sachant que sa manière de se présenter, considérée comme comique, risquait de miner l'autorité du propriétaire, il décida de réduire provisoirement à une brève tournée ses visites à la fabrique. Dans la scierie, il avait des problèmes d'une autre nature. Les hommes qui fabriquaient les caisses rabattaient la tête des clous déjà enfoncés au marteau avec tant de négligence que, plus tard, l'enveloppe de plomb était endommagée. Comme il formulait maladroitement ses explications, les remarques qu'il plaçait n'étaient pas prises au sérieux. Aussi bûchait-il pour venir à bout de cette langue, s'exerçant à améliorer sa prononciation. Cette étude l'aidait à remplir les longues soirées. Il découvrit que, contrairement au malais commun que parlaient ses parents et ses sœurs avec la population, le sondanais était une langue riche et compliquée. Rudolf réussit à assimiler un certain nombre de phrases, brèves mais incisives, qui exprimaient exactement ce qu'il voulait dire et respectaient les formes de langage en vigueur dans les rapports avec autrui.

Dans l'ensemble, il s'entendait bien avec les contremaîtres chinois d'Eduard. Ils lui faisaient l'impression d'être assidus et fiables ; toutefois, leur comportement lui semblait souvent arrogant. Parmi le personnel de la fabrique, ils formaient une caste à part, ne fût-ce que par leurs vêtements et leur coiffure ; ils parlaient le malais, la plupart d'entre eux étant nés et ayant grandi à Java. Aux yeux de Rudolf, le fait qu'ils étaient de souche chinoise n'était pas la preuve d'une plus grande compétence en matière de traitement du thé de Chine. Il ne tarda pas à comprendre la cause de leur aplomb à l'égard des travailleurs indigènes : le contremaître des entrepôts, investi d'une grande autorité, était un frère de Goey La Nio.

Eduard emmena Rudolf à Buitenzorg pour le présenter aux seigneurs chargés de l'organisation des courses de chevaux et pour lui donner un avant-goût de la vie mondaine dans la résidence du gouverneur général. Pour la première fois depuis le temps de ses leçons de danse à Deventer, Rudolf retourna à un bal. Il constata qu'il était encore capable de s'amuser follement, même si les façons de nombreux invités appartenant au Cercle des concours hippiques de Buitenzorg l'écœuraient un peu.

« Toutes les consommations sont *à discrétion*[1], aussi en faisait-on usage avec la plus grande *in*discrétion, surtout quelques officiers, signalait-il dans une lettre à ses parents. Le champagne coulait à flots. Dès le matin, pendant les courses, adultes et enfants ( !) en buvaient jusqu'à l'ivresse. Pendant le bal, j'ai vu un officier en uniforme marcher en plein quadrille avec deux bouteilles sous le bras. Même ceux qui dansaient se faisaient servir une coupe, et le buvaient aussi dans des verres à bière remplis à ras bord ! »

Il put enfin réaliser l'excursion au Jardin botanique dont il rêvait. Il le trouva magnifique et intéressant et se promit de visiter ce parc unique jusque dans les coins les plus éloignés,

1. En français dans le texte. *(NdT)*

lorsqu'il se rendrait à Buitenzorg pour assister aux courses suivantes. C'est lui qui devrait alors faire courir les chevaux d'Eduard.

A la fin de juin, Eduard partit avec la petite Pauline et Tattat pour les Pays-Bas. Les enfants logeraient à Arnhem chez deux sœurs Kerkhoven restées célibataires. Bien qu'il eût été mis en garde contre la chaleur souvent fatale sur la mer Rouge où il n'y avait pas un souffle, Eduard avait réservé des places pour la traversée sur un navire qui devait emprunter la nouvelle route par le canal de Suez. Il ne voulait pas attendre, et souhaitait surtout éviter le voyage beaucoup plus long par Le Cap, pour ne pas manquer l'ouverture de la chasse dans la Gueldre.

A Sinagar, Rudolf ne fut pas épargné : ce fut en tout cas pour lui l'occasion d'affronter une avalanche de responsabilités. Il s'épancha dans ses lettres :

« On vole beaucoup de thé sec, par ici. Quatre *chefs-mandoers*, le commis aux écritures et un boy ont été conduits à la ville pour y comparaître devant le tribunal. Ils ont été condamnés à des peines allant de un à trois mois de travaux forcés. J'ai encore correspondu à ce sujet avec le résident, mais il était trop tard ; il a répondu que la sentence avait déjà été prononcée. Maintenant, après deux jours, il a tout de même fait convoquer de nouveaux témoins et je reprends l'espoir d'une autre décision. L'oncle Eduard a laissé traîner cette affaire jusqu'à son départ, et à présent c'est moi qui dois tirer les marrons du feu. Une chose est en tout cas certaine : quand je dirigerai ma propre exploitation, j'y regarderai à deux fois avant de porter de telles affaires devant la justice. C'est nous qui aurions le dessous. Je n'ai plus que dans un seul secteur un *chef-mandoer* (un nouveau), et je dois moi-même remplir cette fonction dans trois autres plantations, alors que je n'y suis absolument pas préparé. Une distance de trois à quatre bornes[1] en moyenne sépare les diverses plantations. Le malheur, c'est que chaque matinée passée dans les champs se solde à coup sûr par un très mauvais thé dans la fabrique. Si je ne

1. Jadis, à Java, mesure de distance égale à 1 506,94 mètres. *(NdT)*

suis pas là pour surveiller, ils bâclent incroyablement leur travail. En outre, Albert Holle a introduit à Sinagar, totalement à mon insu, une nouvelle manière de préparer le thé vert que les gens ne comprennent pas encore et que je connais mal moi-même. Cela multiplie les problèmes.

« Les gens d'ici croyaient que je n'étais pas de taille à leur résister. Ils ont les bras à la retourne et restent passifs jusqu'à ce que je réduise sérieusement leur salaire sans crier gare ; ils sont alors tellement sidérés et ont si peur qu'ils se laissent mener comme des agneaux et que tout remarche à merveille pendant quelque temps. Dès le début, j'ai institué un règlement selon lequel ce n'est pas l'ouvrier mais ce sont les *mandoers* qui seront punis si quelque chose ne marche pas : la responsabilité leur en incombe. J'ai également aboli le système des prêts et des avances.

« Le prix du paddy a de nouveau augmenté. J'envoie nos propres *boedjangs* le chercher. Albert Holle doit encore le payer plus cher que nous parce qu'il se le fait livrer, mais cela ne l'empêche pas de condamner le système que je pratique à Sinagar. Les Holle sont comme ça. Ils désapprouvent tout ce qui fonctionne autrement que chez eux. Albert oublie qu'en tant que copropriétaire, il a intérêt à ce que les choses marchent bien à Sinagar ; si j'adoptais sa manière plus onéreuse d'acheter du paddy, cela signifierait pour lui une perte sèche. Je dois imiter toutes les extravagances qu'il se permet en matière de thé. Il croit que sa production est constante et qu'il fait toujours la même sorte de thé, mais je sais que c'est faux ; et mon personnel est aussi très souvent surpris quand, une fois de plus, quelque chose qu'Albert a introduit lui-même ici ne marche pas. Dans certains domaines, je prends pourtant la liberté d'agir comme bon me semble. Ce n'est pas pour rien que l'oncle Eduard m'a averti un jour de ne pas m'écarter de nos méthodes habituelles, même si Albert insistait pour que je le fasse. Pour le reste, je n'ai pas à me plaindre de lui. Il est vrai qu'à ses yeux, tout est mal fait à Sinagar et excellent à Moendjoel, mais il est très mesuré et prudent dans ses propos, si bien que nous pouvons discuter calmement des affaires et, dans ce cas, je n'ai aucun mal à me montrer conciliant. »

Rudolf était très conscient du fait que sa manière d'aborder les problèmes de la culture du thé à Sinagar et surtout ses mesures relatives à l'organisation et à la discipline suscitaient le mécontentement dans le cercle de la famille Holle. L'ambiance détendue et la bonhomie qui caractérisaient l'administration d'Eduard avaient disparu maintenant qu'il donnait le ton. Il recevait rarement de la visite. Le seul qui vint le voir pendant les mois d'absence d'Eduard fut l'administrateur d'une entreprise appartenant à Baud. L'homme avait visiblement été envoyé pour recueillir des informations sur la préparation du thé vert et sur les rapports mutuels entre les frères Holle. Rudolf s'abstenait de commentaires sur l'un et l'autre sujet.

Bien qu'il eût à plusieurs reprises invité Njonja Nèng et Mama Toea à utiliser les pièces de la grande maison, toutes deux continuaient à se montrer peu empressées. Il avait eu quelques démêlés avec Nèng lorsqu'elle s'était crue autorisée à renvoyer des domestiques sans l'en informer auparavant ; mais il avait su lui faire comprendre clairement qu'il était le patron dans la maison. Elle lui avait ensuite donné deux ou trois fois des bocaux de fruits confits pour sa mère, en remerciement des vêtements européens que celle-ci lui avait offerts pour la petite Pauline et Adriaan, et qui avaient été confectionnés à Ardjasari. Juste au moment où il pensait qu'une meilleure entente s'établirait entre eux, Nèng lui annonça brusquement qu'elle allait épouser un compatriote à Buitenzorg. Elle accueillit sans un sourire le beau sarong de batik chinois venu de Pekalongan dont il lui fit cadeau, également au nom de ses parents : « Je suis trop vieille pour ce motif fleuri. » Un beau jour, elle disparut sans avoir pris congé.

Après son départ, Rudolf forma avec Mama Toea et Non Ketjil une étrange petite famille. La vieille femme osait à peine lui adresser la parole, l'enfant avait peur de lui. La glace sembla être brisée lorsque, un jour, la petite était restée la tête coincée sous le buffet (dans un accès de colère, elle avait voulu se cacher dessous) et qu'il avait été le seul à pouvoir la libérer. Il voulait qu'elle fût bien portante et mignonne à voir quand Eduard reviendrait, et faisait de son mieux pour la débarrasser d'une éruption scrofuleuse tenace, à l'aide d'un remède de bonne femme que lui avait donné sa mère.

Lorsqu'il se rendait à Moendjoel pour une raison ou pour une autre, il avait l'impression de ne pas être le bienvenu. Albert, avec qui il s'entendait bien à la fabrique, le traitait plutôt froidement à Moendjoel et, dans les rares conversations qu'il avait avec Louise, elle restait distante, l'appelant « cousin » et le vouvoyant. Plusieurs fois, une réunion avait eu lieu entre les Hoogeveen de Tjisalak et les Holle de Parakan Salak, à laquelle il n'avait pas été invité. Il trouvait particulièrement blessant que parfois, lorsqu'il était de passage, on se mît à table sans le prier de se joindre aux convives. Il faisait semblant de ne pas le remarquer, mais il était constamment tourmenté par la question de savoir à quoi attribuer cette hostilité. Le soupçonnaient-ils de vouloir passer dans le camp de Baud ? d'approuver les articles publiés dans le *Java-Bode* où l'on avait tourné en ridicule les prétentions d'omniscience de Karel Holle ? Il ne voulait pas perdre son assurance, craignant que cela fît obstacle à l'exercice de ses fonctions.

Ce n'étaient pas les soucis qui manquaient. De violentes chutes de pluie avaient causé des inondations, et, dans les montagnes, des torrents en crue avaient emporté les ponts et dévasté les routes partout, y compris à l'intérieur des terres de Sinagar. Dans un kampong, un habitant avait, par accident semblait-il, mis le feu à une forêt de bambous ; Albert supposait qu'il s'agissait d'un sabotage lié aux sanctions introduites par Rudolf. Parmi les cueilleuses et le personnel de la fabrique, un absentéisme incontrôlable était monnaie courante. Le *chef-mandoer* chinois, « beau-frère » d'Eduard, avait donné sa démission. Un cheval du haras avait eu un accident. Le nouveau séchoir à thé aux murs de pierre et au toit de tuiles que Rudolf avait fait construire ne donnait pas satisfaction, si bien qu'il se voyait contraint de faire sécher la cueillette, incroyablement abondante par suite des pluies, au-dessus de feux de charbon de bois, ce qui altérait le goût. Parfois, dix mille livres de feuilles brutes étaient rapportées par jour, quantité qu'il était impossible de traiter convenablement.

Mais, brusquement, un changement s'était produit comme

par miracle à la fois dans le comportement des Holle et du personnel. Depuis que Rudolf avait fait la connaissance des cousines et amies de Jans et de Louise sur le champ de courses de Buitenzorg où il représentait Eduard, il était dans les bonnes grâces de la famille à Moendjoel comme jamais auparavant ; et son prestige sembla s'être considérablement accru après qu'il eut offert au personnel de l'exploitation un *selamatan*, repas propitiatoire solennel, avec musique et danseuses pour célébrer le grand prix remporté par le cheval Emir. L'animal ceint d'une couronne fit un tour d'honneur, et des bâtonnets d'encens furent placés dans l'écurie. Rudolf pensa avoir maintenant prouvé qu'« il était des leurs ».

Le retour d'Eduard, en cet automne de 1872, fut aussi impromptu que son départ. Il n'avait jamais écrit, pas même réagi aux rapports circonstanciés que Rudolf lui avait fait parvenir. Le manque de temps ne permit pas d'organiser des fêtes. Eduard fut le premier de la famille à emprunter la ligne de chemin de fer, tout juste inaugurée, entre Batavia et Buitenzorg.

Rudolf alla l'accueillir avec une escorte de douze cavaliers. Eduard avait bonne mine et était aux anges de se retrouver à Java. Son séjour dans la patrie lui avait fait comprendre qu'à l'avenir il n'aurait plus jamais le mal du pays. Lorsqu'ils approchèrent de Sinagar, il piqua des deux.

Dans une lettre à ses parents, Rudolf décrivit ce retour en ces termes : « Très vite, l'oncle et moi avons devancé le reste. Nous n'avions encore jamais fait une cavalcade aussi échevelée. Mais, ayant prévu ce qui allait se passer, j'avais pris l'un des meilleurs chevaux de course de l'écurie, aussi n'avais-je aucune peine à avancer au même rythme que l'oncle sur son grand Sydney. Très loin derrière nous, on pouvait voir une longue ligne de petits chevaux trottant et galopant. Vous devinez combien nous attirions l'attention de la population. A Sinagar, tout allait bien. Aussi n'ai-je pu constater aucun signe de mécontentement de la part de l'oncle. Il m'a dit que je pouvais être fier de mon travail. Je suis curieux de savoir s'il vous donne son avis sur ma gestion. Il est en train de vous écrire. Vous me tiendrez au courant, n'est-ce pas ? »

Le lendemain, Rudolf ajouta un *post-scriptum* : « Mon oncle s'est montré d'une générosité incroyable envers moi. J'en suis vraiment confus. Il m'a fait cadeau d'un nouveau fusil, qui n'est pas encore arrivé. Et tandis que j'étais presque incapable de trouver les mots pour le remercier, l'oncle ajouta : "Emmène par la même occasion cette Odalisque que tu aimes tant !"

« *P. P. S. S.* Comment se fait-il que je reçoive si peu de nouvelles concernant la culture du thé à Ardjasari ? Est-ce parce que vous me réservez toutes sortes de surprises ? »

Surpris, il le fut, mais désagréablement, lorsqu'il découvrit que son père n'avait pas attendu son retour : après la cessation du contrat de Micola, il avait engagé un nouvel employé, un jeune homme qui, selon Rudolf, n'était pas mieux renseigné que lui sur la culture du thé. Ils avaient aussi un hôte, Radèn Karta Winata, un fils de l'ami de Karel Holle, le *penghoeloe* de Garoet. Ce jeune aristocrate sondanais avait suivi une formation d'instituteur à l'école créée par Karel. C'était un homme effacé, courtois, qui parlait parfaitement le néerlandais. Il traduisait des textes de manuels scolaires ; *Voyage aventureux aux Indes orientales*, de Willem Bontekoe, avait déjà paru en sondanais, et il travaillait maintenant à une traduction de la version néerlandaise de *Robinson Crusoé* de Defoe. Le père de Rudolf, qui possédait une édition anglaise du roman, aidait Karta Winata en comparant la traduction à l'original en échange de leçons de sondanais. Rudolf fut heureux de pouvoir profiter de l'occasion qui lui était offerte. Avec une grande patience, et beaucoup de tact, Karta Winata lui indiquait le chemin à suivre à travers le labyrinthe de ce langage et toutes ses formes à respecter, allant des plus cérémonieuses aux plus simples, selon le type de rapports que l'on entretient avec son prochain, selon que l'on s'adresse à une personne du même rang ou à des gens de qualité, ou que l'on veut témoigner un profond respect, exprimer le mépris, nuancer subtilement la valeur que l'on se reconnaît à soi-même dans les contacts avec autrui.

L'étonnement et la confusion de Rudolf faisaient sourire Karta Winata. « Vous devriez assister à une réception ou à une fête dans la résidence d'un régent, monsieur Kerkhoven. Il faut avoir l'art et la manière de parsemer un discours d'expressions et de mots traditionnels très anciens et fleuris. C'est très apprécié et cela témoigne de respect pour notre culture. M. Karel Holle est très fort dans ce domaine ! »

Rudolf ayant demandé à Karta Winata ce qu'il pensait de *Robinson Crusoé*, il répondit qu'il trouvait admirablement illustrée l'entente croissante entre un être civilisé et un homme que son ignorance place à un niveau inférieur. Rudolf avait posé la question parce qu'il pouvait concevoir que les élèves de l'école sondanaise d'instituteurs soient tentés de voir, dans ce récit d'un Occidental confronté à un sauvage, une intention pédagogique… et une comparaison peu flatteuse pour les indigènes. A la réflexion, il n'était plus tellement sûr que Karta Winata n'eût pas voulu dire exactement le contraire.

Une seconde surprise, qui suscita elle aussi des sentiments mêlés, fut l'annonce des fiançailles de Cateau lors d'un séjour chez Bertha, à Batavia ; accordailles précipitées, selon Rudolf qui n'avait jamais entendu parler d'une amourette de sa plus jeune sœur.

C'eût été la moindre des choses de l'informer de cette affaire avant qu'elle eût été conclue. Le futur époux de Cateau, un rejeton d'une famille irréprochable de Zutphen, s'appelait Joan Henny et était avocat auprès de l'administration coloniale, à Batavia. Il passait pour un juriste très compétent, promis à une brillante carrière. Rudolf n'apprit pas grand-chose sur sa personne et son caractère. Ses parents connaissaient à peine le jeune homme, mais les renseignements qu'ils avaient pris étaient favorables et Van Santen, qui était son ami, le qualifiait de solide à tous égards.

Cateau semblait contente. Elle était très occupée à préparer son trousseau et maintenant ne quittait plus le « cours de couture » d'Ardjasari, qu'elle avait détesté jusque-là. Rudolf s'étonnait de la facilité avec laquelle elle se préparait à sa nouvelle vie en l'espace de quelques semaines, et sur la base de ce qui ne pouvait être qu'une connaissance réciproque superficielle. Aux questions destinées à sonder ses sentiments, elle répondait avec un enthousiasme un peu trop convenu, selon lui, en insistant sur les attentions et les beaux cadeaux dont Joan Henny comblait sa fiancée. « Mon Dieu, ce que tu es compliqué ! Bertha et Van Santen se sont, eux aussi, à peine vus avant leur mariage et pourtant ils s'entendent à merveille. Bertha attend un autre bébé pour bientôt. Une famille à soi, ça me paraît divin ! »

Malgré la peine que s'étaient donnée ses parents ; malgré la présence d'Eduard et des Hoogeveen, de l'assistant du résident de Bandoeng, qui célébrait le mariage ; malgré la robe élégante de Cateau, faite à Ardjasari d'après un patron de *Gracieuse* ; malgré le repas de fête, le champagne, les illuminations du jardin, le feu d'artifice chinois et le festin solennel pour tout le personnel de l'exploitation, les noces ne furent pas un succès sans mélange. Joan Henny, blond, pâle, un peu fat, avec un brin de pédanterie dans ses propos, ne plut à aucun membre de la famille. En outre, les invités n'étaient pas au complet : les Van Santen n'avaient pu entreprendre le lointain et fatigant voyage, parce que l'accouchement de Bertha était imminent ; les Holle de Parakan Salak et ceux de Moendjoel n'avaient pu venir pour cause de maladie ; Karel Holle se contenta d'envoyer des fruits depuis Waspada.

A peine les traces de la fête avaient-elles été effacées que la naissance du deuxième enfant de Bertha, un fils, appela les Kerkhoven à Batavia. Et après leur retour d'un séjour de quelques semaines, ils virent arriver tout à fait à l'improviste – accompagnant une famille amie – une Cateau boudeuse qui se sentait reléguée au second plan par son mari de fraîche date, tout occupé par son cabinet d'avocat, bientôt suivie par Henny lui-même qui se confondit en explications et en excuses et repartit avec sa jeune épouse. Le va-et-vient de gens en voitures et chaises à porteurs ou à cheval n'en finissait pas ; grâce à la nouvelle communication ferroviaire entre Batavia et Buitenzorg, le voyage était plus court, bien que le trajet le plus difficile ne commençât que dans le Priangan montagneux, lorsqu'il fallait traverser les cols aux pentes abruptes.

Rudolf avait contribué personnellement à la préparation du mariage en améliorant quelque peu, avec une équipe de travailleurs, le chemin d'accès escarpé et souvent dangereusement glissant menant à l'entreprise. Maintenant, cette tâche était terminée. Après l'indépendance qu'il avait connue à Sinagar, il avait du mal à parcourir Ardjasari sans avoir une tâche clairement définie, aux côtés de son père et de l'assistant de ce dernier. Il n'y avait pas assez de travail pour trois hommes. On n'avait plus besoin de lui.

Il était depuis presque deux ans à Java, et il n'avait pas encore la moindre perspective d'un emploi stable. Une nouvelle possibilité sembla s'offrir lorsqu'on apprit que l'état de santé d'Adriaan Holle laissait de plus en plus à désirer. Le médecin de Batavia recommandait le rapatriement sanitaire. Parakan Salak serait confié à un remplaçant pour une période indéterminée. Rudolf espérait – et escomptait – qu'Adriaan penserait à lui pour remplir ces fonctions. La nouvelle que l'assistant d'Adriaan – marié lui aussi à une sœur de Jans Van Motman – avait été désigné comme successeur réduisit tous ses espoirs à néant.

Karel Holle fit savoir qu'un poste d'administrateur était disponible sur une terre qu'il avait l'intention de louer ; mais Rudolf comprit que, par son âge et sa position, il resterait toujours plus ou moins le subalterne de Karel et doutait que la coopération eût à la longue une chance de réussir.

Avec son père, il fit plusieurs excursions dans les environs d'Ardjasari, afin de visiter des pièces de terre débloquées pour être cédées à bail. Le premier endroit dont la situation lui plut d'emblée fut Gamboeng, une plantation de café abandonnée par l'administration de Batavia, sur le flanc nord-est du mont Tiloe. Mais s'étant concentré sur la culture du thé, il n'y connaissait rien en matière de café.

Par ses activités à Sinagar, il s'était acquis une réputation de comptable fiable et d'une méticuleuse précision. Il fut prié par la Banque commerciale des Indes néerlandaises de Van Santen de se rendre dans la région est de Java pour y assainir l'administration d'un planteur de tabac. Le voyage lui-même, de Batavia en bateau à Soerabaja, et, de là, par étapes, dans la partie est de l'île de Java, fut une expérience qu'il n'aurait voulu manquer à aucun prix, mais il bénissait le ciel que le destin ne l'eût pas obligé à s'établir dans ce voisinage. Il ne pouvait s'imaginer plus grand contraste que celui qui existait entre les plantations vertes du Priangan, de caractère presque féodal avec ses foyers groupés autour de la propriété du seigneur, et le provincialisme des rapports de ceux qui font leur beurre « dans le sucre » et « dans le café ». Le spectre de la « Vie-en-Orient » telle qu'elle lui avait été présentée pour le mettre en garde semblait être devenu réalité : des hommes qui n'avaient qu'une idée en tête, gagner le plus d'argent possible afin de pouvoir quitter Java pour toujours ; des épouses moroses ; des célibataires cherchant dans l'alcool le moyen de conjurer la solitude.

Après que Rudolf eut accompli sa mission, il alla, sur les conseils de son père, visiter des plantations de café dans les environs de Malang pour s'instruire sur la manière de cultiver et d'exploiter le produit.

Il estima que ces plantations valaient la peine, mais que le genre de travail n'était à aucun égard aussi passionnant que la culture du thé, beaucoup plus compliquée et dont le caractère aléatoire constituait un défi.

« Je brûle de regagner le Priangan ! » écrivit-il à ses parents.

# L’essartage
1873-1876

La sueur ruisselait le long de son dos et sous son chapeau de soleil, à travers ses cheveux et sur son visage. Sa chemise était trempée, les manches de sa veste de coton collaient à ses bras. Il enviait les indigènes qui étaient en train de travailler la terre à la houe, le torse nu sous leur vareuse déboutonnée. Il restait vêtu non seulement pour se protéger du soleil qui, dans l'air raréfié en altitude, lui brûlait plus rapidement la peau, mais aussi par souci de la bienséance. On trouvait déjà étrange que le *djoeragan* maniât lui-même la houe. Il mettait la main à la pâte pour pousser les ouvriers à maintenir le rythme souhaité. Quand Djengot faisait fonction de chef d'équipe, tout durait trois fois plus longtemps. Il ne cessait de s'étonner que les montagnards, si habiles dans l'utilisation du coupe-coupe et de la hache, eussent tant de mal à se servir de la pioche dont ils n'avaient visiblement pas l'habitude. Combien de fois n'avait-il pas dû leur expliquer qu'ils n'avaient pas suffisamment retourné la terre parce qu'ils n'enfonçaient pas assez profondément leur outil !

Jusque-là, il n'avait pas connu de travail plus pénible que le défrichement de ce terrain destiné à devenir un champ d'expérimentation pour la culture du thé. Ils avaient d'abord arraché les anciens caféiers et brûlé ensuite les souches. Mais sous la couche arable se cachait un enchevêtrement presque inextricable de racines tenaces. Il ne pouvait être question de planter de nouveaux arbustes avant de les avoir extirpées.

Quoique chaque jour amenât de nouveaux problèmes, Rudolf était satisfait. Après la tension initiale, ses rapports avec les habitants de Gamboeng commençaient à prendre une tournure favorable. Les premiers temps, quelques-uns s'étaient présentés pour l'aider à couper les branches et ouvrir des sentiers entre les différentes plantations. Il n'en vint pas plus de cinq ou six, toujours les mêmes. Djengot lui rapporta que d'autres voulaient bien venir, à condition d'être mieux payés. Il avait été conscient du fait que sa manière d'agir dans cette affaire serait déterminante pour la suite de son existence à Gamboeng. Bien qu'il estimât qu'en principe, il était possible de s'entendre sur leurs exigences, il ne voulait pas céder immédiatement sous la pression. Il avait donné à ceux qui étaient venus, et qu'il était déjà enclin à nommer « les fidèles de la première heure », des travaux plus légers que les jours précédents ; il avait réduit leur durée de temps de travail, leur avait offert du tabac pendant la pause, avait participé au tir à la cible après leur avoir expliqué et démontré le fonctionnement de son arme. Ce rapprochement avait délié les langues. Se fondant sur certaines allusions, il soupçonna que Djengot était à l'origine de la mauvaise volonté ambiante.

Une fois de plus, il avait eu l'occasion de tirer profit de ce qu'il avait appris à Sinagar. Il comprit qu'il devait maintenir la bonne entente entre lui et Djengot en lui faisant un cadeau diplomatique. Après cela, tout était allé beaucoup mieux. Le nombre d'ouvriers avait augmenté ; un accord sur le salaire – quelques centimes de plus – avait été conclu sans peine ; les habitants de Gamboeng ne passaient plus timidement devant sa maison, ils venaient parfois le voir pour lui montrer ou lui offrir des choses curieuses trouvées dans la forêt vierge, telles qu'un fourmilier ou une gigantesque mygale noire. Les hommes roulaient volontiers une cigarette de son tabac hollandais dans des morceaux de feuilles de nipa et s'accroupissaient devant sa maisonnette pour fumer, tout en marmonnant des paroles d'appréciation.

Un coolie faisait maintenant presque quotidiennement la navette entre lui et ses parents à Ardjasari. Ses listes de courses s'allongeaient ; les vêtements devaient être lavés et reprisés, les chaussures réparées. Ce dernier point posait des problèmes, car il n'y avait pas un seul cordonnier dans tout le Priangan. Celui de Batavia, un Chinois, renvoyait les bottes avec, dans la doublure, des punaises que Moentajas écrasait entre deux doigts, un peu trop négligemment de l'avis de Rudolf. Il était obligé de faire appel à sa mère pour l'envoi des provisions les plus nécessaires, le sucre, les œufs et, de temps à autre, un poulet. Après une journée passée dans les plantations, il avait une faim de loup.

Il déposa sa pioche et considéra la montagne croissante de racines et de tiges grêles et vivaces qui avaient poussé entre les vieilles souches et qu'il avait réussi à extirper. Il était contrarié de n'avoir aucune expérience dans le domaine de l'essartage des terrains boisés de ces régions. Régulièrement, il était confronté à des problèmes qu'il ne parvenait pas à résoudre. Comment se débarrasser, dans un proche avenir, de l'énorme quantité de bois et d'émondes, lorsqu'il lui faudrait préparer davantage de terrains pour y planter de nouveaux théiers ? Il ne disposait pas encore de charrettes ni de bêtes de trait. Plus tard, il achèterait des karbaus et il aménagerait un corral. Pour l'instant, il importait de creuser des tranchées où jeter tous les déchets.

Un nuage passa devant le soleil, le premier de la masse nébuleuse qui ne cessait de croître et crèverait vers la fin de l'après-midi en une brève et forte averse. Il n'avait pas prévu qu'à Gamboeng il pût pleuvoir si souvent et avec une telle violence. Cette pluie et la solitude (en l'espace de trois mois, il n'avait plus entendu ni parlé un seul mot de néerlandais) étaient l'ombre au tableau de son Eldorado. Il pensait parfois avec une pointe d'autodérision au ravissement dans lequel l'avait plongé le spectacle, lorsqu'il s'était trouvé pour la première fois au sommet de la montagne. Il connaissait encore de tels instants de pur bonheur quand, après la tourmente, sortant de la forêt vierge toute dégoulinante, ou le matin, ouvrant sa porte, il voyait se déployer sous ses yeux le grandiose panorama des sommets environnants : le Gedeh à l'arrière-plan offrait toutes les nuances de bleu et de violet, tandis que tout près se dressaient, majestueuses, les trois cimes du mont Tiloe. Chaque fois, il éprouvait le sentiment que ce paysage – même s'il pensait mieux le connaître maintenant pour l'avoir parcouru en tous sens – menait une existence propre, repliée, indéchiffrable. Il comprenait aussi pourquoi, pour les habitants de ce lieu, chaque pierre, chaque torrent avaient une âme, un nom, détenaient un pouvoir surnaturel.

Maintenant que le soleil avait disparu, il frissonnait dans ses vêtements humides. Aux hommes enveloppés dans leurs sarongs, qui étaient accroupis au bord du champ, il signifia d'un geste qu'ils avaient suffisamment travaillé ce jour-là. Ils éteignirent les feux en les piétinant et jetèrent leurs pioches sur l'épaule. Si la pluie n'avait pas menacé, il aurait préféré aller jeter un coup d'œil du côté des champs déjà nettoyés. Les habitants de Gamboeng avaient inventé des surnoms pour les nouveaux terrains gagnés sur la forêt vierge et qui n'avaient par conséquent pas encore de noms : « le champ du *badak* » (parce qu'un jour qu'ils travaillaient à cet endroit, un rhinocéros était passé en trombe, les frôlant presque, dans un bruit étourdissant de branches brisées), « le champ du *rasamala* à la fleur rouge » (Rudolf y avait trouvé une orchidée rouge foncé qui parasitait sur l'un de ces troncs princiers) et « le champ où le Patron a grimpé dans un *dadap* » (prouesse sans doute époustouflante, arrachée pour toujours à l'oubli grâce à cette désignation).

Dans la descente qui les ramenait chez eux, Rudolf eut du mal à marcher au même rythme que les autres. Une blessure à la jambe, qui ne voulait pas guérir, le faisait beaucoup souffrir ; le mouchoir qu'il avait noué autour de son mollet glissait sans cesse, entravant sa marche.

Il était maintenant habitué à rentrer chez lui dans des vêtements mouillés et crottés du haut en bas. L'eau de sa « baignade » était glacée et pourtant, il éprouvait le plus grand plaisir à s'y plonger.

Frais, encore frissonnant dans un pantalon de batik propre et une chemise de flanelle à longues manches, il mangea le ragoût de karbau réchauffé par Moentajas, que sa mère lui avait fait parvenir par le coolie.

Rudolf voulait lire un moment, tant qu'il faisait encore jour. Il s'était fait apporter *The Woman in White*[1] de Wilkie Collins, un ouvrage appartenant à la provision de livres d'Ardjasari, qu'il avait déjà lu mais trouvait suffisamment palpitant pour

1. *La Dame en blanc*, Paris, Phébus, 1995. *(NdT)*

avoir envie de s'y replonger. Il était à peine installé depuis un quart d'heure qu'un habitant du kampong accourut pour l'informer que l'un des ouvriers se mourait. Comme d'habitude lorsqu'on faisait appel à une assistance médicale de sa part, il était plus dérouté que par n'importe quel travail, si lourd fût-il, dans les plantations. Sa trousse de secours contenait des remèdes propres à soigner les blessures ou les égratignures ; il était également capable d'éclisser des membres cassés. Mais il était impuissant en face de la maladie. Comme il avait plusieurs fois réussi à soulager la douleur avec un calmant, les gens se fiaient à sa compétence. Ne pas pouvoir honorer cette confiance le tracassait.

S'abritant sous la large feuille de bananier que Moentajas lui avait tendue – il pleuvait toujours –, il l'accompagna jusqu'au kampong. Les habitants étaient rassemblés autour d'un homme qui, sans proférer un cri, se tordait de douleur sur une natte placée sous l'auvent protégeant la cuisson des aliments. D'après ce qu'on lui raconta, Rudolf conclut que l'homme avait une crampe d'estomac.

Il prit à part le plus âgé du village : « Que pense Pak Erdji ? Cet homme a-t-il déjà été aussi malade ? »

Pak Erdji réfléchit et fit un signe négatif de la tête. Non, c'était la première fois que cela se produisait. Selon lui, la nourriture ne pouvait pas être la cause de cet état. Les hommes qui étaient rentrés du travail avaient mangé la même chose que les autres habitants de Gamboeng. A part celui-là, personne n'était tombé malade.

« Pourquoi Pak Erdji n'a-t-il pas fait venir le guérisseur ?

– Le *doekoen* habite à Tjikalong, répondit Pak Erdji. C'est très loin. Lui, là, il serait mort entre-temps. »

Rudolf ouvrit sa trousse. Tous les yeux étaient fixés sur lui. Il se souvint qu'un jour, à Sinagar, il avait réussi à neutraliser les symptômes de paralysie des jambes d'un employé au moyen d'une pommade capillaire, le seul onguent dont il disposait à ce moment-là. Quel médicament à usage interne pouvait-il lui donner ? Il n'avait qu'un flacon de « chlorodine ». « A la grâce de Dieu, murmura-t-il, que risque-t-on à essayer ? » Il versa vingt gouttes dans un bol d'eau et fit boire l'homme.

Au-dehors, la pluie semblait se calmer. Il entendit l'averse se déplacer vers la vallée. Dans un silence de mort, les personnes présentes regardaient le malade se détendre. Rudolf lui prit le pouls, posa la main sur son front et le fit rapprocher du foyer où les braises répandaient encore de la chaleur. Trois quarts d'heure plus tard, lorsque l'homme se redressa et déclara qu'il se sentait mieux, Rudolf se permit enfin de pousser un soupir de soulagement. « *Pourvu que ça doure !*[1] » dit-il, reprenant les mots de la mère de Napoléon. Maintenant qu'il n'avait presque personne à qui parler, il avait pris l'habitude d'accompagner ses faits et gestes quotidiens de locutions et de *bons mots*[2] entendus autrefois dans le cercle de famille ou qu'il avait retenus au cours de ses lectures. Il s'étonna lui-même de disposer de tout un répertoire ; pour chaque circonstance, il avait un commentaire approprié.

Il était content de s'être donné la peine d'apprendre le sondanais à Sinagar, et avec Karta Winata. Depuis son séjour à Gamboeng, son vocabulaire s'était considérablement enrichi. Il ne parlait jamais malais, sauf avec Djengot.

Il connaissait maintenant tous les habitants de Gamboeng par leur nom et avait l'impression d'être apprécié. Il s'entendait mieux avec ces gens qu'avec la population de Sinagar. Ils étaient plus frustes, à certains égards encore primitifs, mais ils avaient aussi quelque chose de viril qui forçait le respect, une humeur égale et le sens de l'humour. Ils pouvaient l'irriter profondément quand, pour des raisons qu'il lui était impossible de deviner, ils refusaient en silence d'exécuter tel ou tel travail qu'il leur demandait, mais il avait également pu constater que, lorsqu'ils étaient d'une humeur qu'il ne pouvait décrire autrement que joviale, ils lui rendaient un service qu'il n'avait pas demandé. Ainsi, un jour, ils avaient de leur propre initiative, en riant secrètement, coupé une charge de bois pour qu'il puisse faire sa cuisine et ils l'avaient déposée devant sa maison : la « corvée » due au Patron !

1. En français dans le texte. *(NdT)*
2. En français dans le texte. *(NdT)*

Le sentiment de satisfaction qu'il avait éprouvé en allant se coucher fut totalement perturbé le lendemain. Étant revenu de la forêt plus tôt que de coutume – une pluie torrentielle avait rendu le travail impossible –, il fut informé qu'Odalisque et les deux autres chevaux s'étaient échappés. Le jeune Si Djapan restait introuvable. Aussitôt après avoir appris la nouvelle, Moentajas était parti en hâte au moins jusqu'à la première borne en direction de Tjikalong pour tenter de retrouver les chevaux, mais n'avait pu découvrir aucune trace de leur passage. Rudolf partit lui-même immédiatement à leur recherche.

En maugréant, il marchait avec quelques habitants de Gamboeng sous la pluie battante sur des sentiers escarpés, glissants, menant à Tjikalong par Babakan, le village du bas. Il craignait que les chevaux aient endommagé les rizières ou se soient blessés en traversant les roseaux tranchants qui couvraient les terres sauvages. Il redoutait plus encore qu'ils soient repartis au galop vers leur ancienne écurie d'Ardjasari et qu'ils aient semé l'inquiétude en arrivant sans cavaliers.

Depuis le pont de Tjikalong on pouvait déjà voir au loin un attroupement. Les habitants avaient réussi à capturer les chevaux. Ils étaient là solidement attachés, sales mais indemnes et tremblants de désarroi. Sur leur passage, ils avaient écrasé un grand nombre de jeunes pousses de riz.

« En route, petit sagouin ! » dit Rudolf, fâché, à sa monture, après avoir réglé les dommages.

Plus tard dans l'après-midi, il découvrit derrière sa maison Djengot qui – comme cela s'était déjà produit plusieurs fois depuis quelque temps – n'était pas venu travailler le matin. Rudolf accepta purement et simplement l'explication qu'il lui fournit cette fois-ci : le décès d'un membre de sa famille dans un village proche, et l'obligation d'assister à l'enterrement. Il avait appris, à Sinagar, à ne pas s'attarder sur la question de savoir si de telles absences reposaient effectivement sur une nécessité. Du reste, ce n'était pas ce qui le préoccupait le plus.

« Si Djapan est-il de retour ? »

Djengot resta un moment à regarder le sol en silence avant de répondre : « Je crois que Si Djapan est embarrassé. »

En d'autres termes, pensa Rudolf, il en a assez de faire ce travail. C'était bien possible, mais il ne pouvait s'imaginer que le garçon eût volontairement laissé les chevaux s'enfuir.

« En tant que *djoeragan*, j'ai le droit d'exiger des services des gens de Gamboeng.

– Le droit, oui, admit Djengot, mais sur un ton qui contenait une objection.

– Djengot veut-il dire que Si Odalisque ne se serait pas sauvée si j'avais récompensé Si Djapan pour son travail ? Je lui ai promis un nouvelle vareuse. Et il l'aura.

– Le *djoeragan* sait qu'aujourd'hui les gens travaillent pour un salaire, pas pour des cadeaux. »

Rudolf sentit qu'on le remettait à sa place. Le plus souvent, il ne tenait guère compte des tentatives ingénieuses et presque toujours sournoises de Djengot pour régler le paiement des services, parce qu'il était convaincu que les gens de Gamboeng considéraient cet homme comme un étranger et préféraient exprimer leurs souhaits et leurs doléances par le truchement de Pak Erdji. Il était persuadé que Djengot entretenait des contacts secrets avec l'exploitation de Karel Holle à Waspada. Que tous ses faits et gestes fussent, ici aussi, constamment contrôlés lui déplaisait profondément. Bien qu'il eût préféré renvoyer Djengot à Ardjasari, il ne pouvait se permettre, à ce moment-là, de se passer de lui pour démarquer les limites de son terrain. Rudolf faisait partout dégager une bande de terre de quelques mètres de large pour séparer la forêt vierge de la plantation et Djengot était chargé de surveiller les travaux. Lui-même consacrait son temps à l'arpentage du terrain, tâche dont il ne se lassait jamais parce qu'il découvrait chaque fois de nouvelles parties du bois et de la montagne.

Maintenant qu'il vivait si près du kampong de Gamboeng, il prenait de plus en plus conscience de la pauvreté qui régnait parmi le peuple. Les gens s'habillaient d'étoffes usées jusqu'à la corde, leurs maisonnettes étaient en ruine. L'échec de la récolte de riz qui avait entraîné la famine dans de nombreuses régions de Java était ressenti également à Gamboeng. Quelques champs de maïs et de plantes tubéreuses fournissaient l'essentiel de la nourriture quotidienne. Les habitants pêchaient aussi parfois du poisson dans un petit lac alimenté par les eaux du Tjisondari qui servait de vivier. Quand Rudolf était dans la forêt avec les hommes, il les voyait souvent chercher dans les buiss- ıs des fruits sauvages et des rejets de plantes. D'étroites sentes. invisibles à un œil non exercé, conduisaient à un grand palmier caché dont la sève contient du sucre, ou vers un endroit où l'on pouvait trouver des nids d'oiseaux comestibles. S'ils avaient soif, ils coupaient une liane de rotang qui poussait ici en abondance, et buvaient l'eau de pluie contenue dans la tige creuse.

Rudolf se levait avec la faim au ventre et se couchait avec l'envie de manger. Le manque d'un plat substantiel commençait à influer sur son état. Il était obligé d'aller à la chasse bien qu'il n'en eût pas le temps. Deux ou trois fois, il réussit à tuer un grand coq de bruyère qui, cuisiné par Moentajas, avait un goût de gibier.

Il pleuvait tous les après-midi pendant des heures d'affilée. Dans un vieux manteau de laine, le seul vêtement chaud qu'il eût apporté de Hollande, il s'asseyait dans la partie avant de sa maison. D'un côté, elle n'avait que des murs de bambou tressé qui s'arrêtaient à mi-hauteur. Le vent chassait, sous l'avant-toit, un brouillard de fines gouttelettes. Pour rester au sec, il devait traîner sa table et sa chaise jusqu'au mur intérieur. Il parachevait là les notes qu'il avait prises et les croquis qu'il avait faits dans la forêt ; quelquefois, les feuilles de son calepin avaient été si mouillées par la pluie pendant le trajet de retour qu'il parvenait à peine à déchiffrer son écriture et le tracé capricieux des « protubérances » (le nom sous lequel il désignait les pièces de terre utilisables dans les prolongements de la forêt vierge). Pour pouvoir faire la carte de tout le terrain, il avait collé plusieurs feuilles de papier les unes au bout des autres.

Quand le coolie d'Ardjasari apportait des journaux, Rudolf les épluchait de la première à la dernière lettre. Les opérations militaires d'Atjeh[1] défrayaient la chronique. Qu'au cours de la seconde expédition dans cette région le palais du sultan eût été conquis ne signifiait pas pour autant la victoire. Loin de s'avouer vaincu, « le fier peuple d'Atjeh », comme l'écrivait l'*Écho de Batavia*, poursuivait la guérilla nuit et jour contre les troupes

1. Région située au nord de Sumatra, où les Néerlandais menèrent une longue guerre de « pacification » à la fin du siècle dernier et au début de ce siècle. *(NdT)*

néerlandaises. Il existait une curieuse contradiction entre les nouvelles qui parlaient de « triomphe » et le fait que, déjà, un quart des troupes envoyées au front avait été tué et que le nombre des blessés était considérable. Rudolf partageait le point de vue du journaliste, qui avait ouvertement condamné cette « expédition de conquête entreprise avec peu de discernement et encore moins de droit » et, pour cette raison, avait été expulsé du pays.

Quelle distance énorme séparait cette opération sanglante d'Atjeh du paysage voilé de brume et de pluie qui s'offrait à lui ! Le vent agitait les fines ramifications des fougères arborescentes bordant le ravin, les calices blancs du datura ployaient, lourds d'humidité. A l'endroit où se faisait la lessive, bruissait la rivière grossie par la crue. Pendant ces heures mouillées de l'après-midi, il aurait payé cher pour avoir un verre de cognac. Il s'abstenait de boire de l'alcool et de manger du porc pour ne pas heurter la sensibilité des habitants de Gamboeng. Fumer était sa seule détente. Il ne pouvait se permettre plus de deux ou trois cigarettes par jour, sinon sa provision de tabac diminuerait trop vite.

Un jour, le coolie qui rapportait des vivres, le linge propre et des outils destinés à réparer le matériel ramena aussi avec lui, à la grande surprise de Rudolf, l'un des chiens d'Ardjasari. Le terrier Tom, déjà vieux, manifesta clairement sa méfiance à l'égard de l'entourage inconnu ; il restait collé aux talons de Rudolf ou blotti sous son fauteuil et, à l'heure du coucher, il s'allongeait à côté de son lit. Il se grattait constamment et plantait ses dents dans son poil pour attraper la vermine, ce qui irrita Rudolf qui l'expédia dans l'étroit couloir séparant les pièces. Là, Tom s'aplatit derrière la porte en appuyant son museau sur la fente au-dessus du seuil. Il n'osait pas hurler, se contentait de pousser de petits cris, mais avec tant d'insistance que Rudolf dut finalement lui donner quelques bonnes tapes pour le faire taire. Le lendemain matin, Moentajas lui fournit immédiatement l'explication de ce comportement : le chien avait flairé la panthère qui rôdait la nuit autour de la maison.

Lorsque la nouvelle parvint plus tard dans la journée qu'un homme de Babakan avait été attaqué et grièvement blessé par une panthère, Rudolf décida de tenter de tuer le « grand chat », un *matjan toetoel* selon les habitants, c'est-à-dire une panthère mouchetée. Pendant son séjour à Sinagar, il avait participé deux ou trois fois avec Albert Holle et d'autres planteurs à une chasse au tigre, mais il n'avait jamais jusque-là joué un rôle de premier plan. Ici, à Gamboeng, c'était ce que chacun attendait de lui.

La méthode la moins risquée consistait à empoisonner la bête en procédant de la manière suivante : badigeonner le soir avec l'écorce vénéneuse d'un certain arbre un appât, de préférence un morceau de la proie déjà à demi dévorée vers laquelle la panthère ne manquerait pas de revenir, et de le déposer à un endroit choisi de telle sorte que, le lendemain, le fauve mourant pût être cerné et achevé. Rudolf n'approuvait pas ce procédé qu'il trouvait lâche. Du reste, la panthère, qui continuait à rôder, avait déjà le corps criblé de coups de couteau et de machette ; il serait certainement facile de la dépister.

Il demanda des volontaires – une demi-douzaine répondit à l'appel – et se rendit avec eux dans la partie de la forêt située sur le flanc escarpé du mont Tiloe, où l'homme avait été attaqué. Des empreintes de griffes dans le sol boueux et des traces de sang conduisirent à la crête rendue presque inaccessible par d'étroits et profonds ravins et un enchevêtrement de lianes inextricables. Aussi bien la descente dans les crevasses, où après les pluies les torrents enflés coulaient impétueusement, que l'escalade sous des rochers en surplomb faisaient de cette expédition une suite ininterrompue d'exercices périlleux. Les sangsues pullulaient parmi les plantes mouillées. Les gens souples et aguerris de Gamboeng crapahutaient devant Rudolf, coupaient des branches, lui montraient des points d'appui. Il tenait son arme dans la main droite, s'accrochait de la main gauche à des lianes et des racines. On découvrit de plus en plus de traces fraîches ; à certains endroits plats, la terre avait été labourée, les buissons arrachés.

« Le *matjan toetoel* est furieux », disaient les hommes qui avançaient maintenant pliés en deux, la machette au poing. Arrivés à un fourré de broussailles impénétrables, ils s'immobilisèrent en montrant quelque chose et en gesticulant. Quand Rudolf chargea son arme, ils reculèrent et jetèrent des mottes de terre dans les buissons, mais rien ne bougea. L'un des hommes tira Rudolf par la manche et fit un mouvement de tête en direction d'un endroit ombragé, pareil à une grotte sombre, plus haut sur la pente. Une étincelle qui ressemblait à un jeu de lumière sur les feuilles troua l'obscurité. Rudolf se tourna sans bruit vers ce point, épaula et tira. Presque au même instant, dans un fracas de branches brisées et de chutes de pierres, la panthère roula à leurs pieds avec des soubresauts. Elle avait été atteinte entre les yeux, un coup mortel, qui remplit Rudolf d'étonnement en même temps que de gratitude. « Plus de chance que de mérite ! » murmura-t-il. Cette fois, il n'avait pas eu le temps, avant d'appuyer sur la détente, de penser à l'un de ses dictons favoris : « *Dans le doute, abstiens-toi !*[1] » Les hommes qui, lorsqu'il fit feu, s'étaient placés derrière lui en demi-cercle, leurs machettes à la main pour lui venir en aide au cas où la panthère attaquerait, abattirent quelques branches en criant d'excitation, avec lesquelles ils picotèrent les flancs de l'animal pour s'assurer qu'il était bien mort. De profondes entailles béaient sur les pattes et le cou. Rudolf éprouva du respect pour l'homme de Babakan qui, malgré ses blessures, avait réussi à faire fuir l'attaquant.

La dépouille fut liée par les pattes à une grosse tige de bambou et traînée péniblement par le même chemin dangereux jusqu'à Gamboeng. Rudolf découvrit qu'un coup de feu spectaculaire contribuait largement à accroître le prestige du *djoeragan*. Les jours suivants, deux douzaines de nouveaux ouvriers vinrent offrir leurs services. Il fit porter la panthère à Ardjasari – un transport qui attira une foule de curieux tout le long du trajet – avec prière de préparer la peau. Il voulait la clouer au mur dans sa future maison d'administrateur.

Le travail consacré au champ d'expérimentation pour le thé le déçut. Il aurait voulu nettoyer et égaliser un terrain de cinq *baoes*, selon la méthode appliquée à Sinagar, mais n'avait pu finalement préparer à fond qu'une seule pièce de terre de

1. En français dans le texte. *(NdT)*

trente mètres carrés. Il laissa tremper pendant toute une nuit, dans sa baignade, les graines de thé rapportées d'Ardjasari, puis les fit planter par rangées dans les couches, à une distance de quatre pieds les unes des autres. Il ne lui restait plus qu'à attendre de voir si – et, dans l'affirmative, comment – les semis allaient se développer.

Après avoir parcouru la forêt vierge pendant des semaines, il estimait que son terrain pourrait couvrir environ quatre cents *baoes*, mais il était certain de pouvoir y ajouter sans peine deux cents *baoes* de plus. Au cœur de la forêt subsistaient quelques vieilles plantations de café qui étaient encore plus ou moins entretenues par des gens des environs. Mais ceux-ci détachaient les baies mûres des branches avec si peu de précaution qu'ils détruisaient les bourgeons dormants cachés au creux des aisselles. Ces buissons étaient condamnés, comme la majorité des arabicas cultivés à Gamboeng. Les arbustes avaient trop poussé, ils étaient pleins de branches gourmandes ; de ce fait, ils donnaient moins de fleurs et c'est à peine si des fruits pouvaient se développer. Les feuilles avaient souffert des pluies excessives.

Gamboeng passait pour un pays de culture du café et serait évalué en tant que tel le moment venu ; cependant, Rudolf était de plus en plus convaincu que le climat et le sol, à cette altitude de mille quatre cents mètres au-dessus du niveau de la mer, se prêtaient infiniment mieux à la culture du thé. Il espérait trouver les moyens de financer une entreprise de six cents *baoes*. Son père s'était porté garant d'une partie du capital incluant l'argent investi autrefois dans l'exploitation d'Ardjasari par les membres de la famille aux Pays-Bas. Mais l'année s'annonçait très mauvaise pour Ardjasari ; les théiers avaient été attaqués par une maladie cryptogamique ; par suite d'une épidémie de choléra dans le district de Bandjaran, les ouvriers désertaient la région. Dans ces circonstances, Rudolf ne voulait pas mettre sur le tapis la question de la somme considérable dont il avait besoin pour terminer l'essartage de Gamboeng.

Malgré ses invitations répétées, ses parents n'étaient pas encore venus le voir une seule fois. Il avait fait soigneusement blanchir à la chaux la seconde petite chambre qu'il réservait à des visiteurs. Sachant que sa mère reculait devant des voyages à travers les régions sauvages de ce pays de montagnes, il avait minutieusement étudié divers projets destinés à rendre le transport aussi confortable que possible : de quel point à quel autre elle pourrait voyager en voiture ou à cheval, à quels endroits elle aurait l'occasion de se reposer et de se rafraîchir, et finalement comment elle pourrait disposer d'une chaise à porteurs pour parcourir le dernier sentier abrupt conduisant à Gamboeng. Il écrivait souvent qu'il attendait impatiemment le moment de la revoir, fit savoir qu'il souhaitait montrer les plantations à son père et lui demander conseil. Mais il y avait chaque fois de nouveaux empêchements à leur venue ; il s'étonnait que ses parents eussent si souvent à souffrir de rhumes, de migraines et d'accès de fièvre.

Il comprenait très bien que son père fût préoccupé nuit et jour par la série de contretemps qui sévissaient à Ardjasari. Mais n'était-ce pas une raison de plus pour qu'il parlât en toute confiance avec lui, le fils aîné, le « deuxième homme » dans leur entreprise aux Indes, de tout ce qui concernait les affaires. Pendant son séjour à Sinagar, il avait scrupuleusement tenu son père au courant, chaque semaine, des méthodes appliquées par Eduard Kerkhoven en matière de cueillette, de séchage et de tri du thé, et lui avait communiqué des informations pratiques concernant le matériel utilisé dans la fabrique, dont Ardjasari avait tiré profit. Il avait soigneusement rapporté et commenté toutes les nuances du comportement des cousins Holle et de leurs collaborateurs à son égard, les jugeant importantes pour son propre avenir et celui de son père. Qui pouvait douter de l'intérêt qu'il portait aux affaires familiales ? Depuis que son père l'avait si énergiquement aidé lors de la demande de bail pour Gamboeng, il avait honte des pensées qui l'avaient parfois assailli. Où était-il allé chercher que son père ne voulait pas de lui à Ardjasari, mais préférait le savoir à bonne distance et s'occupant d'autres cultures que de celle du thé ? Et pourtant, d'anciens sentiments de doute réapparaissaient. En dépit de toutes les offres d'assistance financière, malgré tous les « petits plats » de sa mère et les bons soins qu'elle lui prodiguait, il croyait déceler les signes de cette étrange réserve à l'égard de sa personne et de son comportement, qui l'avait déjà chagriné dans son adolescence.

Il décida de se rendre lui-même à Batavia pour trouver des commanditaires, éventuellement des associés. Il voulait d'abord s'adresser à son beau-frère Van Santen qui, avec deux et bientôt trois enfants (Bertha était de nouveau enceinte), avait intérêt à participer ; de toute façon, en sa qualité d'agent principal (depuis 1873) de la Banque commerciale des Indes néerlandaises, il était en mesure d'accorder des crédits, comme il l'avait fait jadis pour Ardjasari.

Le séjour dans la ville n'apporta que des déceptions. Ni Van Santen ni la maison de commerce du cousin Denninghoff Stelling n'estimèrent prudent, vu les circonstances économiques inquiétantes et les perspectives peu réjouissantes d'Ardjasari, d'investir dans une seconde entreprise Kerkhoven. Chez les Van Santen, l'atmosphère était pesante ; Bertha, sur le point d'accoucher, pâle et épuisée, n'avait pas une minute à elle avec sa fille de trois ans et son fils d'à peine un an. Cateau était accaparée par des mondanités. Il ne trouva pas, dans la vie culturelle de la plus grande ville des Indes, les plaisirs qu'il en attendait. Elle n'avait rien d'autre à lui offrir qu'un concert de musiciens amateurs auquel il assista. En outre, il avait dû payer trop cher un veston et un pantalon dont il avait grand besoin et pour lesquels, sur les conseils de l'élégante Cateau, il s'était rendu chez Oger Frères, les meilleurs tailleurs de la ville, dont le magasin ressemblait à un palais. Par suite d'un rendez-vous différé, il avait dû rester à Batavia plusieurs jours de plus que prévu. En hâte et l'esprit ailleurs, il prit congé de Bertha ; après un baiser rapide et un dernier regard jeté par-dessus l'épaule à la silhouette qui lui faisait des signes d'adieu depuis la véranda avant, il était reparti, la tête pleine de ses propres soucis.

L'idée de devoir quitter Gamboeng lui était insupportable. S'il n'y avait pas moyen de faire autrement, il était prêt à demander moins de *baoes*, même s'il savait qu'il aurait les plus grandes peines du monde à décider auxquelles des parcelles dont il avait déjà dressé la carte il choisirait de renoncer.

Il était de retour à Gamboeng depuis quelques semaines à peine, lorsqu'une estafette vint lui apporter d'Ardjasari la nouvelle que Bertha était morte en couches, peu de temps après avoir donné naissance à un fils. Arrivé en toute hâte à Ardjasari, il n'y trouva pas ses parents ; ils étaient partis sur-le-champ pour seconder le foyer sans mère. Apparemment impassible, comme le voulait l'usage dans ce pays, il prit en main les activités de son père. Mais le premier soir, seul dans la maison silencieuse, il laissa couler ses larmes lorsque, voyant sur une étagère dans la galerie intérieure le portrait de mariage de Bertha, l'inanité de sa mort lui apparut dans toute son étendue.

Il se plongea dans le travail, sa seule consolation, désireux de profiter de l'occasion pour redresser certaines situations à Ardjasari. Bien que ses parents fussent aimés de la population, il s'aperçut qu'il se passait, dans leur dos, trop de choses inacceptables selon lui. Il commença également à réaliser les plans dessinés par lui en 1872 pour la construction de routes à travers les plantations de thé. Il fut frappé par la beauté d'Ardjasari, maintenant que les arbres avaient grandi. Tout en s'occupant de faire le tracé des sentiers droits qui se croisaient à angles de quatre-vingt-dix degrés, et le long desquels la cueillette pourrait être facilement transportée dans des charrettes, il envisagea la possibilité de venir travailler là, au cas où il devrait renoncer à Gamboeng. Il écrivit à son père pour lui demander si peut-être il y avait songé.

Lorsque son père revint à Ardjasari plus tôt que prévu, Rudolf n'eut plus besoin d'aborder le sujet. Les problèmes semblaient être résolus. Van Santen avait fini par se déclarer disposé à garantir l'emprunt demandé ; le taux d'intérêt, huit pour cent, était élevé mais Rudolf espérait qu'en travaillant d'arrache-pied, il parviendrait à rembourser dans un délai de dix ans le capital emprunté. Eduard Kerkhoven de Sinagar avait, lui aussi, dans l'un de ses élans de générosité caractéristiques, offert une contribution financière et fit savoir que Rudolf devait surtout poursuivre ses travaux d'essartage « à plein rendement », même si le bail ne lui avait pas encore été officiellement accordé. Finalement, son père s'adressa, dans une lettre personnelle, au gouverneur général Loudon (un ami de Karel Holle !) en le priant respectueusement mais instamment de donner un avis favorable, et en joignant à sa requête une photographie de lui-même, geste dont Rudolf mit à vrai dire l'opportunité en doute, mais qui, réflexion faite, s'avéra utile : Son Excellence répondit presque aussitôt qu'il réglerait l'affaire Gamboeng dès qu'elle lui serait soumise par les services des Affaires intérieures et envoya à son tour, comme pour souligner sa bonne volonté, un portrait de lui-même, petit format.

« Je crois que je vais laisser pousser ma barbe, dit Rudolf. Alors, je vous ressemblerai, tout comme vous ressemblez de plus en plus au cousin Karel. Visiblement, c'est la meilleure recommandation pour obtenir de l'aide des autorités ! »

Rudolf se rendit à Batavia pour aller chercher sa mère chez Cateau qui avait pris les enfants de Bertha à sa charge. Avec le nourrisson dans les bras, tandis que les deux autres petits jouaient à ses pieds, et outre l'attention qu'elle devait apporter à son propre ménage, à la surveillance des bonnes d'enfants et d'une nourrice, elle déployait une énergie enjouée. Rudolf avait déjà compris que Cateau souhaitait avoir des enfants et était chagrinée que ses vœux n'eussent pas encore été exaucés. Et il comprenait aussi que si elle portait tant d'intérêt à la mode et aux frivolités, ce qui lui semblait si contraire à sa vraie nature, c'était pour masquer le vide de sa vie conjugale. En fait, les nouvelles responsabilités faisaient d'elle la femme qu'elle aurait dû être.

Lorsque Rudolf revint à Gamboeng après des mois d'absence, il eut l'impression de devoir repartir de zéro. Pendant ses brèves visites depuis Ardjasari – chaque fois un aller et retour dans la même journée –, il n'avait rien pu faire d'autre que d'inspecter le plus urgent. Les vieux caféiers qu'il avait taillés jusqu'à la souche avaient assez bonne mine, malgré une floraison et une fructification irrégulières, et les semis de thé du champ d'expérimentation germaient bien. Mais, en de nombreux endroits, les sentiers et les lignes de démarcation de ses terres étaient à nouveau envahis par les ronces.

Il commença par construire une route menant au lieu-dit

Tjisondari, où la rivière du même nom se jette dans le Tjiwidej. Plus tard, ses produits devraient être transportés dans des charrettes à un endroit situé sur le fleuve Tjitaroem, et ensuite à Batavia sur des praos.

Les pentes abruptes de Gamboeng l'obligeaient à appliquer un système de routes en zigzag qui demandait beaucoup de temps. Creuser, tailler à coups de pic en terrain découvert devinrent des tâches plus ardues par suite d'une période de sécheresse exceptionnelle. Dans la forêt vierge, on se heurtait à d'autres problèmes. Pendant les jours sans soleil, il était pratiquement impossible, dans cet enchevêtrement de troncs, de lianes et de feuillage, de déterminer les quatre points cardinaux. Le niveau qu'il avait fait fabriquer à Batavia par un spécialiste d'après un dessin de sa propre invention lui rendait de grands services, même s'il devait faire des kilomètres pour pouvoir l'utiliser convenablement sur les escarpements recouverts d'une végétation foisonnante. D'abord ouvrir une voie au coupe-coupe et, alors seulement, tracer les routes et les canalisations d'eau aurait demandé trop de temps et donc trop d'argent. Il devait encore construire des ponts en bambou, au moins deux ou trois, aux endroits difficiles à atteindre. Il fit réparer le toit et le plancher de sa *pondok* et défricher la roselière avoisinante qui, en son absence, s'était transformée en une jungle hérissée de chaumes et de piquants.

Il déplorait que les ouvriers nouvellement arrivés n'utilisent pas les maisonnettes qu'il avait fait construire à leur intention et préfèrent loger chez les habitants de Gamboeng, où ils dormaient, entassés les uns sur les autres dans de petites pièces, comme des harengs en caque. Tant de monde habitait maintenant le kampong qu'on ne pouvait plus se passer d'un marché. Comme l'une des femmes était disposée à tenir un petit magasin, Rudolf emprunta de l'argent pour acheter des denrées. Ce magasin fit de Gamboeng un centre qui attira une foule venue d'ailleurs, si bien que les maisonnettes finirent par être habitées.

La joie que lui causa le grand nombre de gens accourus pour couper et brûler les arbres de la forêt ne dura guère. Les ouvriers n'étaient pas d'accord sur son offre de payer dix florins par équipe pour essarter un terrain de soixante et onze ares.

Après une série de longs pourparlers, les hommes repartaient les uns après les autres. Rudolf soupçonnait qu'une minorité empêchait les autres d'accepter ses conditions. Cette fois, Djengot ne pouvait être mis en cause; il était resté à Ardjasari comme gardien de nuit. En principe, Rudolf était disposé à payer davantage. Il avait calculé que, pour dix florins par *baoe*, il pourrait très avantageusement défricher son terrain – cela ressemblait même à une exploitation suspecte du personnel – mais, tout comme à l'époque de ses débuts à Gamboeng, il ne voulait pas céder immédiatement. Il finit par décider de rémunérer chaque ouvrier individuellement à la journée.

Comme les hommes venaient ou repartaient irrégulièrement, il finissait par s'embrouiller dans ses calculs. Un jour, il en avait soixante-dix à son service, le lendemain quarante, puis il s'apercevait soudain que le nombre avait doublé. Il n'était pas très satisfait des embaucheurs qui faisaient aussi fonction de surveillants, mais il ne pouvait s'en passer. Ses meilleurs collaborateurs étaient Moehiam, l'un des « fidèles de la première heure » d'Ardjasari, et le menuisier Ramiah, l'homme providentiel dans le domaine de la construction. Son personnel domestique s'était aussi enrichi d'un cuisinier avec sa famille, et d'un commis aux écritures, le *djoeroetoelis*, chargé de verser les acomptes et les salaires et de tenir les livres de comptes, activité qui constituait un travail à plein temps lorsqu'il s'agit de centaines d'ouvriers différents par jour.

Quand il parcourait son terrain à cheval et voyait partout les équipes à l'œuvre, il se surprenait à éprouver ce qu'il appelait des « pensées casse-cou » : pour un début, je me défends particulièrement bien. Je saurai bien venir à bout de ces terres sauvages !

Un jour qu'un groupe d'habitants de Gamboeng – son corps d'élite – avait réussi à faire une trouée dans la forêt après avoir trimé pendant des heures sur le flanc nord-est de son terrain, Rudolf avait pu distinguer à la jumelle, au milieu des avant-monts, une partie de la clôture d'Ardjasari. Combien courte était la distance entre lui et ses parents, à vol d'oiseau ; et combien grande – quatre heures à cheval – si l'on empruntait les sentiers tracés !

Lorsque le kampong de Gamboeng se développerait encore davantage, il devrait lui-même déménager. Il aimait à s'imaginer comment sa *gedoeng* s'élèverait sous les *rasamalas* à l'orée de la forêt, une maison longue, basse, dans le style d'Ardjasari, mais de dimensions plus modestes, avec, devant la façade, un vaste espace découvert, dont il se promettait de faire plus tard un jardin d'agrément. Il aspirait au jour où il pourrait enfoncer le premier pilot dans le sol. Mais devrait-il vivre seul dans cette maison ? De plus en plus, le fait de n'être pas marié lui paraissait une situation contre nature. Les employés célibataires des exploitations voisines qu'il rencontrait parfois se montraient surpris qu'il n'eût pas engagé une indigène pour tenir sa maison. Il se connaissait trop bien pour ignorer qu'il n'était pas homme à vivre sans femme.

Parmi les livres qui se trouvaient dans sa maison, il y en avait un qu'il s'était approprié à bord du *Telanak*, où il traînait un peu partout sans que quiconque le réclamât. Écrit par un certain Agricol Perdiguier et intitulé *Mémoires d'un compagnon*, il relatait les années d'apprentissage d'un membre d'une guilde de menuisiers dans la province française. Jeune, travaillant pour un maigre salaire, il n'avait pas les moyens de se marier et avait connu les tourments d'une continence volontaire ; la description qu'en donnait l'auteur reflétait parfaitement les sentiments de Rudolf : « Je brûlais du désir de connaître tous les secrets de la chair, mais je me refusais à m'adresser à des prostituées, à des femmes incapables de m'inspirer de l'amour ; quant à séduire une jeune fille, à lui faire un enfant peut-être, pour l'abandonner ensuite à son sort, cela allait à l'encontre de mes principes et de mon caractère. Un désir éperdu me consumait, je souffrais, je ne savais que faire, j'étais tiraillé entre ma lascivité et ma conscience ; une voix disait : vas-y !, l'autre me criait : abstiens-toi ! »

Naturellement, les femmes et les jeunes filles du pays n'avaient pas échappé à son regard. Jadis, parmi les cueilleuses de Sinagar, il y avait eu de gracieuses silhouettes, particulièrement séduisantes lorsqu'elles accouraient à la fabrique sous la pluie, leur vareuse et leur sarong plaquant à leur corps ; mais il n'avait rien éprouvé d'autre qu'une brève poussée de désir. Aussi avait-il immédiatement rejeté l'idée de contacts sexuels en échange de cadeaux, pensée qu'il estimait offensante pour ces jeunes femmes. Leurs manières taquines et parfois provocantes montraient qu'elles savaient fort bien ce qui se passait en lui. Comme elles étaient toujours nombreuses, elles pouvaient se permettre de lui rire au nez.

Les filles de la montagne n'étaient pas effrontées, au contraire, plutôt d'une réserve presque farouche. Il leur manquait la coquetterie des cueilleuses et des trieuses de la région de Buitenzorg, qui aimaient attirer l'attention par leurs vareuses colorées, une fleur dans les cheveux ou sur leurs grands chapeaux de soleil. Dans les montagnes du Priangan, contrairement à Batavia et ses environs, l'empressement à vouloir tenir la maison d'un Européen était inconnu, de même que le savoir-faire. Rudolf était incapable de s'imaginer qu'il pût vivre avec une indigène dans une intimité qui présentait des avantages pratiques et des facilités physiques, mais à laquelle il manquait précisément ce qui faisait à ses yeux la différence entre une liaison et un mariage.

Lors d'un séjour à Batavia, il avait revu Mariette Hoogeveen chez des amis. La fillette de onze ans au gentil minois et aux manières dégagées qu'il avait vue évoluer adroitement dans l'entreprise de ses parents, comme une maîtresse de maison en herbe, était devenue une petite personne boulotte, une bêcheuse vêtue de robes à faux-cul peu flatteuses, et, malgré ses quatorze printemps, déjà une perruche minaudière, exactement le type qu'il détestait de la jeune fille européenne dans les Indes. Maintenant, il trouvait simplement ridicule d'avoir joué avec l'idée de demander sa main dès qu'elle serait en âge de se marier. Il était heureux de n'avoir jamais parlé à personne de ses intentions.

Rioeng Goenoeng, une exploitation gouvernementale, était située sur les contreforts sud du mont Tiloe. Lors de l'arpentage de ses terres, Rudolf était entré plusieurs fois dans les plantations de quinquinas de cette entreprise. Désireux d'élargir et d'améliorer la route qui menait de Gamboeng à la plaine de Pengalengan, il décida de rendre visite à l'administrateur,

M. Van Honk, dont il lui faudrait s'assurer la coopération. Il lui fit parvenir une lettre par un coolie et fut invité par retour à une « table de riz ». Bien que cette perspective ne l'enchantât guère – il n'aimait toujours pas les plats très épicés –, Rudolf se rendit à cheval à Rioeng Goenoeng, emportant avec lui des biscuits faits par sa mère pour la maîtresse de maison.

Les Van Honk étaient des Eurasiens ; dans leur maison, à peine plus confortable que sa *pondok*, régnait une atmosphère qui lui fit penser au « Camp chinois » de Sinagar, avec ses oiseaux en cage, sa profusion de cheveux-de-Vénus et ses fauteuils à bascule. A l'odeur des plats d'accompagnement pimentés, se mêlait celle des roses du jardin.

Déjà au cours des discussions d'affaires qui précédèrent le repas, Rudolf fut présenté à l'aînée des filles de la maison, une belle personne, mince et élégante dans son sarong et son *kebaja* d'un blanc immaculé (il comprit qu'elle venait tout juste de le mettre en son honneur, car les plis étaient encore marqués). Il ne pouvait détacher ses yeux de ce minois d'un brun mat, de ces joues que l'air frais des montagnes colorait d'une « roseur européenne » – ainsi qualifiait-il secrètement son teint –, pas plus que de ses formes exquises, la ligne gracieuse de la taille et des hanches au moindre mouvement qu'elle faisait. Il remarqua aussi que l'intérêt qu'elle lui inspirait n'échappait pas aux parents. Ils lui apprirent qu'elle aimait par-dessus tout cuisiner, qu'elle adorait les enfants et apprenait à ses sœurs cadettes à lire et à compter, « comme une vraie maîtresse d'école, monsieur, je vous assure ! ».

En s'en retournant vers Gamboeng, il essayait de voir clair dans ses sentiments. Il n'aurait pas de peine à tomber amoureux et à agir en conséquence. La poignée de main, le regard de ses yeux noirs avaient été prometteurs. Une jeune fille née et élevée dans l'intérieur du pays, habituée à vivre dans une plantation, pourvue de tous les dons d'une excellente ménagère… c'eût été un choix qui allait de soi. Souhaitait-il avoir des enfants de cette belle Eurasienne ? Un mariage avec elle scellerait à tout jamais les liens qui l'attachaient à ce pays. Il pensa à Eduard, à Tatta, aux petites Pauline et Caroline, et à Goey La Nio, effacée de la mémoire ; à Louise aussi, l'épouse d'Albert Holle, qui s'éclipsait quand ils recevaient la visite de *totoks*, les Européens pur sang, chez qui elle supposait une certaine réserve à l'égard des Eurasiens. Quelle farouche fierté n'avait-elle pas montrée lorsqu'elle avait soupçonné Rudolf de la considérer comme un poids mort ! Il pensait à de vieilles dames eurasiennes qu'il lui était arrivé de rencontrer à Batavia, et qui avaient été « acceptées », parce qu'elles étaient mariées à des Néerlandais de pure race, chargés d'une fonction officielle dans l'administration coloniale. Ces femmes, le plus souvent corpulentes, qui avaient jadis été belles, elles aussi, lui apparaissaient d'une laideur presque pitoyable dans leurs toilettes européennes. Comme elle s'envolait vite, souvent, cette exotique séduction ! Serait-il de taille à affronter les complications prévisibles, même dans le cercle de sa propre famille, s'il épousait une Eurasienne d'un milieu simple, sans prétentions ni curiosités intellectuelles ?

Il résolut de réduire au strict nécessaire ses visites à la famille Van Honk.

De Batavia arriva enfin la nouvelle que Son Excellence le gouverneur général des Indes orientales néerlandaises avait fait droit à la demande de bail ; l'arpenteur obligatoire (et cher) de Bandoeng se présenta pour vérifier les données de Rudolf ; vint ensuite le contrôleur, dont il dut régler le transport à cheval et en voiture ; le *wedana* arriva de Tjisondari pour confirmer officiellement que l'on n'avait pas empiété sur les droits fondamentaux de la population locale (pour lui et sa suite, Rudolf envoya des chaises à porteurs). Après que les autorités néerlandaises aussi bien que javanaises eurent inspecté la terre de Gamboeng et approuvé les données fournies par Rudolf, il se sentit débarrassé d'un poids. Il ne restait plus qu'à attendre l'enregistrement, la formalité grâce à laquelle l'affaire serait conclue.

Le 6 mai 1876, il se rendit à cheval à Ardjasari, où il rencontra chez son père Van Santen qui était arrivé la veille de Batavia. Dans la galerie intérieure eut lieu une courte cérémonie officielle, qui apparut à Rudolf comme l'inauguration du premier jalon sur un long chemin à parcourir. Sur la table se trouvait le résultat des négociations engagées par écrit : un document soigneusement formulé par Van Santen dans le respect des termes consacrés. La terre de Gamboeng, dont Rudolf E. Kerkhoven pouvait maintenant se nommer le bénéficiaire pour une durée de soixante-quinze ans, devrait être défrichée et exploitée à frais communs. « Aux profits et pertes, participent Me R. A. Kerkhoven pour un quart, MM. J. J. Van Santen pour un quart et R. E. Kerkhoven pour la moitié. »

Ils relurent tous les points une dernière fois et apposèrent ensuite leur signature. Rudolf leva sa coupe de champagne en l'honneur de l'heureux événement, couronnement de trois ans d'un dur labeur. Le proche avenir ne serait pas plus facile. La Banque de commerce des Indes néerlandaises avait stipulé que tous les acomptes accordés devraient être remboursés avant qu'il pût prétendre à un dividende ou à un tantième. Peu lui importait. Gamboeng lui appartenait !

Une ombre vint ternir l'éclat de cette réunion. La mère de Rudolf avait des ennuis dont elle lui fit part plus tard dans la journée lorsqu'ils furent seuls. Quelques semaines auparavant, Cateau était arrivée à Ardjasari avec les enfants de Van Santen et une suite de *baboes*, les bonnes d'enfants indigènes, sous prétexte de venir prendre un bol d'air, mais en réalité pour se plaindre de Joan Henny, qui commençait à trouver gênante la présence des demi-orphelins ; naturellement, il n'avait pas voulu, ou pas pu, refuser de les accueillir provisoirement, mais il n'avait jamais eu l'intention de constituer une famille adoptive. Cateau en était bouleversée. Son séjour avait provoqué bien des remous dans le foyer parfaitement réglé d'Ardjasari. Les enfants, surtout la petite fille, étaient pénibles ; à la longue, des désaccords entre Cateau et sa mère étaient apparus sur la manière dont il convenait de les élever.

Un échange de lettres quasi quotidien avec Ardjasari avait tenu Rudolf au courant des humeurs changeantes de Cateau pendant sa visite. Une seule fois, il avait pu abandonner son travail pour aller embrasser sa sœur. Il avait eu alors la conviction que le conflit avec Henny n'était rien d'autre, comme dans les circonstances précédentes, qu'une tempête dans un verre d'eau. Henny était mondain, il aimait recevoir et se montrer dans les réceptions ; il tenait à ce que Cateau rehaussât l'éclat de ses apparitions par son affabilité et son élégance. Rudolf estimait qu'il devait être possible de trouver une solution satisfaisante, que c'était une simple question de concessions réciproques.

Or, maintenant seulement, sa mère lui montrait une lettre passionnée de Cateau, qu'elle venait de recevoir : « Henny veut parler à Van Santen. Vous connaissez Van Santen. Il va trouver la situation pénible et épineuse ; et pour ne pas avoir de problèmes à Batavia, il voudra envoyer les enfants en Hollande. Mais chez qui ? Qui donc pourra là-bas se charger de trois enfants ? Vont-ils être séparés, devront-ils vivre chez des étrangers ? Et moi, dans tout cela ? C'est si cruel ! »

Rudolf promit d'aller à Batavia pour prendre le vent. De toute façon, il devait s'y rendre pour un entretien avec la maison Pryce & Cie, qui, par l'intermédiaire de Herman Holle, s'était déclarée disposée à contribuer au financement de Gamboeng, sans toutefois être partie prenante.

De retour à Gamboeng, il prit les mesures nécessaires. Il confia l'administration à son commis aux écritures. Au *mandoer* Moehiam fut confiée la tâche de surveillant en chef des hommes occupés, sur les flancs du mont Tiloe, à dégager d'importantes parties de la forêt vierge qui permettraient de nouvelles plantations de thé.

Il fit faire par son menuisier Ramiah un jeu de quilles dans du bois de *rasamala* pour l'offrir aux petits Van Santen.

# Le couple
1876-1879

Rudolf emprunta la galerie intérieure pour arriver à l'arrière de la maison des Henny. Cateau, en déshabillé, était assise sur une chaise, entourée des trois enfants qui appuyaient sur elle leur frimousse. Elle était en train de compter : ... trois... quatre... cinq...

Derrière ce petit groupe, le jardin baignait dans la lumière matinale. Les grappes rouges et orange des cannas d'un massif rond, les roses dans de hauts pots se découpaient en taches colorées sur l'ombre projetée par les arbres au fond du terrain.

Rudolf fit un clin d'œil à Cateau, en tendant à bout de bras le jeu de quilles et se cacha dans un coin de la galerie intérieure. « Hou ! Hou ! » cria-t-il.

C'est seulement lorsque Cateau, conduisant les enfants, « découvrit » son frère (« Quelle surprise ! ») et prit la boîte enfermant le cadeau (« Vite, vite, qu'est-ce qu'il y a dedans ? ») qu'ils entendirent, venant du jardin, un appel à deux tons comme un écho de celui de Rudolf : « Hou ! Hou ! »

« Mon Dieu, c'est vrai, Jenny s'est aussi cachée.

– Jenny qui ? » demanda Rudolf, en scrutant l'entourage. Il crut voir bouger quelque chose du côté des buissons, derrière les cannas.

« Jenny Roosegaarde Bisschop, une de mes amies. Allez, va la chercher. »

Il traversa avec précaution le parterre de cannas, veillant à ne pas briser les feuilles longilignes, brun foncé. Par-dessus la bordure de buissons qui délimitait l'arrière de la corbeille, son regard plongea sur la tête courbée d'une jeune fille recroquevillée là : cheveux châtain clair, noués par un ruban de velours.

« Hou ! Hou ! répéta-t-elle d'une voix étouffée, entre les plis de ses jupes bouffantes.

– Me voilà », dit-il en riant. Elle se redressa et posa sur lui, de ses grands yeux gris, un regard peureux, grave et pourtant rayonnant, qui lui coupa le souffle. Avant même qu'il eût pu prononcer une parole, elle partit vers la maison par le sentier longeant les cannas.

Jenny Roosegaarde Bisschop était accroupie, cachée entre les plantes aux grandes feuilles, mais de manière à ne pas être totalement invisible pour les petits enfants qui devaient la chercher.

« Hou ! Hou ! » dit-elle, en se courbant davantage. Elle serrait contre elle à deux bras les volants de sa robe et de son jupon. Sur le sol craquelé par la sécheresse courait une mince file de fourmis.

« Hou ! Hou ! »

Elle attendait maintenant le bruit de petits pas rapides et de gloussements d'excitation. Elle n'entendit qu'un bruissement de feuillage à travers les buissons.

« Me voilà », dit une voix inconnue au-dessus de sa tête.

Plus tard, elle se demanda comment elle avait pu réagir si grossièrement, en s'enfuyant sans donner au jeune homme qui était devant elle l'occasion de se présenter.

Elle trouva Cateau Henny avec les enfants sur la véranda arrière en train de disposer le jeu de quilles sur le sol carrelé.

« Regarde ce que l'oncle Rudolf vient de leur apporter, dit Cateau. Où est-il ? »

Jenny s'agenouilla près du plus petit garçon, Rudi, pour l'aider à faire rouler la boule en bois. Elle n'eut pas à répondre, car l'oncle de l'enfant gravissait déjà les marches du perron. Il lui tendit la main.

« Je vous ai fait peur. Dites-vous que c'est un planteur qui vient de la brousse, un chasseur habitué à guetter le gibier. Pardonnez-moi. Je m'appelle Rudolf Kerkhoven. »

Exaspérée de se sentir si timide et rouge de confusion, Jenny serra la main qui lui était offerte. Comme Rudolf – contrairement aux jeunes gens qu'elle rencontrait habituellement – n'adoptait pas une attitude rigide et formaliste, elle osa lui dire à son tour ce qui lui venait spontanément à l'esprit : « Voilà qu'une fois de plus vous me regardez de haut. »

Il s'accroupit aussitôt à ses côtés. « On peut y remédier. Vous permettez que je joue aussi ? »

Les enfants se précipitèrent sur lui avec des cris de joie, si bien qu'il faillit perdre l'équilibre. Jouant la peur, il se raccrocha à Cateau. Elle se débattit, mais les enfants tirèrent sur son sarong : « Tante Too aussi ! » Finalement, elle se laissa tomber sur les genoux avec grâce.

Jenny jeta un regard oblique sur le frère et la sœur. Maintenant que les deux têtes étaient si rapprochées, elle remarquait la ressemblance, les yeux surtout. Elle était heureuse que Cateau eût reçu la visite du frère qu'elle aimait tant, mais qu'elle voyait trop peu. Sa venue apporterait peut-être une solution au problème qui, les derniers temps, lui valait – trop souvent au gré de Jenny – des yeux rougis de larmes.

Sortant de la salle de bains, Rudolf vit Cateau en train d'enlever les feuilles sèches des luxuriants capillaires de sa véranda arrière. A l'intérieur, un boy mettait la table pour le déjeuner. De minces stores partant du rebord du toit avaient été baissés entre les piliers pour tempérer la lumière aveuglante de midi et empêcher tant soit peu la chaleur de pénétrer dans la maison. Le boy allait et venait sans bruit pour chercher les verres et les couverts dans le buffet situé sur le palier menant aux dépendances. Tout en parlant avec Rudolf, Cateau jetait sans cesse des coups d'œil dans cette direction, faisant parfois un signe de tête pour signifier au boy que ce qu'il rapportait devait ou au contraire ne devait pas être utilisé.

« C'est un nouveau, il n'a pas encore l'habitude. Eh bien, assieds-toi. Ça ne te gêne pas que je reste comme je suis ? » Elle passa la main sur son *kebaja*. « Je m'habille seulement l'après-midi, après le thé. Henny ne va pas tarder à rentrer de son bureau, je pense. Heureusement, les petits sont déjà sagement couchés. Comment trouves-tu Jenny Roosegaarde ? N'est-elle pas adorable ? Je ne sais ce que je ferais sans elle. Elle n'a pas sa pareille pour les occuper.

– Mais Mlle Roosegaarde ne fait pas partie du personnel, je suppose ?

– Grands dieux, non. Son père est vice-président de la Haute Cour de justice. Les Roosegaarde sont de vieux amis de la famille Henny, déjà depuis Zutphen. Jenny aime m'aider. Cela lui permet de sortir de temps en temps. Il y a de quoi devenir fou dans cette famille !

– Comment ça ? » Rudolf se prélassait dans sa chaise longue. Ce genre de siège se trouvait déjà à Sinagar, mais n'avait pas encore été adopté à Ardjasari. Son père aurait été embarrassé s'il avait pu être surpris dans une posture aussi nonchalante, de même qu'il était impensable qu'il pût se montrer dans la journée dans son pantalon et sa veste de nuit. Rudolf se sentait agréablement détendu, comme s'il venait d'apprendre une bonne nouvelle, ou était enfin arrivé à bon port après un long et pénible voyage.

« Bon, qu'est-ce que je pourrais bien te raconter à propos des Roosegaarde ? » Cateau se pelotonna dans son fauteuil à bascule, en face de lui. Rudolf savait qu'elle adorait décrire minutieusement les gens et commenter leurs faits et gestes. Il trouvait toujours très divertissant de l'écouter ou de lire ses longues lettres, même si les personnes concernées ne l'intéressaient pas spécialement. Mais, cette fois-ci, son désir d'entendre des détails était aussi irrépressible que le flot de paroles de Cateau. De la manière dont elle parlait ressortait une image, incomplète il est vrai, mais très vivante et qui excitait sa curiosité, de la famille à laquelle appartenait la jeune fille aux yeux gris. Plus tard, quand il serait seul, il s'accorderait le temps de classer ses impressions, de les examiner sous toutes les coutures, accumulant des données dont il savait à l'avance qu'elles deviendraient d'une importance capitale.

Il y avait, disait Cateau, trois filles Roosegaarde Bisschop : Rose qui avait dix-neuf ans, Jenny dix-sept et Marie quinze. (« Rose est plus lente et raide, Jenny est la plus intelligente et adorable, Marie une beauté, mais hargneuse ! ») Elles étaient très attachées à leur père, mais chérissaient leur mère comme si elle était une enfant ou la poupée préférée. Mme Roosegaarde, née Betsy Daendels, petite-fille de celui que l'on appelait le Maréchal de fer[1], avait une tête de moins que ses filles déjà grandes, et semblait leur sœur cadette, avec sa frêle silhouette et son visage

1. Herman Willem Daendels (1762-1818), militaire et homme politique néerlandais. Participa au « mouvement des patriotes » puis émigra en France où il se rallia à la Révolution. Nommé « maréchal de Hollande » et gouverneur général des Indes orientales par Louis Napoléon, il fit percer la grand-route de Java. *(NdT)*

aux traits fins. Elle avait un tempérament nerveux que l'on disait héréditaire chez les descendants du redouté gouverneur général. Après onze grossesses, elle souffrait presque constamment de migraines. (« Onze grossesses ! Cette petite femme fragile ! L'une devient onze fois mère, l'autre jamais ! ») Les filles sentaient toujours venir ces crises, la conduisaient au lit dans une chambre aux volets clos, s'efforçaient de tenir en bride leurs frères turbulents (âgés de quatre à douze ans, et trop gâtés par les domestiques) et donnaient des ordres au personnel. La grande maison où était domiciliée la famille Roosegaarde ressemblait un peu, selon Cateau, à une auberge très fréquentée. Une bonne d'enfants pour les garçons, une gouvernante-dame de compagnie pour les filles et tout un cortège de domestiques allaient et venaient, mais sans qu'on pût découvrir la moindre trace d'ordre et de régularité. M. Roosegaarde Bisschop avait dit à Henny qu'il craignait parfois de perdre la raison dans ce ménage en désordre où, régulièrement, l'un ou l'autre tombait malade ou sur qui s'abattait une quelconque calamité qui demandait l'attention ; une maison où, par exemple, on donnait des leçons d'équitation dans le jardin, de musique et de danse sur la véranda arrière, tandis que, sur la véranda avant et dans la galerie intérieure, on s'affairait autour des préparatifs de dîners ou de réceptions que sa fonction l'obligeait à donner. Il parvenait pourtant en toute circonstance à garder la tête froide, au prix, il est vrai, de nuits blanches et de crises de suffocation ; il exigeait que sa femme ne fût pas mise au courant de cette affection. Il adorait ses filles. Avant son mariage, Cateau les avait parfois rencontrées chez des connaissances et avait pu constater combien le père était fier de ce charmant trio, toutes les trois de la même taille, vêtues pareillement de petites jupes bouffantes d'où dépassaient des pantalons amidonnés. Quels jolis minois ! Mais entourés de cheveux coupés très court à cause de la chaleur et de la vermine. A présent, très tôt, comme toutes les filles nées dans les Indes, elles étaient déjà adultes. Roosegaarde déclarait remercier le ciel de leur attachement. Comme sa femme dormait longtemps, c'étaient elles qui lui servaient son café le matin et lui tenaient compagnie avant son départ pour le palais de justice. Quiconque passait devant la maison dans la lumière du petit matin pouvait le voir assis sur la véranda avant, avec ses « trois Grâces », comme il les appelait.

« Une famille passionnante ! dit Rudolf.

– Monsieur, madame et leurs filles viennent dîner demain soir. Tu pourras faire leur connaissance. »

« Oh ! Marie, quelle pitié ! » Jenny, sortant de la chaleur de midi, entrait dans la pièce ombreuse où sa sœur cadette était penchée sur la table à ouvrage.

« Mmm ? demanda Marie, la bouche pleine d'épingles.

– Henny maintient que les enfants doivent partir. Et leur père ne peut pas les garder chez lui.

– Il y a tout de même des grands-parents ? Les Kerkhoven d'Ardjasari ? »

Jenny sentit ses joues s'enflammer. Elle se regarda dans la glace et se détourna aussitôt.

« C'est vrai, mais là, dans les montagnes de l'intérieur, si loin de tout... ce n'est pas bon pour des enfants si petits. Cateau dit qu'ils seront trop gâtés ; c'est aussi l'avis de son frère. »

Jenny déplaça une chaise vers la porte qui donnait sur la galerie latérale. Le store baissé bougeait doucement dans le courant d'air.

« Il est là ? demanda Marie. Qu'est-ce que tu penses, faut-il que j'ajoute une ruche à cette robe ? Oui, hein ? Il faudrait demander à notre couturière d'achever ce travail. Comment est-il, ce frère de Cateau ?

– Oh... » Jenny hésita. « Tu le verras demain soir.

– Qui d'autre vient encore ? Je mettrai cette robe-là.

– C'est un dîner en famille, comme tous les jours ; il n'y aura que nous et M. Van Santen. Je ne mettrais pas cette robe-là, Marie. Elle te vieillit et elle est trop habillée.

– Oh, ne dis pas de bêtises ! Alors quand la porterai-je ? Je ne sors jamais.

– Et moi, est-ce que je sors ? Nous aurons le droit de sortir quand nous aurons dix-huit ans. » Tout en parlant, Jenny se dit que sa sœur cadette pourrait facilement passer pour une fille de dix-huit ans. Marie était grande et mince, et n'avait plus rien d'enfantin dans son comportement ni dans son beau visage.

« Je sais aussi quelque chose de navrant ! dit Marie, soudain véhémente. Maman attend de nouveau la visite de la cigogne. »

A l'heure du thé, seul avec Cateau – Henny était retourné à son cabinet aussitôt après la sieste –, Rudolf lança prudemment la conversation sur les différences de vue entre les époux.

Ils étaient dehors, sur la terrasse attenante à la véranda arrière. Une bonne indigène, la *baboe*, poussait le petit Rudi sur son cheval de bois, dans les allées du jardin. Nonnie et Adri jouaient avec des cubes sous la surveillance d'une autre bonne d'enfants, à l'ombre de la maison. Les yeux de Cateau se remplirent de larmes, mais elle se domina, tira son mouchoir de sa manche et sécha discrètement ses pleurs. « Oh, c'est un égoïste ! Il a des habitudes enracinées, il ne faut surtout pas y toucher. Tout doit se passer aux heures qui lui conviennent et exactement selon ses désirs. Tu n'as pas idée combien cet homme est difficile quand il s'agit des repas. Quand nous sommes invités quelque part et qu'il ne connaît pas la table, ou s'en méfie, il envoie notre cuisinier chez ces gens, tu te rends compte, pour qu'il prépare quelque chose spécialement pour lui. Quelquefois, je meurs de honte. Les enfants le dérangent. Et pourtant, ils sont très sages, tu le vois toi-même. Nonnie pleure encore de temps en temps la nuit et appelle sa mère, ça vous fend le cœur, il n'y a tout même pas de quoi se fâcher. En plus, il est jaloux de l'attention que j'accorde aux enfants. C'est ridicule ! Comme s'il s'occupait tellement de moi ! Cet homme est toujours absent. Je sais bien qu'il a de nombreuses affaires et qu'il doit se montrer beaucoup, mais il exagère. L'opinion des autres est sacrée pour lui. Les enfants donnent un sens à ma vie, créent une ambiance chaleureuse. Est-ce donc défendu ?

– Peut-être que Van Santen se remariera un jour ?

– Ce n'est pas possible… si peu de temps après la mort de Bertha… enfin ! Et, dans ce cas, reste à savoir si la nouvelle femme acceptera les enfants. Et si les enfants seront heureux d'avoir encore une autre mère. Et moi, dans tout ça ? Dois-je renoncer à eux ? » Cateau servit à nouveau le thé avec des gestes fébriles et renversa quelques gouttes sur sa soucoupe. « Avec toutes ces histoires, j'ai les nerfs à vif.

– Veux-tu que je parle à Henny, Cateau ? »

Elle soupira. « Oh, je n'en sais rien. Au fond, il n'est pas méchant. Je ne veux pas que tu aies des difficultés avec lui. Il est capable de ruminer sans fin sur quelque chose. Il n'oublie jamais rien. »

Le dîner chez les Henny fut familial, mais très soigné. Cateau avait un bon chef qui savait cuisiner un certain nombre de plats européens. Bien que Henny attachât une grande importance au décorum, même lors d'une visite sans caractère officiel, Cateau faisait en sorte que l'ambiance fût intime ; elle priait le domestique de poser les plats sur la table et servait elle-même ses invités. Henny versa un vin dont Van Santen et Roosegaarde Bisschop firent l'éloge à tour de rôle ; il passait pour un connaisseur, et aimait à le faire remarquer. Les dames de la compagnie admirèrent le goût avec lequel la table avait été dressée, et la composition florale de gerberas pourpres et d'hibiscus qui en ornait le centre.

Rudolf parcourut les hôtes du regard. L'entrée de Jenny l'avait profondément troublé. Il la connaissait à peine et, pourtant, chacun de ses traits, chaque ligne de sa silhouette lui étaient déjà familiers ; il éprouvait un mélange de désir impatient et de tendresse chaque fois qu'il la voyait lever les yeux vers celui ou celle qui lui parlait, de cette manière si typiquement sienne, timide, réservée mais en même temps pleine d'attention.

Les sœurs se ressemblaient étonnamment, telles trois variantes d'un même modèle. Ce qui se manifestait comme une réserve naturelle chez Jenny semblait s'être figé chez Rose en une retenue craintive ; comparée à la coquette Marie, Jenny avait le charme de la simplicité. Elles portaient toutes les trois une robe blanche d'une étoffe légère, dépouillée des draperies et ornements dictés par la mode et incroyablement compliqués aux yeux de Rudolf. Il se dégageait de Jenny une pureté, quelque chose de vaporeux qui le transportait.

M. et Mme Roosegaarde Bisschop formaient un couple étrange ; lui, solide, une tête aux traits marquants, des cheveux gris, presque blancs qui, avec ses sourcils encore foncés, le faisaient ressembler à un homme du XVIIIe siècle en perruque ; elle, plus petite encore que ce qu'il s'était imaginé d'après la description de Cateau, le visage étroit aux yeux expressifs, comme refoulé entre la volumineuse couronne de nattes et les volants et fanfreluches de sa robe. Ces gens-là et Henny se fréquentaient comme s'ils étaient parents, quoiqu'il n'y eût pas entre eux le moindre lien familial. Après avoir obtenu sa maîtrise de droit avec mention très honorable, Roosegaarde avait suivi un cours préparatoire pour aller exercer dans les Indes. Lui aussi était parti pour les colonies parce que sa ville natale, Zutphen, semblait n'offrir aucun avenir à des jeunes gens doués. Bien qu'il semblât sympathique, Rudolf estimait qu'il tirait un peu trop vanité du fait qu'il était issu d'une famille de tanneurs, pour qui l'obtention d'un titre universitaire signifiait un degré supérieur dans l'échelle sociale.

Rudolf fut frappé par la franchise avec laquelle il donna son avis sur les abus qui s'étaient peu à peu glissés à l'intérieur de l'administration coloniale. Selon lui, des millions étaient gaspillés à financer les travaux publics (la fraude et le vol de matériel entraînaient des dépenses qui auraient pu être évitées) et autres sorties d'argent proportionnelles, salaires, demi-soldes, frais de représentation des grands fonctionnaires. Il considérait comme scandaleuses les économies au détriment des retraites, congés et traitements des fonctionnaires et des militaires gouvernementaux de rangs inférieurs. Pourquoi le gouvernement néerlandais ne comprenait-il pas la nécessité d'augmenter au contraire le budget des colonies ? « Que les Pays-Bas considèrent les Indes comme une province néerlandaise et, qui plus est, les traitent en parents pauvres – surtout si l'on considère les avantages énormes qu'ils tirent directement ou indirectement de cette "province" – est un fait indiscutable et révoltant. Si de grandes exploitations agricoles s'établissent jamais ici, il faudra absolument créer une gestion économique distincte pour les Indes, et ce ne sera que justice. Il est tout de même navrant que, dans la période de transition que nous traversons, il ne soit pas possible de trouver une personne capable de diriger les Indes avec discernement et fermeté ! Non pas un courtisan et une médiocrité comme Loudon, lequel entrera dans l'histoire comme l'homme à qui nous devons cette expédition de conquête à Atjeh, horrible, injuste et même insensée ! »

Van Santen toussota discrètement. La signification de ce

signal n'échappa pas à Rudolf. Dans le feu de son discours, Roosegaarde avait oublié ce qu'il savait probablement, à savoir que les Kerkhoven et les Holle étaient dans les bonnes grâces du gouverneur général incriminé.

Rudolf ne pouvait détacher ses yeux de Jenny, assise en face de lui. Chaque fois que la conversation générale le permettait, il s'adressait à elle, et lui parlait de Gamboeng et de ses nouvelles cultures de thé.

« Combien de temps faut-il compter, avant que vous puissiez récolter ? demanda Jenny.

– Entre l'ensemencement et la cueillette… environ quatre ans.

– C'est bien long, je trouve.

– Cela vaut la peine d'attendre longtemps, quand il s'agit de quelque chose de bon.

– Vous êtes donc sûr de réussir à Gamboeng ?

– Si cela ne réussit pas, ce sera de ma faute.

– Oh, je pense que vous réussirez !

– Je sais que je n'aurais rien pu trouver de mieux, dit-il, en la regardant droit dans les yeux.

– N'est-ce pas très isolé là-haut ?

– Si, bien sûr. Mais c'est d'une beauté paradisiaque. Je ne connais pas de plus beau pays. Et j'espère ne pas rester toujours seul ! »

Mme Roosegaarde, qui était devenue de plus en plus pâle et silencieuse pendant le repas, se leva brusquement et quitta en hâte la galerie intérieure, suivie de sa fille aînée. Rudolf vit que Roosegaarde se penchait vers Cateau et lui chuchotait quelque chose à l'oreille ; il vit aussi que Jenny et Marie échangeaient des regards et que Jenny baissait ensuite les yeux. Quelle était la cause de cet air soudain si absent ? Il aurait tout donné pour retenir son regard, poursuivre la conversation qui le passionnait, semblable à une expédition de reconnaissance, pas à pas, dans une région inconnue ; depuis vingt-quatre heures, il savait qu'il revendiquerait cette « région », tout comme il avait « conquis » Gamboeng.

Les Roosegaarde ne s'attardèrent pas à table. Van Santen aussi prit congé. Lorsque leurs voitures eurent disparu, Cateau s'affala dans son fauteuil à bascule, sur la véranda arrière. Henny, qui avait servi pour lui-même et Rudolf un verre de cognac, vint s'asseoir en face d'elle.

« Qu'est-ce qui s'est passé avec Betsy ? Ai-je bien compris ? Position intéressante ? A nouveau ?

– Mais oui, tu as vu juste, dit Cateau, irritée, tout en déployant son éventail.

– Tu ne veux pas te coucher, Cateau ? demanda Rudolf. Tu as l'air fatiguée.

– Cateau a beaucoup trop de travail en ce moment. Trois enfants en bas âge, c'est une grosse charge.

– Mon Dieu ! Les enfants de ma sœur ! Rudolf, dis quelque chose, toi aussi.

– Je trouve Nonnie beaucoup moins pénible que quand vous étiez à Ardjasari. Et qui peut mieux que Cateau remplacer notre pauvre Bertha ? Cela la rend heureuse de s'occuper de ces enfants.

– Cateau a tout ce qu'elle désire », répondit froidement Henny. Ignorant le « oh » de sa femme répondant à cette remarque, il se tourna vers Rudolf : « Écoute, Kerkhoven, j'apprécie l'intérêt que tu portes au bien-être de Cateau, mais je me vois contraint de te demander de t'occuper de tes propres affaires.

– Ce sont mes affaires. Et celles de mes parents. Cela concerne notre famille.

– La sacro-sainte famille Kerkhoven ! Et que fait-on de Van Santen, le père ? J'en ai par-dessus la tête de ces familles Kerkhoven et Holle, avec leur tribu. Vous vous comportez comme si tout l'ouest de Java vous appartenait. Tout tourne autour de vous. Chacun doit être à votre disposition.

– Puis-je te demander ce que tu entends par là ?

– Certainement. J'ai de sérieuses objections concernant cette manière de spéculer sur des relations, tant de ta part que de celle de ton père, de ton oncle de Sinagar et de vos cousins Holle. Maintenant que le vieux Van der Hucht est mort et que De Waal n'est plus membre du gouvernement, vous obtenez tout ce que vous voulez en manipulant cette non-valeur de Loudon, avec l'aide de Holle, “l'ami du paysan sondanais” que nous ne connaissons que trop !

– Je t'en prie ! » Cateau avait bondi hors de son fauteuil. « Qu'est-ce que ça a à voir avec les enfants de Bertha ?

– Ça a à voir avec ces enfants dans la mesure où je ne me laisse pas dicter la loi dans mes affaires, et surtout pas dans ma vie privée, par la famille Kerkhoven, rétorqua sèchement Henny. Je reçois tes parents et ton frère, et je vais naturellement aussi à Ardjasari, s'il le faut, mais ce sera fini si tu continues à te plaindre derrière mon dos. »

Rudolf aussi s'était levé et avait passé son bras autour des épaules de Cateau qui, tremblant d'énervement, cherchait ses mots.

« Pas de scène ! dit Henny. Pense au personnel.

– Laisse tomber, murmura Cateau. Laisse tomber, Rudolf. Je vais me coucher. »

Lorsque le bruit de ses talons sur le carrelage se fut éteint, Rudolf se tourna vers son beau-frère. « Je ne peux accepter tes paroles de tout à l'heure, tu le comprendras. J'exige que tu les retires. »

A sa grande surprise, Henny se montra soudain très aimable. « Bah, mon ami, ce sont des choses que l'on dit… Si tu y tiens : je te présente mes excuses ! Le tempérament de ta sœur me rend parfois *bingoeng*, comme on dit ici, me tape sur les nerfs. Je persiste à dire que trois enfants à la maison, c'est trop. Pour l'instant, je ne vois pas de meilleure solution. Ils peuvent rester jusqu'à ce que Van Santen ait réglé quelque chose. A la longue, il retournera sûrement en Hollande. »

Deux jours plus tard, avant de reprendre le chemin de Gamboeng, Rudolf trouva pour la première fois l'occasion d'échanger quelques mots en tête à tête avec Jenny. Cateau, qui allait faire une visite et devait reconduire Jenny chez elle en passant, était encore en train de donner des instructions aux *baboes*. Après avoir embrassé les petits, Jenny traversa lentement le jardin en contournant la maison pour arriver sur le devant, où le landau attendait. Le cocher et son assistant retenaient les chevaux par le licou.

Comme ils n'avaient pas encore fait leurs adieux, Rudolf la suivit. Elle s'attardait dans l'ombre ténue d'un bosquet de lagerstroemias, aux fleurs lilas et violettes.

« J'aimerais tant vous écrire, dit Rudolf. Mais je sais qu'il me faut d'abord l'autorisation de monsieur votre père. S'il me l'accorde, me répondrez-vous ?

– Oh ! j'écris volontiers. Mais mes lettres n'ont rien de très captivant.

– Tout m'intéresse, même les choses les plus simples. Tout ce qui vous concerne, ce que vous faites, ce que vous pensez. »

Jenny se dressa sur la pointe des pieds, cueillit une tige fleurie, rose lilas, délicate comme du papier de soie. Elle la fit tourner entre le pouce et l'index. Rudolf la lui prit des mains et en orna sa boutonnière. Une odeur de terre humide se dégageait des plantes qui venaient d'être arrosées. Dans le kampong de la ville, derrière la haie, retentissaient des bruits diffus : le cliquètement de seaux, le clapotis de l'eau près d'un puits, les piailleries aiguës des poulets qui s'enfuyaient.

« Je préfère que vous ne le demandiez pas ! » Mais les yeux gris parlaient une autre langue. « Papa ne sera pas d'accord.

– Comment allons-nous faire, alors ? demanda vivement Rudolf. Comment pourrons-nous faire plus ample connaissance ? Car c'est cela que je veux. Et vous ? Le voulez-vous aussi, Jenny ?

– Oh oui, je voudrais bien, répondit doucement Jenny. Mais je ne sais comment. Voilà Cateau. Adieu… Rudolf. »

Dans la chaleur du soir, Rudolf et Cateau allaient et venaient à pas lents à l'arrière du terrain. Une senteur capiteuse s'exhalait des belles-de-nuit qui s'étaient épanouies après le coucher du soleil. Les cigales stridulaient dans les arbres. Les pots de fleurs blanchis à la chaux qui bordaient l'allée du jardin luisaient sous la lune.

« Je veux Jenny », dit Rudolf. Depuis qu'ils étaient dehors, ces mots lui brûlaient la langue. Cateau rit doucement.

« Je savais que ça arriverait.

– Oh, tu avais préparé ton coup. Marieuse, va !

– Jenny est parfaite pour toi. Seulement, elle n'a pas encore dix-huit ans.

– J'attendrai. Mais pas trop longtemps. Tu crois que j'ai des chances ? »

Cateau s'arrêta et posa ses mains sur les épaules de son frère. « Je vois comment elle te regarde quand tu ne le remarques pas.

– Je le remarque bien. »

Tous deux éclatèrent de rire en même temps. La complicité de leurs années d'enfance était momentanément revenue. Il l'embrassa dans les cheveux. « Je veux dire : quelle sera la réaction de son père ?

– Que pourrait-il avoir contre toi ?

– Pour le moment, les affaires ne sont pas florissantes. Ni à Gamboeng, ni à Ardjasari. Papa n'a que des déboires. Mes récoltes de café de la vieille plantation ont été médiocres et mon thé ne démarre pas encore. »

Ils continuèrent à marcher en silence. Près de lui, Rudolf voyait l'éventail de Cateau s'agiter, tache blanche dans l'obscurité.

« Ne va pas trop vite en besogne. Pour l'instant, reste à l'écart des Roosegaarde.

– Mais je ne veux pas la perdre. Si je n'y prends pas garde, un autre viendra avant moi !

– Jenny continue à m'aider avec les enfants. Nous parlons beaucoup. Fais confiance à ta sœur. » Elle prit le bras de Rudolf. « Il faudra que tu m'écrives très souvent !

– A condition que tu me répondes aussi souvent et avec beaucoup de détails ! »

Au loin apparut Joan Henny sur la véranda arrière vaguement éclairée. Sa silhouette se détachait sur l'intérieur de la maison qui baignait dans une lumière jaune. A ses gestes, ils virent qu'il allumait un cigare.

« Chut ! dit Cateau. Il ne faut pas qu'il s'en mêle. »

Rudolf la retint. « Cateau, encore un instant. Ça va mieux entre vous ?

– Oh, ne t'inquiète pas. Je deviens plus raisonnable, tu sais », dit-elle d'un ton dégagé. Mais Rudolf ne fut pas convaincu.

« Viens ! » Comme ils atteignaient le dallage de la véranda arrière, elle laissa retomber la traîne de sa robe qu'elle avait retenue d'une main en traversant le jardin. « Allons prendre un rafraîchissement. Je meurs de soif. Et nos visiteurs vont arriver d'un moment à l'autre. »

Rudolf était trop agité pour passer sa dernière soirée à Batavia en compagnie de Cateau, Henny et leurs invités. Ils devaient jouer aux cartes et sa présence n'était pas nécessaire, les groupes de quatre étant complets. Un concert était organisé à Concordia. Écouter de la bonne musique lui semblait la seule chose supportable, vu son humeur. Il dit au cocher de Henny de le conduire à la grande place en passant par la rue où habitait Jenny. Cela lui permettrait de jeter un coup d'œil à l'intérieur de la maison. La grande véranda avant était éclairée, mais il n'y avait personne. Naturellement, ils étaient derrière, *en famille* [1]. Il ne pourrait mettre un pied dans ce cercle avant d'avoir reçu l'autorisation officielle de courtiser Jenny.

Les *lieder* de Schubert et de Schumann ne purent apaiser son agitation. Au contraire, la passion et le désir exprimés dans ces mélodies attisèrent ses propres émotions. « *Dein ist mein Herz, und soll es ewig, ewig, bleiben* » et « *Du bist die Ruh, der Frieden mild, die Sehnsucht Du (H), und was sie stillt* » traduisaient en paroles et en musique sa certitude d'avoir trouvé ce qu'il avait cherché : « la femme de sa vie ». Il n'en voulait pas d'autre. Il avait attendu si longtemps qu'atermoyer davantage lui semblait un supplice stupide. Comment pourrait-il, de si loin, à Gamboeng, laisser mûrir et protéger l'éclosion d'un penchant qu'il croyait avoir décelé dans son regard ? Le rôle de médiatrice de Cateau lui serait précieux, mais malgré tout son tact et son habilité, pouvait-elle garantir une issue favorable ?

De tout ce que Cateau racontait sur Rudolf – ajoutant des détails et enrichissant les histoires que Jenny avait déjà souvent entendues – ressortait l'image du frère aîné, fort et protecteur. Personne ne le connaissait mieux que Cateau, sa petite Too, comme il l'appelait ; déjà, lorsqu'ils étaient enfants, il s'était confié à elle plutôt qu'à Bertha ou Julius.

« Mes parents le trouvent souvent péremptoire et considèrent qu'il se prend trop sérieux. C'est vrai qu'il fait parfois cette impression, mais, à mon avis, cela vient de son sens du devoir et de ce qu'il réfléchit toujours longuement avant de porter un jugement. J'estime que c'est une grande qualité. Du reste, le plus souvent, il a raison.

« Comment te décrire son caractère ? Il n'est pas bavard, mais ce n'est pas parce qu'il a peu de choses à dire. Il lit beaucoup, a

1. En français dans le texte. *(NdT)*

des dons littéraires incontestables. Il aime la musique. Et il peut aussi être très spirituel. Il est juste, solide comme un roc, on peut faire fond sur lui. C'est un vrai homme ! Et ça, Jenny, tu ne l'apprécieras jamais assez. Si seulement j'avais un mari comme lui !

« Tu as l'air affolée ! Pourquoi ? C'est la vie. Pour obtenir un poste de fonctionnaire ou de militaire, un homme doit être examiné… sur ses connaissances, ses aptitudes – tu es bien d'accord ? Mais il n'a pas besoin de passer un examen pour prouver qu'il peut se marier. Honnêtement, comment se font habituellement les mariages, surtout ici, aux Indes ? On danse, on bavarde et on rit ensemble un moment, lors d'un bal, pendant un dîner, mais que sait-on, au fond, l'un de l'autre ? On ne connaît que les dehors.

« Tiens-tu un journal intime ? »

Jenny hocha la tête. « Il m'arrive de noter quelque chose, comme ça, de temps en temps, mais ce n'est pas un journal. J'ai un album muni d'un petit cadenas. Je fais parfois comme si je parlais à quelqu'un que je ne connais pas et qui ne me connaît pas.

– Mais c'est magnifique ! Tu devrais me le donner à lire. Cela me permettra de raconter toutes sortes de choses sur toi dans mes lettres à Rudolf, que Henny ne verra jamais, je te le jure, ma chérie. N'est-ce pas une bonne idée ? Pas de correspondance, puisque ce n'est pas permis, et pourtant quel moyen de mieux se connaître ?

– Ce que tu es maligne ! dit Jenny en riant. Ça me fait penser à ce conte d'autrefois sur une jeune fille qui, devant se montrer en même temps nue et vêtue s'est seulement couverte d'un filet de pêche. Je veux bien que tu lises mon album, Cateau, mais je ne sais pas…

– Fais-moi confiance ! »

*Extraits de l'album de Jenny, 1876*

Il y a des choses dont je ne peux jamais parler. Quand Maman a sa migraine nerveuse, elle devient une étrangère. Quelquefois, Rose a si peur qu'elle n'ose pas rester près d'elle pour la veiller. Heureusement, cela finit toujours par passer et notre chère petite maman nous revient. Ces derniers temps, elle est tantôt agitée, tantôt brusquement prostrée. Peut-être parce qu'il fait si terriblement chaud maintenant que la pluie ne veut pas venir. J'espère qu'elle ira mieux après la naissance du nouveau bébé. Pourvu que ce soit une saine et gentille petite fille qui puisse occuper la place de notre petite sœur morte ! Les garçons sont tellement déchaînés et pénibles ! Au fond, c'est une bonne chose que Willem et Frits soient restés en Hollande après le congé. Maman n'est pas capable de leur tenir tête, et Papa a trop peu de temps pour s'occuper d'eux.

Pourquoi Papa n'a-t-il pas aussi laissé là-bas August, qui est pourtant l'aîné ? Frits a tout juste sept ans. Est-ce parce que Frits a souvent un comportement si bizarre et rend Maman tellement nerveuse que Papa ne veut pas le garder à la maison ? Quand il était petit, Frits a eu une encéphalite ; *baboe* Roesminah dit qu'il en reste toujours quelque chose. Il est aussi venu au monde avec deux doigts collés l'un à l'autre. Willem, quand il était bébé, avait une très grosse tête, je trouvais cela angoissant. Maintenant, on ne le remarque plus parce que le reste de son corps a beaucoup grandi aussi. Il n'a pas l'intelligence vive, mais il fait de son mieux en classe. Je m'inquiète pour l'un et l'autre parce qu'ils se trouvent isolés parmi des étrangers. Ils ont tellement pleuré quand nous sommes partis !

C'est surtout dans l'intérêt de Rose, de Marie et dans mon propre intérêt que Papa est parti en congé en 1873. Maman appréhendait terriblement ce voyage ! Mais Papa a tenu bon, il trouvait que nous, les filles, nous avions besoin d'être « dégrossies », comme il disait, avant d'entrer dans le monde, et que nous devions profiter de notre jeunesse en Europe. Et finalement, qu'est-ce que ça a donné ? Notre famille est si nombreuse que nous ne pouvions pas toujours rester ensemble. On nous a répartis dans différentes familles, en différents endroits. Nous devions aussi aller en classe. Les voyages et les sorties qui nous avaient été promis n'ont pas eu lieu. Oui, les mois que Rose et moi-même avons passés dans un pensionnat à Liège, voilà ce qu'a été notre voyage à l'étranger.

Nous y avons appris le français et la cuisine fine et j'ai eu des leçons de piano meilleures qu'ici. Quel calme, là-bas, à Liège, comparativement à la maison que nous avions louée à Arnhem, où nous étions tous ensemble, plus deux gouvernantes et les bonnes et un domestique bizarre qui était souvent ivre ! Maman ne se sentait pas bien, elle était enceinte de notre petite sœur qui est morte pendant le voyage de retour aux Indes. Il y a maintenant six mois que nous sommes revenus et je me demande à quoi ont servi tous les tracas causés par les bagages à faire et à défaire, les séjours dans les hôtels et dans des meublés. J'aurais bien voulu rester une année de plus en Hollande ou à Liège pour obtenir un diplôme d'institutrice ; je crois que je suis douée pour ce travail. J'aurais aussi pu devenir maîtresse d'internat à Liège. Mais Maman avait besoin d'aide à bord, à cause des petits. Rose est si lente, et Marie est très adroite quand elle veut, mais elle ne veut presque jamais. Oh, j'ai vite oublié ma déception quand j'ai pu m'occuper d'Herman et de Philip, après la mort de notre petite Betsy. C'est ce que j'ai vécu de plus terrible. Ce petit corps raide, enveloppé dans une toile à voile ! Maman ne voulait pas qu'on la jette à la mer, elle suppliait, hurlait. Alors ils ont décidé de garder le corps à bord pour que nous puissions l'enterrer à Padang, à côté des deux petits frères qui sont morts quand Papa était juge dans cette ville. Notre petite sœur avait reçu les prénoms de Maman : Aleida Elisabeth Reiniera. Plus tard, Maman a reproché à Papa d'avoir choisi ces noms. Il ne faut jamais que deux personnes d'une même famille portent le même prénom, dit-elle, cela porte malheur. Elle n'a jamais voulu non plus que l'un des garçons soit nommé d'après les petits frères défunts. Sinon nous ne pouvons pas honorer convenablement leur mémoire.

Maman venait d'avoir quinze ans quand elle fit la connaissance de Papa. Grand-papa Daendels était à l'époque assistant-résident à Modjokerto, et Papa greffier au palais de justice de Surabaya. Il paraît que Papa est devenu immédiatement amoureux fou d'elle. C'était une poupée si joyeuse, dit Papa, et si gentille avec ses sœurs et son frère. Leur mère était morte jeune. Grand-papa Daendels fut frappé par une maladie incurable. Sur son lit de mort, il a autorisé Papa à courtiser Maman. Lorsqu'il devait être à Probolinggo, Papa allait chaque jour à cheval, après son travail, jusqu'à l'entreprise Warou, lorsque elle y habitait chez son tuteur. Papa a douze ans de plus qu'elle. Elle lui a accordé sa main juste avant de partir avec sa mère adoptive et les autres enfants pour la Hollande. La famille Daendels de Hattem trouvait que Papa n'était pas assez distingué, parce qu'il venait de la bourgeoisie de Zutphen et que Maman appartenait en fait à une lignée de régents. N'aurait-elle jamais eu de doutes pendant ces deux années en Hollande ? Elle était encore si jeune ! Mais elle portait l'anneau de Papa, la mère de ce dernier le lui avait glissé au doigt à sa demande, lorsqu'elle était allée faire sa première visite à la famille Roosegaarde. Elle porte toujours cet anneau. A dix-huit ans, elle est retournée aux Indes en compagnie de connaissances et ils se sont mariés à Surabaya. Papa est tout pour elle, il prend toutes les décisions, elle se soumet en esclave à toutes ses volontés. Papa l'adore, mais il la considère comme son bien, il trouve tout à fait naturel qu'elle ne puisse rien, ne soit rien sans lui. Il est profondément bon et raisonnable, mais toujours le maître. Maman nous a lu un jour un passage d'une lettre que Papa lui avait écrite à l'époque où ils étaient fiancés. Sans cesse il y parle de la « petite cage » qu'il est en train de lui aménager. Comme s'il devait la tenir prisonnière ! Comme si c'était cela, sa destinée ! Je sais bien qu'il est malséant de ma part de me poser des questions sur le mariage de mes parents. Mais je sens la présence de quelque chose qui ne remonte jamais à la surface. Qu'est-ce que cela peut bien être ?

Maman est née aux Indes, à Semarang ; nous sommes tous nés dans les Indes, sauf la pauvre petite Betsy. Quand nous étions en Hollande, j'ai pu remarquer combien nous sommes différents. Nous avons la peau blanche et les cheveux blonds et pourtant nous ne sommes pas européens. Je l'ai toujours constaté chez des gens comme nous ; maintenant, je le vois aussi chez Rose, Marie, les garçons et moi-même. Papa ne s'en aperçoit pas. Il est né à Zutphen et avait déjà vingt-sept ans quand il est venu dans les Indes. Il pense que nous pouvons être aussi totalement hollandais que lui. De ce fait, il s'estime en droit d'attendre que nous ayons les mêmes qualités de fermeté et de discernement que lui. Mais cela dépend-il de ce que l'on veut ? On peut avoir en soi quelque chose qui est plus fort que la volonté la plus sincère. Je ne sais ce que c'est, mais c'est un étrange sentiment que je connais bien : un mélange de tristesse et de révolte. Chez Rose, la tristesse domine alors que Marie est plus révoltée. Chez moi, c'est une combinaison des deux. Je ne sais pas ce que pensent les garçons, ils se contentent d'être insupportables. On est pour ainsi dire tiraillé de deux côtés. C'est paralysant. Faute de mieux, je préférerais rester immobile, telle une pierre. Mais je sais que je n'en ai pas le droit. Alors je redouble d'activités. Les boys et les *baboes* disent : la demoiselle déborde à nouveau d'énergie. C'est malheureux, je suis si exigeante quand cela me prend ! Aussi pour moi-même. Dans ces moments-là, Marie me déteste.

Marie a été terriblement gâtée quand elle était petite. Elle le paie aujourd'hui. Elle a la tête près du bonnet, mais c'est une beauté, personne ne reste longtemps fâché avec elle. Elle commence une chose, n'en fait que la moitié et laisse à un autre le soin de l'achever. Le plus souvent, c'est moi. Dans les travaux ménagers, c'est très ennuyeux. Les domestiques font bien leur travail tant qu'on les surveille de près. J'ai appris comment m'occuper convenablement du linge et de la table, j'adore que tout soit impeccable. Papa l'apprécie beaucoup et Maman aussi, mais elle ne peut pas tout contrôler elle-même, et elle n'a pas non plus la force que cela exige. Mon Dieu, le temps que cela prend ! Et souvent, je n'y parviens pas non plus, alors je m'énerve devant tout ce désordre, cette pagaille, et je ne peux rien faire pour y remédier.

Il y a quelque chose que Rose et moi sommes seules à savoir. Un jour, nous étions au marché, le *pasar*, avec la gouvernante. Une vieille femme s'approcha de nous, une vraie *nènèk*, une grand-mère, dans des guenilles sales, une chique de bétel calée dans sa joue, on aurait dit qu'elle avait la bouche pleine de sang. Je croyais qu'elle mendiait et je voulais lui donner quelque chose, mais elle s'est mise à nous parler, oh, ça je ne l'oublierai jamais. Elle dit qu'elle savait qui nous étions et où nous habitions, que nous étions des descendants du Grand Seigneur qui a fait construire la grand-route postale de Java et que de nombreuses âmes de morts nous entourent jour et nuit, qui nous haïssent et répandront le malheur sur nous, parce que ce Grand Seigneur a sur la conscience tant de misères causées au peuple de Java. Je lui dis : va-t'en, va-t'en, mais elle continua à caqueter ; alors Rose et moi nous nous sommes sauvées, la gouvernante courant derrière nous ; heureusement qu'elle n'avait rien compris, car elle ne connaît que quelques mots de malais.

Quelques semaines plus tard, Roesminah s'approcha de mon lit pendant la sieste pour me dire qu'il y avait quelqu'un derrière la maison, avec un message pour moi, qu'elle n'osait pas renvoyer. Je l'accompagnai et je reconnus cette même vieille femme. Elle se remit à débiter cette horrible histoire, une malédiction en somme. J'étais comme paralysée, incapable de parler ou d'agir. Elle est revenue une fois encore sur notre terrain et j'ai ordonné aux boys de la chasser. Heureusement que Maman n'en a rien su. Mais cette femme est toujours dans le voisinage, je la vois au bord de la route, quand nous sortons en voiture.

Elle se contente de regarder, mais c'est comme si une ombre tombait sur moi. Je ne peux m'empêcher de penser à ses paroles : qu'il y aura beaucoup de morts et de malheurs dans notre vie, qu'un nuage d'esprits plane autour de nous, qui nous veulent du mal. J'essaie parfois de prier, mais est-ce que c'est efficace ? Papa est libre penseur, nous n'allons jamais à l'église. En fait, je n'ai pas la foi, je ne devrais donc pas non plus être superstitieuse. Alors pourquoi cette femme me fait-elle peur ?

Roesminah dit : quand on ne croit pas en Allah, on a une âme vide, et le malheur entre en nous. Un être humain doit avoir une âme bien ordonnée. Ce doit être merveilleux. Je suis sûre que mon âme n'est pas ordonnée, même si je le souhaite tant. J'ai des pensées si contradictoires. Quelquefois, je suis contente parce que je fais mon devoir et que je peux aider Papa et Maman dans le ménage, et d'autres fois je me sens lésée, je suis fâchée et chagrine parce que tout retombe sur moi et, alors, je me fais horreur. Pour conjurer la malédiction, je m'impose encore plus de tâches et je fais tout avec la plus grande précision et je recommence tout une seconde fois. Est-ce que cela ne ressemble pas à de la superstition ?

On dit tant de mal de notre arrière-grand-père, le gouverneur général Daendels. Il est exact qu'au cours de la construction de la grand-route postale, des milliers de gens ont trouvé la mort. Mais, d'après Papa, les traitements cruels étaient le fait des chefs indigènes, pour qui les vies humaines ne comptent pas, et Son Excellence fut un grand administrateur. Cette route devait se faire, dit Papa, pour la défense de Java et du commerce. Mais comment Son Excellence a-t-elle pu se résigner à ne pas intervenir ? En tant qu'homme d'État, il ne pouvait s'opposer aux décisions prises par les chefs, dit Papa, il n'avait pas le droit de s'immiscer dans ce qui concerne la manière dont la route devait être tracée, c'était la corvée que les roturiers devaient aux chefs. Lui, il avait reçu du gouvernement de notre pays l'ordre de veiller à ce que cette route fût construite. Il n'a pas compté les morts.

Cette *nènèk* est très vieille. Peut-être que son père et ses frères ont dû travailler à la construction de la grand-route postale. C'est pourquoi elle nous maudit. Mais nous ne sommes tout de même pas coupables ? Ses yeux sont pareils à deux charbons ardents tout au fond des orbites, la peau qui les entoure est toute noire, comme calcinée. Roesminah, elle aussi, a peur d'elle, elle a fait brûler de l'encens et enterré quelque chose – elle refuse de dire quoi – près du grand porche de l'enclos afin que la *nènèk* ne puisse plus entrer. Pourtant elle vient, je rêve d'elle. Rose aussi parfois, mais c'est moi qui suis visée. Roesminah le sait. C'est une bonne âme fidèle ; elle nous a portées toutes les trois dans le *slendang*. Elle veut me protéger, mais je ne me sens pas en sécurité.

Pourquoi est-ce que j'écris ces choses ? Je ne serais pas honnête si je ne le faisais pas et je veux être honnête. Cateau dit que je suis douce et équilibrée. Chez les Henny, je le suis effectivement. Lorsque l'on s'occupe des enfants, on n'a pas le droit de s'abandonner à des états d'âme. Ils ont besoin d'ordre, d'amour et de situations claires pour se développer. On n'est jamais assez attentifs lorsqu'il s'agit des enfants.

Nous avons un nouveau petit frère. Il s'appelle Henri. Il est très petit et faible, mais le médecin dit que nous pourrons le garder. Naturellement, Papa s'en réjouit, surtout parce que cette fois-ci l'accouchement s'est très bien passé ; mais quand Rose, Marie et moi nous prenions le café avec lui ce matin, il a dit subitement : « Qu'allons-nous devenir, si ça continue de cette manière ? » Marie a piqué un tel fou rire qu'elle a failli s'étouffer en buvant son café. Plus tard, je lui ai demandé comment elle pouvait être aussi insensible. Ce qu'elle a répondu, je ne peux pas l'écrire.

Autrefois, Maman nous a souvent confiés aux soins des domestiques, il le fallait bien, elle était trop occupée et il y avait toujours un bébé au berceau. Surtout à Padang, où nos deux premiers frères sont morts, elle a eu la vie dure. A cette époque-là, nous, les filles, nous étions le plus souvent à l'arrière de la maison auprès des bonnes. Roesminah ne pouvait pas nous surveiller, elle était spécialement au service de Maman et l'aidait à soigner les petits. Un enfant entend et voit plus de choses qu'un autre. Je crois que j'étais très naïve pour mon âge, ou très rêveuse, car je ne me rappelle rien de toutes les histoires que nous avons entendues, selon Marie, lorsque nous traînassions autour de l'office ou de la cuisine. Je me souviens seulement que nous avions un jardinier qui pulvérisait les cafards et les araignées entre ses doigts et nous regardait ensuite avec un drôle de sourire narquois ; il s'amusait de nous voir glacées d'horreur. Marie dit que cet homme était un *pinter boesoek*, un esprit corrompu, et faisait parfois des choses sales. Rose en aurait été horrifiée, paraît-il. Je lui ai quelquefois demandé de me dire ce que c'était, mais elle refuse d'en parler. Marie était la coqueluche des domestiques, tous voulaient la tenir, la caresser, on lui donnait toujours des gâteries. Elle dit qu'elle « savait déjà tout » quand elle avait cinq ans. Je sais maintenant ce qu'elle veut dire, j'ai aussi entendu ces choses, mais beaucoup plus tard. J'avais douze ans, je devenais ce qu'ils appellent « une jeune fille », ça m'est arrivé plus tôt qu'à Rose, bien qu'elle ait un an de plus que moi. Je n'étais plus obligée de porter des jupes courtes sur des pantalons empesés et Roesminah m'a expliqué tout ce que cela signifiait. Mais Marie sait aussi beaucoup d'autres choses. Elle a une certaine manière de regarder, avec un demi-sourire, d'un air à la fois avisé et condescendant, un peu fourbe, qui me déplaît fort par moments. Récemment, j'ai eu une terrible dispute avec Marie. Elle avait appris par Moenah et Itih toutes sortes d'histoires sur le gouverneur général Daendels et sur ses quinze enfants et tous ses bâtards qui traînaient dans les kampongs, et elle avait dit quelque chose de très vilain sur Papa et Maman. Je l'ai secouée comme un prunier, elle aussi s'est fâchée tout rouge, nous nous sommes ruées l'une sur l'autre comme deux chats. Rose a dû intervenir. Que veux-tu, dit Marie plus tard, nous avons du sang Daendels dans les veines, ce sont les deux côtés d'une même médaille, violence et sensualité.

*Rudolf à Cateau, janvier 1877*

« Papa et moi avons été très déçus par la vente aux enchères du thé à Amsterdam, mais nous n'en sommes pas affligés. Je continue à envisager l'avenir de nos finances en toute confiance, si du moins Papa ne perd pas son intérêt pour le commerce du thé. Je comprends aisément que pendant un moment ce marché continuellement à la baisse entraîne une certaine lassitude.

« En ce qui me concerne, je ne suis pas mécontent. Mes jeunes plants de thé de Java poussent bien, ils forment déjà des buissons ; après les pluies, je pourrai récolter pour la première fois. Dans les champs défrichés de la forêt, j'ai planté de nouveaux caféiers, un travail de précision du fait qu'il me faut repiquer cinq ou six variétés qui ne doivent pas se toucher.

« J'ai acheté des karbaus. Hier, au moins cinq ou six chiens sauvages ont pourchassé ces animaux. Heureusement, l'un des karbaus est de taille à se défendre et pousse une charge à l'approche d'une telle troupe. Pourvu qu'il ne se laisse pas encercler et séparer des autres ! Il a plu tout l'après-midi d'hier, ce qui m'a empêché de me rendre sur place, et aujourd'hui, je n'ai pas le courage de descendre dans ce profond ravin boueux qu'il faut traverser pour arriver jusqu'aux karbaus. On travaille dur à la construction d'un corral.

« Je fais également venir des matériaux pour la construction de ma maison.

« Julius et August ont tous deux passé leurs examens avec succès. Julius, ingénieur civil ! Il s'est tout de même bien défendu. Quant à August, reste à savoir si sa formation à Wageningen lui servira à quelque chose ici. Ce qui compte en premier lieu, c'est la pratique. A présent, le vœu de Papa se réalise : trois fils pour l'épauler !

« Nous attendons les garçons avec l'arrivée du *Prince d'Orange*. Encore aucune certitude sur la date. Naturellement, j'irai à Batavia pour les accueillir à la descente du bateau.

« Inutile de dire combien je me réjouis de les revoir, mais pas seulement August et Julius. Tu me réserves une surprise, Cateau ? Personne ne connaît mes désirs mieux que toi. C'est la pensée de leur réalisation qui me fait tenir bon à Gamboeng. Je compte les jours. »

Les deux coups de canon du stationnaire le long de la côte annonçant l'arrivée du *Prince d'Orange* en provenance des Pays-Bas plongèrent Jenny dans un état d'excitation qu'elle eut toutes les peines du monde à cacher à sa mère et à ses sœurs. Elle avait été autorisée à accompagner les Henny et Rudolf Kerkhoven au Bureau des Douanes. Elle était prête et les attendait dans la galerie intérieure.

Le landau s'arrêta devant la maison et les deux messieurs en descendirent pour la saluer. Pour la première fois depuis six mois, elle revoyait Rudolf. Elle le trouva amaigri, et très bronzé. C'était une étrange sensation que d'être assise en face de lui dans la voiture et de bavarder de tout et de rien, tandis qu'au cours des derniers mois Cateau avait tenu son frère au courant de tout ce qui occupait Jenny, tout comme elle-même savait tout de ses occupations à Gamboeng grâce à Cateau. Elle avait craint que, d'une façon ou d'une autre, il se montrât surpris ou contrarié de ces épanchements dont elle ne savait pas si elle devait ou non avoir honte. Elle se rendit compte qu'il était aussi nerveux qu'elle, mais si exubérant et heureux de la revoir que, du coup, elle se départit de son embarras ; Cateau s'en amusait follement, contrairement à Henny qui semblait ne rien remarquer. Pendant tout le parcours le long du Molenvliet et de la Ville basse jusqu'à la douane, ils parlèrent et plaisantèrent comme s'ils se voyaient tous les jours.

Dans la bousculade sous l'avant-toit du débarcadère, il prit la main de Jenny, et la tint cachée entre les plis de la robe de la jeune fille. Elle sentait constamment cette main ferme et chaude autour de la sienne, et répondait à la pression de ses doigts, mais n'osait pas le regarder. Ils restèrent ainsi un moment silencieux, entre des dames dont le vent de mer tiède soulevait les volants et les voiles, ce qui suscita de nombreux rires mais aussi des cris irrités, et parmi des messieurs plongés dans des discussions sur les avantages et les inconvénients des divers navires : d'une part, les nouveaux fonctionnant entièrement à la vapeur et, d'autre part, ceux qui avaient fait leurs preuves et utilisaient encore les voiles pour moitié. Un bateau transporta jusqu'au quai les passagers du *Prince d'Orange*, qui mouillait en rade. Lorsqu'il fut assez près pour que l'on pût reconnaître les visages, alors seulement, Rudolf lâcha la main de Jenny et se fraya un passage avec Cateau à travers la foule en faisant des signes et en criant les noms des deux arrivants.

Les retrouvailles des frères émurent Jenny. Elle fut attendrie par Julius, silencieux et encore si emprunté dans son costume tropical. August lui sembla trop « crâneur », un beau garçon, très conscient de sa séduction, et qui, depuis le premier instant jusqu'à l'arrivée chez les Henny, mobilisa l'attention de tous en racontant des histoires sur le voyage et sur les échantillons du savoir-faire dont il avait fait preuve à bord. Elle vit combien Rudolf était heureux de cette réunion. L'intensité de sa partici pation à l'émotion du jeune homme lui fit comprendre à quel point son monde à lui était aussi devenu le sien.

« Vous m'avez fait appeler, Papa ? »

Jenny trouva son père dans la pièce appelée le « bureau » parce qu'il s'y retirait quand il était à la maison pour lire et faire sa correspondance. Il était assis à son secrétaire, en bras de chemise, comme il en avait l'habitude lorsqu'il se sentait libre. Sur la galerie devant la pièce, des pots de lauriers roses et d'autres plantes très hautes empêchaient les passants de regarder à l'intérieur. L'angle sous lequel tombait la lumière à cette heure du jour jetait un reflet verdâtre sur les murs chaulés et sur le carrelage.

« J'ai reçu une lettre de M. Kerkhoven d'Ardjasari », dit-il, tout en soulevant d'un doigt une enveloppe ouverte sur son bureau et en la laissant retomber. Jenny vit sur le côté ouvert de l'enveloppe la feuille de papier pliée en deux qu'elle contenait. « Il veut me rendre visite pour me demander d'accorder à son fils l'autorisation de venir me voir. Tu sais naturellement qu'il s'agit de toi. J'ai du moins appris par Joan Henny que récemment tu t'es affichée à la douane avec ce jeune homme. »

Jenny ne répondit pas. En dépit des apparences, Henny n'avait pas eu les yeux dans sa poche.

« Où en sont vos rapports ? Je veux croire qu'il n'est pas encore question d'une déclaration à mon insu. »

Un élan d'audace s'empara de Jenny. « S'il s'était déclaré, je ne l'aurais pas refusé. »

Les sourcils noirs se soulevèrent : « Tu ne peux pas encore savoir ce que tu veux. Les jeunes veulent souvent prendre hâtivement des décisions qu'ils regrettent plus tard. Heureusement, M. Kerkhoven d'Ardjasari est un homme raisonnable ; je peux conclure de sa lettre qu'il estime les projets de son fils plutôt prématurés, même si, bien entendu, il ne veut pas lui refuser son appui.

– Vous avez rencontré Rudolf Kerkhoven l'an dernier, à la table de Cateau Henny.

– Je le sais, il m'a paru un homme agréable, intelligent et grand travailleur, de surcroît. Mais la culture du thé est une affaire risquée. Je ne t'ai pas élevée pour te laisser dépérir quelque part dans l'intérieur des terres. Tu ne sais pas ce que cela signifie de devoir vivre, comme seule Européenne, dans un poste isolé. Tu dois avoir passé au moins un an dans le monde avant de t'engager. Je vais répondre à M. Kerkhoven que, pour le moment, il est inutile d'entreprendre cette démarche. »

Jenny courba la tête. Les larmes qui ne voulaient pas jaillir semblaient s'accumuler derrière ses paupières. Elle n'éprouvait pas de chagrin mais un mélange de colère et de désespoir impuissants, comme si on la privait de la possibilité de devenir une autre que ce qu'elle était, de secouer de soi quelque chose qui l'oppressait.

« Qu'il fasse d'abord en sorte que ses terres soient productives », dit le père de cette voix douce qu'elle connaissait comme « la voix après la remontrance », lorsqu'il voulait faire comprendre qu'il agissait pour son bien. « Nous en reparlerons dans un an. Mais pas de correspondance ! Tu dois me le promettre sur l'honneur. »

Sur la véranda arrière, c'était le chaos. Philip hurlait, assis sur une chaise ; la bonne était agenouillée près de lui et appliquait un pansement sur une jambe égratignée. Marie faisait des gammes sur le piano désaccordé. Rose avait une prise de bec avec le *menatoe*, l'homme chargé du blanchissage. Dehors, sur le terrain, Herman, perché sur un arbre, catapultait de petits fruits durs vers les pigeons sur le toit des dépendances, sans se soucier des cris furieux (« Arrête ! Descends tout de suite ! ») que poussait la gouvernante. Mme Roosegaarde était assise devant la porte entrebâillée de la chambre à coucher, avec le bébé qui pleurait sur ses genoux. A côté d'elle, une couturière faisait ronronner la machine à coudre.

Jenny aurait voulu fuir, mais sa mère l'appela : « Prends-le un moment ! Il a de nouveau des aigreurs. »

Plus tard, lorsqu'elle put reposer dans son berceau l'enfant enfin endormi, elle entendit sa mère entrer derrière elle dans la chambre obscure et fermer la porte donnant sur la galerie.

« Tu me comprends, Jenny ? J'ai tant besoin de toi, avec le petit Henri. Et que fera Rose sans toi ? Il est grand temps qu'elle fasse son entrée dans le monde, elle a presque vingt ans. Mais elle ne veut pas sortir seule. Maintenant que tu as dix-huit ans, vous pouvez aller ensemble. »

Le sentiment d'oppression qu'elle avait éprouvé dans le bureau de son père s'empara à nouveau d'elle.

« Mais, Maman, ces bals ne m'intéressent pas. Tout ce tintouin pour aller danser au club !

– Tu nous reprocherais plus tard de ne pas t'avoir donné l'occasion de voir du monde.

– A mon âge, vous étiez déjà mariée.

– Oui, c'est justement pour ça. Pour ça ! répéta sa mère en colère. Il faut que tu jouisses de ta jeunesse. Si tu te maries, ce sera fini. C'est le commencement des soucis.

– Rose acceptera sûrement de sortir, si vous l'accompagnez. Avec la gouvernante pour la chaperonner, son plaisir sera gâché.

– Je ne pouvais pas sortir quand j'attendais Henri. Et maintenant, je ne peux pas non plus tant que je lui donne le sein. »

Jenny alla s'asseoir au bord du grand lit entre les rideaux de la moustiquaire, retenus de chaque côté par des crochets d'argent. Elle passa un bras autour des frêles épaules, sentit les os sous l'étoffe légère de la robe de chambre.

« L'allaitement vous épuise, Maman. Henri est assez grand pour manger de la bouillie.

– C'est vrai, mais tant que je lui donne le sein, je ne risque pas une nouvelle grossesse. »

Au cours des premières semaines qui suivirent la décevante nouvelle du refus temporaire de Roosegaarde, Rudolf eut bien du mal à reprendre avec entrain ses activités d'essartage. Il avait nourri de si grands espoirs, le temps qui s'était écoulé depuis qu'il avait rencontré Jenny lui semblait une éternité ; il avait l'impression de ne pouvoir vivre plus longtemps dans l'incertitude. August vint lui tenir compagnie à Gamboeng et acquérir une connaissance pratique en matière de culture du thé, tandis que Julius participait, à Ardjasari, au rythme quotidien pour voir si le travail lui convenait. Rien ne permettait de penser que, dans un proche avenir, les Kerkhoven pussent se permettre l'acquisition de nouvelles entreprises qui offriraient à tous les fils la possibilité d'obtenir une fonction d'administrateur. Julius n'était pas fait pour la vie en plein air ; en revanche, August s'adaptait très bien.

Les chevauchées avec son frère à travers la montagne et la surveillance à deux des activités apportèrent à Rudolf le dérivatif dont il avait besoin pour triompher de son marasme. Plus vite qu'il ne l'avait pensé, sa maison conçue selon ses propres idées et ses propres plans se dressait à l'orée de la forêt entre les *rasamalas*. Chaque poteau qu'il enfonçait dans le sol, chaque planche posée devaient rapprocher l'instant où viendrait celle à qui était destinée cette maison. Dans ses lettres à Cateau (que Jenny lirait, il y comptait bien), il décrivait les progrès et les illustraient de croquis. La véranda avant, que l'on atteignait par deux marches à chaque bout, aurait une balustrade en bois, le long de laquelle pousseraient des plantes grimpantes. Il avait commandé du verre pour pouvoir poser des vitres dans les quatre pièces, protection nécessaire par temps froid et humide. Il capterait l'eau du torrent qui descendait de la montagne derrière l'habitation, grâce à une dérivation qu'il conduirait jusqu'à l'intérieur de la maison, s'assurant ainsi d'un approvisionnement continuel pour la salle de bains littéralement encastrée ! Il aménagea un potager produisant des tomates, des choux et des fraises. Un parterre sur le devant était déjà plein de boutures qui formeraient une « Roosegaarde », une roseraie.

Dès que l'une des pièces fut prête, il quitta sa *pondok* pour s'installer dans sa maison en pierre, sa *gedoeng*. Après le départ d'August, sa compagnie se composa de deux jeunes chiens d'arrêt, des braques qui venaient d'une portée d'Ardjasari en remplacement de Tom qui avait rendu l'âme. Rudolf avait du plaisir à élever et à dresser ces chiots qu'il avait baptisés Kousie et Sokkie[1] parce que, dès le début, ils avaient pris l'habitude de manifester leur attachement en faisant pipi sur ses jambes. Tous les jours, des singes curieux sortaient de la forêt pour venir voir sa maison et voler des bananes à l'arrière du terrain ; d'abord effrayés par les chiens, quand ils comprirent que leur réaction se bornait à des aboiements, ils ne s'enfuirent plus. Ils avaient même l'impudence de s'installer dans les arbres à quelques mètres du sol, criaillant et secouant des branches. Rudolf craignait de devoir leur faire peur en tirant quelques coups de fusil pour empêcher qu'à l'avenir son verger fût constamment pillé.

Le soir, il tuait le temps en lisant à la lueur de sa lampe à pétrole. Comparativement au séjour dans sa *pondok*, il connaissait ici la vraie solitude. Les chambres des domestiques n'étaient pas encore prêtes, son cuisinier et son boy habitaient dans le kampong de Gamboeng. Il n'était pas dans sa nature de céder au vague à l'âme en contemplant la lune quand elle brillait, mais il restait longtemps éveillé avant de sombrer dans le sommeil. « Chère Cateau (un trait sous le nom signifiait qu'il fallait lire un autre prénom), dois-je encore dire vers qui s'égarent constamment mes pensées ? Au fond, je pense toujours à ce que je ne peux écrire. J'espère que je ne suis pas le seul ! »

1. Chaussette et Socquette. *(NdT)*

*Extraits de l'album de Jenny, 1877*

La reine Sophie[1] est morte. Il paraît qu'elle a beaucoup souffert. J'ai entendu Papa et Maman dire de la reine qu'elle avait eu tant de chagrins ! Quelle vie affreuse : toujours se montrer digne, toujours sourire aimablement, même quand on se sent très malheureuse !

Maman a dit : « Le mariage doit être un enfer s'il n'y a pas d'amour entre le mari et la femme. » « L'amour n'arrange rien, a dit Papa, si les tempéraments diffèrent ! » Il a ri d'une certaine manière, celle qu'il a toujours quand il veut montrer à Maman qu'il est de bonne humeur, et il l'a embrassée. Ils ne savaient pas que j'étais dans la lingerie, avec la porte ouverte sur la galerie intérieure. Je pouvais les voir dans la grande psyché. « Oh non, oh non ! » répétait Maman, mais elle se serrait contre lui, et Papa était si fougueux, on aurait dit qu'il voulait la dévorer.

J'ai soif d'amour, mais il y a un noyau dur dans ce qui s'appelle l'amour ; c'est ainsi que je le ressens. J'ai peur.

Tout au fond du terrain, derrière la maison, il y a un figuier banian. De jour, c'est pour moi le plus bel arbre du monde, si large, touffu et riche, avec toutes ses feuilles et ses fruits, ses racines aériennes qui retombent et se fixent à l'aide de petites ventouses et forment de nouveaux troncs – et aussi avec les oiseaux et les chauves-souris, les cigales qui le peuplent et

1. Première épouse de Guillaume III (1817-1890). *(NdT)*

les guêpes qui vrombissent autour des figues ; c'est un arbre qui bourdonne de vie. Mais, le soir, je n'ose m'en approcher, je pense à ce que racontait Roesminah quand nous étions petites : que la nuit, ce n'était plus le même arbre, ou plutôt même plus un arbre mais une chose très différente pour laquelle les hommes n'ont pas de nom. Il faut alors se tenir sur ses gardes. La nature a cette force, nous sommes impuissants. Je me répète que ce ne sont que des absurdités ; quand je distribue les provisions ou que j'aide Maman à s'occuper du petit Henri, que j'étudie le piano ou joue avec les enfants chez Cateau, ces idées disparaissent. C'est pour cela que je souhaite de tout mon cœur avoir l'esprit lucide, être bonne, faire mon devoir et me dévouer pour ceux que j'aime.

J'ai rêvé que je me promenais la nuit à ciel ouvert le long d'un sentier. Je n'étais consciente que du sol noir, et d'un espace sans lune ni étoiles au-dessus de moi ; je distinguais des montagnes d'une obscurité opaque contre l'obscurité transparente du ciel, et, plus noire que tout, la forêt vers laquelle j'allais, une vague de ténèbres qui m'engloutirait dès que j'y mettrais le pied. Je me suis réveillée, trempée de sueur. Dans les deux autres lits, j'entendais Rose et Marie respirer calmement.

Ce rêve était-il un avertissement ? Ou au contraire un défi m'incitant à me montrer courageuse ? Dans l'une de ses lettres à Cateau (et à moi !), Rudolf a décrit sa rencontre avec une panthère. Ce qui m'a le plus frappée : bien qu'il ait senti son cœur battre dans sa gorge en se trouvant soudain dans une clairière, nez à nez avec le fauve replié sur lui-même, prêt à bondir, il n'a songé qu'à une chose, aller au-devant du danger. Serais-je moins courageuse que lui qui connaît maintenant aussi mes angoisses ?

Je n'ai jamais été dans les montagnes. Quel courage d'aller vivre seul et de s'échiner au travail dans la jungle ! Je comprends très bien que, dans ces circonstances, quelqu'un aspire à avoir auprès de soi un être sur qui il puisse compter et qu'il puisse protéger, avec qui il puisse tout partager. Et si l'on s'éprend d'une telle personne, on ne souhaite rien d'autre soi-même que de tout faire ensemble pour le meilleur et pour le pire. Oui, c'est cela que je veux.

*Rudolf à Cateau, décembre 1877*

« ... Quand je suis rentré cet après-midi de ma tournée d'inspection, mes boys s'apprêtaient à coltiner les meubles et à poser des tapis sur le sol. Maman m'a promis de faire des rideaux et de tapisser un canapé. J'ai aussi reçu de la vaisselle d'Ardjasari. Ma maison est déjà très habitable.

« Papa m'a fait savoir qu'il allait voir un médecin à Batavia au sujet de son œil gauche constamment enflammé. Il profitera de l'occasion pour rendre visite à M. Roosegaarde Bisschop.

« J'ai moi-même écrit une lettre. Mais au lieu de m'apporter la paix, ce que j'avais espéré (je pouvais enfin exprimer ce que j'ai sur le cœur !), l'envoi de cette lettre m'a plongé dans l'inquiétude. Je ne peux rien faire d'autre maintenant que d'attendre et cela m'est aussi pénible, sinon plus, que ce que j'ai ressenti après mon retour de Batavia au début de cette année. *Calme au-dehors, mais agité au-dedans !*[1] Si seulement je dormais bien ! Je n'ai pas non plus d'appétit. Faute de mieux, je m'occupe d'aménager le jardin. Je fais l'impossible pour ne pas me laisser aller à ruminer ou à faire des projets, mais c'est peine perdue. Je suis aussi parfois en proie au doute : m'y suis-je pris de la bonne manière ? Mais je ne peux plus rien y faire. Ma lettre est maintenant à Buitenzorg et partira demain par le train du matin pour Batavia. Je souhaite du fond du cœur qu'elle réjouisse une certaine personne. Quand tu liras ce mot, tout sera décidé et je saurai sans doute aussi s'il m'est permis de filer à toute allure à Batavia, vers mon bonheur – ou non. »

Après réception de la lettre de Rudolf et la visite de M. Kerkhoven, le père de Jenny la fit venir. En hochant la tête, mais avec le sourire, il dit qu'il ne voulait plus l'empêcher de « se retirer du monde » dans les montagnes du Priangan, si elle le

1. En français dans le texte. *(NdT)*

voulait à tout prix. Sa mère l'avait embrassée en pleurant : « Comme tu vas me manquer ! » Rose fut sincèrement étonnée et triste de la brusque évolution de la situation. Marie était furieuse : « Quelle idée d'aller t'enterrer dans la cambrousse ! » Les aînés des garçons se réjouirent d'aller, à l'occasion, passer quelques jours ailleurs. Ils n'avaient jamais été « là-haut ».

Cateau, qui était accourue le même jour, prenait les airs d'une conspiratrice triomphante. « Papa a déjà télégraphié – Rudolf arrive après-demain. »

Jenny l'entraîna dans un coin. « Il n'a jamais... jamais rien dit à propos des choses que j'ai écrites... sur autrefois, et sur notre famille ?

– Ah, mon petit ange, je ne lui ai pas transmis tous ces mauvais rêves et ces sombres pensées dont tu parlais. Cela vaut beaucoup mieux. Écoute mon conseil et n'en parle jamais. Je veux que vous soyez heureux. Vous faites un si beau couple !

– J'ai fait ce que tu demandais et ce qu'il voulait, j'ai dit ce que je pense et ce que je sens, murmura Jenny. Et maintenant, il ne sait rien !

– Tout cela, c'est de l'imagination. Tellement typique de ce pays ! Même si tu y es née, tu n'en es pas pour autant une Eurasienne. »

Pendant les deux semaines que Rudolf put passer à Batavia, au cours desquelles ils se rencontrèrent quotidiennement – promenades bras dessus, bras dessous dans le jardin des Roosegaarde ou dans celui des Henny ; repas pris ensemble, soirées en famille ; visites à des parents ou à des amis intimes ; achats ; la soirée à Concordia, où ils dansèrent ensemble pour la première fois –, jamais nulle part Jenny ne trouva l'occasion ou le courage d'aborder de vive voix ce qu'elle avait osé confier au papier. Après coup, elle ne comprenait pas comment elle avait pu se laisser aller à ce point. Elle était reconnaissante à Cateau d'avoir passé sous silence ce qui, en fin de compte, ne pouvait être dit.

Comme le temps du rituel des accordailles était limité – August gérait bien les affaires à Gamboeng, mais Rudolf tenait à diriger personnellement la récolte de thé de son champ d'expérimentation –, les fiançailles furent annoncées publiquement afin que Jenny pût accompagner ses futurs beaux-parents à Ardjasari et découvrir, pendant son séjour, le cadre dans lequel elle allait vivre après son mariage.

Combien plus petite et plus humble lui parut la maison de Gamboeng comparativement à ce qu'elle avait imaginé d'après les lettres et les croquis ! Elle était construite en bois non dégauchi ; à cause des fourmis, les montants reposaient sur des pierres plates non maçonnées. La toiture était faite en partie de tuiles du pays et de fibres de palmier. Mais elle ne voulait pas jeter un froid sur la fierté et la joie de Rudolf, qui l'embrassa passionnément dans la cuisine, tandis que les parents et les frères de son fiancé admiraient la vue depuis la véranda avant.

Le mont Tiloe avec ses trois crêtes lui apparut comme une créature diabolique accroupie, prête à sauter sur elle. La maison de Rudolf se détachait, terriblement vulnérable, sur le fond noir de la forêt. Ni la fraîche verdure du jeune champ de thé de la *gedoeng*, ni les roses fleuries du parterre devant la maison, ni les plantes en pots le long de la véranda, pas plus que le drapeau tricolore néerlandais que Rudolf faisait flotter en l'honneur de Jenny au sommet du tronc d'un *rasamala* haut de vingt mètres ne purent chasser l'humeur noire que lui apportait, comme un souffle glacial, l'air venu des profondeurs de la forêt vierge. A gauche de la maison, un sentier menait au cœur de ces ténèbres. L'impression de déjà-vu était si forte qu'elle ne pouvait en détacher son regard, à son corps défendant.

# La famille
1879-1907

Rudolf devait toujours se rappeler les premiers mois de son mariage comme le comble du bonheur, malgré l'échec de la récolte de thé, dû à la plus terrible sécheresse que l'on eût connue de mémoire d'homme à Gamboeng. Lorsque vinrent enfin les pluies salvatrices, elles entraînèrent l'apparition envahissante d'une ivraie particulièrement tenace qui empêcha à nouveau, d'une autre manière, la croissance des théiers. Rudolf n'en fut pas ébranlé, il était aux anges. Il goûtait maintenant pleinement l'accomplissement de ce rêve de virilité qu'il avait caressé pendant toutes ces années. Lorsque, dans la journée, il voyait sa jeune femme s'affairer dans la maison, svelte et digne dans son *kebaja* de flanelle et un beau sarong de Solo, la flambée de désir qui le poussait à l'entraîner dans la chambre, vers le lit, pour renouveler l'extase nocturne était parfois presque insoutenable – s'aimer cette fois non plus la nuit, mais en pleine lumière ou dans le demi-jour d'un ciel chargé de nuages, tandis que dehors bruissait la pluie. Toutefois, conscient de la présence d'yeux et d'oreilles alentour et du rang qu'ils devaient tenir en tant que *djoeragan* et *djoeragan istri* [1], sachant que le comportement amoureux occidental serait considéré comme contraire aux règles de la bienséance et totalement ridicule, il n'osait exprimer spontanément ses sentiments. Jenny et lui n'étaient pas libres. Ils ne le seraient jamais.

La première grossesse de Jenny se passa sans problème. Elle alla accoucher à Ardjasari, où naquit leur fils, à la fin du mois

1. Titre de l'épouse. *(NdT)*

d'août 1879, un nouveau Rudolf que l'on appela le plus souvent *P'tichef*, qui devint d'abord Tichef, puis plus tard Rud, pour le distinguer de son père et de son grand-père. L'enfant était pour eux une source de joie et de plaisir. Jenny le trouvait beau comme un astre, « à croquer » ; la reine donnerait cher pour mettre au monde un petit prince comme lui, pensa-t-elle, lorsque l'on apprit que la jeune épouse en secondes noces de Guillaume III attendait un enfant. Chaque fois que Rudolf revenait de ses champs, couvert de sueur et de poussière ou trempé et crotté, il prenait un bain et se changeait en hâte pour pouvoir jouer avec le petit garçon aux réactions déjà très vives, tandis que Jenny, à la cuisine, donnait des instructions à sa bonne, native de Gamboeng et sans expérience, mais pleine de bonne volonté.

Ils vivaient très économiquement. Rudolf mettait son point d'honneur à faire en sorte que ses comptes fussent toujours exacts au demi-centime près, et que son administration fût rigoureusement tenue à jour. Il était très pris : il fallait traiter une grande quantité de jeunes feuilles de thé, il devait peser et empaqueter sa récolte de café, réparer des charrettes, fabriquer des harnais ; il testait des plants de quinquina, jugeant que la terre et le climat de Gamboeng étaient particulièrement favorables à cette culture.

Étant donné que l'ophtalmie de son père s'aggravait, les parents décidèrent de se faire rapatrier ; Van Santen les accompagnerait avec ses deux aînés (Rudi, le benjamin, restant avec Cateau). Comme Jenny se plaignait du manque de confort et de l'isolement de Gamboeng, Rudolf se demanda si, dans l'intérêt de la mère et de l'enfant, il ne devrait pas se charger d'administrer Ardjasari, beaucoup plus confortablement aménagé et plus proche de Bandoeng. Dans ce cas, il devrait céder Gamboeng à August. Son père n'avait pas voulu que Julius, qui semblait moins apte à mener la vie de planteur, dût se contenter en tant qu'ingénieur d'une fonction subalterne dans une entreprise ; grâce à ses relations, il avait réussi à obtenir pour son deuxième fils un poste dans la construction de la voie ferrée reliant Buitenzorg à Bandoeng.

Parcourant les allées familières entre les champs de thé, ou contemplant, depuis la véranda avant, la vallée en pente douce et ses majestueux *rasamalas*, toutes les considérations d'ordre pratique lui apparaissaient comme une trahison envers le sol qu'il avait fait sien au prix de tant d'efforts. Malgré sa répugnance à quitter Gamboeng, il trouvait cependant étrange que, quand le jour du départ en Hollande fut fixé, son père n'eût pas discuté avec lui, le fils aîné, la question de la continuation de l'exploitation à Ardjasari. Il fut ulcéré en apprenant qu'August allait devenir administrateur et qu'un employé était déjà en route pour le seconder (aide que lui ne pouvait pas se permettre). Pour la énième fois, une décision dans une affaire de famille avait été prise sans que l'on eût jugé utile de le tenir au courant. Comme toujours, il ravala ses protestations pour ne pas jeter un froid sur les adieux de ses parents. Il était sincèrement heureux qu'August, frais émoulu de l'Institut national agronomique de Wageningen, pût profiter d'une si belle occasion, et se dit qu'il devait être bien content de ne pas avoir été placé devant un choix difficile.

A partir de ce moment-là, il écrivit chaque semaine à ses parents pour les tenir au courant. Les premières nouvelles qu'ils devaient recevoir après leur retour en Europe n'étaient pas réjouissantes. Une épidémie de peste bovine, qui faisait rage depuis plusieurs mois dans l'ouest de Java, s'était étendue jusqu'au Priangan.

*Rudolf à ses parents, 1880-1881*

« Je garde l'espoir que notre situation isolée nous préservera de ce fléau. Sur ordre des autorités, on arrête partout les karbaus qui circulent sur la grand-route. Six de mes bêtes de trait en font partie. On estime à environ cinq cents le nombre de karbaus concernés. Ils devront être abattus. Les fosses sont déjà creusées, on n'attend plus que les soldats chargés de faire ce travail meurtrier. La peste bovine en soi peut-elle être pire qu'une administration ignorante, arrogante et tyrannique ? Autre mesure stupide : on construit une clôture autour de la région contaminée, à travers des bois et des ravins et au-delà des montagnes. Le *wedana* de Bandjaran a logé pendant des jours chez mon commis aux écritures pour surveiller la construction d'une telle enceinte à travers le ravin de Tjisondari, jusqu'au sommet du mont Tiloe. Cette "palissade" s'arrête brusquement là-haut. Les poteaux sont en bois, les lattes horizontales sont en bambou. Toute cette enceinte doit être réalisée dans le cadre de ce que l'on appelle la corvée rémunérée. Des centaines, non, des milliers d'hommes astreints à la corvée doivent traîner le bambou nécessaire sur de très longues distances.

« A mes yeux, l'utilité de ce genre de clôture est nulle ; c'est aussi ce que pensent les *wedanas* et aussi tous les indigènes, du reste, qui sur ce point ont beaucoup plus de bon sens que les messieurs des bureaux de Batavia avec leurs arrêtés. Aucun homme, aucun animal, n'a le droit de franchir cette enceinte. Comme si les sangliers, les buffles, les rhinocéros allaient s'en soucier – sans oublier les indigènes eux-mêmes ! Tous les karbaus d'un village proche d'ici sont maintenant morts et le bétail d'autres villages, qui venait paître ici, a, lui aussi, été abattu jusqu'au dernier animal, de sorte que je suis le seul de la région à posséder encore un troupeau. N'est-ce pas étrange que mon bétail ait été épargné ? Serait-ce dû au fait que je n'ai pas encore eu la visite de vétérinaires et autres colporteurs de l'épidémie ? Il semble que l'on m'ait oublié, et comme le contrôleur doit venir inspecter la clôture, j'ai donné l'ordre d'entraîner le bétail très loin, jusqu'à un endroit où il ne puisse le voir. Et s'il veut le voir, je lui ferai faire une promenade qui lui restera dans les jambes au moins pendant quinze jours ! »

« Nous attendons maintenant la visite d'un vétérinaire, un petit Hollandais tout juste débarqué, totalement ignorant de la langue, du pays et de la population, qui se sent une vocation irrésistible pour enrayer habilement la peste bovine. Il est on ne peut plus sévère dans l'application des ordonnances les plus aberrantes. Il ne lui suffit pas que le bétail soit enfermé à un endroit où des obstacles naturels, comme des précipices ou une falaise abrupte, l'empêchent de s'éloigner..., non, l'arrêté stipule que le bétail doit paître dans des "lieux clôturés", aussi examine-t-il si nos palissades ne sont vraiment interrompues nulle part. Si ce n'est pas le cas, il rédige un rapport et oblige les autorités à punir une foule de gens qui ont péché contre la lettre, mais pas contre l'esprit de la loi. En attendant, cela nous cause bien des embarras, je suis obligé de mobiliser beaucoup de personnel et de dépenser des sommes considérables pour placer ces enceintes aussi inefficaces qu'inutiles. Voilà ce qui se passe avec ces cuistres qui croient être mieux renseignés que les vieux coloniaux. Naturellement, ce genre de bonhomme n'aboutit à rien car, dès qu'il est reparti, le propriétaire fait sortir ses bêtes du corral. Notre vétérinaire, lui, se doute cependant de quelque chose et s'il découvre l'empreinte d'un sabot ou des excréments hors de la clôture, il reste à côté et veut savoir exactement de quelle bête cela peut bien provenir. Mais, bien entendu, personne ne peut dire comment cette bouse est venue là et les indigènes s'interrogent mutuellement du regard, comme s'ils se méfiaient les uns des autres. Heureusement que le médecin ne comprend pas le sondanais ! »

« Depuis hier, nous avons ici, à Gamboeng, un poste de désinfection. Au bord de la route, il y a une auge pleine d'une eau boueuse et puante, et celui qui en a envie peut s'y désinfecter les mains et les pieds. Les gens d'ici disent que des soldats vont venir veiller à ce que cela se produise effectivement et que toutes les filles non mariées seront mises à la disposition de ces soldats préposés à la désinfection. Cela a semé la panique et l'on a procédé à des simulacres de mariages d'un certain nombre d'enfants afin qu'ils ne puissent pas être livrés à ces hommes. Si jamais une vraie révolte éclate à Java, ce sera exclusivement la faute des fonctionnaires qui, dans leurs bureaux de Batavia et totalement ignorants des situations à l'intérieur du pays, promulguent toutes sortes de lois et d'arrêtés dont ils sont très loin de pouvoir calculer ou contrôler les conséquences. J'ai écrit sous un pseudonyme un article sur la peste bovine qui a eu l'honneur de faire la une de la *Gazette de Batavia*. Je ne me fais du reste aucune illusion sur l'effet qu'il produira. »

« Les mesures relatives à la peste bovine deviennent de plus en plus délirantes. A Bandoeng, deux mille indigènes ont été appelés à coups de tambour à servir dans le cordon militaire chargé de surveiller les clôtures contre une prime de douze florins, plus la nourriture ; et à Buitenzorg, on tente de rassembler environ trois mille volontaires de plus pour monter la garde à la limite sud de ce district. Autrement dit, non seulement on abat les bêtes de labour, mais encore on soustrait une importante main-d'œuvre aux travaux des champs. La clôture qui nous enferme coûte déjà maintenant cent vingt mille florins et passe en plein milieu d'une région contaminée. Le cordon militaire également ! »

« Aujourd'hui, il fait un temps splendide, chaud et ensoleillé. Il est environ quatre heures et Jenny, Tichef et moi sommes assis sur la véranda avant, on ne peut plus agréablement. Odalisque broute entre les splendides massifs de roses en fleur. De temps à autre retentit un appel ou un écho des jeunes de la fabrique qui sont encore au travail après une récolte particulièrement importante. Tichef se promène à quatre pattes, joue avec les chiens, essaie de temps en temps de nous entraîner à jouer avec lui en s'accrochant à nos sièges, ce qui réussit assez bien. Ainsi, à première vue, on pourrait penser que rien ne manque à notre bonheur, et pourtant nous avons, hélas, de gros soucis. De mon magnifique troupeau de vingt-six karbaus, il ne reste que trois bêtes squelettiques harassées, efflanquées, qui ont résisté à la maladie, mais dont on peut encore douter qu'elles reprennent jamais le dessus. Tous les autres ont succombé ou ont été abattus. Nous avons brûlé leur étable. Il ne reste plus à la place qu'un endroit aride, désolé, avec, au milieu, la terre rouge des fosses où ils sont enterrés. C'est à en pleurer, et tout cela en l'espace de quinze jours ! Je n'aurais jamais cru que cette maladie pût faire de tels ravages. Les deux dernières semaines, j'ai passé presque tout mon temps dans l'étable à observer, soigner, séparer, enterrer les animaux. Le dommage financier n'est pas ce qu'il y a de plus grave. Le pire c'est que je ne peux pas remorquer de poutres, que je dois faire porter toutes les caisses de thé à Tjisondari et que je n'ai plus d'engrais pour les plantations de thé. La seule consolation dans tous ces ennuis, c'est la récolte tout à fait exceptionnelle. Elle a doublé par rapport à celle de l'an dernier. »

Dix mois après la naissance de Tichef, Jenny commença à se plaindre de douleurs d'estomac et de nausées qu'elle attribua d'abord à un rhume. Elle chassait immédiatement les soupçons qui l'assaillaient parfois : en effet, elle donnait encore le sein à l'enfant, elle avait toujours autant de lait ; les menstrues n'étaient pas encore revenues. Un jour, l'une des chiennes du kampong avait eu des petits et avait traîné sa nichée jusque sous la maison de l'administrateur. Personne ne pouvait s'en approcher. Jenny alla vers les gens attroupés, qui avaient renoncé à tenter d'attraper la chienne et ses chiots après de longs et vains efforts pour les faire sortir à l'aide de bâtons et en les appelant. Elle avait l'impression de se trouver sur un navire, le sol semblait osciller sous ses pieds. D'une voix cassée par la colère, elle ordonna à un aide-jardinier de se débrouiller pour extraire sur-le-champ les chiots de leur cachette et de les noyer dans le petit étang de Tjisondari. Plus tard, elle fut surprise et honteuse de son comportement absurde.

Cette nuit-là, ne pouvant se rendormir après avoir été réveillée par une crise de larmes de Tichef devenu récemment plus pénible, elle fut bien obligée de se rendre à l'évidence : elle était à nouveau enceinte. La perspective d'avoir à subir une seconde fois pendant plusieurs mois ce que Rudolf et elle appelaient son « collier de misère » l'oppressa tant qu'elle fut brusquement inondée de sueur. Elle avait l'impression d'être enfermée dans un espace étouffant et d'avoir un poids énorme sur la poitrine. Pourquoi pensa-t-elle soudain à l'entrée de la forêt vierge, ce trou noir, même de jour ? Pour se délivrer de l'image du sentier qui semblait disparaître dans le néant (elle n'allait jamais spontanément dans cette direction), elle se tourna sur le côté, vers Rudolf. A la lueur de la veilleuse sur la table de nuit, elle regarda son visage paisible. Si Tichef se remettait à pleurer, ce serait son tour à lui de se lever. Elle l'admirait pour la bonne humeur tranquille avec laquelle il s'acquittait de cette tâche qu'il s'était imposée ; au besoin, il changeait l'enfant et lui parlait ou chantonnait même doucement près du petit lit jusqu'à ce qu'il se fût rendormi. Elle n'avait jamais entendu parler d'un époux qui aidait ainsi sa femme. L'image de sa mère qui, la mine chiffonné, blême de fatigue, aidée d'une *baboe* dodelinant elle-même de la tête, essayait d'apaiser les cris de l'un de ses petits frères, à distance respectueuse de la chambre où dormait Roosegaarde, cette image-là faisait partie des souvenirs indélébiles de son enfance.

Jenny était consciente d'avoir un « brave homme de mari » : son respect pour lui était illimité, elle voyait en lui son ange gardien, son soutien. Mais parfois aussi, elle ressentait comme un poids l'amour qu'il lui vouait. L'aimait-elle assez ? Elle savait qu'il n'en doutait jamais. Et cette certitude de sa part, si tangible dans la manière dont il l'embrassait, la caressait, la possédait dans leurs rapports intimes éveillait parfois en elle des sentiments de révolte : comment pouvait-il être si convaincu qu'elle connaissait les mêmes instants de ravissement que lui ? Qu'elle était comblée ? Elle ne pouvait s'empêcher de penser aux paroles de son père, qu'elle avait saisies au vol : l'amour n'arrange rien si les tempéraments diffèrent.

La tenue de la maison la plaçait quotidiennement devant des problèmes. Jour après jour, elle devait lutter contre les courants d'air qui soufflaient sous les portes et à travers les interstices des planches et, quand la température était basse, causaient des rhumes répétés à toute la famille. Lorsqu'il pleuvait fort, il y avait des fuites dans toute la maison. L'humidité laissait des taches noires dans les vêtements, les moustiquaires et le linge de maison. Les problèmes de « la table » constituaient un vrai casse-tête. Chez Cateau Henny et chez sa belle-mère, à Ardjasari, elle avait vu, réalisé à la perfection, ce qu'elle s'était efforcée de faire avec plus ou moins de succès depuis le cours de cuisine qu'elle avait suivi à Liège. Elle voulait présenter à Rudolf, qui n'aimait pas la cuisine indigène, le meilleur de ce qu'elle était capable de faire avec les moyens limités dont elle disposait. Elle avait différentes sortes de légumes, des fraises et des ananas dans son jardin, et pouvait toujours se procurer du riz ; mais la viande, déjà rare dans des circonstances normales, était introuvable à cent lieues à la ronde depuis la peste bovine. Les poussins qu'elle essayait d'élever pour pouvoir disposer le moment venu d'assez de pondeuses et de poulets mouraient l'un après l'autre ou devenaient la proie des belettes.

Elle avait déjà bien du mal à préparer les repas quotidiens, mais les choses devenaient infiniment plus compliquées lorsqu'ils avaient des convives. Les lieutenants cantonnés dans les postes de garde à Tjikalong et à Tjisondari en raison de la peste bovine arrivèrent un jour à l'improviste pour inspecter Gamboeng. Ils étaient corrects et aimables ; il était normal de les inviter à déjeuner. Tandis que Rudolf chevauchait sur ses terres avec les deux messieurs et que Jenny faisait appel à toute son inventivité pour composer un menu raisonnable, deux nouveaux hôtes apparurent soudain : un membre de la Commission vétérinaire venu de la capitale du district de Tjiwidej accompagné de sa femme ; le premier à cheval, la seconde en chaise à porteurs. Jenny fut choquée par la désinvolture avec laquelle, invoquant l'hospitalité et la bonhomie des Hollandais des Indes, ces gens prirent possession de la maison comme si c'était une auberge, donnèrent des ordres aux garçons d'écurie et aux *baboes* pour qu'ils s'occupent d'eux, de leurs chevaux et de leurs porteurs (et cela alors que Jenny avait accordé un congé à ses domestiques parce qu'on célébrait un mariage dans le kampong de Gamboeng). Madame prit aussitôt un bain et demanda à Jenny de lui prêter des vêtements pour être présentable avant de se mettre à table. Plus tard, elle fit mille éloges des talents culinaires de Jenny (tous les hôtes mangèrent visiblement de bon appétit ; pourvu qu'il y en ait assez, pensa Jenny, au désespoir, car elle n'aurait voulu pour rien au monde que l'on pût raconter dans le Priangan qu'à Gamboeng on était pingres) ; la robe empruntée eut moins de succès, le modèle et le tissu furent jugés démodés Jenny vit que Rudolf avait du mal à contenir son irritation devant le sans-gêne de la visiteuse.

Les lieutenants et le couple s'attardèrent à bavarder avec animation sur la véranda avant, en prenant d'abord le thé puis un bitter et de la limonade jusqu'à la tombée de la nuit, de sorte qu'il ne resta plus qu'à leur offrir non seulement le couvert mais encore le gîte. Ce dernier point surtout posa des problèmes d'improvisation. Lorsque Jenny, exténuée (Tichef, excité par l'agitation inhabituelle, ne voulait pas s'endormir), entra dans la chambre d'ami en apportant les draps et les vêtements de nuit, elle trouva la femme du délégué nue, en train de brosser ses longs cheveux.

« Remportez donc tout ça, on n'en a pas besoin, vous savez, on se glissera comme ça sous la couverture ! » dit-elle en désignant les vêtements de nuit. Jenny, qui avait du mal à réprimer une nausée, s'assit sur le bord du lit.

« Dites donc, vous n'avez pas perdu de temps pour être à nouveau enceinte, dit la visiteuse. Je l'ai vu tout de suite, je ne me trompe jamais. Quelle pitié ! Profitez donc de la vie ! Sur tous les marchés vous pouvez trouver du *djamoe*, c'est un mélange d'herbes médicinales qui fait revenir les règles, vous ne le saviez pas ? Mais pour vous, c'est déjà trop tard. »

Les montagnards n'étaient pas doués pour le métier d'employé de maison ; en outre, Jenny ne parlait pas encore assez bien le sondanais pour dire clairement ce qu'elle voulait. Rudolf trouvait qu'elle attachait une importance démesurée aux petits démêlés et malentendus.

Tichef fut sevré. Comme toutes les vaches avaient succombé à la peste Jenny lui fit boire le lait d'une jument qui venait de mettre bas. L'enfant ne grossissait pas, perdait même du poids, et le bruit courait à nouveau que le lait de jument n'avait aucune valeur nutritive. Jenny commençait à s'inquiéter. Comment allait-elle nourrir Tichef, qui vomissait toutes les bouillies ? Serait-elle capable de donner le sein pendant neuf mois au nouveau bébé, comme à son aîné ? La perspective d'un accouchement à Gamboeng lui causait autant de nuits blanches que les pleurs de son fils. Il n'y avait pas d'assistance médicale à Bandoeng. Lorsqu'elle avait mis au monde son premier enfant à Ardjasari, une guérisseuse l'avait assistée sous les directives de la mère de Rudolf ; mais, sans cette dernière, elle n'osait pas compter que sur elle-même. Rudolf insista pour que, le moment venu, elle se rendît à Batavia.

Ils « descendirent » donc pour montrer enfin Tichef à ses grands-parents Roosegaarde, prendre un rendez-vous déjà trop longtemps différé chez le dentiste, et examiner les possibilités de trouver une bonne accoucheuse.

Ils partirent à quatre heures et demie du matin, Jenny, l'enfant et la *baboe* en chaise à porteurs, Rudolf à cheval ; à Tjikalong, ils montèrent dans des calèches. Après un court arrêt à

Bandoeng, ils purent reprendre la route à onze heures. Lorsqu'il s'avéra que l'un des chevaux attelés à la voiture dans laquelle se trouvaient Jenny et Tichef boitillait, ils durent descendre et aller à pied chaque fois qu'il fallait monter une côte raide. L'enfant ne tenait pas en place si bien qu'à chaque relais ils devaient lui laisser le temps de courir à quatre pattes. Secoué par les cahots de la voiture, il vomit ce qu'il avait mangé sur la robe de Jenny qui dut se cacher derrière un arbre en pleine jungle pour mettre des vêtements propres, tandis que Rudolf montait la garde armé de son fusil ; des panthères avaient été signalées dans cette région. Après un trajet de seize heures, ils arrivèrent à Tjandjoer, où ils passèrent une nuit agitée dans la seule auberge de l'endroit ; comme aucun lit n'était disponible, ils durent rester assis dans la galerie intérieure ; Tichef dormit dans un fauteuil, sur un coussin. Ils repartirent le lendemain avant le jour.

A la nuit tombante, épuisés, ils descendirent de voiture à Buitenzorg, devant la maison où Cateau, Henny et leur fils adoptif, Rudi Van Santen, s'étaient installés pour des raisons de santé, maintenant qu'une ligne de chemin de fer permettait à Henny de faire la navette. L'accueil chaleureux de Cateau et, le lendemain, le voyage en train pour Batavia furent un soulagement pour Jenny, malgré son mal de dents. Elle était maintenant convaincue que d'ici quelques mois, sur le point d'accoucher, et avec un bébé sur les bras, elle ne pourrait entreprendre un tel voyage, même assurée d'être assistée par une sage-femme compétente.

Arrivée dans la demeure paternelle, elle constata aussi qu'elle s'était définitivement libérée de la tutelle familiale. Elle craignait que ses frères, turbulents, intraitables, eussent une mauvaise influence sur Tichef ; le plus jeune, Constant, n'avait que six mois de plus que son propre fils, mais donnait l'impression d'être un peu retardé ; elle était très inquiète en voyant que Tichef imitait les cris et les caprices de Constant, quand tous deux rampaient sur le sol.

Son père avait mauvaise mine et semblait être totalement absorbé par son travail ; sa mère, en apparence la même poupée qu'autrefois, avait toujours le comportement dont elle avait gardé le souvenir : elle rappelait ses garçons à l'ordre, les grondant d'une voix douce qui ne faisait aucune impression sur eux ; la migraine redoutée apparaissait subitement et l'obligeait à aller se coucher avec des linges mouillés sur le front. Quant aux soins du ménage, Rose, Marie, les deux gouvernantes et les boys luttaient à qui occuperait la première place. Marie était encore plus belle qu'avant, mais toujours aussi mordante.

« Tu marches sur les traces de Maman. Une vraie Daendels ! » dit-elle en jetant un regard sur le ventre de Jenny ; ce qui ne l'empêcha pas de s'installer spontanément derrière la machine à coudre et de confectionner d'amples robes de chambre en batik pour sa sœur.

Rudolf et Jenny logeaient avec leur fils dans le pavillon, la « chambre du dehors ». Lorsque Rudolf fut de retour à Gamboeng et qu'elle se retrouva seule la nuit dans le grand lit, de vieux spectres se remirent à vivre en elle. Même si Engko, la *baboe* de Tichef, dormait sur une natte devant la porte, était-ce suffisant pour la protéger contre la *nènèk*, en chair et en os ou sous forme de fantôme ? Elle n'avait jamais osé parler à Rudolf de ces obsessions, pas plus que de l'angoisse que lui causait l'orée noire de la forêt à Gamboeng.

Sur le chemin de retour, Rudolf fit une visite-surprise à Ardjasari, pour voir un peu comment marchaient les affaires. Il s'attendait à mieux, bien que la peste bovine eût fait moins de victimes que chez lui. Il rencontra là une demi-douzaine d'hôtes masculins avec qui August chassait tous les jours. De la maison, où jadis sa mère tenait le sceptre, se dégageait une impression de désordre et de laisser-aller. Plus grave encore lui parut le fait que plusieurs champs de thé étaient négligés. L'employé faisait de son mieux, mais ne pouvait accomplir seul tout le travail. Le rouleur, un coûteux appareil que son père avait acquis avant son départ pour la Hollande, et le crible mécanique qu'August avait acheté récemment fournissaient certes un thé beau à voir mais dont le goût était « infect », selon Rudolf. Il attribuait ce défaut à la méthode de fermentation appliquée par August : « Ces couches de feuilles fanées sont trop épaisses. Gus, il ne faut pas entasser les feuilles comme tu le fais, mais les étaler davantage et, si possible, exposer tes *tampirs* au soleil, c'est infiniment mieux que de recourir à un feu de charbon de bois. »

La remarque fut assez mal accueillie par son frère, qui ne put s'empêcher de souligner, en présence de ses hôtes, qu'en ce qui concernait la culture du thé, Wageningen était plus « à la page » que Delft.

Sans la présence de Tichef et de Jenny, Rudolf trouvait Gamboeng humide, froid, sans intimité. Une partie de sa main-d'œuvre avait profité de son absence pour faire la grève. L'expérience lui ayant appris que ces journaliers reviendraient au bout de deux ou trois jours, il n'y fit pas attention. Il chassa et abattit deux panthères noires qui avaient tué des poulains tout juste nés. Avec les ouvriers qui continuaient à travailler, il entreprit d'élaguer ses plantations : c'était l'émondage le plus minutieux depuis qu'il avait commencé à planter du thé, cinq ans plus tôt. Il lui restait maintenant à attendre l'apparition des nouveaux bourgeons. Le thé traité de la dernière récolte fut mis en caisses. Il accompagna lui-même le transport à Tjisondari. Maintenant, l'attelage n'était plus formé de karbaus mais de chevaux qu'il n'avait pas encore eu le temps d'entraîner à ce travail. En cours de route, l'un d'eux fit une chute et le timon d'une charrette se brisa. Le cortège s'immobilisa au milieu des rizières, en rase campagne. Tandis que Rudolf montrait aux charretiers comment réparer le timon avec du bambou, l'une des plus violentes tempêtes qu'il eût jamais connues s'abattit sur le pays. Il revint à Gamboeng, trempé jusqu'aux os et transi, après avoir livré son chargement.

Ensuite, il fit ses préparatifs pour aller chercher Jenny chez Cateau à Buitenzorg, où elle s'était installée avec son fils parce que, chez ses grands-parents, l'enfant menaçait de tomber malade ; il y était terriblement gâté, on le prenait sans cesse sur les genoux, on le gavait d'une nourriture qu'il ne pouvait supporter. Henny, qui devait se rendre à Bandoeng pour affaires, avait bien proposé d'emmener Jenny jusque-là dans son propre landau mais, « connaissant Henny », comme elle l'avait écrit, et redoutant de l'irriter avec les jérémiades et les couches sales de l'enfant, Jenny avait supplié Rudolf de venir lui-même la chercher pour la ramener chez elle.

A Buitenzorg, les drapeaux et les oriflammes orange claquaient dans le vent : Sa Majesté la reine Emma des Pays-Bas venait de donner le jour à une fille : Wilhelmina.

Le rhume qu'avait pris Rudolf pendant la tourmente ne guérissait pas. Malgré sa toux et le fait qu'il n'était pas dans son assiette, il passait des journées entières dans ses plantations à surveiller la nouvelle récolte de magnifiques jeunes feuilles : du pekoe de première qualité. Il paya cher ses efforts ; il dut rester cloué au lit avec une forte fièvre. Il combattit le mal avec de la quinine en poudre, le remède *à la mode*[1] préparé avec l'écorce d'une espèce d'arbre qu'il avait sérieusement l'intention de planter. L'expérience lui apprit que ce produit amer était efficace, même s'il eut l'impression que c'était un remède de cheval.

A peine était-il debout, les jambes encore flageolantes, que Jenny, qui l'avait soigné avec beaucoup de dévouement, tomba malade à son tour. Maintenant, c'était lui qui se tenait à son chevet, posait des compresses sur son front brûlant, lui administrait de la quinine que, hélas, elle ne supportait pas et vomissait aussitôt. Soudain, sa maladie prit un tour tout à fait inattendu. De violentes contractions que la sage-femme indigène, appelée d'urgence de Tjikalong, ne put calmer au moyen de ses plantes médicinales, aboutirent à une naissance avant terme : une prématurée de sept mois, qui ne vécut que quelques heures.

Rudolf enterra sa fillette sous de hauts arbres, un peu plus loin que l'endroit où le sentier du jardin disparaissait dans l'obscurité de la forêt vierge.

1. En français dans le texte. *(NdT)*

En juillet 1881, l'oncle Eduard Kerkhoven vint à Gamboeng pour la première fois. Tout juste de retour des Pays-Bas où il était allé voir ses enfants (Caroline était élevée là-bas, elle aussi), il avait logé à Ardjasari, chez August, avec qui il devait aller aux courses. Bandoeng pouvait depuis peu se glorifier d'avoir un hippodrome plus grand et mieux organisé que le parcours de Buitenzorg. Comme d'habitude, Eduard faisait participer des champions potentiels et August devait aussi faire courir un cheval.

Eduard claqua ses mains l'une contre l'autre en voyant Rudolf : « Avec cette barbe, tu ressembles trait pour trait à ton père, tel qu'il était quand il est venu à Java. Tu as aussi quelque chose de Karel Holle. Vous me faites une belle équipe de patriarches ! »

Il trouva les entrepôts bien organisés, et les plantations de thé impressionnantes.

« Mais si j'ai un bon conseil à te donner, change de thé et prend de l'Assam, dit-il à Rudolf, tandis qu'ils chevauchaient l'un près de l'autre sur la route longeant la canalisation d'eau. C'est ce que nous faisons aussi, Albert et moi.

– J'ai créé un champ d'expérimentation à partir de graines d'Assam qu'Albert a fait venir de Ceylan. Mais jusqu'ici, ça n'a pas donné grand-chose. Mon Java Sinensis marche mieux.

– Pourtant, tu devrais persévérer, estima Eduard. Les arbustes deviennent beaucoup plus grands et plus robustes que ceux du Java Sinensis. La feuille est longue et tendre, d'un vert clair très frais. Si, au bout d'un an, tu coupes la tige principale de la jeune plante, tu obtiendras un réseau de branches fort et large, qui formera de magnifiques buissons offrant une grande surface à récolter, à condition que tu élagues régulièrement. Nous avons eu suffisamment de misères avec le thé de Chine ; il attire toutes sortes de maladies, la gale des feuilles, des parasites, enfin, tu en sais autant que moi. L'Assam est réellement une espèce plus saine. Il paraît que trente récoltes par an, ce n'est pas exceptionnel.

– Je vous montrerai tout à l'heure mes planches de quinquina, du *Succirubra*. Le cousin Holle continue à insister pour que je passe au quinquina, parce que je ne veux pas faire de thé vert. J'envisage d'adopter le quinquina comme seconde culture. »

Ils arrêtèrent leurs montures à l'endroit d'où l'on avait vue sur le haut plateau. Rudolf tendit ses jumelles à Eduard : « Vous pouvez voir Ardjasari !

– Ton frère August est un type dynamique. Quel cavalier, quel chasseur ! Je l'aime bien.

– Pourvu qu'il arrive à s'en tirer à Ardjasari. Ses plantations me semblent mal entretenues. Il compte trop sur son employé et ses *mandoers*. » Rudolf s'écoutait parler et s'étonnait de l'aisance avec laquelle les critiques lui venaient aux lèvres. « Et il est trop souvent absent. Quand il n'a pas d'invités, il ne tient pas le coup plus de quelques jours de suite dans l'exploitation. Il a tort. »

Eduard se mit à rire. « Il est trop souvent seul ! Il lui faut une femme. Du reste, il s'occupe sérieusement de la question. Il est follement amoureux de ta belle-sœur, Marie Roosegaarde. Tu ne le savais pas ? Et c'est réciproque, si j'ai bien compris. Il m'a déjà pressenti à propos d'un beau cheval de selle qu'il veut lui offrir. »

Jenny fut presque plus stupéfaite que Rudolf en apprenant la nouvelle, et se sentit vexée que Marie ne l'eût pas mise dans la confidence. Elle savait que Marie et August s'étaient rencontrés à Buitenzorg chez les Henny, quand August assistait aux courses. La perspective d'avoir pour voisine sa propre sœur la tentait, mais elle craignait en même temps qu'il ne pût jamais être question entre elles de rapports chaleureux. Si Marie devenait *djoeragan istri* d'Ardjasari, qui était plus ancien et plus important que Gamboeng, elle ne manquerait pas d'exploiter la supériorité de sa position chaque fois que cela l'arrangerait.

Il était également à prévoir que sous son influence August changerait d'attitude envers Rudolf. Certes, August continuait à montrer du respect à l'égard de son frère aîné, mais Jenny avait remarqué à plusieurs reprises qu'il existait entre eux de légères divergences d'opinions et parfois des frictions, notamment à propos de la comptabilité d'Ardjasari, que Rudolf contrôlait consciencieusement, considérant qu'il en était également responsable. Jenny doutait aussi que Marie fût disposée à se montrer économe dans son ménage. A Ardjasari, il n'était pas nécessaire d'épargner comme ils le faisaient à Gamboeng, grâce aux dispositions très favorables qui avaient été prises en faveur d'August lorsqu'il avait succédé à son père comme administrateur.

Marie aurait les moyens de recevoir très généreusement ; August et elle pourraient assister au concours hippique, l'événement annuel le plus marquant du Priangan. Jenny aurait aimé aussi y assister un jour. Pour la première fois, Rudolf et elle avaient reçu une invitation. Eduard insistait pour qu'ils l'acceptent ; il était temps qu'ils se montrent, qu'ils se fassent des relations. Rudolf avait fait le compte devant elle de ce que coûterait une semaine à l'hôtel (ils ne connaissaient personne à Bandoeng qui pût leur offrir l'hospitalité et ne voulaient pas se présenter chez des étrangers avec un mot d'introduction d'Eduard) ; ils devraient emmener du personnel, surtout à cause de Tichef qui commençait à marcher et que l'on ne pouvait quitter des yeux un instant ; et Jenny avait besoin d'une robe de bal, et de toilettes pour assister aux courses. C'était trop cher et cela entraînait trop de complications.

Finalement, ils trouvèrent une excuse valable. Une nouvelle grossesse s'annonçait : Jenny, qui serait dans son sixième mois, ne pourrait absolument pas paraître en public, à plus forte raison participer à des festivités officielles.

Maintenant qu'il était certain que ses parents ne reviendraient plus à Ardjasari – ce qu'ils avaient encore envisagé par moments pendant les premiers temps de leur séjour en Europe –, Rudolf prit sur lui de trier les biens restés dans la maison de l'administrateur, au besoin pour les retourner à ses parents, sinon, pour les vendre.

August trouva que rien ne pressait. Rudolf aussi bien que Jenny interprétèrent ses atermoiements comme une preuve qu'il ne voulait pas se séparer d'objets qui donnaient une certaine allure à la maison.

« Il veut donner l'impression que tout cela lui appartient », dit Rudolf, qui estimait qu'il n'y avait aucune raison d'épargner à August la peine d'accroître petit à petit ses propres possessions : cette expérience était indispensable ! Tout ce que lui-même avait acquis au prix de gros efforts était, pour ainsi dire, tombé tout cuit dans le bec de son frère ; une terre déjà défrichée et plantée, des plantations rentables, une fabrique complètement installée, de bons chevaux à l'écurie.

« Il veut naturellement offrir à Marie une habitation toute prête. » Jenny pensa à la déception qu'elle avait éprouvée lors de sa première visite à Gamboeng. Elle avait secrètement compté sur quelques meubles et bibelots provenant du mobilier de ses beaux-parents. Le zèle avec lequel elle aidait Rudolf à emballer l'argenterie et le linge pour les envoyer en Hollande avait quelque chose à voir – elle en était très consciente – avec la conviction que ce n'était pas dans l'intérêt de Marie, déjà si gâtée, de tout recevoir sur un plateau d'argent.

Quand ils arrivèrent de Gamboeng, August les reçut chaleureusement, mais ne s'occupa pas d'inventaire ni de rangements. Bien qu'il n'eût pas encore été question de fiançailles officielles entre lui et Marie, il se comportait comme s'il était à la veille de son mariage. Il avait informé ses parents de ses projets et avait reçu d'eux une lettre qu'il lut à haute voix : Marie était déjà maintenant considérée comme leur « chère fille ». La proposition de Rudolf d'entreposer dans un hangar les meubles qui, selon lui, devraient être vendus aux enchères agaça August ; et la précision avec laquelle Jenny et Rudolf évaluèrent les objets qu'ils aimeraient emporter à Gamboeng – afin de pouvoir le dédommager – lui parut carrément absurde. De vieux jouets ! Une valise pleine de laine et de patrons !

Jenny devait s'occuper, être constamment en mouvement pour ne pas avoir à penser qu'elle était à nouveau enceinte. Cependant, un camarade de jeu pour son fils serait le bienvenu ; cela manquait terriblement à l'enfant. Quand les *mandoers* venaient faire leur rapport l'après-midi et chercher l'argent destiné aux salaires des *boedjangs*, des cueilleuses et des trieuses, le petit garçon, que l'on appelait maintenant Rud, se traînait jusqu'au bord de la véranda avant où ils étaient accroupis, et fouillait à deux mains dans le tas de pièces de cuivre, pour les éparpiller ensuite. Les hommes laissaient faire l'« *Agan* », le petit monsieur, les regroupaient ensuite chaque fois par catégories et en faisaient de petites tours pour qu'il pût ensuite répéter son jeu. Il commençait à babiller et comme sa *baboe*, Engko, disait avec une patience infinie le nom de tout ce qu'il montrait du doigt, il connaissait plus de mots sondanais que hollandais. Il adorait les bêtes, se roulait per terre avec les chiens, voulait caresser les chevaux à l'écurie, et imitait les cris des coqs et des oiseaux. Son activité préférée consistait à regarder dans la menuiserie comment les hommes sciaient les planches et fabriquaient des caisses.

Pour bannir de son champ visuel la sombre lisière de la forêt, à l'endroit où se trouvait la petite tombe, Jenny consacrait beaucoup de temps à son jardin, mettait en terre des groupes de plants d'arbustes venus d'Ardjasari qui portaient de belles fleurs, semait de la couleur partout où cela était possible. Elle invita ses frères August et Herman à venir passer leurs vacances à Gamboeng. August, un garçon timide de quinze ans monté en graine, avait perdu beaucoup de sa récalcitrance ; en revanche, Herman, douze ans, était devenu deux fois plus difficile, multipliait les stupidités dangereuses, se montrait si versatile et si bizarre qu'elle n'osait pas laisser Rud un instant seul avec lui. Il lui rappelait Frits, qui avait aussi été si étrange, ce qui l'amena à demander par lettre à ses beaux-parents d'accorder toute leur attention aux deux garçons en Hollande, dont on parlait à peine chez ses parents. « Je me permets de vous adresser une prière amicale : voudriez-vous communiquer à mes deux frères l'adresse à laquelle vous logerez pendant les vacances que vous projetez à Arnhem, afin qu'ils puissent venir vous voir ? Je serais si heureuse si vous pouviez me faire savoir comment ils se portent et quelle impression ils vous font. »

Après avoir assisté aux courses, les Henny vinrent à leur tour à Gamboeng avec leur fils adoptif, Rudi Van Santen. Ils allèrent dans leur élégante berline, suivie d'une petite voiture transportant le personnel, jusqu'à Tjikalong où Rudolf les attendait avec des chevaux et des chaises à porteurs. Jenny, qui s'était multipliée pour les loger le plus confortablement possible (Rudolf avait fait construire deux chambres d'ami supplémentaires), ne savait pas très bien si elle devait se sentir offensée que Henny, en amenant avec lui son propre cuisinier, manifestât sa méfiance à l'égard de ses talents culinaires ; mais, après coup, elle trouva bien commode la présence de ce serviteur habile.

Rudolf fit faire à ses hôtes des excursions à pied et à cheval dans le voisinage. Jenny leur adressait de la main des adieux pleins de regrets ; elle ne pouvait plus monter à cheval ni grimper le long des sentiers abrupts, et restait à la maison avec les enfants. Rudi Van Santen avait presque sept ans ; c'était un petit garçon précoce, qui adorait Cateau et se montrait d'une liberté désopilante envers Henny. Rudolf et Jenny ne pouvaient s'empêcher de se lancer des coups d'œil significatifs sur la tolérance de Henny à l'égard de son fils adoptif. « Je le comprends, dit Rudolf, pour Henny ce sera bientôt fini. Dans six mois, ils partiront pour la Hollande, le garçon ira vivre chez Van Santen avec les autres enfants, et Henny aura fait son devoir. »

Il y avait bien des choses à discuter. En premier lieu, l'idylle loin d'être sans nuages d'August et de Marie. Pendant un séjour à Buitenzorg chez les Henny, les jeunes gens s'étaient curieusement comportés. Après une longue promenade compromettante à la brune, sans chaperon (qui plus est, alors qu'ils étaient invités à une soirée !), ils avaient rejoint la compagnie et annoncé officiellement leurs fiançailles à brûle-pourpoint, mais, dès le lendemain, une dispute si violente avait éclaté que Marie était repartie précipitamment pour Batavia et qu'August n'avait pas non plus voulu rester plus longtemps à Buitenzorg.

« Mais pourquoi donc ? Que se passe-t-il ? demanda Jenny, bouleversée.

– Nous n'en savons rien, dit Cateau. Nous n'étions pas là. Henny était au bureau, j'étais avec Rudi derrière la maison. J'ai entendu Marie à l'intérieur vociférer à tel point que les serviteurs ont été pris de peur. J'étais rouge de honte !

– Ils ne sont pas faits l'un pour l'autre, fit remarquer Henny. Elle le régente déjà, elle n'a pas un grain de respect pour lui. »

Rudolf approuva d'un hochement de tête. « August est trop jeune pour fonder un foyer, et il faut d'abord qu'il s'initie au travail à Ardjasari.

– Je crains que la vie dans la brousse ne convienne guère à Marie, compléta Jenny.

– A mon avis, c'est précisément de cela qu'il s'agit, dit Henny. Elle veut bien vivre à Buitenzorg, mais elle préférerait encore Batavia. Alors August devra nommer un gestionnaire. Marie s'imagine vraiment que la fortune des Kerkhoven est impressionnante.

– Comme toi quand tu m'as épousée », marmonna Cateau. Jenny s'empressa de couvrir ses paroles : « Tous deux sont tellement impatients et exigeants.

– En fait, ils devraient se fréquenter tous les jours pendant un mois pour voir s'ils sont capables de s'entendre, commenta Rudolf.

– J'ai demandé à Marie de revenir nous voir à Buitenzorg, dit Cateau. Dans ce cas, j'inviterais aussi August. Mais elle refuse. Et August commence aussi à se demander si elle l'aime assez.

– La meilleure chose, ce me semble, est de laisser l'affaire s'éteindre tout doucement, reprit Henny. Il ne faut rien entreprendre ! Ce ne serait pas la première fois que des fiançailles seraient rompues sans que le monde en soit bouleversé.

– Pour Marie, c'est beaucoup plus grave. Plus tard, c'est toujours la fille que l'on regarde de travers !

– Je vais écrire à mes parents, dit Rudolf. Ils sont pleins de bonnes intentions, mais ils ont donné leur accord à ce mariage bien prématurément.

– J'ai déjà envoyé une lettre à Papa et Maman, reprit Cateau.

– Je vais aller trouver August, décida Rudolf. Il faut qu'il se rende compte qu'il s'agit d'une simple passade. Ils se sont choisis uniquement sur les apparences. »

Henny se leva et sortit un étui à cigares de sa poche. « Nous sommes donc d'accord. Plus tôt se fera la rupture, mieux cela vaudra. »

Tandis que les hommes allaient et venaient devant la maison en fumant, Jenny et Cateau se retirèrent dans le coin-salon de la chambre à coucher.

« C'est bien ennuyeux que nous n'ayons pas de galerie intérieure. Il faut toujours que je reçoive la visite dans cette pièce quand il fait trop froid ou trop humide pour rester assis dans la véranda avant. La visite de dames bien sûr, les messieurs vont avec Rudolf dans son bureau. »

Par la fenêtre, elles pouvaient voir les enfants jouer dehors sur la pelouse.

« Regarde comme le petit Rudi s'amuse bien avec Tichef. Un drôle de petit bonhomme ! Pendant que vous vous promeniez, je voulais bavarder avec lui. Il s'est assis par terre devant moi respectueusement, exactement comme font les domestiques. Je n'ai pas pu m'empêcher de rire.

– Il va me manquer terriblement. Il a été mon enfant pendant sept ans.

– Et toi, tu me manqueras, ma chère Cateau.

– Je veux faire une cure thermale en Allemagne. Il y a là-bas des sources médicinales pour les problèmes gynécologiques. Sait-on jamais… enfin ! Écoute, Jenny. Je n'ai pas voulu te parler en présence de Rudolf et de Henny. J'ai reçu une lettre de mes parents après que tes frères Frits et Willem étaient allés les voir. C'était bien ton idée ? Maman a été assez bouleversée par le comportement de Frits, il semble qu'il ne soit pas tout à fait normal. Marie, elle, dit carrément qu'Herman est fou… Et Marie elle-même… elle est parfois si bizarre, si capricieuse… Espérons que les projets entre elle et August tourneront court. »

Les yeux de Jenny se remplirent de larmes. « Pauvre Marie. Quelle pitié ! »

« Je te le dis sans ambages, Kerkhoven, tes plantations me déçoivent. J'étais récemment à Soekawana, où habite maintenant Hoogeveen. Son thé est beaucoup plus beau. Et son quinquina est vraiment spectaculaire. On me dit que tu as quelque chose contre la culture du quinquina. »

Au cours des derniers jours, Rudolf avait été surpris par une certaine affabilité et une patience auxquelles son beau-frère ne l'avait pas habitué. L'irritation ressentie jadis réapparut. D'où venait donc cette tendance de Henny à critiquer tout ce qu'il voyait à Gamboeng ? Pendant leurs tournées sur les terres de l'exploitation, il ne cessait de faire des remarques désagréables sur l'état des routes, la situation de la fabrique et bien d'autres choses.

« Qu'est-ce qui te fait dire que j'ai quelque chose contre le quinquina ? Viens donc voir tout ce que j'ai planté. »

Il s'attendait à ce que Henny fût convaincu en découvrant les milliers de plants de ses couches, mais ce ne fut pas le cas.

« Tout sèche ! A Soekawana, on arrose chaque soir les semis.

– Tu me vois en train de me promener avec un arrosoir ? On n'en finirait pas sur une si vaste étendue. Du reste, l'air ici est très humide.

– A Soekawana, on prétend que tu es un ennemi déclaré de la culture du quinquina, et que tu conseilles à August de ne pas s'y mettre. »

Rudolf sentit qu'il allait se fâcher. « Qui dit cela à Soekawana ? Je n'ai jamais abordé ce sujet avec Hoogeveen.

– C'est aussi l'opinion de Karel Holle que j'ai rencontré là-bas. Si tu avais vraiment envie de te lancer dans cette culture, tu ne planterais pas du *Succirubra* qui contient trop peu de quinine. Il faut prendre du *Ledgeriana*, c'est la meilleure espèce.

– Je le sais et, si je peux l'obtenir, je le sèmerai. Il est très difficile de s'en procurer. Laisse-moi m'occuper de ce qui se cultive ici ! C'est mon entreprise !

– Je te demande pardon, Kerkhoven, Gamboeng est à moitié à toi, l'autre moitié appartient à ton père et à Van Santen. En l'absence de Van Santen, je m'en occupe dans l'intérêt de Cateau et des enfants de Bertha. Et cela vaut aussi pour Ardjasari. Il semble que ton père ait la possibilité de devenir directeur d'une fabrique de quinine à Amsterdam et le mari de ma sœur cadette, qui est courtier, serait disposé à servir d'intermédiaire pour la vente aux enchères. »

Que Henny, qui n'y connaissait rien en matière de thé et de quinquina, s'érigeât en expert et chien de garde des intérêts de la famille irritait moins Rudolf que l'idée que son père n'eût pas pris la peine de le tenir au courant des événements. Toutefois, il ne pouvait pas nier que son beau-frère avait le droit de s'occuper de Gamboeng dans une certaine mesure.

« Je te montrerai les livres demain », dit-il sèchement. Ils firent demi-tour et rentrèrent lentement à la maison. A la fabrique, le tri de la dernière récolte de thé était loin d'être terminé, mais une partie de la main-d'œuvre attendait son salaire et les *mandoers* étaient déjà accroupis au bord de la véranda avant.

Les Henny étaient toujours là quand August vint une fois encore à Gamboeng. Au grand étonnement de chacun, il n'était pas abattu le moins du monde ; au contraire, il ne parlait que des courses et des fêtes sensationnelles auxquelles il avait assisté à Bandoeng. Lorsque Rudolf aborda prudemment, en privé, la question des fiançailles, August admit qu'il n'avait pas reçu de lettre de Marie depuis des semaines. Comme il ne semblait pas en être particulièrement affecté, Rudolf laissa provisoirement tomber le sujet.

Un lit d'appoint fut mis à la disposition d'August dans le bureau de Rudolf. Ils passèrent ensemble une soirée très agréable comme au bon vieux temps ; le lendemain, au petit déjeuner, l'ambiance fut celle des réunions de famille réussies.

« Dommage que Julius ne soit pas là ! soupira Cateau. Comment va ce gentil garçon, on n'entend jamais parler de lui ? »

Rudolf montra quelques lettres qu'il avait reçues de Julius.

« Il est très heureux à Krawang. A mon avis, son travail dans la construction de la voie ferrée lui va comme un gant ! Il a la même tendance qu'en Hollande à rester à l'arrière-plan. Il ne fréquente personne. »

Henny s'était levé de table et allait et venait dehors, sa montre à la main. Les palefreniers avaient amené les chevaux, les porteurs étaient accroupis à côté des *tandoes*.

« Toujours pressé, soupira Cateau en levant les yeux au ciel.

– Admirez mon esprit d'à-propos ! s'écria August. Je reprends tranquillement une tartine tandis que la locomotive crache déjà sa vapeur ! »

Rudi Van Santen faillit rouler sous la table tant il riait et il se mit à souffler et à imiter les bruits d'une locomotive pour la plus grande joie de Tichef.

Au moment des adieux, Henny dit à Rudolf : « Continue à planter du thé. Tes livres m'ont prouvé que tu avais raison : personne ne produit du thé aussi économiquement que toi. Cela te rapportera gros.

– Hier encore, tu voulais à tout prix que je me lance dans le quinquina ! » Rudolf se tourna vers son frère. « As-tu entendu dire, August, que nous, les Kerkhoven, nous ne voulions pas planter de quinquina ? “Avec les Kerkhoven, on perd sa peine”, aurait dit Karel Holle. »

August, qui accompagnait les voyageurs à cheval jusqu'à Bandjaran, se pencha sur sa selle et dit à Rudolf : « J'ai réussi à avoir de la graine de *Ledger*.

– Comment te l'es-tu procurée ? demanda Rudolf, surpris. Voilà des mois que je fais l'impossible pour obtenir du *Ledgeriana* des entreprises gouvernementales, mais ces gens me répondent toujours qu'il n'en ont pas.

– Eh bien, moi, c'est des entreprises gouvernementales de quinquina que je l'ai obtenu. »

Ce fut un choc pour Rudolf. « Je n'y comprends rien. Cet envoi m'était sûrement destiné. »

Jenny embrassa Cateau. « Est-ce que je vous reverrai avant votre départ pour la Hollande en avril ? A cette date, j'aurai un nouveau bébé au berceau, je ne pourrai pas quitter la maison.

– Quelle chance tu as, Jenny ! Quelle richesse ! » Avant que le cortège s'ébranle, elle murmura encore : « Tu vois qu'August prend les choses du bon côté ? Tout s'arrangera. »

Tout s'arrange pour les Kerkhoven, pensa Jenny, en faisant des signes d'adieu. Mais pour Marie ? Et pour Herman et Frits ? Et pour moi ?

Le 7 décembre 1881, après un long et difficile accouchement sans l'aide d'un médecin ni d'une sage-femme, naquit à Gamboeng le second fils de Rudolf et de Jenny. Il reçut les prénoms d'Eduard Silvester.

Le soleil déclinait. A l'ouest, le ciel était embrasé d'un éventail de rayons qui pâlissaient lentement. Rudolf et Jenny se promenaient enlacés le long des couches où quelques mois plus tôt les graines finalement obtenues de quinquina *Ledgeriana* avaient été plantées. Au-dessus de ses semis, Rudolf avait fait placer un lacis de bambou protecteur.

Ils marchaient pieds nus ; cet après-midi-là, il avait plu longuement et abondamment, la boue avait ramolli la terre des sentiers. Rudolf éprouvait un sentiment de profonde satisfaction à s'imprégner de l'odeur de la forêt, ce mélange d'arômes amers, aigrelets, épicés. Il serra le bras de Jenny. Elle n'avait jamais eu aussi bonne mine que maintenant, quatre mois après la naissance du petit Edu. Lorsque Rudolf la soutenait dans ces heures de torture, il avait juré que cela ne devait plus jamais arriver ; et elle, harassée, affaiblie par la perte de sang, avait été d'accord pour qu'à l'avenir ils fissent chambre à part, ce qui du reste s'imposait, car deux lits d'enfant étaient placés de part et d'autre du grand lit et Engko déroulait aussi sa natte dans cette chambre pour la nuit. Rudolf avait installé un lit d'appoint dans un coin de son bureau, derrière un paravent (il avait improvisé une moustiquaire à l'aide d'un portemanteau), et un petit lavabo en fonte complétait le tout. C'était sur ce lit de fortune qu'il couchait, à la spartiate, comme un militaire en campagne ou un moine dans sa cellule.

Mais maintenant qu'il regardait Jenny dans l'éclat du soleil couchant, ses intentions semblaient irréalisables. Le côté petite fille avait disparu de son visage et de sa silhouette, il la trouvait belle d'une nouvelle manière, plus mûre, qui attisait son désir. Au cours des ans, il avait mené à bien tant de tâches à première vue inexécutables qu'il parviendrait certainement à trouver une solution à cet autre problème. Il lui donna un baiser ; le geste instinctif de recul, à peine perceptible de sa femme réveilla en lui le souvenir des premiers jours de leur fréquentation et donc les mêmes sensations qu'à l'époque. C'était comme si tout recommençait.

Des myriades de gouttes scintillaient dans les cimes des arbres et les buissons ; sous le ciel flamboyant, le vert du feuillage et des plantations de thé était si intense qu'il blessait la vue ; mais les montagnes, à l'ouest et au nord, s'enténébraient déjà jusqu'à n'être plus que des silhouettes. Du kampong de Bandoeng retentissaient les bruits familiers du soir : coups sourds frappés sur le *gedoek*, bribes d'appels : *Tah ! Eh ! Paman kadijeuh !* et le Pscht ! Pscht ! renvoyant les poules à leur perchoir.

Le boy et les garçons d'écurie bavardaient à voix basse sur les marches du logement des domestiques. Dans l'habitation du clerc, la lampe était déjà allumée. Mais dans la véranda avant de leur maison, en plein sud-ouest, il devait encore faire jour. Ils entendaient la voix flûtée de Rud-Tichef s'adressant à Engko et, un peu plus tard, ils le virent apparaître à l'angle de la maison, tenant sa *baboe* par la main. L'enfant accourut vers Rudolf : « *Ama !* » pour qu'il le prenne sur son dos. Jenny le souleva sous les aisselles et le tint au-dessus d'une flaque profonde sur le sentier pour qu'Engko pût laver ses petits pieds boueux.

Ils se promenèrent ensuite dans le potager, Rudolf portant l'enfant sur ses épaules, Jenny se penchant à chaque instant pour inspecter des plantes. La nuit tomba vite.

« Rentrons, dit Jenny, c'est l'heure de la tétée d'Edu. »

Rudolf trouvait qu'il avait toutes les raisons d'être satisfait. La récolte avait dépassé de loin celle de l'année précédente, et, même si le temps humide ne lui avait pas permis de traiter les feuilles comme il le souhaitait, le thé de Gamboeng était très convenable ; de plus, à la dégustation, il n'avait pas cet arrière-goût de terre de pipe qui portait préjudice au thé d'Ardjasari et qui résultait, selon lui, d'un certain laisser-aller pendant le tri. Rudolf avait reçu la visite du résident de Bandoeng et des chefs de district de Bandjaran et de Tjisondari qui avaient unanimement fait l'éloge des plantations de thé de Gamboeng, ce qui lui avait donné du baume au cœur après les critiques de Henny, même s'il devait reconnaître que ses cultures n'étaient pas aussi luxuriantes et aussi fraîches que celles d'August. Il est vrai que ces dernières existaient depuis plus longtemps. Il attendait beaucoup de ses propres théiers, qui n'étaient pas encore aussi touffus ni rapprochés les uns des autres ; pour l'année en cours, il escomptait une production de plus de mille livres par *baoe*.

Jenny avait planté des cyprès devant la maison et des arbres fruitiers dans le kampong. A sa demande, Rudolf avait fait abattre et déraciner la rangée de bananiers sauvages séparant la maison de la forêt vierge, si bien que, depuis la véranda avant, on avait vue sur quelques beaux fûts d'arbres à la lisière du bois, le long desquels poussaient des orchidées et des plantes grimpantes. Une panthère ne pourrait s'y tenir à l'affût sans être vue.

De mois en mois, l'exploitation ressemblait davantage à l'image rêvée. Quand il faisait sa tournée matinale sur ses terres et voyait l'endroit d'où il avait contemplé Gamboeng pour la première fois, il pouvait à peine croire qu'il avait accompli tant de choses : sa *gedoeng* avec les dépendances et les écuries, entourées des fiers *rasamalas* ; plus bas, à flanc de coteau, les entrepôts de la fabrique et les semis, et à perte de vue les plantations, disposées en massifs pour faciliter la cueillette et séparées les unes des autres par des bosquets et des sentiers.

Il avait maintenant deux fils sains et robustes. Du nourrisson, il ne connaissait guère que le plaisir des premiers sourires de reconnaissance quand il se penchait sur son berceau. Mais il s'attachait de plus en plus à Rud ; c'était un garçonnet vigoureux, qui l'accompagnait déjà sur d'assez longues distances à travers ses plantations et voulait savoir le nom de tous les arbres et de toutes les plantes, qui aimait être assis à cheval devant son père ; et qui s'était laissé vacciner contre la variole sans broncher au cours d'une séance très officielle tenue par le fonctionnaire chargé de cette tâche, sur la grande cour devant la maison, en même temps que quatorze autres enfants du kampong.

Il était heureux que Jenny pût se reposer. Après le jardinage, elle s'installait avec des travaux d'aiguille sur la véranda avant, tandis que Rud jouait et qu'Engko s'affairait, portant Edu dans son *slendang*. Tous les jours, le temps était splendide, ensoleillé et agréable jusqu'à trois ou quatre heures ; alors venait la pluie dont les cultures avaient besoin.

Le calme semblait revenu dans les affaires de famille. August donnait l'impression de se consacrer entièrement à son exploitation et surtout à ses projets de créer sa propre écurie d'entraînement. Dans ses lettres ou lors de rencontres, il n'était pas question de Marie, mais de l'étalon Sandalwood qu'il avait acheté. De son côté, Marie écrivait peu et ne parlait jamais d'August. Rudolf et Jenny évitaient dans leur correspondance toute allusion aux fiançailles qui s'éteignaient comme une chandelle. Une fois encore, les parents de Rudolf revinrent sur le sujet dans une lettre où ils laissaient supposer que le fossé qui s'était creusé entre les jeunes gens était dû à une intervention un peu trop hostile de Rudolf. Sous les mots, il sentit un reproche tacite.

Il répondit : « Vous parlez du "déséquilibre" entre la situation d'August et la mienne en tant qu'administrateurs d'Ardjasari et de Gamboeng. Que ce déséquilibre existe, il est inutile de nous le dissimuler. J'y suis confronté journellement et souvent d'une manière fort peu agréable. Mais je suis trop philosophe par nature pour me laisser aller à l'amertume. Nous n'y pouvons rien et cela n'a aucune influence sur notre bonheur. »

Jaloux ? Il repoussa cette idée. Un homme d'âge moyen – il avait trente-quatre ans – est trop vieux pour céder à la jalousie. Il était époux et père, chef d'une entreprise, et en tout cas *chef de famille*[1] des Kerkhoven de sa génération dans les Indes. Il jouissait d'une grande autorité sur ses terres, recevait des preuves d'attachement et de confiance de ses subalternes. Pour prendre ses distances par rapport au côté « mondain », « moderne » d'August, de Henny et de Cateau, qu'il estimait défavorable au développement de bons rapports coloniaux, il mettait l'accent sur la dignité de sa présentation et de son comportement, comme son père l'avait fait avant lui. Outre la barbe d'un sage, il portait toujours un couvre-chef, même à la maison. Il ne mangeait pas de viande de porc, ne buvait pas d'alcool. Il observait les usages

1. En français dans le texte. *(NdT)*

auxquels étaient habitués les gens de sa région. Lorsque, revenant à cheval à la tombée du jour après une longue journée, et gravissant la côte, il approchait de Gamboeng, voyait de la lumière sous la véranda avant et pouvait progressivement distinguer Jenny et le thé prêt sur la table, et lorsqu'il découvrait aussi la tête de Rud qui attendait sur un tabouret derrière la balustrade l'arrivée de « *ama* », il était envahi par le sentiment qu'il ne voudrait échanger sa place avec personne d'autre. « *Où peut-on être mieux ?* [1] » murmurait-il alors, puisant par habitude dans sa réserve de dictons. Il était un homme heureux.

Jenny et Rudolf avaient cru être entrés dans une période sereine de leur existence. Lorsqu'elle passait ses matinées claires et fraîches à travailler au jardin tandis que Rud jouait au menuisier sur l'escalier de la véranda avant (il enfonçait des clous dans les marches jusqu'à ce que les têtes disparaissent presque complètement dans le bois), qu'Engko vaquait à ses occupations en portant Edu dans un *slendang*, Jenny prenait conscience de la paix grandiose qui régnait sur le paysage alentour et se sentait pour la première fois en sécurité parmi les trois sommets du mont Tiloe. Par l'une de ces journées radieuses où les insectes bourdonnaient entre les fleurs, où retentissaient les voix des cueilleuses dans l'air limpide des plantations environnantes, elle avait fait un bout de chemin avec Rudolf. Ils s'arrêtèrent un instant dans la pépinière à l'endroit où Rud remplissait d'eau son petit seau et son arrosoir dans la rigole longeant les semis. Prenant la main de Rudolf, elle avait exprimé ce qu'elle n'avait encore jamais pensé si sincèrement : « Nous devons rester ici. Nulle part nous ne serons aussi bien ! »

C'est à ce moment précis qu'un messager accourut apportant un télégramme parvenu tôt, le matin même, à Bandoeng en provenance de Batavia : M. Roosegaarde Bisschop avait succombé à une attaque dans sa maison, sans avoir repris connaissance.

Jenny prépara en toute hâte un sac de voyage. Des chevaux furent sellés pour Rudolf et pour le valet qui devait accompa-

1. Emprunté à l'opéra *Lucile*, très en vogue à l'époque, du compositeur liégeois André Grétry. *(NdT)*

gner son maître jusqu'à la gare de Soekaboemi. Elle aurait préféré partir immédiatement avec Rudolf, mais elle ne pouvait pas laisser les enfants seuls, ni exposer le nourrisson à cette pénible expédition. C'est seulement quand les cavaliers eurent disparu derrière la chaîne de montagnes qu'elle prit pleinement conscience de la nouvelle qu'elle venait d'apprendre.

August, averti par un message de Rudolf, arriva d'Ardjasari vers le soir. Ils veillèrent dans le bureau jusqu'à une heure avancée de la nuit. Jenny pleurait la disparition de son père ; August ouvrit son cœur à propos de Marie.

« Que dois-je faire, Jenny ? Je ne veux pas l'abandonner en ce moment. Quand je la vois, je suis amoureux, mais je ne l'aime pas d'amour. Je ne crois pas pouvoir vivre avec elle. »

Rudolf resta plus longtemps que prévu à Batavia. Roosegaarde avait laissé un chaos de paperasses ; sa veuve, apathique, ne savait comment régler les questions d'héritage et autres affaires ; elle ne parvenait pas à décider si elle retournerait en Hollande avec les sept enfants qui vivaient encore à la maison ; c'était en tout cas ce que l'« on » trouvait approprié et que l'on attendait d'elle. Devait-elle y envoyer seulement les plus grands garçons pour leur éducation, et louer une maison pour elle-même, Rose, Marie et les plus petits à Buitenzorg, au climat plus sain ? Devait-elle vendre sa propriété ? Roosegaarde laissait une succession *ab intestat*. La moitié de son avoir revenait donc à sa femme, l'autre moitié aux enfants. La part des mineurs devrait être déposée au conseil de tutelle.

Fort étonné de la négligence de son beau-père en matière de gestion financière, Rudolf avait tout trié, écrit des lettres à la famille en Hollande et tenté de mettre un peu d'ordre dans ce foyer désemparé. Le départ des Henny pour la Hollande incita finalement Mme Roosegaarde à décider de suivre leur exemple, du moins pour la durée des études de ses fils qui, très vraisemblablement, reviendraient plus tard à Java. Rudolf lui conseilla de louer provisoirement sa maison aux autorités gouvernementalcs. Marie, qui l'évitait le plus possible et lui tirait dans le dos constamment, s'opposa violemment à cette proposition.

Lorsqu'il la rencontra par hasard dans la galerie intérieure, il profita de l'occasion pour entamer la question qu'il avait éludée jusque-là.

« Marie, j'ai reçu une lettre d'August. Il veut savoir à quoi s'en tenir. Il ne reprend pas sa parole, mais te laisse décider. »

Marie, qui était sur le point de passer près de lui sans un mot comme d'habitude, se tourna vers lui. Pâle, les cheveux lisses relevés en chignon et toute vêtue de noir, elle était d'une dramatique beauté.

« Il sait à quoi s'en tenir. Je le lui ai déjà dit à Buitenzorg. La vie que doit mener Jenny, moi, je n'en veux pas. Je ne tiendrais pas le coup, je me suiciderais. Je ne suis pas une pondeuse et pas une *njai* à peau blanche, la concubine d'un Européen ! Merci ! »

Rudolf resta interdit devant ce qu'elle osait lui dire. Il réprima l'envie qu'il avait de la gifler.

« Tu offenses Jenny. Et tu juges mal August. Vous ne vous êtes pas accordé le temps de bien vous connaître.

– Ah ! nous ne nous sommes pas accordé le temps ? s'écria Marie en trépignant. De quoi se mêle donc tout le monde, toi le premier ? Voilà pourquoi je ne te parle pas ! Maintenant, tu le sais ! Ta manière de tout manigancer ici, je ne supporte pas ça.

– Mais qui d'autre devrait le faire ? Qui prendra les responsabilités ?

– Moi, moi, moi ! C'est moi qui suis responsable ! » hurla Marie qui s'enfuit aussitôt.

*Rudolf à ses parents, avril 1882*

« Le partage de la succession me donne bien du travail, une chose en entraîne une autre ; c'est incroyable à quel point le notaire est ignorant de ce qu'il devrait savoir, selon moi, en ce qui concerne la valeur des coupons de rente, la différence entre les actions et les obligations, etc. Plusieurs fautes monumentales m'ont ouvert les yeux et maintenant je suis très vigilant et vérifie tous les comptes. Jenny hérite de son père quinze mille florins. Elle veut les mettre de côté et je n'y vois pas d'inconvénient. Elle aura quelques actions à la Banque de Java.

« La situation dans la famille Roosegaarde est vraiment déplorable. J'ai pu constater que Marie faisait ici la pluie et le beau temps. Vous en dire davantage m'entraînerait trop loin. Sa mère tremble devant elle et tente de tout arranger pour éviter des heurts.

« Si jamais quelque chose devait nous arriver, à Jenny et à moi, il ne faut *en aucun cas* que nos enfants soient placés dans cette maison. Vous devez me le promettre. »

Pendant la première semaine de mai 1883, des bruits répétés d'explosions furent entendus à Gamboeng. Rudolf les attribua aux travaux de construction de la voie ferrée qui allait relier Buitenzorg à Bandoeng. Il se représentait Julius en train de faire sauter des rochers quelque part dans la montagne. Mais les journaux signalèrent que le volcan de l'île de Krakatau, dans le détroit de la Sonde, s'était réveillé ; à Batavia aussi, on ne l'avait compris qu'au bout de quelques jours. Les curieux pouvaient aller voir de près le phénomène en bateau de plaisance pour quarante florins.

Java comptait un grand nombre de volcans encore actifs ; lorsque l'effervescence des premiers jours se fut calmée, personne n'y pensa plus. A Gamboeng, la vie suivait son cours habituel. La récolte fut moins abondante par suite de la sécheresse. Néanmoins, son rendement ne fut pas moins élevé que celui d'autres exploitations, et la production par *baoe* répondit à ce que l'on pouvait attendre à une altitude de quatre mille pieds. Rudolf aurait encore pu y ajouter la cueillette de dix *baoes* de jeunes théiers. Il était tous les jours dans ses plantations avant le petit déjeuner.

Il était plus inquiet à propos de ses nouveaux plants de quinquina, qu'il faisait arroser pour plus de sûreté tous les après-midi. Régulièrement il allait à pied, souvent avec Jenny, voir comment se présentait la récolte de quinquina dans les exploitations gouvernementales du Rioeng Goenoeng : quels arbres on abattait, quelles branches on élaguait et de quelle manière on détachait et séchait l'écorce. Il devrait en effet appliquer ce système dès que ses plants seraient adultes. Il était de plus en plus décidé à accorder dans l'avenir une plus grande place à la culture du quinquina. Au total, la surface déjà plantée et traitée à Gamboeng couvrait maintenant cent vingts *baoes*. Il pourrait encore abattre une grande partie de la forêt pour planter des quinquinas. Ce serait le seul moyen de surmonter les mauvaises années d'une culture aussi instable et imprévisible que celle du thé. Sainte Cinchon[1], saint Quinquina, aidez-nous ! supplia-t-il tout bas.

Maintenant que le temps était si chaud et sec, Rud et Edu pouvaient être dehors tout le jour. Ils aimaient par-dessus tout jouer, nus comme des vers, dans un trou rempli d'eau qui avait été creusé au milieu du jardin pour permettre aux jardiniers d'y remplir leurs arrosoirs. Les deux garçonnets faisaient des pâtés de boue à l'aide de pots de fleurs.

Rud, âgé seulement de quatre ans, apprenait déjà à monter à cheval et s'installait avec une aisance innée sur le poney que lui avait acheté Rudolf. Il grimpait aussi très habilement dans un arbuste aux nombreuses ramifications de l'esplanade et, caché dans le feuillage, il imitait les clameurs aiguës des singes tout en secouant les branches. Dressés sur la pointe des pieds, Jenny ou Rudolf lui lançaient alors une banane. Le petit Edu singeait son frère, mais par terre, en rampant parmi les rejets des racines aériennes, et poussant de petits cris perçants.

A présent, les enfants étaient généralement tranquilles la nuit, après que Rudolf leur avait appris la discipline en isolant dans son bureau celui qui continuait à pleurer sans raison. Jenny surtout était contente de pouvoir enfin dormir paisiblement. Elle en avait besoin car elle se trouvait à nouveau dans ce qu'elle qualifiait tout bas de « période affligeante ». « Maman a commandé la cigogne ! » raconta Rudolf à ses fils.

*Rudolf à ses parents, 27 août 1883*

« … Hier après-midi, alors qu'il y avait un peu d'orage dans l'air et que tombait une petite pluie, nous avions à tout instant l'impression d'entendre des grondements et de ressentir des chocs. Nous avons d'abord pensé qu'il s'agissait de coups de tonnerre lointains, mais l'orage cessa et le grondement se fit plus

1. L'appellation scientifique du quinquina est *cinchona*, du nom de la comtesse El Cinchon, femme du vice-roi du Pérou, que le quinquina avait guérie. *(NdT)*

fort, accompagné de coups sourds. Le soir, vers sept heures, nous avons entendu une suite presque ininterrompue de détonations. Il s'agissait manifestement d'un volcan en éruption. Nous avons compris que ce ne pouvait être que le volcan du Krakatau, à deux cent soixante-dix kilomètres d'ici, qui s'était déjà réveillé il y a trois mois.

« Les enfants avaient peur, mais ont tout de même fini par s'endormir ; nous somme allés nous coucher vers dix heures et demie et avons également dormi. Vers minuit, j'ai été réveillé par une recrudescence des explosions. Les portes, les fenêtres, les armoires, tout tremblait. Jenny et les enfants se sont aussi réveillés. Un choc d'une violence qui dépassait tous les précédents tonna si fort qu'il retentit dans toute la maison, comme si l'on tirait le canon juste sous nos fenêtres. Ce n'était pas un véritable séisme, mais des vibrations ou des grondements incessants. Quand le calme revint, il était presque une heure à ma montre. Dehors, l'obscurité était totale, l'air était étouffant, il n'y avait pas un souffle. Les explosions se sont poursuivies toute la nuit, tantôt plus fortes, tantôt plus faibles. Le matin, nous avons appris que la population indigène avait passé la nuit dans et autour de la maison du commis aux écritures. Certains pensèrent que le mont Tiloe s'effondrait, d'autres que c'était notre habitation ou la fabrique. Tous étaient prêts à s'enfuir. Les mères portaient les plus petits dans leur *slendang*, et les hommes coltinaient leurs biens les plus précieux. Mais personne ne savait où fuir.

« Ce matin, les éruptions ont alterné avec des périodes de silence. A dix heures et demie, surgit de l'ouest un banc de nuages gris plombé. Le soleil, qui avait été constamment voilé, disparut complètement. L'obscurité devint angoissante. A midi, je ne pouvais plus lire convenablement dans mon bureau. Les ouvriers quittèrent les plantations et s'en retournèrent chez eux, les poules regagnèrent leur poulailler et les grillons se mirent à striduler. Après quelques violentes rafales venues du sud, le vent se coucha. De nouveau, plus un souffle. La température baissa rapidement de plusieurs degrés, entraînant un froid désagréable. Vers midi et demi, une bande claire parut à l'est, comme au lever du jour. Les coqs se mirent à chanter et les oiseaux à pépier. La nature tout entière semblait déréglée.

« Peu à peu, l'édredon de nuages gris devint moins épais et, entre trois et quatre heures, nous pûmes en tout cas distinguer l'endroit où devait être le soleil. Je ne peux m'empêcher de penser que ce nuage plombé était une masse de cendre, haut dans le ciel. Mais ici, il n'est pas tombé de cendre et nous n'avons pas non plus senti une odeur de soufre. »

*3 septembre (une carte postale)*
« Un petit mot pour vous dire que tout va bien. Après l'envoi de ma lettre précédente, nous avons vu clairement, la nuit, les flammes qui s'élevaient, hautes, au-dessus du Krakatau. Quelle affreuse catastrophe pour Bantam ! Les journaux vous ont naturellement fourni tous les détails. Nous ne parlons que de cela, et, lorsque je vous ai écrit le 27 (anniversaire de Rud !), nous ne pensions pas que la catastrophe serait si terrible. »

*11 septembre*
« … Nous consacrons à présent quelques florins supplémentaires aux messagers pour qu'ils nous rapportent des journaux de Bandoeng, car nous sommes toujours très tendus et impatients d'avoir des nouvelles. La côte de Bantam a surtout souffert du séisme sous-marin. L'eau a pénétré dans les terres sur des kilomètres et tout détruit sur son passage, emportant hommes et maisons. Une pluie de cendres suivit. Telok Betoeng est ravagée et la baie est devenue inaccessible par suite de masses incommensurables de lave qui empêchent le passage des navires. Des dizaines de milliers de cadavres flottent à l'embouchure du détroit de la Sonde… »

Si les précédents accouchements de Jenny furent marqués par la douleur et l'angoisse, le quatrième, au début d'octobre 1883, resta gravé à jamais dans les mémoires par suite de l'attitude exaspérante de la tyrannique *accoucheuse*[1], accueillie avec de grands égards, que l'on avait fait venir de Batavia, et qui, si elle détenait un diplôme de sage-femme, n'avait aucune expérience professionnelle (et par conséquent aucune référence). Jenny souffrait moins des contractions que de l'agitation et des embarras de « cette créature » avec ses déplacements intempestifs de cuvettes et de seaux d'eau, ses piles de serviettes et de draps et son flux de paroles. Que Jenny fît appel à Rudolf à chaque douleur et voulût tenir sa main, qu'il fût toujours prêt à l'encourager, était considéré par cette femme comme une critique camouflée de son travail ; elle réagissait avec véhémence et hostilité à tout ce que disait et faisait Rudolf, et lorsqu'il lui fit remarquer qu'elle ne devait pas rompre la poche des eaux à un stade si prématuré de l'accouchement, elle manifesta son autorité en faisant précisément le contraire de ce qu'il avait dit. Jenny ne devait jamais oublier ce visage hargneux, qui s'agitait au-dessus d'elle, ni les pendeloques de perles bleues oscillant au même rythme, pas plus que ces mains et ces bras, enduits jusqu'aux coudes d'huile de table (sûrement une demi-bouteille, avait pensé Jenny inquiète), qui fourrageaient dans ses entrailles.

L'idée qu'elle-même ainsi que le nouveau-né – encore un gar-

1. En français dans le texte. *(NdT)*

çon, qui devait s'appeler Emile – seraient livrés au bon vouloir de ce tyran rendait Jenny si nerveuse que Rudolf finit par trancher la question ; il donna son congé à la « très sage femme » avant l'échéance convenue, mais avec maintien de son salaire princier et en organisant son voyage de retour.

« C'est bon pour une fois, mais on ne m'y reprendra plus ! dit-il à Jenny. Je préfère encore Ma Endoet de Tjikalong ou Ma Mina de Bandjaran ou n'importe quelle autre guérisseuse. »

Jenny soupira. « J'espère que ce ne sera plus nécessaire. En tout cas, pas dans les dix années à venir. »

Trois fils ! Rudolf voulait les aguerrir le plus tôt possible. Emile avait encore constamment besoin de la tendresse de Jenny, mais Rud et Edu devaient apprendre à se montrer rapidement adroits et capables de se défendre, si l'on voulait les laisser librement jouer dehors sans avoir à s'inquiéter. Ils devaient toujours rester à au moins trente mètres de l'orée du bois. Rudolf avait balisé la limite avec des arbres, un massif de fleurs et de gros blocs de pierre. Rud ne sortait jamais sur son poney sans être accompagné de deux garçons d'écurie, et les enfants n'entraient dans la forêt vierge qu'en compagnie de leur père, qui était armé. Rud adorait passer à gué le tumultueux Tjisondari, même s'il devait se cramponner à son père pour ne pas être entraîné par le courant.

L'un des paquets que les grands-parents envoyaient régulièrement de Hollande contenait un fusil pour enfant et une boîte d'amorces. Rud se révéla bientôt un vrai tireur en herbe. Très vite, le petit Edu n'eut plus peur des détonations ni des crépitations des pétards miniatures que l'on vendait dans le bazar du kampong. Leur plus grand plaisir était de nettoyer le fusil de Rudolf avec le boy, Irta. Tous deux avaient une petite machette avec laquelle ils s'exerçaient à l'envi sur des morceaux de bananiers, de préférence dans la menuiserie, parmi les ouvriers. Le *mandoer* leur donnait alors une cigarette faite d'une feuille d'arbre roulée, sans tabac ni feu, et ils se mettaient à « fumer » d'un air désinvolte.

Le gentil Rud se comportait toujours en protecteur d'Edu, et Rudolf encourageait ce sens des responsabilités. Mais lorsque, pendant leurs ébats, Edu commença à le mordre, Rudolf conseilla à l'aîné de répondre à ce genre de perfidie en lui donnant une bonne claque. Généralement, les hurlements rageurs qui suivaient s'apaisaient spontanément au bout d'un moment. Cependant, un jour qu'Edu dépassait les bornes, Rudolf enferma l'enfant déchaîné dans le bureau, où il continua à crier de deux heures de l'après-midi à six heures et demie du soir avec une obstination surprenante qui, selon Jenny, commandait le respect. La *baboe* Engko, consternée, resta accroupie dehors, sous la fenêtre verrouillée, et les *mandoers* venus pour toucher la paye jetèrent à Rudolf des regards en coin désapprobateurs.

Derrière la porte, Edu criait : « *Bageur deui !* Je serai sage ! », mais quand Rudolf ouvrit et lui demanda de répéter ce qu'il avait dit, l'enfant refusa. Jenny se mordit les lèvres de dépit, mais elle ne pouvait s'interposer dans cet exercice d'autorité paternelle. Rud, qui pleurait doucement de pitié, avait aussi un jour été amené à obéir de cette manière, bien que la scène eût duré moins longtemps. Lorsque, finalement, Edu rendit les armes et, les yeux plongés dans ceux de son père, dit d'une petite voix éraillée : « *Bageur deui !* », il fut accueilli à bras ouverts, embrassé, consolé, lavé et changé. On lui permit de boire son lait dans le gobelet en argent offert à Rud à sa naissance.

Rudolf trouvait de plus en plus encombrante l'ingérence dans ses affaires de l'arrière-ban de Hollande : son père, Van Santen et Henny. Il avait l'impression qu'ils entravaient sa liberté d'action en tant qu'administrateur par les conseils souvent contradictoires – preuve, selon lui, d'incompétence – qu'ils lui faisaient parvenir de si loin. Rudolf était certain d'une chose : dès qu'il disposerait de l'argent nécessaire, il rachèterait leur part de Gamboeng.

Entre-temps, il était apparu que le thé qu'il avait planté quelques années plus tôt sur les conseils d'Eduard Kerkhoven et d'Albert Holle comme étant de l'« Assam » était un hybride. Maintenant seulement, il pouvait obtenir les vraies graines d'« Assam » ; il s'empressa de se les procurer et de les semer. Il souhaitait en avoir bien davantage, mais n'avait ni la possibilité ni le droit de faire cette dépense considérable sans l'autorisation de ses partenaires. S'ils la lui accordaient, il craignait qu'ils ne fussent pas assez conscients du risque que cela représentait. Il était convaincu que ce thé devrait atteindre un prix très élevé sur le marché pour compenser les frais de production.

Le quinquina lui causait d'autres soucis. Considérant que tant d'exploitations se lançaient dans cette culture, il redoutait d'être confronté dans un proche avenir à une surproduction qui rapporterait une fortune aux fabriquants de quinine et aux pharmaciens, mais obligerait les planteurs à vendre leur écorce à des prix de plus en plus bas. Dans ces conditions, la culture de quinquina ne pourrait être rentable que si la quinine était fabriquée sur commande des exploitations elles-mêmes ou par leur propres usines locales. Comparés aux frais d'entretien des plantations de thé, ceux des jardins de quinquina étaient minimes, et, en outre, le traitement de l'écorce était plus avantageux. Les six caisses d'écorce de branches de la première récolte faite par Rudolf avaient déjà rapporté une somme suffisante pour couvrir tous les frais consacrés à ce parc, dépassant ainsi toutes ses prévisions.

Comme la teneur en sulfate des quinquinas différait considérablement d'une espèce à l'autre, il envoya à son père quelques copeaux prélevés sur une bouture d'un *Ledger* des parcs gouvernementaux. S'il s'avérait, après examen dans un laboratoire, que la qualité était effectivement supérieure, il avait l'intention de n'utiliser que des graines de cet arbre.

De temps à autre, August venait d'Ardjasari avec le même problème. Svelte et bien habillé, *country-gentleman* de la tête aux pieds, spirituel et chaleureux (les enfants l'adoraient), il apportait à Gamboeng un brin d'animation mondaine. Auprès de lui, Rudolf se sentait un coureur des bois.

Avec un peu d'envie mêlée de mélancolie, Jenny l'écoutait parler des courses, des fêtes, décrire les toilettes des femmes de hauts fonctionnaires et de militaires, les cabriolets, tilburys et autres élégantes voitures auxquels étaient attelés de beaux chevaux que ces dames conduisaient elles-mêmes, les corsos fleuris, les kermesses, les éblouissants dîners offerts par Eduard Kerkhoven de Sinagar à ses hôtes dans une demeure qu'il louait spécialement pour la durée des courses à Bandoeng. Quand

Rudolf laissait tomber des remarques ironiques sur ces mondanités chichiteuses qui coûtaient des sommes exorbitantes et ne l'attiraient pas le moins du monde – il les évitait au contraire comme la peste –, Jenny sentait monter en elle la colère et la déception : pourquoi ne lui demandait-on jamais son avis ? Pourquoi considérait-il comme une évidence qu'elle non plus n'attachait aucun prix aux toilettes et aux plaisirs ? Elle se promettait d'organiser autrement sa vie dans l'avenir. Après avoir longuement hésité, elle se confia à Nati, sa jeune et énergique *baboe* personnelle, son bras droit, qu'elle avait formée elle-même, et l'envoya au marché de Tjikalong pour acheter du *djamoe*, ce mélange d'herbes médicinales que, des années plus tôt, la visiteuse aux façons cavalières lui avait recommandé. A l'avenir, elle utiliserait ces simples pour tenir la cigogne à l'écart.

Il était urgent qu'elle allât chez le dentiste et cela signifiait un voyage à Batavia. Maintenant que la voie ferrée venait jusqu'à Bandoeng, elle pouvait voyager sans Rudolf. Huit heures de train avec Emile et la *baboe* du petit, le comble du confort moderne, comparativement à l'expédition précédente qu'elle n'avait pas oubliée. Elle n'eut pourtant pas le temps de jouir des magnifiques paysages montagneux qui s'offraient à sa vue depuis les viaducs, car l'enfant geignait, souffrait de la chaleur et pleurnicha presque sans arrêt. A chaque halte, elle devait descendre pour le laver et le changer.

Le séjour dans la ville fut pour elle le ciel sur terre. Elle logeait chez une amie de jeunesse dans une jolie maison de la grande place, proche de celle où elle avait vécu autrefois. Elle regardait, émerveillée, les belles demeures et leur aménagement, les jardins, les magasins, les nouveaux quartiers au sud de la ville. Elle alla déposer des fleurs sur la tombe de son père et rendit visite à quelques familles connues, surtout des relations de Rudolf, les Denninghoff Stelling et les Van den Berg. Elle acheta un parasol et une paire de chaussures ajourées, choses dont elle n'avait nullement besoin à Gamboeng. Chez le dentiste, elle découvrit l'un des plus récents bienfaits de la science : le gaz hilarant.

Mais lorsqu'elle revint chez elle, tout ce qu'elle avait vu de beau et de moderne « en bas » la rendit morose. Sa maison lui semblait si humble, comparée à celle de son amie en ville ! Quel contraste criant entre leurs vies respectives ! Elle s'emportait plus souvent avec les domestiques, avait plus de mal à supporter les enfants. Lorsque le mauvais temps les forçait à jouer à l'intérieur et qu'ils couraient sur les lames du plancher, faisant un bruit qui résonnait dans toute la maison, elle avait envie de crier.

Rudolf était satisfait : enfin une bonne surprise ! Contre toute attente, la récolte du café, produit qu'il s'était mis peu à peu à considérer comme accessoire, fut énorme : cinq mille livres de grain par jour ! Toute la population de Gamboeng cueillait le café ; les hommes apportaient les lourdes charges aux entrepôts où se faisait le pelage, s'en retournaient pour cueillir davantage et repartir avec leur récolte, tandis que femmes et enfants continuaient à travailler jusqu'au coucher du soleil. Le moulin fonctionnait tard dans la soirée, actionné par la roue hydraulique que Rudolf avait construite avec du bois de *rasamala*, initialement pour faire marcher sans interruption la scie circulaire de la fabrique de caisses. Il restait dans l'entrepôt aussi longtemps que se faisait le travail, pour veiller à ce que le moulin ne s'enrayât pas lorsque l'on déversait cette surabondance de café. En l'espace de quinze jours, il avait déjà récolté soixante *pikoels*[1] de plus que ce qu'il avait escompté. Maintenant que le transport depuis Bandoeng se faisait par voie ferrée, l'expédition de la marchandise allait beaucoup plus vite : six semaines au lieu de quatre mois, comme c'était encore le cas en 1880.

Rudolf était contrarié que son père fût toujours si pessimiste en ce qui concernait les affaires de Gamboeng. Il espérait que ses parents entreprendraient une fois encore le voyage aux Indes pour voir de leurs propres yeux à quel point les terres cultivées s'étaient étendues et combien l'aménagement des entrepôts de la fabrique de Gamboeng s'était amélioré depuis 1880. Ce qui le

1. a) Unité de mesure égale à 62,5 kilos. b) Charge portée à la palanche. *(NdT)*

blessait le plus, c'était leur manque d'intérêt à l'égard des changements et des innovations qu'il avait apportés de sa propre initiative, au cours des ans, dans la cueillette du thé et dans la manière de greffer du quinquina *Ledger* sur des troncs d'espèces inférieures – et, plus généralement, à l'égard de ses efforts pour améliorer la qualité, et des expériences entreprises pour y parvenir.

Il avait aussi conçu un modèle de *tampir* plus solide et des caisses spéciales à tenons pour l'empaquetage du thé – autant de choses que les autres planteurs du Priangan avaient su apprécier à leur juste valeur. L'Association agricole de Bandoeng, récemment fondée, lui avait proposé d'en devenir le président ; il avait été très sensible à cette marque d'honneur, mais avait néanmoins décliné l'offre, parce que ses activités ne lui laissaient pas le temps de voyager et d'assister aux réunions, et qu'en outre les frais concomitants étaient trop élevés : ces messieurs tenaient leurs assises de préférence pendant les courses, les journées les plus chères de l'année.

Le reproche que lui faisaient parfois Henny et Van Santen, selon lequel il retardait sur son siècle, l'ulcérait d'autant plus qu'ils faisaient en même temps toutes sortes d'objections lorsqu'il demandait l'autorisation d'acheter des machines, coûteuses il est vrai, mais indispensables, comme celles que possédait August à Ardjasari.

Van Santen se mit aussi à insister pour obtenir le paiement des arrérages de huit pour cent du capital d'exploitation qu'il avait avancé jadis. Comme il avait droit à ces sept à huit mille florins par an, selon les accords signés lors de la création de la société civile, et que le montant total menaçait d'atteindre des sommes faramineuses, Rudolf commença à opérer le remboursement. Grâce à la bonne récolte de café, il y parvint sans être au bord de la banqueroute. Cette fois, c'est sainte Arabica qui vint à son secours.

En novembre 1885, Marie Roosegaarde arriva de Hollande sans crier gare. Elle justifia sa visite en disant qu'elle souhaitait revoir de vieilles connaissances de Batavia et de Buitenzorg, et surtout Jenny. Rudolf pensa que ce voyage était plutôt le résultat de l'une de ces impulsions tumultueuses auxquelles Marie les avait habitués, et frémit à cette pensée. Il alla la chercher à la gare de Bandoeng. Dès l'instant où il la vit descendre du train, il comprit qu'« il y avait quelque chose ». Il la trouva toujours aussi belle, mais extrêmement nerveuse et tendue. En route pour Tjikalong dans le petit cabriolet suivi d'une autre voiture transportant les bagages, elle parla sans interruption, passant du coq à l'âne, au point que Rudolf ne pouvait placer un mot ; ou bien elle tournait la tête pour regarder au-dehors, comme si elle voulait éviter une véritable conversation. A Tjikalong, des palefreniers attendaient avec des chevaux pour la dernière côte abrupte conduisant à Gamboeng. Les questions de Marie et ses remarques de stupéfaction tandis qu'ils chevauchaient à travers les plantations et le long des entrepôts et des kampongs avant d'arriver à la maison de l'administrateur firent supposer à Rudolf qu'elle était venue des Pays-Bas avec pour mission d'examiner sérieusement comment marchaient les affaires dans l'entreprise. Il en fut presque sûr quand elle lui dit qu'elle avait rencontré Van Santen et les Henny avant son départ.

Le choc qu'elle éprouva en voyant Jenny n'échappa pas à Rudolf. Les deux sœurs s'embrassèrent en pleurant. Le reste de l'après-midi et de la soirée fut consacré à déballer les cadeaux que « tante Malie » avait apportés. La joie débordante des trois petits garçons domina tout le reste.

« Mon Dieu, quelle mauvaise mine tu as, Jenny ! Comme tu es maigre ! La peau sur les os.

– Je souffre de l'estomac. Je ne supporte presque rien.

– Mais il faut faire quelque chose. Va voir un bon médecin à Batavia !

– Que pourrait faire un docteur pour moi ? Nous avons beaucoup de soucis.

– Pourtant vos terres sont florissantes. Comment se fait-il que tu habites une maison si minable ? N'est-ce pas possible de faire mieux ? Ces meubles bon marché, en rotin ! Ce sol en planches ! Je sens le courant d'air à travers les tapis.

– Il faut d'abord que Rudolf gagne davantage et obtienne sa quote-part des bénéfices ; ensuite, nous achèterons d'autres meubles. J'en meurs d'envie. Rudolf devrait aussi avoir un employé. Et j'aimerais tant disposer d'une bonne institutrice qui donnerait des leçons aux enfants. Mais, pour le moment, ce n'est pas possible.

– Cateau m'a dit que tu avais commandé un piano. Il faut croire que vous avez de l'argent pour ça.

– C'est mon argent à moi, Marie, les intérêts de mon héritage. Il est nécessaire que les enfants entendent de la musique et puissent chanter. Ils doivent déjà se priver de tant de choses. »

Jenny et Marie étaient assises dans le parc de *Succirubra* comme sous une tonnelle. Les troncs lisses portaient de larges couronnes luisantes, vertes à la surface et rouge foncé en dessous. Les sœurs avaient étalé des feuilles de bananier sur le sol pour protéger leurs sarongs de la boue, tandis que les enfants s'ébattaient entre les arbres.

« Marie, dis-moi franchement : pourquoi es-tu venue ? Est-ce à cause d'August ?

– Ils m'ont dit que je devais venir… Maman et tes beaux-parents. Est-il vrai qu'ici August est toujours considéré comme fiancé ? Moi aussi, du reste. En Hollande, personne ne m'invite.

– Pourquoi as-tu traité August si bizarrement il y a quatre ans ? Pourquoi ?

– Je voulais lui faire la leçon. Il était si sûr de lui. Il savait très bien que chacun le trouvait irrésistible. Parce que j'étais la *belle du bal*[1] – c'est vrai, je l'étais –, il fallait que je lui appartienne. La plus belle exploitation, le plus beau cheval, la plus belle fille, dans cet ordre, tu comprends. Il se prétendait si amoureux, il s'est agenouillé dans le jardin de Buitenzorg : Marie, Marie, je t'en supplie, je brûle d'impatience, je ferai tout ce que tu voudras. Bon, ai-je dit, mais je ne veux pas vivre dans la jungle, je veux voyager, voir Paris, Venise. Il me l'a promis. C'est alors que nous avons annoncé nos fiançailles. Or, le lendemain, chez Cateau, il a ri de cette promesse. Il avait dit n'importe quoi pour pouvoir m'embrasser. Je n'ai pas pu le supporter. Je me suis dit : s'il veut vraiment m'avoir, il finira par céder.

1. En français dans le texte. *(NdT)*

– Voyons, Marie, c'était puéril de ta part. Comment pouvais-tu croire ?... De tels voyages, ç'aurait été impossible !

– S'il avait cédé, je me serais adaptée, je t'assure... Je serais peut-être même allée vivre à Ardjasari. Mais je voulais l'entendre me dire que je lui étais plus précieuse que son entreprise et ses chevaux, qu'il renoncerait à tout pour moi. Il ne l'a pas fait. Et je ne pouvais pas revenir en arrière. Je ne pouvais pas.

– Tu l'aimes encore ?

– Oh ! je ne sais pas. Si seulement je le savais... Je pense constamment à lui. Mais il y a si longtemps que je ne l'ai pas vu.

– Rudolf estime que vous ne pouvez pas vous rencontrer pendant que tu es ici.

– Cela suscite déjà des ragots. A Batavia, ils disent que je reviens l'oreille basse. N'est-ce pas affreux ? Aide-moi, Jenny ! »

Rudolf avait creusé un trou oblong derrière la maison et y avait amené l'eau du torrent. Rud nageait déjà au bout de quelques jours, Edu et Emile barbotaient comme de petits karbaus dans la partie peu profonde de la mare à laquelle la boue remuée donnait une couleur chocolat. Jenny et Marie, assises sur une grosse bûche, les regardaient s'ébattre.

« A vrai dire, je trouve que Rud est trop grand pour se promener tout nu, dit Marie. C'est franchement grotesque.

– Allons donc, Marie. Tu me dis toi-même qu'à la maison c'est toi qui baignes Henri et Constant. Ils sont tous les deux plus âgés que notre Rud. Ça ne se fait pas, voyons ! »

Marie rougit. « Pour moi, ce sont encore des bébés. J'aime tellement leur faire des mamours. Votre Rud est un vrai petit homme. Il parle déjà comme un grand. Nos frères sont différents.

– Qu'est-ce que tu veux dire ? » demanda doucement Jenny. Elles se regardèrent. Marie haussa les épaules.

« Constant est un ange... mais enfin... Herman est très difficile, Maman en est très chagrinée. Quant à Frits... enfin... tu le connais. Il ne changera jamais. C'est le sang des Daendels. Nous n'y pouvons rien. Tu peux être contente d'avoir des enfants aussi réussis. »

Les deux sœurs étaient dans la véranda avant, en train de confectionner un *kebaja* pour Jenny, taillé dans une pièce de soie rouge que Marie lui avait apportée.

« Sais-tu que, pendant toute une année, je n'ai pas parlé à d'autres femmes qu'Engko et Nati, et l'épouse de notre clerc ? »

Marie posa sa main sur celle de Jenny. « Peut-être que je resterai plus longtemps dans les Indes.

– Tiens, qu'est-ce que j'entends ? dit Rudolf, qui sortait de son bureau. Ce n'est tout de même pas donné, un voyage d'agrément pareil à l'autre bout du monde !

– Je le paie moi-même, avec ma part de l'héritage. Je veux en tout cas m'offrir du bon temps avec cet argent.

– Si tu le places bien, comme je l'ai fait avec l'argent de Jenny, tu toucheras des intérêts et ton capital grandira.

– Le thé grandit, le quinquina grandit, le capital grandit. C'est tout ce qui t'intéresse, s'emporta Marie. Regarde donc un peu Jenny, vois un peu quelle mine elle a ! Et cette pluie, cette pluie, cette horrible pluie tous les jours ! Ce n'est pas étonnant que vous soyez tous si souvent enrhumés et fiévreux, Jenny me l'a dit. »

Jenny hocha la tête ; voyant que Marie allait continuer sur ce sujet, elle se leva et alla vers l'étroite véranda arrière, où les enfants s'amusaient à faire des bulles de savon avec un chalumeau.

Marie partit loger chez d'anciennes connaissances à Buitenzorg et à Batavia.

« C'est trop calme ici ! Et puis, au moins, je n'aurai pas apporté pour rien mes robes de bal ! » cria-t-elle, intentionnellement coquette, depuis la vitre de son compartiment, à Rudolf qui l'avait conduite. Mais, un mois plus tard, il était de nouveau à la gare de Bandoeng pour l'accueillir une seconde fois. Il apprit avec des sentiments mitigés qu'August était venu voir Marie à Buitenzorg, avait été son voisin de table lors d'un dîner et qu'ils avaient même dansé ensemble.

« Et maintenant, il veut aussi venir d'Ardjasari à Gamboeng.

– Qu'est-ce que ça va encore donner ? dit Rudolf à Jenny lorsqu'ils furent seuls. Je trouve August bien imprudent. »

Jenny pensa avec satisfaction à un mot qu'elle avait fait parvenir en cachette quelques semaines plus tôt à Ardjasari par l'intermédiaire d'un coolie.

Cependant, August se fit attendre. Finalement, un matin, tandis qu'ils étaient encore en train de prendre le petit déjeuner, il arriva de la vallée de Tji Enggang sur son Sandalwood. Il but une tasse de café et demanda à Marie d'aller se promener avec lui. Jenny les vit disparaître dans l'allée bordée de fougères arborescentes, à la lisière de la forêt vierge. Ils restèrent longtemps absents.

Lorsque le couple réapparut sous le tunnel de verdure, August, le visage fermé, Marie, pâle comme la mort, il fut clair que la question avait été tranchée. Jenny remercia le ciel que Rudolf fût dans ses plantations tandis que les enfants pataugeaient dans leur « piscine » ; car à peine August avait-il tourné les talons que Marie perdit toute maîtrise de soi, se jeta par terre, hurlant, sanglotant et frappant le sol de ses poings. Avec l'aide de Nati qui était accourue, affolée, Jenny réussit finalement à relever sa sœur et à la conduire à sa chambre.

« Pourquoi continuer à vivre ? A quoi bon ?

– Tu devrais avoir honte, dit Jenny tout en lui humectant le front. Ne dis pas des choses pareilles.

– Cela ne t'arrive jamais d'y penser ? Nous sommes tous malheureux. Rose aussi a voulu se jeter à l'eau. Dois-je passer le reste de mes jours à m'occuper de mes frères déments ? Sais-tu ce qu'il m'a dit ? Qu'il était venu à Buitenzorg par politesse. Tu te rends compte ? Mais nous avons valsé, nous avons bavardé en tête à tête. Maintenant, tout le monde sait qu'il ne veut pas de moi. Qui viendra alors me demander ?

– Marie, je suis sûre…

– Oh oui, naturellement, dit Marie, sarcastique. Il y a quelqu'un en Hollande qui veut bien de moi… le fils d'une amie de Maman, un brave type. Il veut se lancer dans le tabac. Mais, mon Dieu, dois-je accepter de vivre d'année en année avec lui et cela, à Deli, dans l'île de Sumatra ? Uniquement pour ne pas devenir une vieille fille ? Je préfère mourir.

– Je te jure que tu seras heureuse. Tu le mérites. »

Marie se mit à rire, mais d'une manière qui angoissa Jenny plus encore que les violentes crises de larmes d'une heure plus tôt.

Cette nuit-là, Jenny était si inquiète qu'elle ne put fermer l'œil. Elle souleva la moustiquaire et alluma à tâtons la bougie qui se trouvait sur sa table de nuit. Emile dormait dans son petit lit en respirant calmement, recroquevillé sous ses couvertures. Elle jeta un coup d'œil dans la chambre voisine, celle de Rud et Edu. Aucun bruit. Comme toujours flottait dans l'air l'odeur d'huile de coco dont Engko imprégnait ses cheveux.

Dans la chambre d'ami, Marie était assise au bord de son lit, à la lueur d'une veilleuse, un verre d'eau à la main. Des feuilles de papier noircies étaient posées sur la table.

« Qu'est-ce que tu fais ? chuchota Jenny.

– Laisse-moi, va-t'en. Je t'en prie, va-t'en.

– Qu'est-ce que c'est que ce machin-là ? » Jenny s'empara d'un sachet de poudre que Marie tentait de cacher sous son oreiller. « Tu es devenue folle ? » Elle donna une violente paire de gifles à sa sœur, puis s'agenouilla auprès d'elle au bord du lit et la prit dans ses bras. Marie se mit à pleurer tout bas.

« C'est ma punition. Tout ce qui m'arrive est ma punition.

– Mais de quoi, voyons, pourquoi ?

– Après la naissance de Constant… Maman avait si peur d'avoir un autre enfant… Les bonnes lui disaient qu'il y avait au marché une *nènèk* qui vendait un remède… contre le désir… tu comprends ? Alors, tous les matins, quand Papa, Rose et moi nous buvions notre café, j'ai mis une petite cuillerée de ce remède… Je voulais aider Maman, je me disais : si Papa n'a plus… Cette femme au marché avait dit : celui qui prend ça se calme. Mais maintenant, je sais que ça provoque un arrêt du cœur. »

Lors de diverses visites à des exploitations de quinquina sur les hauts plateaux de Pengalengan, Rudolf eut la surprise de voir que les gestionnaires et leurs surveillants européens étaient armés sur le lieu de travail. Le bruit courait que des révoltes menaçaient parmi la population indigène du Priangan.

Rudolf était convaincu qu'un planteur qui se montre équitable et correct à l'égard de son personnel n'a aucune raison de s'inquiéter. Manifester de la peur et de la méfiance en circulant avec des armes lui paraissait absolument condamnable.

Lorsqu'une échauffourée sanglante éclata dans une entreprise au-dessus de Buitenzorg, au cours de laquelle il y eut quarante tués et soixante-dix blessés, il attribua cette catastrophe au comportement, qu'il jugea irresponsable, du propriétaire. D'après ce qu'il avait entendu dire, cet homme avait en quelques années fait comparaître devant le tribunal, pour absentéisme et petits délits, plus de sept cents habitants de ses terres couvrant neuf mille *baoes*.

Dans le milieu des planteurs, on prétendait qu'une secte musulmane fanatique incitait le peuple à se révolter contre les dominateurs blancs impies et qu'il existait un rapport entre ces troubles et la situation à Atjeh, entre guerre et paix.

Rudolf se souvenait qu'en 1874 l'assistant du *wedana* lui avait raconté une histoire qu'il avait alors estimée des plus invraisemblables et que, renseignements pris, personne n'avait pu confirmer : Karel Holle, mandaté dans le plus grand secret par l'administration coloniale, faisait une tournée dans l'archipel pour sonder les sympathies politiques des chefs musulmans. Plus tard, Rudolf apprit qu'à cette époque Karel Holle avait été absent de son entreprise de Waspada pendant quelques mois ; mais personne, pas même le père de Rudolf ni Eduard Kerkhoven de Sinagar, n'avait pu fournir de précisions sur ce point.

Bien qu'il ne redoutât pas un instant que des troubles pussent se produire à Gamboeng, il décida pour la bonne règle, afin d'assurer la sécurité des siens, d'aller éclairer sa lanterne auprès de celui qui passait pour être le connaisseur par excellence de la communauté indigène musulmane.

Il n'était plus allé à Waspada depuis de nombreuses années. Cette fois encore, comme les précédentes, il fut frappé par l'emplacement admirable de cette entreprise. Depuis la demeure haut placée de Karel sur le flanc du mont Tjikoeraj, on dominait les plantations de thé s'étendant de tous côtés en terrasses à la manière des rizières, couvrant une surface totale d'environ deux cents *baoes*.

Karel Holle reçut Rudolf dans son bureau, qui lui servait aussi de cabinet de travail personnel, un espace presque totalement occupé par des bibliothèques pleines à craquer et par des tables couvertes de paperasses. Des blocs de ce qui avait un jour été un pilier ou une colonne de pierre étaient alignés sur le sol. Rudolf distingua des restes d'une inscription en caractères javanais anciens. Karel Holle était assis sur une banquette basse, une loupe à la main. Il ne restait plus grand-chose de son comportement autoritaire d'autrefois. Les nombreux Sondanais vivant avec lui – serviteurs ? disciples ? – qui entraient et sortaient pour apporter du thé, des rafraîchissements ou pour chercher quelque chose dans une bibliothèque et parmi les papiers répandus sur la table le traitaient avec le respect que l'on doit à un père âgé plutôt qu'à un maître. Comme Rudolf savait que, dans ses rapports avec le cousin Karel, il devait respecter l'*adat*, il écouta d'abord patiemment ses longs exposés sur l'inscription qu'il était en train de déchiffrer : vraisemblablement un hymne célébrant un prince et chef militaire du moyen âge. Il dut attendre que Karel lui demandât la raison de sa visite pour que l'entretien pût commencer. Karel reconnut qu'il était question de quelque agitation parmi les musulmans d'une certaine secte, mais en tout cas pas de celle de son ami le *penghoeloe* Radèn Hadji Mohammed Moesa ; au contraire, Moesa combattait les idées des agitateurs. D'après lui, ces derniers provenaient des cercles de chefs qui s'estimaient desservis par les réformes de l'administration coloniale. Dans ce groupe, Moesa avait beaucoup d'ennemis personnels parce que, en 1871, il avait donné son appui aux autorités néerlandaises lors de l'instauration de la nouvelle législation agraire.

« Le côté tragi-comique de la situation, c'est qu'ils n'ont plus aucune raison de haïr Moesa car, en fait, ces innovations n'ont guère abouti. A l'époque, les autorités m'ont assuré que l'on accorderait à la population une augmentation des prix de ses produits ; les gens ont compté dessus et c'est aussi pour eux une nécessité économique. Et maintenant, l'augmentation n'a pas lieu et le gouvernement néerlandais ne tient pas davantage compte de mes conseils relatifs à la création d'établissements scolaires. C'est un pas en arrière ! La situation menace de redevenir ce qu'elle était jadis : les Indes, une province lucrative, avec une population qui considère le travail dans les cultures comme des travaux forcés. Pour ne pas perdre la face aux yeux du personnel de Waspada, j'ai payé de mes propres deniers le supplément que l'administration coloniale ne veut pas lui donner. »

Selon Karel Holle, il convenait de considérer le bain de sang dans cette entreprise au-dessus de Buitenzorg comme une protestation – qui avait dégénéré, hélas ! – des habitants contre des charges ressenties comme trop lourdes, et non pas comme un cas de folie collective sur fond de religion, même s'il n'excluait pas la possibilité que la secte incriminée eût voulu tirer parti de l'agitation du peuple.

« L'administrateur de ces terres n'est pas un plus mauvais *djoeragan* que la plupart des exploitants particuliers. En fait, il ne s'occupe pas de l'affaire, vit le plus souvent ailleurs, laisse ses employés et surtout les surveillants indigènes et chinois agir comme bon leur semble. Sa plus grave faute est de ne pas tenir compte de l'*adat* dans ses rizières, à savoir que la récolte doit être effectuée par les familles et parents des habitants. Comme il a embauché de la main-d'œuvre étrangère, la part de la population locale ne leur permet plus de subvenir à leurs propres besoins. Toute cette histoire ne présage rien de bon. Je suis curieux de savoir comment l'administration coloniale va réagir.

– Cousin Karel, est-il vrai qu'à l'époque vous ayez voyagé avec un mandat secret dans tout l'archipel et même jusqu'à Bornéo et à Singapour ? »

Karel Holle soupira. « Il semble que même cela ait été peine perdue. Mon bon ami James Loudon, le gouverneur général d'alors, m'avait chargé d'une enquête sur l'opinion des milieux musulmans pratiquants à propos de l'expédition d'Atjeh. On prétendait, dans ce temps-là, que les musulmans saisiraient l'occasion de déclencher une guerre sainte contre nous dans tout l'archipel. J'ai pu informer Loudon que, malgré les événements d'Atjeh, ils étaient toujours de notre côté. On m'a assuré à plusieurs reprises que nous pourrions nous maintenir pourvu que nous soyons équitables et humains. Mais attention : j'avais affaire à des personnages cultivés et progressistes du monde musulman, non pas à des fanatiques ou des porte-parole des chefs indigènes qui voulaient reconquérir leur autorité suprême sur la population. Mais laissons là ce chapitre. Cette "Ligne" de défense néerlandaise d'Atjeh me rend malade : cette stupide enclave ne sert à rien, sinon à démoraliser les troupes d'occupation, et à constituer un foyer d'épidémies. »

Karel Holle posa ensuite des questions sur Gamboeng, la famille de Rudolf, les perspectives offertes par la culture du thé et du quinquina. Il approuva d'un hochement de tête lorsque Rudolf décrivit comment il espérait obtenir une graine de quinquina d'une qualité supérieure grâce à une technique spéciale de pollinisation.

« Tu travailles dur sur tes terres. C'est une lourde tâche pour un homme seul. A Sinagar, Eduard a en ce moment un apprenti, ton cousin Ru Bosscha, fils du professeur de Delft.

– Je sais, je le connais bien, dit Rudolf. August logeait chez les Bosscha, quand il était collégien. En ce temps-là, Ru était encore petit. J'avais pitié de lui parce qu'il boitait et devait porter une chaussure dont la semelle était plus haute que l'autre.

– Arrange-toi pour qu'il devienne ton employé. Pour une fois, ce n'est pas le premier venu, c'est au contraire un jeune homme très prometteur.

– J'ai appris qu'il n'avait pas obtenu son diplôme d'ingénieur, et sa claudication ne favorise pas le travail. »

Karel Holle posa sur lui un regard songeur avant de répondre. « Je l'ai vu et lui ai parlé récemment lorsque j'étais à Buitenzorg. C'est un garçon sur qui on peut compter. Si je restais ici, je le prendrais à mon service à Waspada.

– Vous voulez partir ? demanda Rudolf, surpris.

– Je dois vendre Waspada. Je ne peux pas rester. Je n'ai plus d'argent pour mener convenablement cette exploitation. Et je suis usé. J'ai fait mon temps. Mon cher ami Hadji Moesa est malade et n'en a plus pour longtemps. Nous avons planté de jeunes pousses de riz. Mais nous ne verrons pas la récolte. D'autres devront poursuivre nos efforts. J'ai parfois espéré, Rudolf, que tu en ferais partie. Tu es juste, tes ouvriers sont correctement logés, mais que fais-tu, à part cela, pour la population ?

– Je dois élever trois fils. Et Jenny est à nouveau enceinte. Je ne peux me permettre d'être philanthrope.

– Ce n'est pas de la philanthropie, mais un devoir d'honneur », dit Karel Holle. Il soupira. « Enfin, soit ! »

En avril 1887, naquit le quatrième fils de Rudolf et Jenny, Karel Felix, un bébé maigrichon, tout ridé. Ses frères le comparèrent à un lézard : « On dirait un *tjitjak* ! »

Il n'avait pas encore six mois que déjà le suivant s'annonçait. « Non, chère Maman, écrivit Jenny à sa belle-mère, je ne peux pas encore me réconcilier avec l'idée d'avoir un cinquième enfant. Personnellement, ce ne sont pas les nouveaux soucis qui me préoccupent. De toute façon, je consacre tous mes instants aux tâches les plus quotidiennes, et j'ai déjà tant à faire avec les *baboes* et les enfants qu'un de plus ou de moins n'y changera pas grand-chose. Mais ma plus chère illusion – pouvoir garder mes garçons ici – ne pourra être réalisée. Si j'avais réussi à me consacrer à l'éducation des trois aînés, ils auraient sûrement pu, avec le soutien de Rudolf, rester ici encore quelques années sans l'intervention d'une aide étrangère. Et encore, car il nous faudrait un précepteur ou un instituteur pour les préparer à entrer au collège, et cela nous coûterait très cher. Maintenant que nous avons tant de bouches à nourrir, nous ne disposons pas de l'argent nécessaire. Faut-il donc que je cède à d'autres ces enfants qui sont mes seuls compagnons et mon unique distraction ? Si au moins nous avions la possibilité de les conduire nous-mêmes en Hollande, ou d'aller les voir dans quelques années ! Mais cette possibilité est presque inexistante. Non, même si les soucis sont parfois durs à supporter, l'idée de me séparer des enfants afin de pouvoir m'offrir plus de confort et de plaisirs mondains ne peut me satisfaire. Du reste, j'ai encore deux tout-petits qui me retiennent à la maison. Je vois bien qu'il ne reste plus grand-chose de la santé et de l'endurance que j'avais autrefois. Si seulement nous avions une maison plus spacieuse, cela irait certainement beaucoup mieux. Essayez de vous représenter tout ce petit monde toujours entassé, par mauvais temps, dans notre petite véranda avant et notre galerie intérieure, c'est parfois intenable. Le plafond bas m'étouffe, je ne supporte pas le froid. Alors l'envie me prend de m'enfuir loin, très loin dans la forêt pour y trouver le silence et le repos. Autrefois, elle me faisait peur. Maintenant, il m'arrive de penser : je voudrais pouvoir aller là-bas m'y allonger et dormir. »

*Rudolf à son père, janvier 1888*
« Henny et Cateau ont officieusement offert d'accueillir notre Rud dans l'intérêt de son éducation, et, à la longue, nous accepterons de grand cœur leur proposition. Rud ne pourrait mieux tomber, mais pour l'instant ce n'est pas nécessaire. Il assimile très bien ce que Jenny et moi lui apprenons et nous pouvons continuer de cette manière pendant quelque temps. »

*Post-scriptum de Jenny :* « Rud et Edu ne devront jamais être séparés ! »

Que le bébé attendu sans joie fût une fille constitua une piètre consolation. Lorsque les parents présentèrent Bertha à ses frères, elle suscita encore moins d'enthousiasme que Karel. Rud et Edu la regardèrent en silence. Emile, contournant sa petite sœur couchée dans les bras de sa mère, grimpa dans le grand lit. « Oh là là ! Encore un *orok* ! » dit-il en sondanais, de sa voix étonnamment grave pour un enfant de quatre ans. « Encore un nourrisson ! »

Rudolf se pencha sur Jenny. Elle vit ce qu'elle n'avait pas encore remarqué jusque-là : des traces grises dans ses cheveux et sa barbe.

Le père de Rudolf mourut en janvier 1890. Le partage des biens se fit attendre. Toutefois, le contact entre les membres de la famille à propos de la succession mit en lumière qu'Ardjasari était infiniment plus prospère que Rudolf n'eût pu le supposer d'après ses rencontres devenues de plus en plus rares avec son frère. Depuis peu, Ardjasari n'avait plus de dettes. August formait de grands projets d'extension de l'exploitation ; il voulait aussi planter davantage de quinquina dans un avenir proche.

Quelle ne fut pas la surprise de Rudolf en apprenant que son père avait attribué l'amélioration et la promotion de la culture du quinquina à Java essentiellement aux mérites d'August ! Il n'avait donc jamais compris que Rudolf cultivait des arbres d'une qualité supérieure, non pas en pratiquant la technique de greffage, peu fiable selon lui, qu'August continuait à appliquer, mais en recueillant de la graine du meilleur *Ledgeriana* selon une méthode découverte et améliorée par lui.

Plusieurs des dernières volontés du père reflétaient les grandes espérances – disproportionnées – qu'il avait caressées à l'égard d'August. Rudolf comprenait fort bien qu'August n'eût rien fait pour dévoiler la véritable situation : August voulait se marier, il avait jeté son dévolu sur la fille du résident de Bandoeng, tout ce qui pouvait accroître son prestige lui serait des plus utiles. Néanmoins, Rudolf était amer et déçu que son frère acceptât les louanges et les avantages dont il était l'objet, alors qu'en fait il ne les méritait pas.

*Rudolf à sa mère, août 1890*

« La récolte de thé reste bonne et les prix sont satisfaisants. Je ressens comme une injustice le fait que Van Santen aussi bien que Henny complimentent August sur les prix qu'il a pu atteindre, car ceux de notre thé de Gamboeng ont été bien supérieurs et nous ont valu un beau coup de chapeau des courtiers.

« Je ne crains pas de dire qu'en moyenne nous avons atteint à la vente aux enchères du thé les prix les plus élevés. Voudriez-vous me faire le plaisir de montrer à Henny et à Van Santen le rapport ci-joint sur les résultats de la vente, pour les convaincre que Gamboeng ne le cède en rien à Ardjasari… bien au contraire ! »

Cela lui remontait le moral qu'une occasion exceptionnelle lui eût été offerte d'ouvrir les yeux des héritiers de R. A. Kerkhoven en Hollande : sa mère, Julius, Cateau, Henny et Van Santen. Le marché du quinquina, l'opinion publique, les chiffres (!) seraient des avocats incontestables.

*Rudolf à sa mère, 20 mars 1891*

« … Quelques mots pour vous annoncer notre magnifique succès sur le marché du quinquina de février dernier. C'est un fait curieux et sans précédent dans les annales de la culture du quinquina. Divers quotidiens l'ont signalé. Jamais une écorce aussi riche n'avait été présentée ! Nous avons atteint exactement deux pour cent de plus que ce qui a jamais pu être réalisé par une entreprise. C'est une confirmation totale de ce que je vous écrivais il y a quelque temps, à savoir que Gamboeng viendrait un jour en tête de liste. Et ça n'est encore que la récolte d'environ vingt *baoes*, alors que j'ai déjà maintenant en terre, de la même espèce – la meilleure ! –, entre cent soixante-dix et cent quatre-vingts *baoes*.

« Naturellement, nous ne pourrons pas toujours maintenir cette position. Je ne veux pas me bercer d'illusions en croyant pouvoir à l'avenir faire mieux que les concurrents. Entre-temps, les autres ont copié mes méthodes. Il est même probable qu'en apportant quelques légères modifications, ils parviendront à obtenir des résultats encore supérieurs. Ainsi va le monde. Les successeurs profitent des découvertes des prédécesseurs. Mais après les résultats inégalés que nous avons obtenus, personne ne peut plus me contester l'honneur d'avoir été, dans cette affaire, le pionnier, l'inspirateur. »

*Jenny à sa belle-mère, août 1892*

« ... Je vous écris cette lettre depuis ma chaise longue, parce que j'ai fait une fausse-couche hier. Je ne savais pas qu'une telle affaire pût être aussi douloureuse.

« Je n'en suis pas affligée, au contraire, car la perspective d'affronter à nouveau toutes les difficultés liées à la présence d'un bébé me remplissait de mélancolie, et surtout parce que j'espère pouvoir conduire moi-même Rud et Edu en Hollande.

« Je brûle de savoir si Cateau peut accueillir nos deux aînés chéris. J'ai de plus en plus de chagrin à l'idée de devoir me séparer d'eux. Si mes enfants ne peuvent venir chez Cateau qui est si consciencieuse, si attentionnée, si intelligente et si douce, je ne voudrais les donner à personne d'autre. »

*Rudolf à sa mère, septembre 1892*

« ... Nous espérons vivement que Henny et Cateau pourront décider d'accueillir Rud et Edu. Certes, nous concevons très bien que c'est là, pour eux, toute une entreprise, nous en sommes intensément conscients, mais nous croyons que Rud et Edu, s'ils sont ensemble, seront probablement plus faciles qu'un enfant seul. »

*Rudolf à sa mère, novembre 1892*

« ... Nous sommes enchantés que votre séjour dans une station thermale ait été si profitable à vous-même et à Cateau. Nous avons longtemps craint que Henny et Cateau ne puissent accueillir les garçons à cause de la santé de Cateau. Quel soulagement pour nous lorsque nous avons reçu la nouvelle qu'ils tenaient à maintenir leur offre si désintéressée !

« J'ai retenu une cabine avec trois couchettes à bord du *Bromo*, le meilleur bateau de la Lloyd de Rotterdam. »

*Jenny à sa belle-mère, décembre 1892*

« Nous avons réussi heureusement à trouver une bonne gouvernante pour me remplacer. Elle est la fille d'un pasteur de Soekaboemi, qui a dix-neuf enfants. Un grand nombre de ses filles sont devenues institutrices.

« Sauf imprévu, Rud, Edu et moi, nous embarquerons le 1er mars sur le *Bromo*. »

Pour les enfants, les années à Gamboeng passaient comme l'eau qui coule, formant un océan de temps. Tous leurs jeux étaient réglés sur la nature et les activités de l'entreprise.

Lorsqu'ils étaient encore trop petits pour monter sur un poney, ils galopaient – avec fouet et harnais, à la fois cavalier et cheval – sur le gazon devant la maison ; plus tard, ils apprirent d'abord les rudiments de l'équitation dans le manège proche des écuries puis, quand ils furent fermes sur leurs étriers, ils découvrirent les ficelles du métier sur les sentiers des champs de quinquinas et en forêt, jusqu'au moment où ils parvinrent, en cavaliers accomplis, à sauter par-dessus les fossés et les arbres abattus. Ils avaient leurs favoris parmi les nombreux chevaux de selle et de trait : le beau Falco, la douce Amina, le fier Hector, la fougueuse Badjing. Pour eux et pour toute la population, ce fut un jour de deuil quand la vieille jument pommelée, Odalisque, se coucha pour ne plus se relever.

A quatre ou cinq ans, ils s'accroupissaient dans la menuiserie à une distance respectueuse de la scie circulaire, mais, très vite, ils devinrent eux-mêmes des menuisiers en herbe devant une machine imaginaire, imitant le bruit familier : nè…è…èng… ! Ils fabriquaient une scie circulaire miniature à l'aide d'une boîte à cigares, d'une ficelle et d'un disque dentelé découpé dans du fer-blanc ou du zinc, et déchiquetaient ainsi du bois vermoulu, du papayer ou du papier. A partir de gros citrons verts, ils façonnaient de petites roues à eau avec leurs aubes qui poussaient de petites bobines. Une brouette retournée leur servait de moulin pour réduire en miettes des écorces imaginaires de quinquina. Rud et Edu avaient respectivement douze et dix ans lorsqu'ils construisirent une vraie roue hydraulique en bois dans la véranda arrière.

Ils ne se lassaient pas de chasser. La rangée de grands buissons devant le bureau de leur père était leur forêt vierge ; ils lançaient des javelots vers des « tigres » cachés sous les feuilles. A trois ans, Edu portait à son côté un couteau (émoussé) et Rud, à six ans, un vrai coupe-coupe, comme les hommes qui travaillaient dans la forêt et les plantations. Ils poursuivaient les guêpes avec un chasse-mouches et attrapaient aussi de grosses abeilles charpentières qui creusaient des trous dans les poteaux et les poutres, en les attirant avec un fétu de paille trempé dans un suc visqueux. Ils maniaient des bâtons et des sarbacanes, des fusils pour enfants et, avant même l'âge de dix ans, la carabine de leur père. Ils se promenaient toujours avec, dans leurs poches, des allumettes, de petites boîtes de poudre ou des douilles. Dans les champs de quinquinas, ils tiraient sur les grosses araignées cachées dans leurs toiles entre les arbres. A sept ans, Rud réussissait souvent à atteindre la cible et à recharger la carabine après chaque coup. Vers l'âge de douze ans, les garçons reçurent l'autorisation de s'exercer à tour de rôle aux parties de ball-trap que leur père organisait de temps à autre pour le plaisir des *boedjangs* sur le terrain proche des entrepôts. Si leur père avait « descendu » une panthère, ce qui n'était pas rare, ils examinaient en connaisseurs la bête morte dont la peau devrait être préparée pour être offerte à la famille en Hollande. Accompagnés de leurs chiens (au cours des ans, ils en avaient acquis d'innombrables, gros et petits, chiens de race et corniauds), ils chassaient les putois et les rats.

Ils chérissaient un coq qui, à sa mort, fut enterré dans une caisse à savon, et une poule appelée « petite reine », raison pour laquelle chacun devait faire une profonde révérence chaque fois que l'on passait près d'elle.

Sous la conduite du jardinier Martasan, ils allaient pêcher dans le petit lac en aval du Tjisondari, et jouaient au cerf-volant avec Sastra, le *chef-mandoer*, qui leur apprit aussi comment les fabriquer en fixant du papier de soie chinois sur une carcasse faite de deux bambous minces, au moyen d'une pâte de riz compacte : une baguette « mâle » verticale et une baguette « femelle » horizontale.

Ils écoutaient, retenant leur souffle, les histoires palpitantes et macabres du chef de la cueillette, Moehiam, qui avait travaillé le plus longtemps de tous à Gamboeng. Il leur racontait par exemple comment, sur une petite île au milieu du lac que l'on pouvait traverser à gué, il avait réussi à étrangler un serpent qui voulait l'attaquer – mais il n'y avait pas que celui-là et un enfant ne serait pas capable de se défendre, c'est pourquoi ils ne devaient jamais y aller – et il parlait également d'une sangsue monstrueuse qui vivait dans ce même lac et que l'on pouvait attirer en mettant une jambe dans l'eau, ce que les enfants se gardaient bien de faire lorsqu'ils flottaient sur leur radeau.

Ils étaient à leur aise chez le *djoeroetoelis* et sa femme. C'était une fête que de s'accroupir dans la cuisine, au milieu des réchauds qui marchaient au charbon de bois, et de manger de bonnes choses que ne contenaient pas les bocaux de Maman : gâteaux de tamarin, desserts à la noix de coco et surtout bâtons de canne à sucre que l'on pouvait sucer. Le *djoeroetoelis* connaissait un nombre infini de devinettes sondanaises ; par exemple, le contenu bouge, le contenant ne bouge pas. Solution : la canalisation en bambou où coulait l'eau. Ou bien : l'enfant a une vareuse, la mère est nue. Réponse : la tige de bambou avec son rejeton vert.

Les enfants étaient très attachés à Engko qui les avait tous portés dans le *slendang* quand ils étaient petits et qui leur avait appris les premiers mots de sondanais, langue qu'ils parlaient avant de connaître le néerlandais. C'était toujours elle qui les aidait à boutonner leurs vêtements et à fixer leurs bretelles, elle qui les consolait après une chute, à elle qu'ils montraient d'abord les cadeaux que l'on avait extraits des caisses « hollandaises ». Engko couchait sur une natte, près des plus petits de la maison ; elle éclairait les grands avec une bougie quand ils devaient sortir la nuit pour faire leurs besoins. Engko leur inspirait de l'admiration parce qu'elle osait éteindre sur sa langue sa cigarette roulée encore allumée. Elle connaissait des dictons mystérieux et pouvait supprimer la douleur d'une caresse ou en soufflant sur un bobo.

Ils aimaient beaucoup leur mère avec ses yeux doux, gris clair. Elle veillait sur tout ce qui se passait dans la maison, leur apprenait la lecture, l'écriture et la géographie (le père leur enseignait le calcul) dans la « salle de classe », qui était en fait la chambre d'ami et devait être débarrassée quand il y avait de la visite. Lorsqu'elle était « la maîtresse », elle portait une jupe et une blouse blanche avec un nœud au col, prenait un air sévère, faisait des remontrances et donnait des punitions ; ce n'était plus la même personne. Un jour qu'Edu, la main pleine de petits cailloux, avait dit : « Celui qui m'obligera aujourd'hui à travailler recevra ces cailloux dans la figure », il avait dû pendant deux semaines rester tous les jours après la classe pour copier des lignes.

Quand leur mère était au piano, ils se tenaient autour d'elle et ne se lassaient pas de l'entendre chanter ; le soir, elle jouait pour les endormir. Ils l'appelaient « Petite Mère » et souvent aussi « matou » parce qu'elle se fâchait lorsqu'elle était soucieuse, pouvait se montrer très sévère et mordante envers les serviteurs, même envers Engko, qui marchait très lentement et oubliait beaucoup de choses, mais était la bonté même. Quand leur mère restait assise sur le cosy de sa chambre à fixer le vide en silence, comme si elle dormait les yeux ouverts, les enfants se tenaient à distance.

Leur père était l'objet d'un véritable culte. Il était le plus fort et le plus savant des hommes. Avec son arme Si Matjan, « le Tigre », il maîtrisait les fauves les plus dangereux. Il pouvait fabriquer des instruments et des machines, et réparer ce qui était cassé. Il trouvait une solution à tout. Les malades venaient à Gamboeng de très loin pour se faire soigner et demander des médicaments. Rud et Edu étaient présents lorsqu'il s'occupa d'un homme dont une partie de la main avait été coupée par la scie circulaire ; tout le monde croyait qu'il mourrait, mais, quelques semaines plus tard, il avait repris son travail. Lorsqu'il y avait une épidémie de fièvres, toute la population devait venir prendre de la quinine sous le contrôle de leur père, car s'il leur confiait le remède, les gens le jetaient parce qu'il avait un goût amer.

Même les enfants se laissaient soigner par lui en toute confiance quand ils avaient des échardes ou des épines dans les doigts ou les pieds, ou que quelque chose de dur leur était entré dans l'œil. Il utilisait ses tenailles les plus fines pour arracher les dents de lait et plus tard aussi les vraies dents et les molaires enflammées, quand un coton imbibé de chloroforme restait sans effet et que la période des visites annuelles au dentiste de Batavia n'avait pas encore commencé. Le regard de leur père, le contact de ses mains chaudes les encourageaient à revenir spontanément le voir et à ouvrir grand leur bouche ensanglantée, quand la première intervention avait échoué.

Il pouvait aussi être sévère, surtout quand il s'agissait d'injustices, d'actes de lâcheté, de tromperie ou d'indiscipline. Une *baboe* souffrant d'une maladie nerveuse avait parfois des gestes désordonnés et violents ; elle s'efforçait bien d'imiter ce qu'on lui enseignait, mais il lui arrivait de laisser tomber de la vaisselle ou des seaux d'eau ; si les garçons se moquaient d'elle, Rudolf leur administrait les fessées les plus impitoyables qu'ils eussent jamais eues.

Depuis 1887, les employés de leur père et les femmes chargées d'aider leur mère dans les travaux ménagers ou de leur donner des leçons faisaient partie de leur vie. Certains d'entre eux restaient si peu de temps que les enfants n'en gardaient aucun souvenir. Mais inoubliables étaient, par exemple, l'assistant stupide qui devait couvrir de longues distances à pied pour rentrer chez lui parce qu'il ne lui venait pas à l'esprit d'attacher son cheval à un arbre ou de le confier à la garde de quelqu'un lorsque, en route, il lui arrivait de descendre de sa monture ; ou celui qui fut congédié parce qu'il s'enivrait, mais leur apprenait des chansons pas très correctes qui les amusaient follement ; et puis encore l'Allemand qui massacrait la langue, disait « che manche » au lieu de « je mange » et appelait un beurrier un « pot à graisse » ; et l'institutrice qui avait toujours à la bouche le mot, si comique à leurs yeux, de « bousillage » ; et la joyeuse dame chargée de leur apprendre l'anglais, qui plongeait avec eux dans le bassin creusé devant la maison, vêtue d'un maillot de bain plein de volants et de fanfreluches.

Il y avait en outre des affaires mystérieuses ; le renvoi au pied levé d'un employé dont se moquaient tous les ouvriers parce que, dans les plantations, il était toujours en train de trousser les cueilleuses ; lorsqu'on voyait dépasser au-dessus des arbustes son chapeau posé sur sa canne, avait dit l'un des hommes aux enfants, il ne fallait pas s'approcher ; et il avait fait un geste que Rud et Edu, en tout cas, croyaient comprendre, mais dont ils n'osaient demander l'explication à leurs parents. Mystérieuses étaient aussi les bribes de conversation qu'ils n'étaient pas censés entendre à propos de thé, d'argent et de disputes compliquées avec des gens qu'ils ne connaissaient pas. L'ambiance à la maison était surtout sombre et déprimante lorsqu'il pleuvait pendant des jours et qu'ils ne pouvaient jouer dehors. A la longue, à mesure qu'ils grandissaient, ils finirent par ne plus se soucier de la pluie, ayant compris que celle-ci faisait partie de Gamboeng ; tous les soirs, leurs vêtements trempés étaient mis à sécher à la cuisine au-dessus d'un feu de charbon de bois.

Nulle part ils n'étaient aussi heureux qu'à Gamboeng, parmi les gens et les animaux familiers. S'il leur arrivait – toujours dans le cadre familial – de loger chez des inconnus, à Bandoeng ou dans une autre explo˙tation, ils souffraient de maux de ventre ou s'enrhumaient. Même chez l'oncle August à Ardjasari, où pourtant ils se plaisaient énormément, surtout grâce à la présence de Popol, le singe apprivoisé, il leur tardait de retrouver leur propre terrain avec ses arbres dans lesquels on pouvait grimper, et sa « piscine » ; Engko leur manquait, ainsi que les *rasamalas* qui n'étaient nulle part aussi florissants qu'à Gamboeng, et dont chacun avait un nom : Si Tombak, Si Sroetoet, Si Pièn, Si Bangboeng, Si Sentèg, et le plus grand de tous : Si Doekoen, le Magicien.

Pour Rud, c'étaient des géants, amis de toujours. Un jour qu'il était seul dans un coin retiré de la propriété, la tête appuyée contre le tronc de Si Doekoen qui dominait tous les autres arbres, et qu'il lui parlait à voix basse, il remarqua subitement que son père se tenait derrière lui. Il ne sursauta pas, mais se sentit embarrassé. Cependant, il vit aussitôt que son père ne trouvait pas ridicule de parler à un *Mala*.

« Ce sont les plus beaux arbres du monde.

– C'est aussi mon avis. C'est pourquoi nous devons les protéger. Dans la forêt, on les abat pour leur magnifique bois dur. Cela signifie qu'ils disparaîtront si l'on ne replante pas de nouveaux drageons.

– On ne le fait pas ? C'est idiot !

– Si, mais, à mon avis, on ne le fait pas comme il le faudrait. L'administration des Eaux et Forêts va chercher de jeunes arbres dans la forêt vierge et les plante dans des pépinières. C'est un échec parce que les plantes doivent toujours être repiquées immédiatement, sinon elles ne résistent pas. Je crois que, grâce à mon expérience avec le quinquina, je sais à peu près comment nous devons nous y prendre pour faire pousser de nouveaux *Malas*. Viens, je vais te montrer quelque chose. »

Dans son bureau, son père prit une boîte dans l'armoire, et en sortit une petite boule dont la pelure était légèrement écailleuse.

« Tu sais sûrement ce que c'est ?

– C'est le fruit d'un *Mala*. J'en ai vu à la jumelle dans les arbres. »

Avec son couteau, Rudolf fendit la petite boule en deux : « A l'intérieur, il est partagé en loges. Et si tu ouvres celles-ci…

– Des graines ! s'écria Rud, en désignant de minuscules grains blancs.

– Moi aussi, je l'ai cru longtemps. Mais je n'ai jamais réussi à cultiver une plante à partir de l'un de ces granules. Regarde à la loupe. Vois-tu, parmi les grains, ces pellicules plus fines que le plus fin papier de soie ? J'en prends une avec une pincette. Au milieu, cette petite membrane est plus épaisse. C'est là qu'est la graine, et c'est d'elle que germe un *Mala*.

– Ça alors ! Un arbre tellement immense qui naît d'un si petit machin ! » Rud s'humecta un doigt et souleva la pellicule.

« Je t'emmène tout à l'heure dans ma pépinière de quinquinas, j'y ai aussi maintenant un grand carré de *rasamalas*. Certaines plantes ont déjà presque un mètre de haut. D'ici peu, je les replanterai sur notre terrain.

– Vous savez vraiment tout faire, Papa. Vraiment tout. »

Edu, lui aussi, parlait tout seul, mais il ne s'adressait pas à des *rasamalas*, et n'aimait pas qu'on l'entende. S'il remarquait qu'on faisait attention à lui, il se taisait et s'éloignait. Un jour, il était tellement plongé dans son jeu qu'il n'avait pas entendu son père approcher.

« Qu'est-ce que tu fabriques ? A qui parles-tu ? »

D'abord, il ne voulut pas répondre, mais son père insista.

« Avec mes *mentjeks*, répondit Edu, revêche.

– Tiens, tiens, tu élèves des cerfs, maintenant ?

– J'en ai bien dix. Ou cent.

– Alors, où sont-ils ?

– Ils viennent seulement quand je les appelle. Ils font tout ce que je veux.

– Quoi, par exemple ?

– Ils cueillent des *paumes* dans les arbres.

– Il faut dire des *pommes*, Edu. Et tu sais très bien qu'elles ne poussent pas ici. »

Edu refusa d'en dire davantage, car il voyait que ces histoires déplaisaient à son père. Il osait encore moins raconter, même à Rud, qu'il voyait parfois un fantôme et d'autres choses qui donnaient le frisson. Engko était au courant, elle comprenait ces choses, et les garçons du kampong avec lesquels il jouait (quand sa mère ne le voyait pas, car elle s'y opposait formellement) connaissaient des histoires encore plus macabres, c'est pourquoi il était terrifié dans l'obscurité.

Un jour qu'Emile jouait avec les jeunes chiens dans le souterrain, un scorpion surgit soudain d'un pot de fleurs vide, et s'élança vers lui en position d'attaque. Edu mit d'abord les chiens dans une caisse pour les protéger, avant de s'enfuir pour chercher du secours. Son père trouvait surprenant qu'un garçon si courageux eût peur de l'orage. Dès qu'apparaissaient des éclairs et que le tonnerre grondait au loin, il se blottissait sous la table de la véranda avant, ou allait s'allonger sur la banquette du bureau en se cachant sous une natte. Dès que l'orage était passé, il courait comme un fou à travers toute la maison ou démontrait combien de temps il pouvait se tenir sur la tête.

Leur vie était pleine d'événements que les enfants des villes ne connaîtraient jamais. Si les petits citadins de leur âge les regardaient comme des bêtes curieuses et leur lançaient même des quolibets parce qu'ils préféraient se promener pieds nus même à Bandoeng et à Batavia, cela les laissaient froids. Ils n'étaient obligés de porter les vêtements « hollandais » si chauds et les chaussures si désagréables que lorsqu'ils recevaient de la visite ; le reste du temps, ils étaient toujours vêtus de culottes et de vestes en coton, même la petite Bertha. Ils allaient en forêt avec leur père ; il n'était pas rare qu'ils y rencontrent par exemple toute une harde de sangliers ; leur père réussissait à les faire fuir dans toutes les directions en imitant le grondement rauque d'une panthère. Un jour, tandis qu'ils s'amusaient à tirer de toutes leurs forces sur les piliers de la véranda avant, un tremblement de terre avait au même instant secoué toute la maison. Après l'éruption du volcan de Galoenggoeng, dans un paysage devenu tout gris, ils auraient pu essuyer une épaisse couche de cendre qui recouvrait le feuillage des plantes et des buissons, et une autre fois ils avaient vu ce même paysage devenir tout blanc pendant une tempête de grêle. Ils savaient comment cueillir le thé et greffer les quinquinas, ils étaient autorisés à aider les ouvriers qui pelaient l'écorce. S'ils en avaient envie, ils pouvaient prendre leur douche quotidienne sous la pluie, dehors, sur la pelouse, nus comme des vers, ou se faire arroser par le violent jet d'eau que vomissait la gouttière longeant le toit, sur la partie ouest de la maison. A l'âge de douze ans (sauf Bertha naturellement), ils possédaient déjà un fusil venu de Paderborn en Allemagne ; Rudolf avait tué des douzaines de panthères et même une fois un tigre royal – dont personne ne comprenait comment il avait pu s'égarer dans les montagnes –, un exemplaire colossal à zébrures qui, une fois raidi par la mort, avait été dressé et lié contre un pilier par Martasan et Artaredja, les aides-chasseurs de leur père, dans l'entrepôt où était stocké le thé. En y pénétrant, les trieuses manquèrent s'évanouir de peur. Par la suite, lorsque Rudolf et ses deux aînés parcouraient Tjikalong à cheval, les petites vieilles du bazar criaient sur leur passage : « Alors, monsieur, vous allez en chercher un autre ? »

Ils avaient une foule d'oncles : le joyeux oncle August d'Ardjasari, qui leur apportait de beaux feux d'artifice chinois ; mais ils ne le voyaient plus aussi souvent depuis qu'il avait épousé la tante pas-très-gentille, qui était la fille du résident de Bandoeng ; l'oncle Julius, qu'ils appelaient oncle Bandjar, parce que c'était à cet endroit qu'il travaillait aux chemins de fer; il leur envoyait toujours de gros paquets de bonbons à l'occasion de la Saint-Nicolas. Ils avaient aussi un grand-oncle Eduard, dont on parlait souvent à la maison; Rud avait eu un jour le privilège d'accompagner seul son père à Sinagar et il s'était promené sur le dos de l'éléphant apprivoisé de l'oncle. Cet homme était célèbre, il recevait des visites de personnages haut placés, un prince, un archiduc. Ses chevaux gagnaient dans toutes les courses. Il y avait encore l'oncle Udo de Haes, le mari de leur tante Marie, qui avait logé très brièvement chez eux, mais qu'ils n'oublièrent jamais parce qu'il pouvait hocher les oreilles comme un vrai lièvre; et l'oncle Frits, le frère de leur mère, qui devait d'abord habiter à Gamboeng pour aider dans la fabrique mais était parti du jour au lendemain parce que, comme disait leur père, il était « timbré », et restait enfermé dans sa chambre plusieurs jours de suite. Un autre oncle – qui était en fait un arrière-cousin et qu'ils appelaient Boska – boitait et marchait avec une canne, mais il avait des bras extraordinairement forts, plus forts que ceux de leur père. Tous ces oncles, ils les voyaient rarement, contrairement au faux oncle[1], M. Van Honk de Rioeng Goenoeng, qui venait souvent parler avec leur père de la culture du quinquina et de la construction de routes; toute la famille lui rendait souvent visite et la tante les régalait de friandises; elle ne parlait que le malais, langue que, de leur côté, ils ne comprenaient pas très bien.

Les années que les enfants passèrent à Gamboeng se divisaient en différentes périodes. La première fut déterminée par les expériences vécues par Rud et Edu (Emile avait le droit d'y participer à condition d'obéir à ses aînés). Suivit la brève période où Emile exerça son autorité sur Karel et Bertha, après que les aînés furent partis pour la Hollande en vue de leurs études secondaires (Emile les avait entendus s'en aller bien avant le lever du soleil avec leurs parents et accompagnateurs; ils criaient si fort leurs adieux dans le kampong encore plongé

1. Les amis des parents sont souvent appelés « oncle » et « tante » aux Pays-Bas. *(NdT)*

dans le silence que les gens se réveillèrent et sortirent des maisons pour leur dire au revoir de la main ; mais Karel et Bertha avaient continué à dormir malgré ce branle-bas. Ils avaient d'abord été très attristés par le fait que leur mère serait absente pendant quelques mois, mais lorsqu'ils jouaient, ils n'y pensaient plus, et la nouvelle institutrice, une petite bonne femme gaie et haute comme trois pommes, leur plaisait énormément. La dernière période fut celle de Karel et Bertha, après le départ d'Emile ; ils étaient presque jumeaux, vu la différence d'âge minime, et de ce fait toujours ensemble. Ils partageaient les mêmes jeux : ils s'amusaient avec une toupie sur le sol dur de la fabrique, quand celui-ci n'était pas couvert de *tampirs*, ou bien dehors, utilisant des pierres ou des fruits pour jouer aux quilles. Ce n'étaient plus les jeux palpitants du temps où tous les frères étaient réunis, comme quand ils jouaient à « la guerre » : la lutte entre les Anglais et les Boers en Afrique du Sud, ou le siège d'un fort à Atjeh, ou encore la fusillade des énormes aubergines dans le potager, qui devaient ensuite être opérées à l'hôpital militaire ambulant. Pourtant, Karel et Bertha vécurent des événements captivants que n'avaient pas connus Rud, Edu et Emile, comme l'installation du téléphone (la brave Engko ne comprenait pas comment on pouvait entendre des voix à travers un fil qui n'était pas creux), et, en 1899, la construction de la nouvelle et plus vaste maison, juste derrière l'ancienne. Le congé qu'ils passèrent, entre avril et décembre 1897, avec leurs parents en Hollande pour voir leurs frères leur laissa longtemps un mauvais souvenir, du fait de l'humeur sombre de leurs père et mère, des nombreux « mystères », choses désagréables incomprises ou mal interprétées, qui semblaient être monnaie courante. Et lorsqu'ils revinrent, Gamboeng s'était transformé en jungle et le kampong des ouvriers s'était à moitié vidé de sa population.

*Rudolf à sa mère, septembre 1894*

« … Je voudrais revenir sur un projet que je vous ai déjà soumis dans le passé : à savoir que je songe, après en avoir parlé à Van Santen, à devenir propriétaire du quart de Gamboeng qui, pour le moment, fait encore partie des biens indivis, si possible en l'achetant moi-même.

« Je me rends parfaitement compte que je devrai continuer à travailler beaucoup plus longtemps afin d'être franc de dettes, et que cela représente un certain risque, compte tenu de l'âge, de la santé, etc. Dans l'intervalle, c'est aussi devenu pour moi une question de sentiment. Tout comme Papa voulait être seul propriétaire d'Ardjasari, mon idéal à moi est de devenir seul propriétaire de Gamboeng.

« J'espère vivement qu'en principe vous ne serez pas hostile à mon projet et que vous voudrez bien le soutenir. Vous me feriez le plus grand plaisir. Je demanderai la même chose à Julius. »

*Rudolf à son frère Julius, 9 janvier 1895*

« … Les autorités officielles cherchent sérieusement, elles aussi, un moyen de limiter la surproduction de quinquina à Java. Si la récolte d'écorce est toujours aussi abondante, les prix resteront aussi bas pendant au moins dix ans. Cela correspond exactement à mon opinion, que tout le monde connaît et que je ne veux pas spécialement ériger en principe, maintenant que je souhaite pouvoir racheter le quart de la masse successorale de Gamboeng encore dans l'indivision.

« Vous tous aurez donc sans doute, réflexion faite, modifié la valeur de cette part, telle qu'elle avait été provisoirement estimée par Henny, à savoir cent mille florins. Je préfère ne pas en dire davantage sur ce point, avant de connaître votre proposition.

« J'ai été frappé que tes lettres, comme celles de Maman et de Henny récemment reçues, évoquent toutes cette question, mais que personne ne mentionne la somme, dont en fin de compte tout dépend. »

*Rudolf à Van Santen, 10 janvier 1895*

« Concernant le rachat du quart de Gamboeng, je n'ai encore reçu aucune précision. L'estimation faite par Henny doit maintenant être entre les mains d'August. Je suis très curieux de la connaître. »

*Rudolf à Van Santen, 15 janvier 1895*

« … Je ne peux toujours pas donner une réponse définitive à la question de la reprise du quart de Gamboeng, parce que je ne parviens pas à obtenir d'August la note de Henny. Je préfère m'abstenir de commentaires avant d'avoir lu ce document, par crainte de porter un jugement prématuré sur toute cette affaire. »

*Rudolf à sa mère, 23 janvier 1895*

« Chère Maman, je dois vous informer que je ne peux accepter la proposition qui m'est faite par les héritiers de R. A. Kerkhoven à propos de la vente du quart de Gamboeng, car elle me revient beaucoup trop cher. J'espère toutefois que les héritiers ajusteront mon salaire à la valeur considérable de cette part de Gamboeng, évaluée par eux à presque cent mille florins ! Je souhaite en outre qu'une pension de réversion soit accordée à Jenny. Cette valeur de cent mille florins obtenue sans aucun effort des autres héritiers me donne bien droit, je pense, à quelque forme substantielle d'appréciation, n'est-ce pas ? »

*Rudolf à son frère Julius, 24 janvier 1895*

« L'erreur fondamentale, c'est que votre estimation s'appuie sur le chiffre le plus élevé des bénéfices jamais atteints par Gamboeng, celui de 1891. De ce fait, votre appréciation du chiffre final est naturellement trop élevée. Vous ne tenez en outre aucun compte des changements en cours, ni des bas prix du quinquina. Votre évaluation (que vous qualifiez – excusez du peu – de “modérée” !) s’écarte tellement de la mienne que je préfère ne pas la mentionner. De toute façon, nous ne parviendrons pas à nous mettre d’accord. Aussi, je préfère abandonner mes illusions. Ceci dit, je persiste à penser que l’homme qui, par son travail, a accumulé pour les héritiers un bien évalué par eux à la somme qualifiée de “modérée” de cent mille florins, a le droit de revendiquer une meilleure rémunération, et ce d’autant plus qu’aucun des héritiers n’a jamais fait quoi que ce soit pour Gamboeng. J’estime également que Jenny a droit à une pension de réversion, au cas où je me casserais le cou, ou si la maladie m’obligeait à abandonner mon travail. J’ai écrit à ce sujet à Van Santen et à Henny, et il faudra que tu abordes cette question avec eux. Je compte sur ton appui. »

*Rudolf à sa sœur Cateau, 9 février 1895*

« … Je ne peux pas être aussi ouvert dans mes lettres à Maman que dans celles que je t’écris. Car je suis automatiquement amené à faire une comparaison entre August et moi, et je crois plus sage de m’abstenir quand je m’adresse à Maman. Mais tu ne trouveras sûrement pas anormal que je me demande souvent pourquoi il est si privilégié ? Ardjasari lui apporte toutes sortes d’avantages qui me sont refusés, alors que j’ai travaillé beaucoup plus longtemps et plus énergiquement et qu’en outre les bénéfices et la valeur de Gamboeng, d’après votre estimation actuelle, sont supérieurs à ceux d’Ardjasari. J’ai sous les yeux une lettre d’August dans laquelle il écrit à propos de cette taxation : “Elle a mon adhésion” ! »

*Rudolf à sa mère, 27 avril 1895*

« … A ma demande d’augmentation de salaire, j’ai reçu une réponse exprimant l’accord total de vous-même et de Van Santen, mais jusqu’ici rien des autres. Si Papa était encore en vie, la question serait déjà réglée, car Papa lui-même m’a fait jadis cette offre quand les circonstances étaient moins favorables. A l’époque, je ne l’ai pas acceptée pour ne pas paraître intéressé. Si Henny suggère qu’une augmentation de salaire signifierait que l’un de vos enfants serait avantagé par rapport aux autres, vous pourriez peut-être lui faire valoir que moi, en tout cas, je n'ai jamais été favorisé. Tout ce que je possède est le fruit de mon travail. Van Santen a été largement payé de son aide financière grâce aux *intérêts* et à sa *part* dans Gamboeng. A force d'économiser, de tout soupeser ensemble et de nous priver de tous les plaisirs, Jenny et moi avons réussi à mettre un peu d'argent de côté. Rares sont ceux qui en auraient fait autant avec un revenu de cinq cents florins. Il a fallu attendre les toutes dernières années pour que j'obtienne une part appréciable des bénéfices. »

*Rudolf à son beau-frère J. E. Henny, mai 1895*

« … J'apprécie certes tes paroles amicales sur la fidélité, le sens du devoir, l'honnêteté, la grande satisfaction de tous, l'assiduité et le travail bien fait, l'honneur, l'affaire florissante et tout le reste, mais l'usage veut, ce me semble, que tous les éloges que l'on fait du travail de quelqu'un soient accompagnés de preuves tangibles, afin de montrer que ces paroles sont sincères et n'ont pas pour seul but de faire avaler la traditionnelle pilule. Car c'est bien de cela qu'il s'agit, et la pilule est des plus amères. Le sentiment accablant de malaise qui ne me quitte pas entrave considérablement mon travail.

« Tant que Gamboeng semblait aller moins bien, je ne me suis pas plaint et me suis contenté d'un salaire médiocre, inférieur, nettement inférieur, à celui des administrateurs auxquels je peux me comparer.

« Plus tard, j'ai accepté un tantième ; mais mes frais avaient aussi considérablement augmenté – et maintenant encore, la situation est telle que je ne peux m'en sortir avec mon salaire actuel. Même en économisant au maximum, même avec l'aide que tu nous apportes en hébergeant Rud et Edu sans dédommagement financier, cinq cents florins par mois ne nous suffisent pas pour subvenir à nos besoins.

« Si au moins vous aviez voulu accéder à mon désir d'assurer à Jenny une pension de réversion raisonnable, je serais plus tranquille et j'aurais plus de liberté de manœuvre. Mais, même cela, vous me le refusez. Nous sommes donc obligés de maintenir notre mode de vie des plus modestes, afin que je puisse au moins laisser quelque chose à Jenny et aux enfants, spécialement sous la forme d'un fonds destiné à l'éducation de ces derniers.

« La seule personne qui aurait quelque raison de s'opposer à une augmentation de mon salaire est Van Santen, parce que je n'ai pas encore remboursé ma dette. Or c'est justement lui qui juge ma demande raisonnable et veut m'accorder une augmentation de deux cents florins par mois, à compter du 1$^{er}$ janvier 1895. Je ne veux pas croire que l'un des autres intéressés – Maman, Julius ou August – ait des objections. Mais ton opposition, en tant que minoritaire avec droit de veto, me coûte donc deux mille quatre cents florins par an. Y as-tu songé ?

« Je persiste à dire que, de toutes les "plantations florissantes", il n'en est pas une seule dont l'administrateur soit aussi chichement récompensé après vingt ans de labeur. Papa a débuté avec quatre cent vingt florins par mois, Sinagar et Parakan Salak sont généreux. Et crois-tu maintenant que ces derniers fassent plus de profits que Gamboeng ? Si c'est le cas, tu te trompes ! Avant la mort de Papa, August recevait déjà quatre cent soixante-dix florins, puis cinq cents, plus, directement, dix pour cent du bénéfice, plus des émoluments ; et les autres touchent aussi plus que moi sous une forme ou une autre. En outre, ils jouissent d'un tantième dès que l'exploitation fait des bénéfices.

« Jamais, je peux te l'assurer, même dans les périodes les plus malchanceuses, je n'ai éprouvé aussi peu de goût et d'enthousiasme dans mon travail quotidien et autant d'envie de tout laisser tomber que depuis réception de ta lettre. »

*Jenny à sa belle-mère, juin 1895*

« ... C'est très gentil de votre part de me rendre hommage pour le sage comportement de Rud et Edu. Ils ont bon cœur par nature, c'est le plus important, et, pour le reste, ils ont eu l'exemple de leur père.

« Quant à ma contribution, elle tient aux sacrifices physiques et aux nombreuses privations que j'ai dû endurer et qui m'ont épuisée. Je n'en peux plus.

« Ces années de souffrance, je les ressens encore dans la moelle de mes os, et la conscience d'avoir tant souffert pour rien me rend amère et insatisfaite. J'ai dû donner beaucoup plus de moi-même que d'autres femmes, et j'ai reçu beaucoup moins qu'elles. J'ai connu des années où Gamboeng n'avait littéralement rien à m'offrir d'agréable ou de confortable, où, malade et malheureuse, j'ai dû travailler plus que ne me le permettaient mes forces, où je n'avais pas un endroit à moi, sauf mon lit – et tout cela dans une si riche exploitation.

« Si seulement je pouvais encore croire à une petite place en paradis ! Je pourrais du moins rêver d'un boudoir joliment aménagé. Mais je n'ai même pas cette consolation. Dommage ! Notre Seigneur semble un hôte si généreux !

« Que suis-je donc allée faire dans notre magnifique palais ( !) où je me suis sacrifiée pendant dix-sept ans ! Ces années perdues ne reviendront jamais. »

*Rudolf à sa mère, septembre 1895*

« … J'ignorais que Jenny vous eût écrit une lettre aussi désabusée. Mais elle a raison. Nous sommes tous deux découragés par le manque d'appréciation dont vous tous faites preuve pour mon travail, non, pour notre travail.

« Une nouvelle maison ? Oui, ce serait une nécessité. Mais qui la meublera ? Ce que nous possédons se réduit à presque rien.

« Un voyage en Hollande ? Oui, c'est un vieux rêve que nous caressons mais qui, s'il se réalisait, ferait un trou énorme dans le petit capital que nous avons économisé – et qui est destiné et doit le rester – à Jenny et aux enfants après ma mort.

« Et si je devais tomber malade – ma plus grande crainte de chaque jour que je vis –, les héritiers pourront se féliciter d'avoir enfin réussi à me faire toucher les épaules et il ne me restera plus qu'à venir mendier auprès d'eux pour ma femme et mes enfants. »

*Rudolf à son frère Julius, janvier 1896*

« … Je suis confronté au parti pris de Henny. Visiblement, aucun d'entre vous ne peut rien y changer. Je suis lié par la présence chez lui de Rud et d'Edu, sans même parler de Cateau.

« Je ne doute pas des bonnes intentions de Maman et de toi-même, mais vous avez une fausse idée de la situation, et je n'arrive pas à vous convaincre de l'injustice dont je suis victime.

Par bonté, vous voulez m'aider en m'offrant de payer la moitié des frais de voyage pour un congé en Hollande. Autrefois, August a été autorisé à prendre ce congé aux frais d'Ardjasari. Vous louez tous mon projet d'aller un jour en Hollande. Mais avec une étrange unanimité, vous estimez que Jenny et les enfants devront séjourner quelque part à Bandoeng pendant mon absence. Crois-tu vraiment que ce congé puisse avoir un effet salutaire et calmant sur mes nerfs tendus ?

« Et as-tu oublié le jour où, à table chez ce parcimonieux Henny, tu as demandé s'il était peut-être possible d'avoir encore pour dix sous de vin ? »

*Rudolf à sa sœur Cateau, 24 juin 1896*

« ... Il fallait que le grand mot fût lâché. Je suppose que tu t'y attendais depuis longtemps : tu sais très bien qu'il n'est pas dans ma nature d'accepter éternellement les faveurs de quelqu'un qui ne m'aime pas. J'ai patienté une année entière ; j'ai tenté à plusieurs reprises de faire la paix ; j'ai espéré que, peu à peu, Henny se rendrait mieux compte de la situation – mais tous mes efforts sont restés vains. Je ne veux pas courir le risque que mes enfants me méprisent parce que j'ai permis qu'ils profitent d'un individu qui (par ton intermédiaire ou par d'autres voies) me fait savoir combien il est indigné, sans même vouloir me dire sur quoi repose cette indignation, et qui repousse tout rapprochement et ne m'écrit jamais.

« La coupe est pleine. J'ai demandé à Julius de trouver un autre gîte pour Rud et Edu.

« Tout cela est si triste et si grave que je ne me sens pas d'humeur à aborder d'autres sujets. Je ne peux croire que, toi aussi, tu me soupçonnes de tous les vilains actes – quels qu'ils puissent être – qui motivent l'attitude de Henny ; mais, naturellement, tu prendras le parti de ton mari ; et je me pose alors la question : l'amitié qui nous lie, toi et moi, depuis notre enfance ne va-t-elle pas souffrir de cette situation ? »

La mort subite de Van Santen en janvier 1896 marqua un tournant décisif dans la vie de Rudolf. A partir de l'instant où Henny avait commencé à lui mettre des bâtons dans les roues, Van Santen lui avait plus que jamais accordé sa confiance. En tant que directeur de la Banque commerciale des Indes néerlandaises à Amsterdam, il avait même proposé à Rudolf d'intercéder en sa faveur pour l'obtention d'un nouvel emprunt, au cas où, songeant à l'avenir de ses fils, il voudrait louer un terrain pour créer une seconde exploitation.

Ulcéré par l'animosité inexplicable de Henny, par la partialité de sa mère en ce qui concernait August, par la mauvaise volonté ou la lâcheté de ses frères et sœurs qui n'osaient prendre son parti, Rudolf avait jeté par-dessus bord toutes ses hésitations. Sur les hauts plateaux de Pengalengan, au sud-ouest du mont Malabar, plusieurs terrains étaient disponibles jusqu'à une surface de plus de onze cents *baoes*, en grande partie forêt vierge et terres sauvages, mais dont le sol était par excellence propre à la culture du thé. Maintenant que, par suite de la surproduction redoutée, la culture du quinquina était beaucoup moins rentable que ne l'avaient cru les planteurs dans l'euphorie des premiers temps, et que la guerre contre les Boers d'Afrique du Sud avait compromis le commerce anglais du thé, l'oncle Eduard était sûr que le thé Assam de Java allait connaître un succès sans précédent. Une seule entreprise – Soekawana de Hoogeveen ! – s'apprêtait déjà à se consacrer à la culture du thé. Rudolf ne voulait pas sacrifier ses immenses champs de quinquinas de Gamboeng. Une nouvelle exploitation, défrichée et plantée avant que d'autres eussent opéré leur reconversion, signifierait une énorme avance.

N'avait-il pas par le passé osé prendre de grands risques, avec moins de chances de réussir ?

Deux fils de son oncle, le professeur Bosscha, travaillaient déjà dans des entreprises de Java. Rudolf voulait engager l'un d'eux, également prénommé Rudolf, comme administrateur, tant que son aîné ne serait pas encore en mesure de diriger l'entreprise, ce qui ne serait pas possible avant au moins dix ans.

La mort de Van Santen, survenue peu de temps après que Rudolf eut réussi à obtenir les cinq pièces qui ensemble devaient constituer le terrain de Malabar, risquait de compromettre le financement de l'affaire. Sans la recommandation de cet homme qui faisait autorité, la Banque commerciale des Indes néerlandaises de Batavia posait des conditions jugées inacceptables par Rudolf. Or, il ne voulait à aucun prix renoncer à son projet. Avec l'aide d'autres bailleurs de fonds, il fonda une société anonyme et fit circuler un prospectus pour recruter des actionnaires.

Il s'était lancé dans ces préparatifs avec acharnement, se rendant à Bandoeng pour parler à des fonctionnaires de l'administration, à Batavia pour des négociations financières. A mesure que l'affaire prenait tournure, que la liste de souscriptions pour la participation à « Malabar » se remplissait, un sentiment de triomphe s'emparait de Rudolf. Il se rendait compte que, s'il faisait tout cela, c'était pour prouver aux « héritiers » qu'il pouvait se passer de leur paternalisme, que jamais il ne dépendrait des revenus qu'ils avaient l'infinie bonté de lui accorder, comme on donne un pourboire à un valet pour se débarrasser de lui. Désormais, il mettrait son sens de l'épargne, son « talent de calculateur » tant vanté, même par Henny, au service d'un seul but qu'il n'avait jamais considéré comme un idéal : devenir riche ! Offrir à Jenny, à ses enfants, un luxe tel que la fortune des grippe-sous hollandais en pâlirait.

*Rudolf à sa mère, août 1896*

« K. A. R. (Rudolf) Bosscha sera nommé administrateur et moi surintendant-commissaire de Malabar. Je serai propriétaire d'un quart de l'entreprise. Très probablement, les travaux d'essartage commenceront sous peu, vers le milieu d'août. Depuis

Gamboeng, on peut atteindre Malabar en deux heures et demie à trois heures à cheval.

« Nous avons tiré le plus grand profit du téléphone pour mener à bien toutes ces négociations et bénissons l'instant où ce mince fil métallique nous a reliés au "monde".

« Malabar et les bénéfices que j'ai tirés de mes quinquinas me valent, hélas, des ennemis, aussi et surtout parmi mes proches. *Qu'y faire ?*[1] »

Dans le rapport annuel d'Ardjasari pour 1895, August Kerkhoven inscrivit la phrase suivante : « Je me berce de l'espoir qu'Ardjasari possédera non seulement de bonnes plantations mais encore l'une des meilleures sinon la meilleure fabrique de thé de Java. »

Il proposa à ses copropriétaires, les fils de Van Santen et les héritiers de son propre père, de consacrer dix pour cent des bénéfices de l'année précédente à la création d'un fonds permettant de couvrir les frais de construction d'une fabrique modèle. Rudolf fit usage de son droit de veto (pourquoi avantager une fois de plus August au détriment de sa propre part du profit ?), ce qui entraîna l'abandon du projet. August interpréta ce geste comme une mesure de rétorsion.

*Rudolf à son frère Julius, décembre 1896*

« Malabar marche bien. Des quatre cents actions, trois cent quatre-vingts sont déjà placées et de nouvelles inscriptions ne cessent de venir. Maintenant que l'on pratique l'abattage des arbres de la forêt, nous allons sans doute vendre en gros du bois scié.

« August a été profondément offensé que je n'aie pas appuyé son projet de "fabrique modèle" de cent mille florins. Bien que tous les autres, toi inclus, aient embrassé mon point de vue, c'est moi qui dois, une fois de plus, en porter la responsabilité. Ce nouveau désagrément aurait pu m'être épargné si vous n'aviez pas avancé mon nom avec tant d'insistance lors du rejet de la proposition d'August. »

1. En français dans le texte. *(NdT)*

*Maître Joan E. Henny à Rudolf Kerkhoven, février 1897*

« … Voilà bientôt deux ans que je ne t'ai pas écrit. Je me suis abstenu à cause de tes deux fils, Rud et Edu, qui ont passé trois ans et demi chez moi. Si je l'avais fait, j'aurais dû te dire la vérité sans mâcher mes mots et tu aurais eu l'obligation morale de me retirer tes enfants, de les placer chez des étrangers et de payer le prix de leur pension. Je voulais retarder ce moment le plus longtemps possible. Je comprenais qu'ils étaient mieux chez moi, qu'ils y étaient traités avec beaucoup plus d'amour et de sollicitude qu'ils ne pourraient jamais en recevoir de la part d'étrangers. Je ne souhaitais pas qu'ils souffrent de ce que tu te manifestais à moi sous un jour totalement nouveau et, disons, absolument inattendu. Aussi avais-je préféré me taire. En outre, il était possible que mon silence t'irrite, comme ce fut largement le cas, à mon grand regret, et comme cela se produit si souvent lorsque la conscience n'est pas tout à fait pure. Ma femme, Cateau, plaidait en ta faveur et m'a constamment pressé de ne pas aggraver la situation. Maintenant que tu as toi-même exprimé le désir de placer Rud et Edu chez des étrangers, la cause majeure de mon silence est éliminée. En ce qui me concerne, ils auraient pu rester, mais tu en as décidé autrement. En vue de ton arrivée prochaine en Europe, je tiens à t'expliquer pourquoi j'ai tant attendu pour répondre à tes lettres.

« En 1894, tu as exprimé le désir d'acheter le quart de part de Gamboeng qui entre dans la succession de ton père. J'en ai discuté avec Maman, Cateau, Van Santen et Julius. Nous avons tous trouvé ton désir légitime, et nous étions disposés à y satisfaire. Pour des raisons pratiques et pour faire avancer l'affaire, j'ai proposé une évaluation provisoire (il est apparu, depuis, que ma taxation n'était absolument pas trop élevée, mais plutôt trop basse, compte tenu de la hausse possible des prix dans l'avenir).

« Tu as pourtant jugé qu'elle était trop élevée. Tu as en outre souhaité devenir propriétaire de cette part non pas à un prix raisonnable, mais à très bon marché. Tu ne t'es pas aventuré à tenter de prouver que ma taxation était erronée. Tu voulais au moins que ton traitement d'administrateur fût augmenté et qu'une pension de réversion fût accordée à ta femme par l'entreprise. Tu as motivé cette demande en mettant sur le tapis ta jalousie stupide et sans fondement à l'égard d'August à Ardjasari, avec des arguments fort exagérés. D'une bagatelle, tu fais une montagne !

« Si l'on considère que tu possèdes déjà une demi-part de Gamboeng, tu appartiens, selon moi, aux administrateurs les mieux rémunérés parmi ceux qui dirigent des entreprises comparables. Lorsque je t'ai écrit qu'au lieu de rester obsédé par Ardjasari, tu ferais mieux de construire toi-même une maison plus confortable et plus spacieuse, tu as répondu que tu ne le faisais pas parce que tes moyens ne te permettraient pas de l'aménager comme il convenait. Lorsque tu t'es plaint parce que August, en tant que célibataire, avait demandé et obtenu un bref congé en Europe (alors que toi-même tu n'avais jamais fait une telle demande avant ton mariage), je t'ai encouragé à prendre immédiatement un congé d'un an. Dès que tu me ferais savoir que telle était ton intention, avais-je ajouté, je voulais proposer aux héritiers de mettre au compte de l'entreprise tes frais de déplacement et les frais supplémentaires qu'entraînerait ton absence à Gamboeng. Tu répondis que tu n'avais pas de quoi financer un voyage en Europe.

« Van Santen a recouvré successivement l'argent qu'il t'avait prêté et les intérêts ; et en tant qu'administrateur de Gamboeng, tu as bien vécu ; il s'avère même que tu as pu faire des économies. Aucun des autres copropriétaires n'a jamais jusqu'ici, en cette qualité, reçu quoi que ce soit de Gamboeng.

« Tu m'en veux de n'avoir pas admis que tu veuilles, pour une bouchée de pain, devenir propriétaire d'une part si importante de l'héritage, ce qui léserait ta mère, tes frères et ta sœur, et de t'avoir refusé ma coopération. Tu m'en veux de m'être opposé à une augmentation de traitement qui reviendrait, en fait, à t'octroyer une rente viagère annuelle constituant une faveur par rapport à ta mère, tes frères, ta sœur et les enfants de Bertha. Tu m'en veux aussi de défendre les intérêts de mon beau-frère, le courtier Van Dusseldorp, qui, pendant des années, a vendu l'écorce de quinquina de Gamboeng sur le marché d'Amsterdam à ton entière satisfaction jusqu'à l'unique fois où, le prix t'ayant déçu, tu as fait négocier ton produit derrière son dos par une autre firme sous une marque inconnue, donc difficilement identifiable.

« J'ai contrarié tes projets et tu m'en veux terriblement. Certes, c'est fort désagréable pour toi. Tu estimes que je t'ai gravement lésé. Un enfant qui boude parce qu'il n'obtient pas ce qu'il veut n'agirait pas autrement.

« Dans l'une de tes dernières lettres à Cateau, tu estimes qu'il n'est pas souhaitable de fournir en détail à Rud et Edu les raisons pour lesquelles tu nous les retires. Cateau et moi partageons ce point de vue. Rud et Edu ne nous ont jamais entendu prononcer une seule parole désagréable sur leurs parents. Ils n'ont pas demandé d'explications à ce sujet.

« Comme nous leur sommes très attachés, j'ai adouci le plus possible la punition que tu leur as imposée par tes actes et tes lettres. Notre cœur et notre maison leur restent ouverts aussi souvent qu'ils voudront venir et qu'ils y seront autorisés. De cette manière, je leur procurerai de temps à autre une journée agréable.

« En ce qui concerne ton accusation à l'adresse de Julius, selon laquelle j'aurais fait pression sur lui pour qu'il me serve de porte-parole, il t'écrira lui-même. »

(En marge de cette lettre écrite en pattes de mouche et pratiquement illisible, Rudolf ajoute au crayon ses commentaires : « Faux ! Perfidies ! Les faits prouvent le contraire ! Mensonges ! »)

*Rudolf à son oncle Eduard Kerkhoven*

« … Par faiblesse, Julius a soutenu à plusieurs reprises les attaques de Henny à mon endroit. Henny doit donc penser que Julius est d'accord avec lui.

« Or, Julius m'écrit qu'il n'est pas d'accord avec Henny, mais ce dernier l'ignore. Je souhaiterais donc que Julius écrive maintenant à Henny qu'il ne choisit pas son parti, mais le mien. Selon moi, il n'a pas le droit de confirmer Henny dans son impression qu'il est encore de son côté. Ce serait injuste envers moi.

« Julius ne veut pas accéder à mon désir. D'où la tension qui existe entre nous. »

*Eduard Kerkhoven à son neveu Rudolf*

« … Je regrette que les rapports entre toi et Julius soient troublés, simplement parce qu'il est trop bon pour que l'on se dispute avec lui. Cependant, ce que tu dis est vrai. Il est certainement fasciné par Henny qui domine totalement une personne au caractère doux comme Julius.

« Julius m'a écrit que, s'il ne cherchait pas de contacts avec toi, c'était parce que tu exiges de lui qu'il choisisse entre toi et Henny et qu'il refuse que quiconque, toi pas plus que les autres, veuille lui faire la loi.

« Du reste, il n'a rien dit de désagréable à ton sujet, mais précise que tu avais été très véhément, et que ce n'était vraiment pas nécessaire. »

Rudolf attribua le refus de Julius de le soutenir ouvertement non pas en premier lieu à un désir de défendre son indépendance, mais à une rancune en rapport avec une tout autre question. Quelques années plus tôt – de nouveau par pure bonté –, Julius avait pris sous sa protection une orpheline, l'enfant d'un militaire européen et d'une indigène. Il voulait donner à la fillette, Gertrude, une bonne éducation et songeait même à l'adopter.

Rudolf avait attiré son attention sur tous les problèmes qui pourraient résulter d'une telle situation. Julius lui avait reproché d'avoir des préjugés et de manquer d'humanité : « Vous ne vous rendez pas compte à quel point vous êtes durs ! Vous osez traiter les indigènes de "singes", même si c'est en manière de plaisanterie. Vous êtes absolument convaincus que les sang-mêlé sont inférieurs. N'ai-je pas entendu Jenny soupirer un jour "Dieu merci !" parce que l'enfant de la *baboe* qui avait la charge de Rud était mort peu de temps après sa naissance, si bien que le bébé ne serait plus une source de tracas pour elle, ni de tintouin pour vous ! Et cessez de vous faire tant de soucis à propos de ma sollicitude pour Gertrude, parce que vous craignez qu'une partie de Notre Patrimoine (avec majuscules) soit rognée. Il ne faut surtout pas que je compte sur la Famille pour "accueillir" jamais cette pauvre petite fille de couleur ! »

Lorsque, en 1900, Karel dut être mis en pension à Batavia pour fréquenter le lycée et ne revint plus à Gamboeng que pendant les vacances, le monde de la petite Bertha se réduisit aux dimensions de la maison et du terrain. Cette maison était maintenant grande et belle, Bertha avait sa chambre à elle et beaucoup de « jouets pour les filles », qui l'avaient très rarement intéressée à l'époque où elle pouvait jouer avec ses frères. Elle devait désormais porter des robes, des chaussures, était seule à suivre les leçons que lui donnaient parfois sa mère, mais le plus souvent les gouvernantes successives. Ces dernières ne restaient jamais plus de trois ou quatre mois à Gamboeng et repartaient en général subitement. On eût dit que sa mère n'était jamais satisfaite : l'une était trop stupide, l'autre trop paresseuse, une troisième était incapable d'enseigner ; ou bien Jenny trouvait l'institutrice trop coquette, impertinente, ou d'une compagnie désagréable.

Pour Bertha, le souvenir le plus terrible de ses années d'enfance était associé à l'une de ces gouvernantes, Mlle Nora Verwey, qui avait étudié la musique à Zurich et jouait du piano encore mieux que sa mère. Elle n'était à Gamboeng que depuis quelques semaines lorsqu'elle tomba gravement malade. Tremblant de peur, Bertha avait écouté derrière la porte et entendu ses cris de douleur. Le docteur était venu de Bandoeng, mais n'avait pas réussi à la guérir ; plus tard, on raconta qu'elle avait eu une inflammation des intestins. Un matin, on trouva Mlle Nora morte. Bertha n'avait pas été autorisée à sortir de sa chambre mais, à travers les lames de ses jalousies, elle avait vu les menuisiers de la fabrique apporter une longue caisse en bois et la transporter ensuite le long de l'allée encadrée de fougères arborescentes. Son père marchait derrière. Elle avait eu l'autorisation de déposer des fleurs à l'endroit où la terre retournée faisait une tache sombre sur le sol alentour, à côté de la petite tombe de sa sœur, morte avant qu'on eût pu lui donner le nom de Bertha.

Elle avait le sentiment qu'avec le départ de ses frères toute vie avait disparu. Pourquoi n'était-elle pas un garçon ? A Gamboeng, seuls les garçons comptaient. Son père se moqua d'elle lorsqu'elle demanda la permission de l'accompagner à la chasse : « C'est bien trop dangereux, ma minette ! » Mais ne pouvait-elle pas apprendre à se servir d'un fusil ? Elle s'était si souvent amusée à appuyer contre son épaule les armes de son père, quand elles n'étaient pas chargées. Elle avait la permission de monter à cheval, mais seulement sous la conduite de son père, non plus à califourchon, comme quand elle était petite, mais en amazone sur une selle pour dames.

Après le déjeuner, elle envoyait promener ses chaussures, grimpait dans un arbre du terrain et s'y installait pour lire. A l'heure du thé, elle était de nouveau la jeune personne qui faisait de la broderie. Elle aimait rejoindre Engko qui vieillissait et restait le plus souvent accroupie, toujours à la même place, dans la véranda arrière, maintenant qu'elle n'avait plus à s'occuper d'enfants. Elle lui apportait des gâteries ou du tabac.

Lorsque Karel « montait » les voir, ils ne jouaient plus jamais, car ils avaient passé l'âge. Si son père avait fait installer un court de tennis, ce n'était pas pour elle, mais parce que sa mère voulait pratiquer ce sport moderne (dans *Ladies Home Journal*, revue qu'elle recevait du service de prêt de magazines, elle voyait des photographies de dames jouant au tennis en jupes qui dégageaient le pied). Lorsque le gazon eut répondu aux normes et que le filet fut tendu, on joua tous les jours : Bertha, sa mère, la gouvernante du moment, Karel quand il venait, les hôtes et l'employé. Son père ne s'y intéressait pas. Il avait largement sa part d'exercice physique, disait-il.

*Portrait d'une réunion de famille, 1901*

Époque : le milieu de l'été ; endroit : le jardin derrière la maison située à Apeldoorn où la mère de Jenny vit avec ses fils Herman et Frits. Le déjeuner copieux vient de prendre fin, la famille s'est rassemblée autour de Maman Roosegaarde sur un fond de hauts buissons. Toujours aussi fragile qu'une poupée de porcelaine, une toque fleurie sur ses cheveux tout blancs, elle sourit gentiment en direction du photographe. Ce portrait de groupe est destiné à garder le souvenir d'une réunion exceptionnelle des Roosegaarde et des Kerkhoven de Gamboeng venus passer des vacances en Europe pour rendre visite à leurs trois fils, qui y font leurs études.

Les Kerkhoven se tiennent en rang derrière Maman Roosegaarde : Emile, dix-sept ans, bachelier de fraîche date, l'air important, faux col et cravate ; Bertha, treize ans, tout en blanc ; Rudolf père, avec barbe et moustache, conformément à une mode passée de longue date ; Edu, dix-neuf ans ; Jenny, très élégante (chapeau acheté à Paris) ; Rudolf fils, maintenant adulte avec ses vingt-deux ans. Celui qui manque, c'est Karel qui, en raison de son examen de passage en seconde année au lycée de Batavia, n'a pas pu être du voyage.

A droite d'Emile, on peut voir Frits Roosegaarde, toujours aussi absent et peu sûr de lui dans sa manière d'être que lors de son séjour raté à Gamboeng, dix ans plus tôt. A côté de Rud se tient le plus jeune frère de Jenny, Constant, un vaurien qui passe son temps à se croiser les bras et à jouer les dandys ; à gauche de ce dernier, August Roosegaarde (grand et maigre, qui donne l'impression d'être soucieux et renfermé, venu spécialement d'Afrique du Sud, où il fait du commerce, pour voir sa famille), et, un peu de côté devant lui, son épouse anglaise et l'un de leurs enfants.

Assis à gauche et à droite de Maman, formant une rangée multicolore : l'époux de Marie, Udo de Haes, planteur de tabac à Deli (Sumatra), retraité, puis Marie elle-même, qui a pris les proportions d'une matrone corpulente (son visage bouffi n'a gardé aucune trace de son ancienne beauté), enfin un frère et un cousin de Maman, et ses deux sœurs célibataires. Sur l'herbe, aux pieds des adultes, sont assis des enfants : trois de Marie et un d'August.

Cinq Roosegaarde manquent à l'appel : Herman (au cerveau gravement dérangé, qui est séquestré dans la maison maternelle), Rose (qui a rompu tous les liens avec la famille et vit ailleurs), Philip, qui travaille à Hong Kong comme agent principal de la ligne Java-Chine-Japon, Willem (avocat à Londres) et enfin Henri, le photographe de ce tableau au jardin.

Jenny, heureuse et fière, a passé son bras gauche sous celui de son fils Rud et tient Edu de sa main droite. Elle souhaiterait de tout cœur pouvoir rester en Europe. Lorsqu'elle a conduit elle-même ses deux aînés en Hollande en 1893, elle a visité avec eux Paris et Bruxelles, elle les a emmenés au Rijksmuseum d'Amsterdam, leur a fait voir la cathédrale de Saint-Bavon à Haarlem, le Muiderslot, Delft, La Haye ; à cette époque, les garçons ne s'y intéressaient pas, ce qui gâchait son plaisir. Elle voudrait pouvoir refaire tout cela en prenant son temps.

Rudolf, lui, commence à se lasser. Il est heureux de revoir ses fils, Rud surtout, qui espère obtenir son diplôme d'ingénieur électrotechnicien de l'École polytechnique de Zurich l'année suivante. Edu, qui n'est pas doué pour les études, lui a causé bien des soucis pendant longtemps ; mais maintenant que le jeune garçon suit une formation pratique de mécanicien, il est rassuré : cette profession modeste mais sérieuse est également honorable. Emile ira naturellement à Zurich. Dans son costume foncé, coûteux, de chez Oger Frères, Rudolf ne se sent pas à son aise. A vrai dire, il attend avec impatience l'instant où il pourra retourner à ses plantations et à ses jardins en pantalon de chevron et veste de coton, et coiffé de son vieux chapeau de soleil en forme de soucoupe (un casque colonial nouveau style n'est pas son genre). Cette fois-ci, il ne retrouvera pas Gamboeng à l'abandon comme en 1897, lors de son congé précédent ; il a maintenant un assistant capable de gérer les affaires.

Tel qu'il est là parmi les parents de Jenny, il ne pourra plus jamais se retrouver au milieu des siens. Sa mère est morte six mois plus tôt ; jamais plus il ne pourra, dans un entretien familier, intime, effacer le ton impersonnel, conventionnel de la correspondance échangée au cours des dernières années. Comme il refuse de voir Henny, un fossé s'est creusé entre Cateau et lui. De brèves rencontres avec Julius lui ont fait comprendre qu'il s'est éloigné de son frère cadet ; Julius, marié à une femme « savante » (docteur en mathématiques et sciences physiques !), appartient à un cercle intellectuel aux idées avancées, lit des ouvrages d'un anarchiste russe, Kropotkine, pour lesquels il tente d'éveiller l'intérêt de Rudolf. Celui-ci a feuilleté quelques-uns de ses livres, *Paroles d'un révolté*, *La Conquête du pain*[1], mais il les a retournés à son frère en y joignant la remarque : « Tout cela est tellement tendancieux, tellement partial ! »

Le seul membre de la famille en Hollande avec qui il ait encore un bon et fructueux contact est son vieil oncle Bosscha, professeur de physique à l'université, aujourd'hui retraité, dont les fils font partie d'une nouvelle génération de planteurs aux Indes. Rudolf Bosscha, que, pour faciliter les choses, on appelle habituellement KAR, nom formé par les initiales de ses prénoms, exerce depuis quelques années avec une grande compétence la fonction d'administrateur à Malabar. Rudolf lui-même reste surintendant. Kar a promis de céder la place, le moment venu, à Rud, conformément aux intentions exprimées dès le début par Rudolf. Pour Jan, le frère aîné de Kar qui, il y a peu de temps encore, travaillait à Bornéo, un poste d'administrateur est déjà disponible dans une plantation de thé récemment prise à bail par Rudolf, Taloen, située non loin de Malabar et de Gamboeng, dans le Pengalengan.

La vie en Hollande ne plaît pas à Rudolf : il trouve inconce-

1. En français dans le texte. *(NdT)*

vables les changements qui se sont opérés dans les mentalités. La façon de penser, à la fois libérale et aristocratique, caractéristique des hommes qui donnaient le ton dans sa jeunesse en tant que novateurs, n'existe plus. Le mouvement social-démocrate, la lutte pour le droit de vote des femmes lui sont étrangers. L'avidité avec laquelle Jenny s'intéresse à ces questions ne trouve en lui aucun écho ; ils ont souvent maintenant des divergences de vues qui menacent de gâcher le climat familial. Heureusement, les fils servent de paratonnerre, spécialement Rud qui a déjà des allures d'« homme du monde ».

Rudolf considère comme parfaitement ridicules les critiques formulées contre lui par sa famille. Il est certain qu'elles ont été inspirées par Henny. On lui reproche d'avoir sournoisement tenté depuis son adolescence de nuire à Julius et à August en leur mettant des bâtons dans les roues, en leur donnant de mauvais conseils et en jetant sur eux le discrédit auprès de ses parents ; d'avoir acquis Malabar et d'être devenu le numéro un parmi les planteurs de quinquina par des manœuvres suspectes ; de vouloir tout obtenir pour une bouchée de pain et, tout en prétendant être un modèle de correction, de laisser les autres payer pour lui ; de se comporter à Gamboeng en patriarche, mais d'exploiter en même temps sa main-d'œuvre, bref, d'être un hypocrite cupide, qui couve son argent. La famille va devoir ravaler ce dernier reproche, à présent qu'il séjourne princièrement en Hollande ; grâce au fait que Gamboeng est enfin libéré de ses dettes et que le dividende se monte à une petite fortune, il peut se permettre de loger avec toute sa famille à l'Hôtel de l'Europe à Amsterdam et de louer une villa chic à la campagne dans les environs d'Apeldoorn.

Mais les autres accusations continuent à le contrarier. Si elles étaient fondées, même partiellement, il ne pourrait supporter ce poids et préférerait mettre fin à ses jours. Ni Henny et Cateau, ni Julius et August ne se rendent compte de ce que signifient de telles incriminations pour quelqu'un qui, toute sa vie – il en est profondément convaincu –, s'est laissé guider par le sens de l'honnêteté et la bonne foi. Ce qui l'offense le plus, c'est la phrase d'une lettre de Henny, qui est restée gravée dans sa mémoire : « Que tout cela t'excite tant prouve que tu n'as pas la conscience tout à fait tranquille ! »

C'est pour lui une consolation que, pendant les années passées en Hollande, ses fils n'aient pas été influencés par les calomnies et les ragots. A Zurich, ce danger est exclu. Ils y ont un ami qui est pour eux comme un père en la personne du professeur Schröter, un botaniste qui fut l'hôte de la famille à Gamboeng lors d'un voyage d'études à Java et qui, grâce à ses publications savantes sur les champs de quinquinas de Rudolf, a démontré clairement au niveau international que « l'excellent planteur de Cinchon de Java » n'est pas un imposteur qui, comme le geai, se pare des plumes du paon.

D'ici peu, il pourra retourner avec Jenny et Bertha vers ce monde qui est et restera toujours le sien : Gamboeng, le mont Tiloe, les *rasamalas*.

*Extraits des Mémoires de Carmen Erdbrink-Bosscha, fille de J. Bosscha, administrateur de Taloen*

Le 20 décembre 1902, ma sœur Connie et moi avons visité Gamboeng pour la première fois. Il était convenu que le cousin Rudolf Kerkhoven nous enverrait des chevaux. Nous fîmes à pied la première partie du trajet (depuis Malabar, où nous logions alors, dans l'entreprise de l'oncle Kar). Mes parents nous accompagnaient, Maman jusqu'à la limite de Malabar, et mon père encore beaucoup plus loin. D'abord à travers d'anciennes plantations de café de l'administration coloniale. Celles-ci formaient une sorte de forêt, nous parcourions d'étroits sentiers pareils à des tunnels de verdure ; c'étaient de longues allées débouchant parfois sur une tache de soleil dorée. Le sol était couvert de mousse et de plantes forestières, et aussi de grosses touffes de cheveux-de-Vénus très fins, qui poussaient partout dans cette région comme de la mauvaise herbe. Au bout d'un certain temps, nous atteignîmes un endroit plus découvert et descendîmes vers une large vallée. Longeant les champs de pommes de terre entourés de haies de daturas en fleurs dont la senteur capiteuse emplissait l'air, et le joli petit lac de Tjileuntja, nous atteignîmes un point où la route bifurquait vers le mont Rioeng. Nous y trouvâmes des palefreniers avec les chevaux annoncés. Papa fit encore un bout de chemin avec nous jusqu'au moment où nous rencontrâmes le cousin Rudolf Kerkhoven qui nous attendait un peu plus loin près d'un petit cours d'eau dans le bois de quinquinas, accompagné de quatre chiens d'arrêt allemands couleur chocolat, chacun avec un petit point blanc au bout de la queue.

Là, mon père fit demi-tour et nous repartîmes à cheval avec le cousin Rudolf à travers la haute forêt de quinquinas, ancienne partie, avec ses *Succirubras* si décoratifs : de hauts fûts blancs, et de grandes feuilles qui se teintent de rouge vif pendant une période de l'année. Dans les plantations plus récentes, cette espèce fut de plus en plus supplantée par le *Ledgeriana* aux feuilles étroites d'un vert de bronze, plus avantageux économiquement mais beaucoup moins impressionnant en tant qu'arbre. Toutefois, la bonne odeur épicée des petites fleurs blanches est la même pour les deux sortes.

A partir du col du mont Rioeng commençait une pente abrupte le long d'un chemin à travers bois, si érodé par la pluie que partout des blocs de rocher avaient été mis à nu et que nous dûmes descendre de nos montures pour ne pas forcer les chevaux. Une fois passé le plus raide escarpement, nous atteignîmes rapidement les plantations de Gamboeng et nous chevauchâmes bientôt sur un chemin herbeux à travers une magnifique partie de la forêt vierge transformée en parc et menant à la maison construite sur le flanc du mont Tiloe, d'où l'on avait une belle vue sur l'ouest.

Le cousin Rudolf avait alors dépassé la cinquantaine. C'était un personnage marquant. Il avait une large carrure, n'était pas spécialement grand ni lourd, mais bâti en force. Il avait déjà une barbe grisonnante, une tête chauve sur laquelle il portait un bonnet noir, un modèle écossais fendu au milieu, derrière lequel pendaient deux courts rubans. L'oncle Eduard de Sinagar et mon père portaient le même type de couvre-chef que je ne me rappelle pas avoir vu chez d'autres personnes.

A Gamboeng régnait une atmosphère très particulière, des plus conservatrices. L'exploitation était plutôt isolée et la population s'était peu mêlée à des éléments étrangers. Aussi les anciens usages étaient-ils toujours en vigueur et les relations entre le seigneur et les habitants avaient-elles conservé un caractère patriarcal. L'après-midi, à l'heure du thé, dans la vaste véranda avant, deux *mandoers* venaient faire leur rapport. Ils étaient assis à l'orientale en haut de l'escalier et attendaient qu'on leur adressât la parole avant de répondre aux questions, sur un ton solennel, avec les marques de respect de rigueur.

Mais en dépit de cette habitude de « garder ses distances », un lien solide existait entre la maison du maître et la population.

Le cousin Rudolf était déjà adulte quand il arriva dans les Indes. Bien qu'il se fût parfaitement adapté, parlât admirablement le sondanais, et eût une excellente connaissance des us et coutumes du peuple au milieu duquel il vivait, il ne s'était jamais départi d'une certaine attitude très « vieille Hollande ». C'était un homme tout d'une pièce, très cultivé, généreux, sérieux, noble, mais conformiste. Sa parole avait force de loi, et ses enfants acceptaient ce principe d'une manière qui suscitait souvent l'étonnement et parfois l'irritation chez les tiers. Il avait du goût et ses opinions en matière d'art, de musique et de littérature étaient fondées, sauf quand il s'agissait d'œuvres modernes, car il était incapable de les apprécier et restait totalement fermé à ces formes nouvelles, avec l'entêtement phénoménal qui le caractérisait.

La cousine Jenny était aussi très cultivée, mais elle jetait de surcroît un regard beaucoup plus ouvert sur le monde. Elle était même remarquablement exempte de préjugés et savait prendre les choses comme elles venaient, sans rancune lorsqu'elles se passaient autrement qu'elle ne l'eût voulu. Elle voyait clair dans la mentalité des gens et possédait à bien des égards une grande sagesse, qu'elle savait exprimer au bon moment en termes lapidaires. La seule ombre au tableau était sa nervosité congénitale qui s'aggravait avec les années, et à laquelle contribuait largement le fait qu'elle n'était pas heureuse en ménage. Au début, lorsque, toute jeune femme, elle était allée vivre dans l'intérieur des terres, elle avait connu le bonheur, mais plus tard, quand sa personnalité se développa et surtout après le voyage qu'elle entreprit seule en 1893 pour conduire ses deux aînés aux Pays-Bas, elle s'insurgea contre le rôle passif que le cousin Rudolf attendait en fait d'une épouse. Certes, il lui faisait part de ses projets, elle était parfaitement au courant de ses affaires, mais lui était un pontife et trouvait tout naturel que tous les membres de la maisonnée se plient à ses idées, ce qu'elle n'était plus capable de faire. Il en résultait parfois des heurts qui devinrent de plus en plus violents au cours des ans ; alors, lui préférait se taire et continuait à agir comme si de rien n'était, ce qui irritait Jenny encore davantage. C'était profondément navrant, car tous deux étaient des êtres exceptionnels.

*1903-1904*

Dans l'intervalle, mon père travaillait ferme à Taloen. Avant que ma mère, Connie et moi-même nous nous y soyons installées, nous sommes allées une fois encore à Gamboeng, où le cousin Rudolf et la cousine Jenny célébraient le retour de leur fils aîné Rud qui, après avoir terminé ses études d'ingénieur à Zurich et fait un voyage à travers les États-Unis, venait de regagner Gamboeng.

*Rud Kerkhoven à ses frères Edu et Emile, 6 février 1904*

« Maman vous aura sans doute déjà appris par une carte postale quelques détails sur mon retour au foyer. Mais comme je suppose qu'il vous tarde d'avoir de plus amples nouvelles, je vais essayer de vous faire un compte rendu systématique de ma *Joyeuse Entrée*[1].

« Le 25 janvier, au lever du jour, notre bateau à vapeur entra dans le port de Tandjong Priok et, au moment précis où il venait d'amarrer, arriva le premier train de Weltevreden amenant Papa, Maman et Bertha. Karel était absent car il ne voulait pas manquer ses cours, étant donné qu'il souhaitait prendre quelques jours de vacances pour nous accompagner à Gamboeng.

« Le voyage en train à Bandoeng fut le même qu'autrefois, à cette différence près qu'il suffit à présent de trois heures au lieu de douze pour arriver à destination. Je n'ai pratiquement rien reconnu de la ville. Là, je pus déjà remarquer que, "là-haut", on faisait de grands préparatifs, car c'étaient des allées et venues ininterrompues de messagers et de livreurs, tandis que le téléphone était constamment occupé et que Maman parlait sans cesse avec Malabar, Taloen, Ardjasari, etc.

« Enfin vint le grand jour. Notre propre américaine nous conduisit d'abord à Koppo, où nous fut procuré un attelage de chevaux frais et nous continuâmes notre route par Tjisondari. Jusque-là, rien de spécial, mais à peine avions-nous obliqué à gauche que nous vîmes partout une foule d'indigènes qui se ren-

1. En français dans le texte. *(NdT)*

daient à Gamboeng dans leurs costumes les plus beaux et les plus colorés. Devant la maison de l'assistant du chef de district nous attendait une escorte de cavaliers indigènes, qui nous précéda jusqu'à Gamboeng. En route, beaucoup d'autres se joignirent à eux, si bien que nous atteignîmes la frontière de Gamboeng accompagnés d'un immense cortège.

« Dans le kampong avait été érigé un magnifique arc de triomphe, et la route tout entière, à partir de l'endroit où elle sort du ravin de Tji Enggang pour pénétrer dans la plantation de thé devant la maison, était décorée d'arcs de bambou entrelacés d'un luxuriant feuillage d'aréquier.

« Arrivé près des figuiers banian ornant l'entrée de la maison du *djoeroetoelis*, j'aperçus pour la première fois la nouvelle *gedoeng*. Sur la route, c'était un fourmillement de gens, mais, comme il se doit lors d'un accueil plein de dignité, on n'entendait ni cris ni vacarme. Aussi les accents du gamelan qui marquaient la fête étaient-ils d'autant plus beaux et plus joyeux, et ils firent une profonde impression, spécialement sur moi. Jamais je n'oublierai les émotions que j'ai ressenties lorsque notre cortège solennel s'approcha lentement de la propriété. En premier lieu, je voyais devant moi la maison paternelle bien que ce ne fût plus celle de jadis ; ensuite, il y avait ce décor d'une beauté vraiment unique, l'ambiance de fête dans la foule qui s'était rassemblée sur l'esplanade, la musique, le temps radieux, tout contribuait à faire oublier d'un seul coup le chagrin de la séparation onze ans plus tôt et à faire surgir à la place un sentiment de gratitude qui restera gravé en moi ma vie entière.

« A l'instant où je descendais de voiture et posais le pied sur la première marche du perron, une vieille femme s'empara de ma personne et s'accrocha à moi comme de la bardane, si bien que j'eus peine à me hisser jusqu'à la véranda avant. C'était Engko ; elle ne voulait pas me lâcher, pleurait comme une Madeleine. Je la laissai d'abord faire et, lorsqu'elle fut enfin calmée, les invités déjà présents purent m'approcher. Une demi-heure plus tard arrivèrent aussi les chefs de district de Bandjaran et de Tjisondari. Suivit alors la procession à travers la maison et les alentours immédiats. Tout était décoré de drapeaux, de fanions et de verdure, et juste devant la porte se dressait un splendide arc de triomphe sur quatre colonnes, construit d'après une idée de Maman.

« La nouvelle fabrique était entièrement aménagée pour la fête de la population ; une scène avait été montée pour les représentations de *wajang* et plusieurs gamelans se chargeaient de l'accompagnement musical. Là aussi, tout avait été décoré de verdure et de drapeaux.

« La fête proprement dite devait avoir lieu le lendemain. L'après-midi, après le déjeuner, nous sommes allés nous reposer un moment ; après quoi, j'ai refait connaissance avec de nombreux vieux objets qui m'étaient chers, les fusils Soempitan et Matjan, le Flobert et mes livres d'autrefois. Des vétérans vinrent aussi me rendre visite ; parmi eux il s'en trouvait plusieurs dont j'avais oublié le nom. Naturellement, je ne pouvais plus converser avec eux, car j'avais tout oublié du sondanais ; mais Papa ou Karel parlaient en mon nom.

« Quelle étrange expérience ! Des sons familiers éveillaient en moi de vieux souvenirs, et surtout le chant des oiseaux me replaçait totalement dans l'entourage d'autrefois, alors qu'en réalité peu de choses de cet entourage ont subsisté. Près de la maison, il ne reste plus en fait que l'écurie et le squelette de la première fabrique. Dans le jardin, les changements sont relativement minimes, mais le potager a totalement disparu. Ce sont les plantations de thé et de quinquina qui ont le moins changé, je crois, mais il est vrai que je ne suis pas encore retourné partout. J'avais supposé que tout paraîtrait plus petit, mais j'ai été agréablement surpris. Le mont Tiloe est beaucoup plus proche que je ne pensais. Ce qui m'a particulièrement frappé, c'est la beauté de la nature à Gamboeng. Je peux mieux en juger aujourd'hui qu'autrefois, quand je ne connaissais au fond que notre propre cadre. Mais je ne pourrais citer aucun endroit où la nature est à la fois si éblouissante et si charmante. La situation de la maison est, elle aussi, unique.

« Le lendemain, je me suis réveillé à six heures et demie aux accents d'un phonographe. Je me levai aussitôt et trouvai chacun s'occupant déjà des préparatifs pour la réception des autres invités qui étaient attendus dans le courant de la matinée. Une fanfare indigène de Bandoeng était installée près de la maison, prête à jouer un petit air à l'arrivée de chaque hôte. Les premiers arrivèrent aux environs de dix heures et cela se poursuivit jusqu'à ce que vingt-trois personnes se trouvent réunies sur la véranda avant.

« Vers midi, eut lieu une cérémonie typiquement indigène : l'enterrement d'une tête de karbau sous le toit de la nouvelle fabrique, car cette fête devait également servir d'inauguration. En une procession solennelle aux sons du gamelan, la tête fut apportée dans un beau palanquin jusqu'à l'esplanade. Nous autres, les Européens, nous nous plaçâmes en tête du cortège et nous nous rendîmes lentement à la nouvelle fabrique, où une fosse avait été creusée tout près de l'entrée principale. La tête enveloppée dans des linges y fut déposée avec quelques fleurs, et le *lebè*, l'officiant, récita une longue et solennelle prière. Après quoi, on referma le trou. Papa dut aussi donner quelques coups de pioche, moi ensuite, puis les autres hommes de la compagnie. La cérémonie ainsi terminée, le festin pouvait commencer, auquel étaient conviés tous ceux qui m'avaient bien connu jadis, au total environ quatre-vingts personnes.

« Lorsque tous se furent assis par terre selon la coutume, Papa prononça un très beau discours, dont il vient de me remettre la traduction que je vous communique ci-dessous. Il était rédigé dans l'esprit de la population et prononcé dans un sondanais de la plus belle eau :

« "Vous tous, sœurs, frères, amis, Radèn Wedana de Bandjaran, Radèn Tjamat de Tjisondari, chefs de village, *mandoers*, menuisiers, ouvriers de la fabrique, habitants de Gamboeng et vous tous ici présents : nous avons trois raisons de célébrer la fête qui nous réunit aujourd'hui.

« "En premier lieu, nous avons récemment construit une nouvelle *gedoeng* et ce travail n'a causé aucun accident.

« "En deuxième lieu, nous avons, il y a peu de temps, élevé cette nouvelle fabrique sans accident. Depuis l'abattage des arbres de la forêt jusqu'à la pose des plaques de fer qui nous servent maintenant de toit, pas un seul accident ne s'est produit, grâce à la protection d'Allah. Personne n'a été victime d'arbres abattus, personne n'est tombé des échafaudages.

« "La troisième raison, c'est qu'il y a dix ans et onze mois, j'ai envoyé deux de mes fils en Hollande pour y faire leurs études et qu'hier l'aîné nous est revenu.

« "Aussi est-ce mon désir que vous tous partagiez ma joie et mon bonheur et que vous acceptiez avec reconnaissance les dons d'Allah.

« "Il me reste à prier l'honoré prêtre, conformément à l'usage, d'invoquer Allah et d'implorer sa clémence afin qu'il nous accorde santé et prospérité."

« Suivirent une longue prière du *lebè* et le cours normal du festin.

« Notre dîner à nous eut lieu le soir à huit heures, et fut une parfaite réussite grâce aux bons soins de Maman. L'oncle August, le cousin Jan Bosscha, Papa et moi, nous avons pris successivement la parole. Étaient présents le *wedana* de Bandjaran, les employés, quelques voisins et la gouvernante de Bertha, auxquels s'ajoutaient, en tant que membres de notre famille, Kar Bosscha, Rudi Van Santen et Lien (la plus jeune fille de feu l'oncle Eduard de Sinagar) avec son mari, et le cousin Adriaan "Tattat" Kerkhoven. Et notre propre maisonnée naturellement ! Vous nous avez tous deux manqué !

« Je suis allé deux ou trois fois à la chasse avec Papa et Karel. Il est temps maintenant de se mettre au travail. Pour le moment, je reste auprès de Papa pour m'instruire ; je dois en particulier l'aider à faire les plans de la nouvelle installation électrique et du tracé des conduites d'eau nécessaires. En outre, je vais me remettre à l'étude du sondanais. »

*Portrait de groupe : un mariage, 1905*

Le jardin, derrière une villa, à Hilversum, la résidence secondaire de M. Lambrechtsen, directeur des Travaux publics d'Amsterdam. Une chaude journée de septembre (les fenêtres à guillotine du premier étage sont ouvertes). Pourtant, parmi la verdure encore estivale, un arbre est déjà complètement dépouillé.

Sur la pelouse près de la serre se tient la famille. Le jeune marié, Eduard Silvester Kerkhoven, en frac, une rose à la boutonnière, et la jeune épousée tout de blanc vêtue avec traîne, voile et une immense gerbe, semblent moins imposants que les parents de la mariée, bourgeois distingués, corpulents, qui se tiennent par le bras au milieu du groupe. Mme Roosegaarde, toujours verte, grand-mère du marié, et deux demoiselles d'honneur attirent également l'attention.

A l'arrière-plan, Rudolf. Le bord de son huit-reflets jette une ombre sur ses yeux, sa barbe retombe en vaguelettes sur sa poitrine. Une tête qui émerge derrière les épaules de deux massives silhouettes masculines doit être celle d'Emile, venu de Zurich pour les noces de son frère. Jenny, la mère du marié, manque à l'appel ; peut-être est-ce cette dame dont la somptueuse toilette à volants de dentelle n'est qu'à moitié visible au bord de la photographie. Il n'est pas possible non plus de découvrir Bertha dans cette compagnie.

Eduard vient d'être uni par les liens du mariage à Madeleine Lambrechtsen. Une aide financière de Rudolf a rendu cette union possible. Edu, après avoir abandonné sa formation de mécanicien, a fait un stage aux États-Unis dans des usines de Pittsburgh et, par l'entremise de son beau-père, a trouvé un emploi à l'usine de paraffine d'Amsterdam, mais doit encore prouver qu'il est capable de s'assurer une position stable et un bon revenu. Son mariage avec cette jeune fille d'une famille sérieuse et nantie signifie en tout cas un vrai soulagement pour Rudolf. Edu n'a pas les qualités requises pour devenir planteur et Madeleine, qui est d'une faible constitution, ne pourrait pas non plus supporter la vie dans une exploitation coloniale. Mais elle est d'une nature calme, pondérée, et sait ce qu'elle veut; sur ce point, elle est la femme idéale pour Edu qui, lui, est à la fois impétueux et sans ambition.

A présent, Rudolf sent que les efforts et les sacrifices des années écoulées n'ont pas été vains : Emile est à son tour sur le point de terminer ses études à Zurich, Karel passe son bac à Batavia (avec la certitude d'être reçu), et Rud assure le remplacement de son père à Gamboeng et dirige aussi la construction d'une centrale électrique, semblable à celle dont dispose August depuis quelque temps à Ardjasari. Ses fils feront leur chemin dans le monde; au besoin, il pourra leur faciliter la vie et les aider à réaliser leurs projets d'avenir, car l'argent ne pose pas de problèmes et n'en posera plus jamais, maintenant que Malabar fait des bénéfices sans précédent (plus d'un million de livres de thé récolté en 1903! Un dividende de trente pour cent!), que Taloen – dirigé momentanément par Jan Bosscha, en attendant qu'Emile ou Karel lui succèdent comme il l'espère – semble être prometteur, et que lui-même va entreprendre l'essartage d'une troisième pièce de terre sauvage.

Reste Bertha, qui doit encore faire son entrée dans le monde. Lorsque Rudolf prendra enfin le bateau à Gênes ou à Marseille avec un soupir de soulagement après toute ces réceptions, ces dîners et autres cérémonies, il laissera derrière lui Bertha et Jenny pour le *finishing touch* qui devra faire de la jeune fille des tropiques une dame sur le modèle européen.

Le haut-de-forme de Rudolf serre trop son front. Les soucis ne lui manquent pas, à cette fête. Une divergence d'opinions s'est élevée entre lui et le couple Lambrechtsen. Autrefois, après avoir reçu la fameuse lettre – perfide à ses yeux – de Henny, il a exigé de ses fils que si jamais ils rencontraient cet oncle en société, ils refusent même la main que ce dernier leur tendrait. Rud, Edu et Emile le lui ont promis et ont, depuis, tenu leur promesse. Lambrechtsen estime que cela va trop loin, qu'il n'est pas dans l'intérêt du jeune couple ni des deux familles concernées, qu'il est même funeste au point de vue des rapports sociaux en général d'aggraver cette *brouille*[1] jusqu'à lui donner le caractère d'une haine entre les familles. Rud et Edu ont passé trois ans chez les Henny : Cateau était pour eux une seconde mère, Henny est député et membre du Conseil d'État !

De son côté, Rudolf maintient qu'en se montrant courtois à l'égard de Henny – même par simple diplomatie – ses fils désavoueraient pour ainsi dire publiquement leur père. Sur ce point, il est irréductible. Récemment encore, Cateau a écrit une lettre où il était question de « pardonner et d'oublier » mais, selon lui, elle veut dire que lui a des choses à se faire pardonner et non pas l'inverse. Aussi a-t-il fait savoir qu'il ne prendrait ces paroles au sérieux que si eux retiraient leurs allégations et offraient leurs excuses. Il n'a pas reçu de réponse.

1. En français dans le texte. *(NdT)*

*Double portrait : mère et fille, 1906*

Le portrait a été fait à Amsterdam par un célèbre photographe du Rokin. Jenny et Bertha, *en buste*[1], l'une à côté de l'autre, semblent, selon des conceptions artistiques modernes, surgir d'un entourage volontairement flou. Bertha, avec ses dix-sept ans, est déjà plus grande que sa mère. Ses yeux gris ont le même regard limpide que ceux de Jenny.

Cette photographie a une histoire. Quelques mois plus tôt, un portrait de Bertha seule, les cheveux relevés en chignon, a été envoyé à Gamboeng pour faire une surprise à son père et lui montrer que la sauvageonne-aux-pieds-nus qui adorait grimper aux arbres, la fillette qu'il trouvait intelligente mais, hélas !, sans beauté, avait fait place, au cours de cette seule année en Europe, non pas à une beauté de salon, mais à une jeune femme énergique, débordante de vie.

Rudolf répondit avec gratitude : « … Et sais-tu qui me regarde en ce moment ? C'est toi, et je te déclare maintenant : quelle belle fille tu es devenue, ma minette ! Tu es sur mon bureau, appuyée contre l'encrier. Tu m'as fait le plus grand plaisir en m'envoyant ton portrait… J'ai seulement été un peu déçu que Maman ne soit pas à tes côtés. »

Bertha a bien compris la prière incluse dans ces paroles. Elle a eu du mal à entraîner à nouveau jusqu'à l'atelier du Rokin sa mère qui est de plus en plus en proie à des crises de dépression pendant lesquelles elle critique tout, se lamente et se fait un

1. En français dans le texte. *(NdT)*

sang d'encre pour des vétilles. Soigneusement coiffée, sur les instances de Bertha, et vêtue de l'une des coûteuses toilettes qu'elle a achetées à Paris ou à Vienne au cours de leur tournée en Europe, le *grand tour*[1] de Bertha (celle-ci est toujours confondue devant la facilité, et même l'indifférence, avec laquelle sa mère dépense des sommes considérables), Jenny est allée poser avec sa grande fille. En chuchotant un « ne prend pas cet air raide ! », Bertha a obtenu que l'expression maussade de sa mère fasse place, non pas certes à un sourire, mais en tout cas à un regard calme, qui ne trahit rien de l'agitation et de l'hypocondrie des derniers temps. Bertha rayonne devant l'objectif : comment trouvez-vous ce double portrait, Papa ? Maman ne veut pas se faire photographier seule. Elle se trouve trop « décrépite » pour cela. N'est-ce pas ridicule ? N'a-t-elle pas bonne mine ?

Bertha sait que son père attend avec impatience leur retour à Gamboeng, mais qu'il comprend très bien leur désir de rester en Hollande jusqu'à la naissance en août du premier enfant d'Edu et de Madeleine. En outre, elles veulent accueillir Karel lorsqu'il arrivera en juillet, après son examen ; il aura du mal à s'adapter car, au fond, il n'a pas envie de quitter les Indes.

1. En français dans le texte. *(NdT)*

*Rudolf Kerkhoven à un candidat planteur de thé, 1906*

« … Au cours de trente-cinq années de carrière aux Indes, j'ai fait de nombreuses expériences et je suis toujours convaincu que des jeunes gens énergiques y trouveront beaucoup plus de possibilités qu'en Europe d'atteindre la prospérité.

« Un ingénieur-mécanicien cultivé, calme, pondéré, maître de lui, fort et bien portant, un bon travailleur, porteur d'un nom respectable et qui, de surcroît, peut disposer d'un certain capital : je me demande qui pourrait avoir plus de chances de réussir ? Toutefois, personne ne peut vous donner une certitude absolue.

« Mais vous semblez vouloir vous entourer de toutes les garanties possibles. Vous souhaitez qu'un projet "bien arrêté" soit établi, vous voulez (déjà par avance) vous associer. Envisagez-vous une association avec mon fils Rudolf ?

« Nous pensons commencer l'an prochain l'essartage de Negla, dont je fournirai le capital. Nous nous y mettrons progressivement et nous nous proposons d'utiliser les bénéfices pour financer les plus importants accroissements ultérieurs.

« De cette manière, l'exploitation restera totalement entre nos mains.

« J'ai toujours regretté de n'avoir pas pu, il y a dix ans, être le seul propriétaire de l'entreprise de Malabar, que j'avais achetée pour peu d'argent. A l'époque, mes moyens ne me le permettaient pas. Aussi en ai-je fait une société anonyme, dont je suis toutefois un important actionnaire. Mon cousin Rudolf, Kar Bosscha, y occupe en ce moment un fort beau poste comme administrateur.

« Nous nous efforçons maintenant de conserver totalement Negla dans la famille, même si de ce fait les gros bénéfices devront se faire attendre plus longtemps.

« A Negla, il n'y a pas de place pour un associé. »

*Instantané : quatre générations, 1906*

Un coin de la chambre dans laquelle Madeleine Kerkhoven a mis au monde un fils quelques jours plus tôt. Un paravent fleuri soustrait partiellement à la vue la table de toilette avec la cuvette et le broc.

La vieille Mme Roosegaarde est assise dans un fauteuil et tient sur ses genoux son arrière-petit-fils, enveloppé dans une couverture au crochet. Edu, derrière elle, se penche sur son enfant.

La quatrième personne présente est la grand-mère de fraîche date, Jenny. La dame entre deux âges, robuste mais digne et toujours belle du double portrait, est devenue en un temps incroyablement court (à peine six mois) une matrone corpulente aux traits amers. Ses cheveux sont tout blancs. Elle se tient raide comme une poupée en bois. Peu lui importe ce que pensera celui qui verra cette photographie, quel qu'il soit.

Elle a un petit-fils, mais n'en est ni fière ni heureuse. Elle n'aura pas la joie de le voir grandir. Elle se rend seulement compte qu'elle vieillit. Les nouvelles générations reprennent le flambeau. Tous ses enfants la quitteront l'un après l'autre. Elle restera alors jusqu'à la fin de ses jours à Gamboeng, avec Rudolf, et avec les souvenirs d'années pénibles, de mauvaises récoltes, de calamités, de déboires, de maladies, d'incommodités, de peur, et toujours la pluie, la pluie. A présent, ils sont riches. La nouvelle maison est plus grande et plus confortable que la baraque en bois dans laquelle elle a dû vivre pendant vingt ans. Ils ont le téléphone, l'électricité et des lustres en verre de Venise dans la véranda avant. Le chemin abrupt qui monte de Babakan à l'exploitation a été amélioré et, lorsqu'elle reviendra à Gamboeng avec Bertha, il y aura une nouvelle calèche qui pourra la conduire à Bandoeng pour y rendre visite à des amis ou faire des courses, si elle le souhaite. Mais tout cela vient trop tard.

Pendant cette année en Hollande, elle a revu une fois Cateau. Non pas chez les Henny ; pas plus que ses fils, elle n'a le droit de rencontrer Henny. Si elle ne savait guère ce que lui préparait cette entrevue, elle ne s'attendait pas, en tout cas, à ce que sa belle-sœur la rende, elle, responsable des fautes réelles ou supposées de Rudolf. *Elle* l'aurait poussé au désespoir par son insatisfaction, sa jalousie à l'égard de sa belle-mère, de Cateau, de Marie et plus tard de la femme d'August, la fille du résident. Pour lui faire plaisir et, dans ce but, gagner toujours plus d'argent, Rudolf aurait raconté des demi-vérités et monté les gens les uns contre les autres. Elle, avec l'hypersensibilité des gens nés dans ce pays, serait la vraie responsable de la rupture entre Rudolf et sa famille. Et par crainte que Rud et Edu préfèrent Cateau à leur propre mère, elle aurait fait en sorte que les enfants s'en aillent : « Personne ne sait mieux que toi, Jenny, combien je souffre que l'on m'enlève les enfants auxquels je suis attachée et dont je me suis occupée comme s'ils étaient à moi. Ils sont venus ici à moitié sauvages, sous-alimentés, mal vêtus – nous en avons fait de jeunes Hollandais. Est-ce là ta gratitude pour la discrétion que j'ai observée quand Rudolf voulait faire ta connaissance ? Nous savons maintenant à quoi nous en tenir en ce qui concerne la famille Roosegaarde ! J'ai parfois reconnu en Edu des traces de tes angoisses et de tes chimères. Tu as fait, toi, le malheur de Rudolf ! »

La femme au visage crispé qu'il voit maintenant là, raide comme un piquet, comme si elle n'était pas concernée, dans la chambre de sa belle-fille, est si incroyablement différente de la Jenny qu'il avait quittée un an plus tôt après le mariage d'Edu – sans même parler de la Jenny d'autrefois, sa bien-aimée et sa camarade, la jeune mère de ses enfants, le centre de son existence – que Rudolf reste frappé de stupeur devant la photographie que lui a envoyée Edu. Cette étrangère est maintenant à bord du *Rembrandt*, en route pour les Indes, en route vers lui.

Le changement dans la personnalité de sa mère s'était opéré si progressivement que Bertha s'en rendit seulement compte à la suite des réactions de tiers. Pendant les dernières semaines en Hollande, il pouvait encore être attribué aux fatigues des préparatifs et aux émotions des adieux. Karel, bouleversé à son arrivée, avait, lui aussi, utilisé cet argument auprès de Bertha pour édulcorer sa réaction. Mais à bord du *Rembrandt*, il apparut clairement que ce comportement se déroulait toujours sur le même modèle : de jour, humeur massacrante, plaintes sur le service et l'absence de commodités, le prétendu manque de compassion de Bertha; mais le soir, après quelques verres de vin au dîner, une loquacité importune. Bertha rougissait de sa mère lorsqu'elle pérorait sans interruption et manifestait un empressement et une excitation déplacés pour une dame de son âge, pendant les jeux de société. Les regards surpris et la gêne visible des autres passagers dans le salon du navire plongeaient Bertha dans le plus grand embarras. Les convenances exigeaient qu'en tant que « débutante » elle restât dans le voisinage de sa mère; mais cette dernière, dans son insatiable appétit de distractions, oubliait de se retirer avec sa fille, en tout cas avant minuit.

Suez dépassé, Bertha tomba malade. Une fièvre intermittente la contraignit à rester dans sa couchette. Sa mère concentra alors toute son attention nerveuse sur elle. Jusqu'à Batavia, elles passèrent leurs journées dans deux cabines contiguës.

Lorsqu'elle vit le visage de son père qui les attendait sur le quai de Tandjong Priok, Bertha fondit en larmes. Elle ne put plus contenir toute la tension refoulée. Il était là, dans l'un de ces « costumes corrects » qu'il lui déplaisait tant de porter; il avait même échangé son *toedoeng* contre un panama. On pouvait voir sous sa moustache la cicatrice enflée de l'opération qu'il avait dû subir à sa lèvre inférieure infectée. Sa bouche était déformée mais sa voix restait inchangée. Bertha se jeta à son cou en sanglotant. Contrairement à ce qu'il attendait, il la trouva très pâle et amaigrie, et cela atténua le choc qu'il éprouva en revoyant sa femme.

C'est seulement à Gamboeng que l'irrémédiable apparut dans toute son ampleur. Mais comme pratiquement dès le premier jour de leur retour, un cortège ininterrompu de visiteurs envahissait l'exploitation – jamais moins de trois ou quatre personnes à la fois – et que l'accueil, l'hébergement et les distractions offerts à tout ce monde réclamaient toute l'attention, l'ambiance semblait à première vue la même qu'autrefois. La maison, agréablement située dans un jardin aux allures de parc avec ses *rasamalas* et ses massifs fleuris entre la forêt vierge et les plantations, les centaines de gens qui accomplissaient leurs travaux dans les entrepôts et les plantations, les visages familiers d'Engko, Irta et Nati, du commis âgé et de son épouse, les odeurs et les bruits de la montagne, la lumière, le vent, les pluies de l'après-midi, les chiens et les chevaux ; toute la vie à Gamboeng telle que l'avait connue Bertha attendait son retour et son attention. Il lui suffirait, pensait-elle, de reprendre les vieilles habitudes, le rythme d'autrefois, pour être définitivement intégrée à ce monde. Même les choses les plus étranges, les plus incompréhensibles seraient acceptées comme faisant partie de la nature.

Mais elle avait changé. Elle ne pouvait se défaire de ce qu'elle considérait comme l'essentiel de son « moi ». Ce « moi » était conscient que quelque chose devait arriver, que des soins, de l'aide étaient nécessaires pour soulager la femme dont les sautes d'humeur (qualifiées euphémiquement de nervosité par chacun) devenaient de plus en plus inquiétantes. La première fois que Bertha put faire seule une promenade avec Rud jusqu'à la centrale électrique actionnée par la force hydraulique du Tjisondari, elle aborda la question. Mais elle s'aperçut vite que le frère en qui elle espérait pouvoir trouver une oreille attentive était totalement absorbé par ses propres affaires. Ils étaient assis en amont du cours d'eau sur une formation rocheuse de la rive, qui jadis avait constitué une citadelle quand ils jouaient à la guerre. Tandis qu'elle hésitait, cherchait ses mots pour introduire le pénible sujet, il l'interrompit en s'écriant gaiement : « Tu sais, à Bandoeng, ils construisent aussi en ce moment une centrale à une grande échelle, mais celle-ci est la première dans son genre à Java, bien supérieure à celle d'Ardjasari ! », et il poursuivit d'un trait son discours en fournissant des explications détaillées concernant le système de câbles, de dynamos et de turbines sur un ton qui ne laissait planer aucun doute sur ce qu'il pensait : elle devait s'abstenir d'aborder un sujet tabou.

Bertha comprit qu'il préférait ignorer l'état de sa mère pour les mêmes motifs qui la poussaient, elle, justement à chercher un appui : ne pas être gêné plus longtemps dans sa propre évolution. Rud avait presque vingt-huit ans ; dès qu'Emile, dans quelques mois, reviendrait de Hollande et le remplacerait à Gamboeng, Rud deviendrait l'assistant, ou plutôt le second du cousin Kar Bosscha à Malabar. Fort de cette perspective d'avenir, il s'était fiancé à Jo, une jeune personne de Bandoeng, fille d'un conseiller des Indes en retraite. On était déjà en train de construire une maison pour eux à Malabar. Sa Jo, qui venait chaque semaine passer un ou deux jours à Gamboeng, et lui semblaient être convenus de faire tout leur possible pour détendre l'atmosphère. La charmante manière qu'avait Jo de chasser les papillons noirs et d'imaginer rapidement quelque chose d'inattendu provoquait souvent un revirement salvateur dans une conversation laborieuse ou une situation tendue. Après des semaines d'activités multiples avec des groupes de visiteurs successifs, les Kerkhoven s'étaient enfin retrouvés entre eux. Un jour qu'un grave différend s'était élevé entre la maîtresse de maison et l'aide-ménagère, et menaçait de dégénérer en une algarade, Jo (qui était maintenant intégrée à la famille) réussit à entraîner Rud et sa mère au-dehors en proposant d'allumer un feu de joie dans une partie de la forêt défrichée ce jour-là. L'aide-ménagère, qui avait fait de son mieux les derniers temps et n'était pas consciente d'avoir commis une faute, s'en alla pleurer dans sa chambre ; ses jours à Gamboeng étaient comptés. Bertha prit le bras de son père, qui était visiblement bouleversé par la voix cassée et le visage cramoisi et grimaçant de sa femme, et alla faire un tour avec lui dans le jardin. Au loin, s'élevait la fumée du feu de joie de Jo au-dessus des arbres. La nuit tombait.

Tandis qu'ils avançaient sur l'allée entre les roses, Bertha sentit l'inquiétude de son père peser comme du plomb sur son bras. Qu'il n'eût pas de lui-même dit un seul mot de ce qu'il éprouvait, c'était dans son caractère ; elle s'y était attendue. Mais, à présent, il lui était impossible de respecter plus longtemps cette réserve paternelle.

« Père, cela ne peut plus durer. »

Il ne répondit pas tout de suite et dégagea son bras.

« J'ai parlé au docteur à Bandoeng, finit-il par dire d'un ton sec. C'est un syndrome qui laisse peu d'espoir. »

Il fut un temps où Bertha était « l'enfant chérie » de sa maman, sa « petite poulette ». A présent, il n'était plus question d'intimité entre elles. Chaque jour, certaines remarques – parfois certains éclats – montraient clairement que, pour la mère, la ressemblance entre Bertha et la jeune Jenny d'antan faisait de la fille tantôt une rivale, donc une adversaire, tantôt une victime, un second moi. Mais quand Bertha se regardait dans la glace, elle constatait que, mis à part ce regard clair, elle ne ressemblait pas du tout à sa mère. Elle souhaitait réagir patiemment et tendrement à ces comportements et ces allégations déconcertants, mais elle sentait que tout ce qu'elle faisait ou disait était vain. Sa mère s'était retirée dans un monde inaccessible, où ne comptaient que ses propres griefs. Ni l'annonce de la mort de Grand-Maman Roosegaarde ni le retour d'Emile ne semblaient l'avoir émue.

Ce qui l'occupait au plus haut point, c'était le fait qu'il existait maintenant des automobiles, dont Adriaan « Tattat » Kerkhoven de Sinagar possédait déjà, dans l'ouest de Java, un exemplaire portant le numéro d'immatriculation 1, et que Kar Bosscha avait aussi commandé une voiture semblable. Après l'installation du téléphone, de longues et nombreuses conversations lui avaient permis d'entretenir journellement, par la voix, des contacts avec des connaissances de Bandoeng et d'exploitations voisines. De la même manière, elle brûlait maintenant d'aller, en personne, où elle voulait dans l'une de ces si jolies machines modernes. Elle n'avait jamais eu le droit de guider l'attelage à quatre de l'américaine et leur nouvelle grande voiture réclamait la présence d'un cocher. Conduire elle-même une automobile représentait à ses yeux le comble du bonheur sur terre.

Bertha redoutait les sempiternelles discussions sur ce sujet. Son père ne s'intéressait pas aux voitures et était hostile au souhait pressant de sa femme d'en acheter une, avançant des arguments qu'à leur tour Rud et Emile essayaient de réfuter en toute connaissance de cause. A tous les coups, ces discussions dégénéraient en scènes ; de plus, le déluge de plaintes et de reproches se rapportait chaque fois à bien d'autres affaires qu'à l'achat ou non d'une Dion-Bouton ou d'une Voisin.

Des allusions étaient faites à des questions financières et autres regardant la famille, plus spécialement à une récente querelle dont il s'avéra que Rud et Emile étaient au courant ; Bertha comprit seulement que sa mère attribuait toutes ces misères à la soif de domination de son père et à sa manie de toujours s'immiscer dans les affaires d'autrui, à son besoin maladif, selon elle, d'avoir toujours raison, à sa cupidité – ne disposait-il pas depuis une éternité de son argent à elle, l'argent des Roosegaarde ? En réaction à de telles allégations, son père sortait sans rien dire et s'enfermait dans son bureau.

Maintenant que Rud était si occupé par les préparatifs de son mariage, Bertha et Emile avaient pris l'habitude, après l'heure du thé, lorsque leur père s'entretenait avec les *mandoers*, de se rendre au jardin avec les chiens. Emile avait repris l'un des passe-temps favoris de sa jeunesse, « observer les oiseaux ».

« Regarde, Bertha, les *manoek seupah*, tu les vois ?

– Ces oiseaux rouges ?

– Tu sais bien ce que c'est que le *seupah* ? La salive rouge des chiqueurs de bétel. Mais il y a aussi un *manoek* qui est presque jaune. Entends-tu quelquefois comment les oiseaux ici, dans la forêt, forment une chorale ? Toutes ces espèces qui chantent en même temps ?

– J'écoute, mais je ne connais pas leurs noms. Je me rappelle bien le nom que nous donnions autrefois à certains oiseaux, le *berkesèset* et les “têtes argentées”.

– En sondanais, les noms sont presque tous des onomatopées, ils imitent le son que produisent les oiseaux. *Doedoet troktrok*, c'est le nom du coucal.

– Oh oui, et le *djokdjok* !

– On dirait quelquefois une réunion où ils crient tous en même temps. »

Bertha s'arrêta, ramassa une branche et la lança au loin. Les chiens se précipitèrent à sa poursuite.

« Emile, dis-moi donc, je t'en prie, ce qu'est cette querelle sur laquelle Maman revient sans cesse. Ça embarrasse toujours

Papa. Ça concerne bien Ardjasari, il me semble, pas Gamboeng ?

– *In a nutshell*, en bref, oui, dit Emile en soupirant. Comme tu le sais, l'oncle August est parti définitivement pour l'Europe l'an dernier. Il n'a pas choisi de successeur pour l'exploitation, mais il a nommé deux gestionnaires et a gardé pour lui-même les fonctions de directeur et d'administrateur, ce qui est ridicule lorsqu'on habite si loin ! En outre, il a emporté tous les livres et les archives d'Ardjasari. Papa et le cousin "Tattat" de Sinagar doivent en tant que commissaires régler les affaires des actionnaires et Papa a été nommé mandataire par notre oncle. Or, il se trouve que l'oncle veut changer les statuts pour s'octroyer des avantages énormes, c'est absolument contraire au règlement, aussi Papa y est-il absolument opposé. Mais en tant que mandataire de l'oncle, il se doit d'exécuter ses ordres, alors qu'en tant que commissaire, il devrait protester.

– Quelle histoire ! dit Bertha, irritée.

– Papa a démontré que, de cette manière, il n'était pas possible de diriger Ardjasari. L'oncle August lui en veut et maintenant Papa a été démis de ses fonctions de commissaire. Par son frère cadet ! Cette idée ne le lâche pas une seconde. Tu sais comment est Papa. Je n'ai pas envie d'en dire davantage.

– Tu le trouves autoritaire ?

– Et comment ! Le roi du Priangan.

– De quoi s'agissait-il hier entre Papa et toi, à propos d'un livre ? Étais-tu encore plongé dans Nietzsche ?

– Non, dans un roman de Couperus[1]. Papa trouve que ce genre de lecture est décadent et altère le bon goût. Ça l'irrite au plus haut point. Depuis, je lis Couperus dans ma chambre, et autrement je choisis l'un des auteurs favoris de Papa, par exemple Stevenson, *L'Ile au trésor* ou *Docteur Jekyll et Mister Hyde* ! »

1. Louis Couperus (1863-1923), célèbre écrivain néerlandais, fils d'une famille de fonctionnaires coloniaux, qui passa une partie de sa jeunesse dans les Indes néerlandaises. *(NdT)*

Rud partit pour Malabar. Emile était tout le jour dans les plantations. Sur les instances de sa mère, Bertha accepta des invitations à venir loger chez des amis. Elle devait « faire son entrée dans le monde » dans la semaine des courses, début août ; il semblait nécessaire qu'elle se fît des « relations », si elle ne voulait pas faire tapisserie au cours des fêtes. A l'âge de treize, quatorze ans, elle avait envié ses cousines Bosscha plus âgées et aussi les cousines déjà adultes de Sinagar parce qu'elles avaient l'autorisation de participer à toutes ces activités, mais, maintenant, elle ne s'intéressait plus aux babillages sur les chapeaux, les éventails et les costumes de bal masqué et se sentait ennuyeuse et raide parmi les familles-avec-filles-à-marier qui l'avaient invitée. De retour à Gamboeng, elle remarqua que sa mère concentrait son énergie fébrile sur les débuts de Mlle Bertha Elisabeth Kerkhoven. Bertha ne pouvait s'identifier à ce personnage, mais Jenny y voyait une compensation pour ce qui lui avait manqué jadis.

Bien qu'il y eût à Gamboeng sept chambres d'amis, une table excellente, des douzaines de bons chevaux de selle et un court de tennis en gazon, ils devaient à leur débutante, pensait sa mère, de posséder aussi une maison à Bandoeng, surtout maintenant qu'il restait encore à savoir – compte tenu des frictions au sein de la famille à propos d'Ardjasari – s'ils seraient les bienvenus dans la « *pondok* Sinagar » du cousin Adriaan Kerkhoven. Le père de Bertha avait racheté la maison meublée d'une de leurs connaissances ; or, après l'avoir visitée, Jenny ne la trouva pas à son goût. Pour les courses, des appartements furent réservés à l'Hôtel Wilhelmina de Bandoeng, qui avait moins la « cote » que le Homann connu depuis toujours, mais où le service était meilleur.

Ainsi, Bertha se rendit aux courses pour « faire ses débuts ». De toutes parts affluèrent à Bandoeng les habitants des exploitations et d'endroits moins importants, Garoet, Tjandjoer et Soekaboemi et, en ce qui concernait les *sportsmen* et les propriétaires de chevaux de course, également de Buitenzorg et de Batavia. Les grandes demeures longeant la rue de la Poste et les plantations étaient, pour ainsi dire, temporairement transformées en hôtels privés pour recevoir les nombreux invités ; les propriétaires avaient fait repeindre en blanc les murs bas qui délimitaient leur terrain du côté de la rue, les piliers de part d'autre de l'entrée d'où partait l'allée d'accès, et les pots de fleurs du jardin. Dans les avenues ombragées de flamboyants et dans la rue commerçante, c'était un va-et-vient de calèches. Les milords, les *bendies* et les américaines, aussi bien que les *sados* et autres petites voitures de location, cédaient largement la place aux trois ou quatre automobiles qui paradaient là. La ville était pleine de monde. Le long des routes menant à l'hippodrome s'alignaient des éventaires offrant des fruits, des mets et des sucreries enveloppés dans des feuilles de bananiers ; on vendait aussi de petits drapeaux, des feux de Bengale, des fleurs à mettre dans les cheveux, de la limonade et des cigarettes roulées. La population semblait multipliée par quinze. Chacun était sur son trente et un. Des ombrelles en papier de toutes les couleurs de l'arc-en-ciel, des parasols jetables à utiliser sur le champ de courses formaient dès les premières heures de la journée une décoration plus vivante – parce que plus mouvante – que l'étamine des drapeaux et les guirlandes ornant les tribunes. Les sons produits par les fanfares, les gamelans et autres orchestres se fondaient en une étourdissante cacophonie. Les cuivres de la musique militaire claironnaient par-dessus tout le reste.

Bertha, ses parents, Rud et Jo se rendirent à l'hippodrome de Tegallega en calèche, au milieu de ce monde en fête. Ils avaient des places réservées sous un toit protecteur, dans la grande tribune du Club hippique. Bertha, dans une robe d'été européenne de voile à petits pois brodés, portait sur ses cheveux relevés en chignon un chapeau de fine paille, plein de nœuds de gaze empesés. Un bouquet odorant (hommage à la débutante) ornait son corsage. Elle était très entourée. Elle regardait courir les chevaux (Boucanier et Jason de Sinagar étaient comme toujours parmi les vainqueurs) et elle eut le privilège de remettre elle-même le « Trophée Gamboeng » offert par son père, en l'honneur de son dix-huitième anniversaire, au propriétaire du champion de la catégorie concernée. Plus tard, elle assista encore à la course comique présentée rituellement en finale entre les conducteurs de *sados*. Enfin, elle alla se changer, dîner, danser au bal du Club ; tard dans la nuit, elle gagna son lit où elle sombra, à demi inconsciente de fatigue et de champagne, dans un profond sommeil.

Le lendemain matin, elle se sentit très inquiète au sujet de sa mère qui s'était calfeutrée dans sa chambre, en proie à la morosité. Vers midi, l'invitation pressante à venir participer à la « table de riz » organisée dans la « *pondok* Sinagar » resta sans réponse parce que, comme la famille en fut informée à l'hôtel, Mme Kerkhoven était partie avec d'autres invités pour la journée faire une excursion en automobile.

*Emile Kerkhoven à son frère Edu et son épouse, 14 août 1907*

« Cher Edu et Madeleine,

« A la demande de Papa, je dois en toute hâte, avant la fermeture de la poste, vous mettre au courant de l'affligeante situation dans laquelle nous nous trouvons. La tête me tourne encore après le coup terrible qui vient de nous frapper. Nous avons conduit, cet après-midi, notre pauvre mère à sa dernière demeure. Sa mort a subitement mis un terme aux terribles souffrances qui lui rendaient la vie impossible. Les derniers temps, son état s'était aggravé et Maman n'a plus connu un instant de bonheur jusqu'à la crise nerveuse qui s'est produite cette nuit entre minuit et une heure. Le médecin a été appelé aussitôt, mais, quand il est arrivé en auto vers deux heures, il n'a pu que constater une paralysie cardiaque.

« A présent, tout est déjà fini et notre chère Maman repose dans la forêt. Vous devinerez aisément à quel endroit : dans l'ancien jardin d'expérimentation, près des tombes de notre petite sœur et de Mlle Verwey. Outre Rud et Jo, seul le cousin Bosscha assistait à l'enterrement, les autres n'ont pas eu la possibilité de venir dans un si bref délai.

« Nous sommes maintenant là ensemble à nous demander comment tout a pu se passer aussi vite. Notre unique consolation est de penser que c'est mieux ainsi pour Maman. Ce n'était plus une vie pour elle, et les médecins ne nous avaient plus laissé aucun espoir de guérison. Mais nous avons du mal à prendre conscience de la perte que sa disparition représente. Car sur elle reposait tout le reste.

« Je ne peux m'empêcher d'exprimer mon admiration pour la résignation avec laquelle Papa a tout supporté de Maman durant des années. Et vous ne pouvez vous imaginer quel coup sa mort a porté à Papa ! »

Son père l'en ayant priée, Bertha s'était chargée d'écrire à Karel. Mais elle pouvait à peine tenir sa plume.

Les événements des dernières vingt-quatre heures avaient été une répétition, sous une forme encore plus terrible, de ce qu'elle avait déjà vécu auparavant dans cette maison ; au cours d'une nuit semblable, elle s'était réveillée en sursaut, avait entendu des chuchotements précipités, des voix assourdies et des pas dans la chambre voisine ; tout comme les autres fois, on lui avait caché ce qui se passait, interdit d'entrer. Dans sa volonté de venir auprès de sa mère, elle avait écarté brutalement Emile, mais devant le visage presque méconnaissable de son père, grimaçant de larmes, hochant la tête, elle s'était retirée. On l'avait seulement laissée entrer un instant dans la chambre aux volets clos avant de fermer et d'emporter le cercueil.

Plus tard, tandis qu'elle était assise, hébétée de chagrin sur la véranda arrière, Engko était venue la rejoindre. Dans son désespoir, elle retrouva d'instinct un geste de son enfance ; elle s'était accroupie à côté d'Engko, elle avait appuyé sa tête sur cette chère épaule familière, et Engko avait caressé son dos à la manière distraite, un peu somnolente d'une vieille femme.

C'était aussi Engko qui lui avait appris ce que son père et Emile lui avaient caché et qui devait rester secret : sa mère avait avalé du poison.

*Rudolf à son fils Edu et à sa belle-fille, 18 août 1907*

« … C'est l'hypernervosité de Maman qui l'a conduite à sa mort subite. Le retour d'Emile, le mariage prochain de Rud et Jo, et bien d'autres choses moins agréables la préoccupaient jusqu'à l'obsession, ne lui laissant pas un instant de répit. En même temps, elle avait un énorme besoin de distractions et de changements ; mais je voyais clairement que tous ces prétendus "dérivatifs" lui faisaient souvent plus de mal que de bien.

« Nous avons assisté aux courses de Bandoeng pour satisfaire son désir. Le lendemain, Maman a fait, sans nous, un aller et retour à Malabar en auto, et il semble que cela ait trop exigé de ses forces. Après cela, elle n'a plus été normale.

« Ces engins occupaient beaucoup trop son esprit. Des visites répétées d'amis en voiture et même les lettres où vous lui parliez d'excursions en auto l'agitaient ; naturellement, d'autres facteurs s'ajoutaient à cela.

« Le 13 au soir, Maman est allée se coucher, relativement calme. J'avais encore diverses affaires à régler, et j'allais et venais dans les différentes chambres. A mon grand étonnement, je remarquai soudain que Maman s'était relevée et avait allumé une chandelle, ce que rien ne justifiait. Lorsque je m'approchai du lit et écartai la moustiquaire, elle avait déjà presque perdu connaissance et ne put que dire quelques mots à propos de Bertha et de clés. C'était la fin. Dieu merci, Maman n'a pas longtemps souffert, tout s'est passé très vite.

« Nous avons tenu Bertha à l'écart. Seuls Emile et moi avons été témoins des derniers instants de Maman. Le médecin arriva la même nuit, mais naturellement trop tard. Du reste, il n'aurait rien pu faire. Paralysie cardiaque consécutive à une trop grande tension nerveuse, tel fut son diagnostic. Je l'avais souvent consulté (ainsi que d'autres confrères) sur l'état de Maman ; mais personne n'avait pu me donner l'espoir d'une amélioration ; et on m'a même affirmé que, grâce à cette mort subite, de plus grandes souffrances lui ont été épargnées.

« Avec Rud et Emile, j'ai conduit Maman à sa dernière demeure. Nous ne pouvions supporter l'idée que des mains étrangères la touchent. Nous l'avons enterrée le 14, l'après-midi, à l'endroit que connaît bien Edu, à la lisière de la forêt. Puisse Maman y trouver le repos qui lui a été refusé dans sa vie.

« Son excitation fébrile était vraiment frappante les derniers temps. Elle ne tenait pas en place, courait toujours pour surveiller les serviteurs ou se livrer à des travaux domestiques. Elle avait aussi pris l'habitude de parler trop et beaucoup trop vite. Mais ce qu'elle disait était toujours intéressant, sauf quand elle ressassait ses griefs. Or c'était de plus en plus souvent le cas ; pour les étrangers, c'était aussi une indication que Maman n'était plus responsable de ses actes.

« Sa disparition laisse un vide que rien ne pourra combler, car nous sommes tous convaincus qu'elle était foncièrement bonne et secourable et qu'elle réunissait en elle toutes les qualités féminines. Nous pouvons seulement déplorer que sa maladie nerveuse ne lui ait pas permis de savourer le bonheur qui s'offrait à elle. Elle en était incapable.

« J'ignore ce que nous allons devenir. »

# Gamboeng, le dernier jour

1^er^ février 1918

Il était debout dans l'ombre dense et fraîche, à l'orée de la forêt. Des taches de soleil tremblaient à ses pieds. Lorsqu'il levait les yeux, il voyait, derrière et au-dessus de la masse de verdure mouvante, l'éclat éblouissant du ciel de midi. Le sol était encore gorgé d'humidité après les dernières chutes de pluie. Il s'en dégageait une odeur végétale, l'odeur de Gamboeng. Il entendait le vent frémir dans les cimes, les doux bruissements, craquements et crissements dans l'enchevêtrement de la végétation.

Dans la maçonnerie devant lui, une dalle avait été cimentée, qui portait le nom et les dates de Jenny. Sur la pierre voisine, à droite, pas de nom. Plus loin encore, une autre tombe, sans pierre. Quarante-cinq ans plus tôt, à cet endroit du bois, il avait planté ses premiers théiers.

Il s'appuyait sur la canne dont il ne pouvait plus se passer depuis quelque temps. Un mal sourd le taraudait dans le bas-ventre, qui n'était pas une vraie douleur – pas encore. Il savait que cette sensation ne le quitterait plus, qu'une chose dont il ignorait le nom le rongeait, l'affouillait de l'intérieur. Ce devait être sa dernière visite à Gamboeng.

Depuis un an, il vivait à Bandoeng avec Bertha, dans la maison qu'il avait achetée en 1907, mais n'avait jamais occupée. Non loin de là se dressait la troisième *gedoeng* de son existence, une demeure princière, où Jenny aurait été heureuse, comportant de vastes vérandas et galeries, de hautes pièces, des sols de marbre. Avec Bertha, camouflant la gravité de son état, il avait encore entrepris un voyage à Batavia, pour y commander les meubles et les lampes qu'aurait choisis Jenny. L'habitation était située sur un magnifique terrain, vénéré par les autochtones comme un lieu presque saint parce qu'un boqueteau de figuiers banian y poussait. Il léguerait cette maison blanche, construite dans un style moderne, harmonieux, à ses enfants, un endroit où ils pourraient se rencontrer lorsqu'ils se rendraient à la ville, venant de Gamboeng, de Malabar ou de Negla : la maison familiale des Kerkhoven, un Hunderen aux Indes.

Il était là pour dire adieu à Gamboeng. Une dernière fois, il avait fait le tour de la fabrique, cette série d'entrepôts avec leurs nouvelles machines à flétrir, sécher et trier le thé. Parmi les ouvriers, il avait vu à l'œuvre des gens qui avaient grandi dans le kampong de Gamboeng, les enfants de Martasan, de Moehiam, de Kaidan, de Moentajas et de Sastra, les résidents de la première heure.

Comme il avait du mal à marcher et ne pouvait plus monter à cheval, il dut renoncer à parcourir les plantations. Emile et sa femme, qui géraient maintenant l'exploitation, avaient placé pour lui un fauteuil dans la véranda avant, le laissant jouir seul, à son aise, de la vue. Mais même quand il fermait les yeux, ce paysage restait fixé sur sa rétine ; les vastes ondulations du terrain descendant vers la vallée de Tji Enggang, l'enceinte de *rasamalas*, les damars blancs et les cyprès plantés jadis par Jenny et devenus des arbres majestueux, les tons verts, bleus et violets des montagnes proches et lointaines. Une vie entière, il avait eu sous les yeux ce panorama devenu une partie de lui-même. Contemplant ce spectacle, il s'était remémoré une remarque de Julius : « Tu devrais tout de même essayer de créer quelque chose d'impérissable. » A l'époque, il s'était contenté de sourire, et, depuis cette même véranda, de porter son regard dans toutes les directions. Quelque chose d'impérissable ? Voilà ma réponse !

Mais cette orgueilleuse certitude l'avait abandonné. Depuis qu'il avait perdu Jenny, il se demandait s'il y avait un fond de vérité dans ce qu'elle lui avait si souvent jeté à la face dans des moments de colère : qu'il avait tout sacrifié – sa vie à lui et la sienne, la jeunesse de ses enfants – à un besoin irrépressible de se faire valoir qui l'avait poussé à trimer, à s'échiner, ainsi qu'à son incapacité à oublier et à pardonner des comportements dans lesquels il prétendait déceler des offenses ou du mépris.

Il n'avait jamais été vaniteux. Il n'était pas non plus dans sa nature de se montrer méfiant à l'égard d'autrui. En principe, il aurait donné sa vie pour ses proches. Pendant les longues nuits d'insomnie, il avait « sondé ses reins ». Henny avait eu tort de prétendre que Rudolf n'osait pas se connaître lui-même.

Il regarda la pierre devant lui, dans laquelle était gravé le nom de sa femme. Sous cette dalle, dans la terre de Gamboeng, le corps bien-aimé était redevenu poussière. Les buissons et les plantes qui entouraient la tombe se nourrissaient de la chair et du sang de ce corps.

Dans la correspondance qu'il avait échangée avec Marie, la sœur de Jenny, il avait éprouvé un choc en découvrant que dès les premiers temps de leur mariage, bien avant que lui-même eût eu le moindre soupçon, Jenny avait connu d'amers sentiments de déception. Marie lui avait envoyé un passage d'une lettre datant de 1890, où il avait reconnu l'écriture déliée, familière de Jenny : « … Je ne veux pas me leurrer sur mon propre sort. Je ne suis pas heureuse, je ne peux pas l'être. Je préfère croire que le luxe de la passion n'est qu'une des formes du bonheur. Ce luxe, je ne l'ai pas connu. Et pourtant, ma vie a un but. On peut aussi puiser une satisfaction dans l'accomplissement de son devoir, dans l'abnégation. Mes enfants sont mon bonheur. »

Le « luxe de la passion ». En quoi avait-il failli ? Elle avait été la seule femme dans sa vie. Toute la passion dont il était capable, il la lui avait offerte. Elle avait été pour lui infiniment plus qu'une amante. A Marie, qui lui avait laissé entendre qu'il ne comprenait rien à la nature et aux besoins d'une femme, il avait répondu : « Encore chaque jour, j'éprouve une envie soudaine de parler avec Jenny de ce que j'ai entendu dire, de ce que j'ai lu ou pensé. Nous y étions si accoutumés, jusque dans les choses les plus insignifiantes qui nous intéressaient tous deux – en tout cas, dans les années où elle se sentait bien, et même plus tard, aux heures où elle n'était pas dominée par ses nerfs et ses hallucinations. Avec la mort de Jenny, j'ai perdu le but de mon existence. J'ai toujours travaillé avec plaisir et me suis réjoui du succès. Mais c'était surtout pour elle. Cette pensée n'a cessé de m'inspirer depuis notre mariage et ce but m'a été enlevé. Oh, comme je voudrais parfois retrouver l'époque où nous étions pauvres et habitions avec nos cinq enfants la petite maison en bois où nous avons souvent eu la vie dure ! Que ne donnerais-je pas pour avoir à nouveau à mes côtés ma chère, ma gentille Jenny d'alors !… »

Le souvenir des « mauvaises » années qu'elle avait vécues l'assaillait encore, comme si c'était la veille. Elle l'avait profondément offensé en avançant l'idée délirante qu'il s'était rendu maître de son héritage – alors qu'au contraire, grâce à une gestion scrupuleuse et à un placement mûrement réfléchi, il avait fait fructifier son argent jusqu'à obtenir un capital considérable. Au début, il avait cru que la méfiance maladive de sa femme reposait sur la crainte de devoir un jour, sans pension de réversion, dépendre d'étrangers, ou de membres de la famille récalcitrants, d'être contrainte de « manger leur pain ». Mais même quand les bénéfices de Gamboeng, de Malabar et de Taloen auraient dû la rassurer, elle avait continué à se plaindre de ne pouvoir disposer de son argent sans l'intervention de son mari, comme l'exigeait la loi.

Certains faits dont il ne s'était jamais laissé totalement pénétrer lui apparaissaient maintenant sous un jour nouveau. Lorsque, en 1893, Jenny avait emmené Rud et Edu en Hollande, elle avait différé son retour à plusieurs reprises, sans que Rudolf pût en comprendre les raisons. Pendant un certain temps, à peine avait-elle répondu à ses lettres hebdomadaires. Avant qu'elle s'embarquât finalement à Gênes, il n'avait même pas su où l'atteindre. Dans sa joie de la revoir bientôt, il avait accepté sans s'étonner les explications qu'elle lui avait fournies plus tard, selon lesquelles elle avait profité de l'occasion pour visiter l'Italie, Florence, Vérone. La Jenny qui, depuis Tjikalong, était allée avec lui à la rencontre d'Emile, de Karel et de Bertha, bien en selle, fière, dans un élégant costume d'amazone noir qu'il ne lui connaissait pas, l'avait enchanté comme jamais auparavant par le mélange de familiarité et d'autre chose qu'il attribua à l'influence bénéfique de l'air européen et de la traversée. Depuis les révélations contenues dans cette fameuse lettre à Marie, il se demandait ce qui – ou qui – avait provoqué cette métamorphose, trop brève en réalité. Avait-elle songé à le quitter ?

Il se rendait compte à présent qu'après 1893 elle n'avait plus jamais été la même. Elle voulait faire des traductions, gagner de l'argent, « pour ses fanfreluches » comme elle disait ironiquement, envoyer des récits de voyage et des essais d'auteurs français et anglais aux grands quotidiens des Indes, et elle lui en avait voulu de l'avoir recommandée à la rédaction du *Java-Bode* en usant de circonlocutions, comme si cela se rapportait à une vague connaissance (Mme X, qui désire rester anonyme et savoir, avant d'envoyer un article, quels honoraires lui seront accordés). La rédaction avait répondu qu'elle n'avait que faire d'amateurs. Jenny lui avait aussi reproché son indifférence à l'égard des événements qui ébranlaient le monde civilisé. Le fait est qu'il ne s'intéressait qu'à ce qui était de son ressort, aux problèmes quotidiens de l'entreprise qu'il comprenait et dont il était responsable. Cette attitude pragmatique déterminait en même temps son comportement à l'égard de l'actualité mondiale. Il lisait les journaux, voulait savoir quelles conséquences, surtout économiques, la situation internationale pouvait avoir pour les Pays-Bas et les Indes. Dans la Grande Guerre qui faisait rage entre les Alliés et les empires centraux, il n'en allait pas autrement qu'au temps de la lutte entre l'Angleterre et le Transvaal ou du conflit russo-japonais.

Il avait toujours respecté le vif intérêt de Jenny pour les questions politiques et sociales, qui se manifestait dans ses interminables entretiens téléphoniques avec quelques esprits du même bord qu'elle, et il ne s'était pas opposé à ce qu'elle appuyât concrètement une bonne cause, lorsque l'état de leurs finances le lui avait permis. C'était en grande partie grâce à l'enthousiasme de Jenny qu'à l'occasion des courses de Bandoeng en 1899, six mois après la parution du pamphlet de Zola, *J'accuse*, des signatures furent recueillies sur les tribunes et au Club pour apporter des témoignages de sympathie des colons des Indes au « capitaine Dreyfus ».

Lorsqu'il était étudiant, il avait cru appartenir par nature à un plus vaste espace que celui des gens de sa connaissance, mais c'était de l'aveuglement. En réalité, son monde s'était toujours composé de ses parents, frères et sœurs avec, à la périphérie, quelques membres de la famille aux nombreuses ramifications dont la souche remontait à ses arrière-grands-parents Van der Hucht. Avec Jenny et ses enfants, il avait formé un nouveau « rejet ». Dans la pratique, il avait connu toutes les phases d'alliances et de guerres, de conflits et de paix armée, à l'intérieur du cercle étroit de ses consanguins. Il était prêt à reconnaître humblement que la plus grande ambition de toute sa vie avait été d'occuper une place d'honneur dans ce cercle-là, en étant apprécié, admiré des seuls êtres qu'il considérât comme ses semblables. L'espace qui avait donné à son existence ses dimensions indispensables n'était pas d'ordre humain. L'espace, pour lui, c'était Gamboeng.

Pendant dix ans, il était venu, chaque jour qu'il passait à Gamboeng, se recueillir un instant ici, sous les *rasamalas* à l'orée du bois, de préférence tôt le matin, lorsque la forêt s'éveillait, que la rosée s'accrochait aux feuilles, et que les mille voix du chœur des oiseaux saluaient le soleil.

Il avait cru agir dans l'esprit de Jenny en consacrant toute son attention et sa sollicitude à Bertha, sa fille qui l'aidait à supporter la solitude, la maîtresse de maison dans sa demeure à lui (elle en détenait maintenant les clés), sa compagne quand il se rendait à Bandoeng ou à Batavia pour affaires, son orgueil lorsque, avec lui, elle parcourait au galop sur son Sandalwood noir les chemins de montagne. Elle pouvait commander aussi souvent et autant qu'elle en voulait des toilettes et des frivolités de Paris, des livres, de la musique, des bibelots, faire venir de tous les coins du monde de quoi décorer sa chambre, inviter des amis, et même loger chez eux (mais il ne pouvait se passer longtemps de celle qui était la prunelle de ses yeux). Pour apporter un peu de diversité dans la vie de Bertha, et en même temps voir les trois fils d'Edu et de Madeleine, ses seuls petits-enfants, il avait passé avec elle un congé de longue durée en Hollande en 1912. L'argent ne jouait aucun rôle. Ils avaient résidé princièrement à l'Hôtel Amstel d'Amsterdam et au Kurhaus de Scheveningen. Bertha était beaucoup sortie. Selon lui, elle y avait pris un grand plaisir. A cause d'elle, il avait ravalé ses sentiments d'aliénation et d'irritation sur les gens et les choses en Hollande.

Après leur retour, ils avaient repris le train-train quotidien. Karel s'était marié et installé à Negla. Emile s'était fiancé ;

après son mariage, il continuerait à vivre à Gamboeng. Rud exerçait toujours ses fonctions de second à Malabar ; Rudolf était fâché que Kar Bosscha n'eût pas l'intention de céder sa place d'administrateur principal à Rud, comme il avait été convenu jadis. Mais Kar s'acquittait admirablement de sa tâche, était très apprécié du personnel de l'entreprise, semblait marcher sur les traces de Karel Holle. Rud et Jo paraissaient satisfaits de vivre dans l'ombre de cet arrière-cousin, dont les ambitions de devenir un ami et un bienfaiteur des habitants du Priangan dépassaient de loin les rêves les plus téméraires de Karel Holle : Kar consacrait des sommes importantes de ses bénéfices à des équipements socioculturels dans la région et surtout à Bandoeng.

La présence de Bertha était le soutien et la consolation de Rudolf. Il considérait les aides ménagères, aussi adroites et bien élevées qu'elles fussent, comme des intruses. L'expérience avait prouvé que le mieux était de laisser Bertha diriger son « personnel » : trois boys, trois *baboes*, deux cuisiniers, deux blanchisseurs, des jardiniers, une couturière, des palefreniers, des messagers.

Avec respect et satisfaction, il la voyait, jour après jour, accueillir le matin ceux qui venaient recevoir des ordres ou des instructions ; discuter avec des vendeurs de riz, de fruits et légumes, de poulets et de canards ; compter et distribuer le linge à laver ; et l'après-midi et le soir, surtout lorsqu'il y avait des hôtes (ce qui était souvent le cas), servir le thé, s'occuper de la « table », veiller au confort de ceux qui passaient quelques jours chez eux. S'il lui arrivait de n'avoir rien à faire de spécial, elle se promenait avec les chiens dans le jardin. Elle enjolivait de sa silhouette le panorama qu'il contemplait de la fenêtre de son bureau. Pour sa part, il aurait voulu qu'il en fût toujours ainsi. Il n'en souhaitait pas davantage.

Mais un jour, Bertha avait dit : « Papa, dans un an, j'aurai trente ans. »

Et Jo, qui avait son franc-parler, avait pris Rudolf à part et avait ajouté sans ambages qu'il commettait un « meurtre moral » en retenant Bertha à Gamboeng.

Il avait essayé de regarder sa « Minette » avec les yeux d'un étranger. Pour la première fois, il remarqua que, déjà, l'âge moyen s'annonçait : sa silhouette s'était un peu alourdie, les joues et le menton n'avaient plus le contour aussi pur et ferme qu'autrefois. Ce qui le frappa le plus fut son regard résigné.

Il avait alors donné l'ordre à ses entrepreneurs chinois de commencer immédiatement la construction de la grande maison à Bandoeng.

Au loin, il entendit le vrombissement de l'auto de Rud, qui arrivait de la vallée de Tji Enggang en faisant crisser le gravier. Il n'eut pas besoin de se retourner pour savoir que, dès que la voiture stopperait devant le perron de la véranda avant, Rud et Jo en descendraient, lui, dans un costume tropical immaculé, avec une casquette de lin et les fameuses lunettes de protection, les *goggles*, elle, également tout en blanc avec, sur la tête, un voile dont elle laissait négligemment flotter les longs pans tandis qu'ils roulaient, au péril de sa vie selon Rudolf.

Il n'aimait guère prendre place dans ce genre de machine, mais il devait reconnaître qu'elle était rapide. Il pouvait à peine s'imaginer que quarante ans plus tôt il lui fallait une demi-journée pour franchir la distance que la voiture couvrait maintenant en une bonne heure.

Il s'appuyait sur sa canne, la position debout commençant à le fatiguer. Il pensait à Cateau et Henny, tous deux décédés, dont il n'irait jamais voir la tombe. Lorsque, en vue du déménagement à Bandoeng, il avait mis ses papiers en ordre, il avait relu la lettre de Henny qu'il avait qualifiée à l'époque de « perfide » en alléguant qu'elle dénaturait intentionnellement ce que lui-même avait écrit à propos de Gamboeng, d'une nouvelle maison, d'un congé en Europe, de garanties financières pour Jenny et les enfants. Maintenant, après tant d'années, la lettre de Henny lui inspirait une profonde pitié. Il lisait entre les lignes le chagrin ressenti par le couple resté sans enfants après le départ forcé de ses propres garçons. Il comprenait pourquoi Henny, contre toute logique, avait rejeté sa demande d'augmentation de traitement. Quelle importance avaient la médiocre maison, les durs travaux dans les plantations et la forêt vierge comparés au privilège d'avoir un foyer à soi ? Il comprenait que non seulement Cateau, mais encore Henny avaient vraiment aimé les enfants confiés à leurs soins pendant trois ans et demi, et il avait honte en songeant que, blessé dans son orgueil, il avait méconnu ce désarroi et ce chagrin.

En un éclair, plus vite que l'ombre de l'oiseau qui filait d'une cime à l'autre au-dessus de sa tête, il se vit, jeune enfant dans le parc de Hunderen, jouant avec sa sœur Bertha ; elle venait de lui donner une bonne gifle parce qu'il avait sali, avec ses mains pleines de boue, sa robe de taffetas à carreaux. Il pleurait de rage, non pas à cause de la gifle, mais parce qu'elle avait un an de plus que lui, parce qu'elle était l'aînée des enfants et que chacun la trouvait belle, sage et gentille, et lui insupportable alors qu'il faisait de son mieux. Cateau était un nourrisson dans les bras de sa mère ; Julius, August et Pauline ne pouvaient revendiquer à leur tour l'attention des parents puisqu'ils n'étaient pas encore nés. Une ancienne blessure mal cicatrisée, qui s'était fait sentir tout au long de sa vie, se réveillait soudain. Ses liens avec Cateau, August et Julius s'étaient-ils dénoués parce que, peiné, offensé, il avait dû accepter de ne pas être le seul enfant chéri de sa mère, le seul orgueil et espoir de son père ?

Lorsque, en 1880, son père était si gravement malade à Ardjasari que l'on craignait pour ses jours, Rudolf était venu de Gamboeng pour aider à le soigner. Il l'avait veillé la nuit, dans l'étroite et haute chambre aux murs nus, celle que l'on appelait le « vestiaire », spécialement aménagée pour le malade. Le plus souvent, son père restait allongé inerte, dans un état de demi-inconscience. La veilleuse éclairait trop peu pour permettre la lecture. Rudolf restait immobile sur sa chaise, regardait à travers la moustiquaire ce visage sur l'oreiller, ou suivait du regard les geckos, ces petits lézards grimpeurs qui sautaient sur le mur blanchi à la chaux pour gober des insectes.

Une nuit, son père se mit à lui parler. Rudolf se glissant sous la moustiquaire, s'était assis au bord du lit et avait pris entre ses mains celle qui se tendait vers lui. « Tu es l'aîné », avait dit son père, et il lui avait confié, dans un souffle, où étaient rangés certains papiers concernant Ardjasari ; il lui avait donné des instructions sur l'endroit où il voulait être enterré ; dans le jardin, derrière la *gedoeng*, « sur mon terrain, dans mon sol ». Malgré la gravité du moment, ces paroles confidentielles et la faible pression des doigts de son père avaient éveillé en Rudolf une sensation de bonheur. Il était marié depuis près de deux ans, avait lui-même un enfant, mais, dans ces instants, il avait été avant tout un fils, enfin conscient d'un esprit de famille partagé. Son père, qui se croyait mourant, s'était adressé à lui, non pas à August et Julius qui dormaient sous le même toit, il n'avait même pas fait venir sa femme, couchée dans la chambre voisine. Mais, plus tard, après sa guérison, son père n'avait plus jamais fait allusion à ce rapprochement *in extremis*.

Il entendit des pas derrière lui, le froufrou d'une jupe.

« Bertha ?

– Vous venez, Papa ? Rud et Jo attendent près de la voiture, pour nous conduire à Bandoeng. Et vous devez encore vous reposer cet après-midi. Pourquoi riez-vous ?

– "*Repos ailleurs !*[1]" Le cousin Karel Holle avait exprimé le désir que cette devise devînt l'épitaphe gravée sur sa tombe. Quelle épitaphe vais-je choisir ? »

Elle vint à lui, lui prit le bras comme d'habitude. « Il est encore trop tôt pour y songer.

– Mon père aurait voulu être enterré à Ardjasari. A présent, il repose à Amsterdam. Je ne veux pas reposer à Bandoeng.

– Je vous en prie, Papa ! » dit Bertha, d'un geste de refus.

Il regarda la terre à ses pieds.

« Ici ! dit-il à mi-voix. Ici. »

1. En français dans le texte. *(NdT)*

# *Glossaire*

| | |
|---|---|
| *adat* | droit coutumier ; ensemble des us et coutumes transmis par la tradition. |
| *ama* | Papa. |
| *aréquier* | grand palmier d'Asie équatoriale, dont le fruit est la noix d'arec. |
| *assistant-résident* | fonctionnaire colonial administrant une subdivision de la province, ou « résidence » ; cf. *résident*. |
| *baboe* | bonne d'enfants indigène, nounou. |
| *badak* | rhinocéros |
| *bagong* | cochon sauvage, sanglier. |
| *baoe* | unité de mesure des surfaces agraires de Java. Un *baoe* égale environ 71 ares. |
| *bendy* <angl.> | sorte de cabriolet. |
| *bétel* <m.> | 1) variété de poivrier grimpant, originaire de Malaisie, dont les feuilles desséchées ont des propriétés stimulantes et astringentes ; 2) feuille de cette plante que l'on mastique, mélangée à de la chaux et de la noix d'arec. |
| *Bismillah* | interjection pour implorer la bénédiction divine. |
| *boedjang* | ouvrier agricole célibataire. |
| *coucal* <m.> | sorte de coucou dont les pattes sont pourvues d'ergots très pointus. |
| *dadap* | érythrine des Indes, appelée aussi arbre immortel ; comme l'albizzia, elle est cultivée dans les plantations de thé et de café pour l'ombre qu'elle répand. |

*datura* <m.> — plante des régions chaudes, dite « pomme épineuse » ou « jusquiame du Pérou », toujours toxique, dont plusieurs espèces sont utilisées comme narcotique et comme plantes ornementales.

*dendeng* — viande séchée, épicée.

*djamoe* — plantes médicinales séchées ou réduites en poudre.

*djoeragan* — seigneur, maître, patron.

*djoeroetoelis* — commis aux écritures, clerc.

*doekoen* — guérisseur indigène.

*gamelan* ou *gamelang* <m.> — orchestre javanais comprenant essentiellement des instruments à percussion, gongs, xylophones, tambours, etc.

*gecko* <m.> — grand lézard portant aux doigts des quatre pattes des lamelles adhésives.

*gedoek* — tronc d'arbre évidé sur lequel on frappe pour marquer certains moments de la journée.

*gedoeng* — grande maison de maître en pierre.

*istri* — épouse.

*jaque* <m.> — fruit ovoïde et volumineux du jaquier, arbre lactescent des régions tropicales, très voisin de l'arbre à pain.

*kain saroeng* — pagne d'homme en batik, porté notamment comme tenue de cérémonie.

*kampong* <m.> — 1) agglomération indigène ; 2) quartier où vivent les travailleurs indigènes dans une plantation.

*karbau* <m.> — variété domestique de buffle, répandue en Indonésie.

*kebaja* — 1) corsage ou tunique des Javanaises ; 2) vêtement masculin, veste d'intérieur blanche.

*kepiting* — crabe.

*kolong* — espace situé sous une maison construite sur pilotis.

*lagerstroemia, lagerstrémie* — arbre commun dans l'ouest de Java, dit à tort « lilas d'été », car il a des fleurs en grappes qui ressemblent à celles des marronniers, entre rose foncé et pourpre.

*lebè* — prêtre ; officiant.

| | |
|---|---|
| *Ledger, Ledgeriana* | nom de l'une des variétés de quinquina dont l'écorce fournit la quinine. |
| *mandoer* | contremaître, intendant. |
| *manoek* | oiseau. |
| *nènèk* | grand-mère, mamie. |
| *nèng* | terme d'affection pour un enfant, « chéri », « trésor », etc. |
| *nipa* <m.> | palmier nain d'Océanie. |
| *njai* | désigne la concubine indigène d'un Européen. |
| *nonna* | « demoiselle » ; 1) jeune fille ; 2) femme mariée de sang mêlé, créole (un peu dépréciatif en ce sens). |
| *orok* | bébé. |
| *pajoeng* | ombrelle ; parasol porté par un serviteur, insigne d'apparat des chefs javanais et des fonctionnaires européens. |
| *pasar* | « bazar », marché. |
| *patih* | fonctionnaire indigène (cf. *régent*). |
| *penghoeloe* | chef des institutions islamiques d'un district. |
| *pondok* | habitation temporaire construite en bois et bambou, habituellement destinée à loger des invités. |
| *prao* <m.> | voilier à balancier utilisé en Malaisie. |
| *Radèn* | titre de noblesse javanais, généralement traduit par « prince ». |
| *rasamala, Mala* | nom scientifique : *Altingiana excelsa* ; arbre à feuilles caduques pouvant atteindre soixante mètres de haut, croissant dans les montagnes et qui produit un bois d'excellente qualité, utilisé en ébénisterie. |
| *rebab, rabab* <m.> | violon à deux cordes en usage dans certains pays d'Islam. |
| *régent* (javanais *bupatih*) | gouverneur d'une « régence » ou subdivision de la province ; le plus haut fonctionnaire de l'administration indigène, choisi par les autorités néerlandaises parmi la noblesse javanaise ; d'un rang égal à l'assistant-résident, il lui est en fait subordonné. |

| | |
|---|---|
| *résident* | fonctionnaire colonial hollandais de haut rang, dont l'autorité s'étend sur une province ou « résidence ». |
| *sado* | du français « dos-à-dos » : voiture hippomobile à deux roues, généralement découverte ; anciennement voiture de location qui stationnait sur les places. |
| *saroeng-kebaja* | vêtement porté par les Javanaises : long pagne de batik (le sarong) et tunique à manches longues, très populaire auprès des Européennes, qui le portèrent comme robe de chambre jusque vers 1930. |
| *sawah* | rizière inondée en terrasses. |
| *selamatan, sedekah* | repas solennel propitiatoire. |
| *sepoeh* | âgé, vénérable. |
| *slendang* | sorte de châle ou de pièce d'étoffe porté en diagonale de l'épaule à la hanche servant à porter des charges et surtout les nourrissons. |
| *soempitan* | sarbacane ; pétoire. |
| *sondanais* | la langue des pays de la Sonde, à l'ouest de Java. |
| *Succirubra* | cf. *Ledger*. |
| *tampir* | corbeille ronde et plate de bambou tressé. |
| *tandoe* | chaise à porteurs. |
| *tani* | paysan. |
| *toedoeng* | chapeau de soleil en forme de soucoupe. |
| *totok* | nom donné par les créoles et les indigènes aux Hollandais nés en métropole. |
| *wajang* | 1) théâtre de marionnettes en Indonésie, mettant en scène des héros et des légendes d'origine hindoue ; 2) les marionnettes elles-mêmes. |
| *wedana* | fonctionnaire indigène, chef d'un district. |

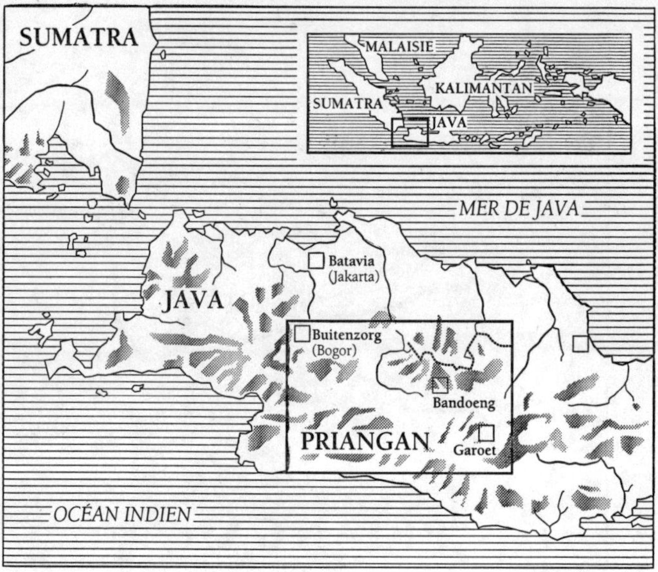
SUMATRA
MALAISIE
KALIMANTAN
SUMATRA
JAVA
MER DE JAVA
Batavia
(Jakarta)
JAVA
Buitenzorg
(Bogor)
Bandoeng
PRIANGAN
Garoet
OCÉAN INDIEN

Tjiliwong
BUITENZORG
(Bogor)
Salak
2215
Parakan
Salak
Gedeh
2956
Sinagar-
Moendjoel
Tjandjoer
Soekaboemi
PRIANGAN
Voie ferree
Grand-route
Frontiere nord du Priangan
Situation en 1921

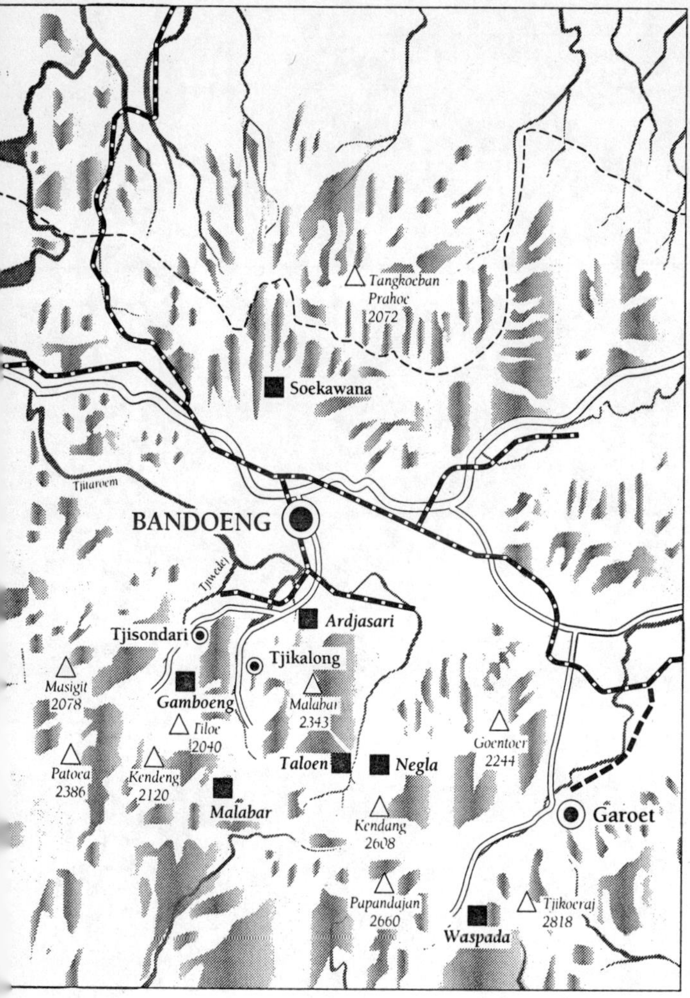

Tangkoeban
Prahoe
2072
Soekawana
Tjitaroem
BANDOENG
Tjiwedej
Ardjasari
Tjisondari
Tjikalong
Masigit
2078
Gamboeng
Malabar
2343
Tiloe
2040
Goentoer
2244
Patoea
2386
Kendeng
2120
Taloen
Negla
Malabar
Kendang
2608
Garoet
Pupandajan
2660
Tjikoeraj
2818
Waspada

# *Table*

*Note préliminaire*
*7*

Gamboeng, le premier jour
(1er janvier 1873)
*13*

Scènes de préparation
(1869-1873)
*23*

L'essartage
(1873-1876)
*123*

Le couple
(1876-1879)
*151*

La famille
(1879-1907)
*189*

Gamboeng, le dernier jour
(1er février 1918)
*313*

*Glossaire*
*325*

RÉALISATION : PAO ÉDITIONS DU SEUIL
IMPRESSION : S.N. FIRMIN-DIDOT AU MESNIL-SUR-L'ESTRÉE
DÉPÔT LÉGAL : JUIN 1997. N° 32122 (38836).